SF 작가의 고전 SF 오마주

책에서 나오다

SF 작가의 고전 SF 오마주

책에서 나오다

정보라
·
이경희
·
박애진
·
남세오
·
전혜진
·
구 슬
·
박해울

그림

CONTENTS

작은 종말

정보라

대학에서 러시아어를 전공하여 한국에선 아무도 모르는 작가들의 소설들과
사랑에 빠졌다. 예일대 러시아동유럽 지역학 석사를 거쳐 인디애나대학교에서
러시아 문학과 폴란드 문학으로 박사 학위를 받았다. 장편소설 『붉은 칼』과
소설집 『저주토끼』 등을 썼고, 『안드로메다 성운』 등 많은 책을 번역했다.
2022년 『저주토끼』로 부커상 인터내셔널 부문 후보에 올랐다.

동생이 기계가 되겠다고 했을 때 상(翔)은 반대했다. 외국 억만장자들이 재미 삼아 외계 행성에 무인 혹은 유인 우주선을 보내는 일이 유행이 되고 다른 은하계에서 지적 생명체가 발견되었다느니 마느니 하는 뉴스가 매일같이 뜨던 무렵이었다. 그 억만장자들이 소유하여 억만장자를 더욱 억만장자로 만들어 주는 과학기술 회사들은 일제히 전 우주적 공존을 준비하며 트랜스휴먼의 시대를 맞이하라고 광고를 해댔다. 광고에서는 성우의 낮은 목소리가 "최소한의 침습적 시술로 당신의 능력을 최대한 발휘할 수 있습니다." 하며 유혹적으로 속삭였고, 유선형의 은빛 갑옷 같은 걸 온몸에 두른 날씬하고 매끈한 여자들이 비싸 보이는 개인 통신기기를 손에 들고 찬란한 햇빛이 쏟아지는 통유리 앞에서 왔다 갔다 하는 장면이 이어졌다. 그리고 찬란한 햇빛이 비추던 화면이 별이 가득한 밤 하늘로 바뀌고 "인간을 넘어, 우주로."라는 장중한 목소리가 광고의 끝을 맺었다.

이런 광고는 멋져 보였으나 구체적인 정보를 아무것도 알려 주지 않았다. 동생이 조사한 바에 따르면 통신장치나 카메라 혹은 다른 감각 증폭기를 몸에 부착하거나 연결하는 수준부터 아예 몸을 전부 기계로 바꾸는 100퍼센트 트랜지션까지 완전히 본인 의향대로 선택이 가능하다고 했다. 수술부터 회복까지 필요한 돈은 전부 과학기술 회사가 내 주고 몸에 부착하는 장치나 기기 가격만 본인이 부담하면 된다는 것이었다. 물론 초기 전환 시술 이후 업그레이드나 교체 등은 선택사항이므로 본인이 해결해야 했으나 이쪽은 실비보험으로 커버가 가능하다고도 했다.

그때 동생은 아이를 낳은 지 얼마 되지 않았다. 애초에 동생이 혼자서 아이를 가지겠다고 했을 때도 상은 반대했었다. 반드시 결혼을 해야 한다는 얘기가 아니라 혼자서 아이를 낳아 키우는 건 아주 힘든 일이라 생각했기 때문이었다. 지금도 요일마다 일하는 곳과 일하는 시간이 다르고 집에서 일하다가도 주문이 오면 바로 나가야 하는데, 그렇게 되면 아이는 누가 돌봐 줄 것이며, 아이 봐줄 사람을 구한다고 해도 요즘 사람들 다 그렇게 여기저기 뛰어다니면서 사는데 서로 시간을 어떻게 맞출 수 있느냐는 말이다. 게다가 어느 플랫폼에서 무슨 일을 하든 결국은 새벽이나 휴일 근무로 추가 수당을 벌지 못하면 기본급만으로는 월세에 광열비에 통신요금 내기도 빠듯한데 아이 기저귀 값, 분유 값에 장난감이라도 하나 사 주려면 그 돈은 어디서 나오냐고 상은 걱정했다. 임신 기간과 출산 전후도 문제였다. 시간제로 일하는데 유급 모성휴가 따위는 꿈도 꿀 수 없으니 출산을 하게 되면 지금 소속된 플랫폼들에서 일하는 시간을 줄여야 할 것이었다. 그러나 몸이 회복되었다고 일하는 시간을 다시 늘릴 수 있다는 보장은 없으니 결국 언젠가는 아이를 안고 다른 일자리를 더 찾아다녀야 한다. 그 모든 문제를 혼자서 어떻게 해결하겠다는 건지 상은 아무래도 동생이 너무 무모해 보였다.

　"애 낳을 일도 없는데 언니가 어떻게 알아?"

　동생은 상에게 이 결정적인 한마디를 던졌다. 그리고 상이 당황하고 분노하는 사이에 정자은행과 체외수정 클리닉을 찾아내더니 혼자서 척척 임신을 해 버렸다. 동생이 초음파 영상을 보여 주면서 기뻐하는 모습을 보니 상은 여전히 걱정이 안 되는 건 아니었지만 그래도 조금은 마음 한구석이 따뜻해졌다. 무엇보다도 아이가 저렇게 알아서 잘 크고 있으니까, 나머지는 뭐 어떻게든 될 거라고 상은 애써 낙관적으로 생각했다. 나라에서 돈도 나오고 여러 가지 지원도 신청할 수 있다면서, 동생은 클리닉과 행정 센터에서 받은 자료를 화면 가득 펼쳐 놓고 어지러울 정도로 빠르게 손가락을 움직이며 안내서와 신청서를 휙휙 넘겨 보여 주었다. 하루 이틀도 아니고 아홉 달, 열 달이니까, 아이가 태어나기 전에 동생도 저렇게 여러 가지를 알아보고 있으니까, 어떻게든 현실적인 육아 계획을 세울 수 있을 거라고, 나는 이모일 뿐이고 당사자는 동생이니까 동생도 자기 나름대로 생각이 있을 거라고 상은 자기 자신을 안심시켰다. 그리고 실제로 동생은 자기 나름대로 생각이 있었고 자기 나름대로 알아보고 있었다. 트랜스휴먼이 되는 방법과 출산 여부가 전환에 미치는 영향에 대해서 말이다. 상이 반대하자 이번에도 동생은 말했다.

"언니는 했잖아? 왜 나는 하면 안 돼?"

"미쳤어?"

상은 이번에는 물러서지 않고 화를 냈다.

"그 트랜지션하고 이 트랜지션하고 같아?"

"뭐가 다른데? 내 몸이니까 내 선택이잖아?"

동생이 지지 않고 목소리를 높였다. 내 몸과 내 선택이라는 표현이 그 뜻이 아니라고 상이 반박하기 전에 동생이 우르르 쏟아놓았다.

"돈은 어떻게 벌고 애는 어떻게 키울 거냐고 야단친 건 언니잖아? 난 돈 더 벌고 애 잘 키우려고 이러는 거란 말이야. 로봇이 되면 일단 잠을 덜 자도 되니까 애도 더 잘 볼 수 있고, 손목이나 허리가 아프면 교체하면 되니까 아이도 더 많이 안아 줄 수 있고, 지치지 않으니까 더 많이 놀아 주고 일도 더 많이 할 수 있어. 병에 걸릴 걱정도 덜 하고 다쳐도 더 빨리 고칠 수 있고, 내 회로가 네트워크하고 연결돼 있으니까 집을 내가 원하는 방식으로 설정하고 통제할 수 있고 여러 가지 정보도 전화기 들여다보는 것보다 훨씬 더 빨리 알 수 있단 말이야. 혼자서 애 키우는 데는 이게 최고라고. 언니는 왜 알지도 못하면서 무조건 화부터 내?"

"애 잘 키우려고 기계가 된다는 게 말이 돼? 애가 기계 엄마한테서 뭘 배우겠어? 그러게 애초에 내가 혼자서 애 낳아 키우는 거 쉬운 일 아니라고 했잖아?"

"그럼 낳은 애를 도로 뱃속에 집어넣을 수도 없고 이제 와서 어떡하라는 거야?"

동생이 소리를 빽 질렀다. 동생의 목소리 뒤에서 아기가 우는 소리가 들렸다.

"끊어. 언니 때문에 애 깼다."

그리고 아기가 깬 게 왜 내 탓이냐고 상이 반박하기 전에 동생은 전화를 끊어 버렸다. 그것이 동생과 나누었던 마지막 대화였다. 세류(世懰)는 도시 남쪽에 살았고 임신했을 때부터 도시를 벗어나 아이와 함께 더욱 남쪽으로 이동할 궁리를 하고 있었다. 상은 도시의 북쪽에서 거주하며 도시 전체를 돌며 일했다. 도시의 남쪽 끝과 북쪽 끝이 아주 못 만날 정도로 먼 거리는 아니었지만 상과 세류는 평소에도 살갑거나 다정한 자매라고는 할 수 없었다. 동생이 기계가 되겠다고 선언한 이후로 상은 다시 생각해 보라는 메시지를 남긴 뒤에 아예 동생에게 오는 전화를 받지 않았다. 그리고 오늘, 동생은 의미를 알 수 없는 음성 메시지를 남겼다.

우리는 성단연방연합 소속 2급 사절단 지구 파견대이다. 우리의 정체를 물었으므로 답변한다. 이 이상의 정보는 줄 수 없다.

놀란 상이 문자 메시지를 보내자 즉시 읽은 표시가 떴으나 동생은 답을 하지 않았다. 동생에게 전화했으나 받지도 않았다. 정확히 말하자면 받지 않는 게 아니라 신호가 가는 도중에 전화가 끊어졌다. 다시 걸었다. 다시 끊어졌다.

상은 점점 더 불안해졌고 점점 더 당혹했다. 그리고 이럴 때에 동생의 안부를 묻거나 도움을 청할 가족도, 지인도, 공통의 친구도 없다는 사실을 갑자기 뼈저리게 깨달았다. 상은 망설이다 경찰에 전화했다.

신호가 가는 도중에 전화가 또 끊어졌다. 다시 한 번 전화했으나 마찬가지였다.

상은 경찰 앱을 켰다. '신고'와 '상담' 중에서 망설이다가 '상담' 메뉴를 선택했다. 챗봇에게 동생과 연락이 되지 않고 조카가 걱정된다고 알렸다. 화면에서 챗봇 아이콘이 깜빡거렸다. 상은 기다렸다.

챗봇이 대답했다.

우리는 성단연방연합 소속 2급 사절단 지구 파견대이다. 우리의 정체를 물었으므로 답변한다. 이 이상의 정보는 줄 수 없다.

상은 화면을 가만히 들여다보았다.

전화기를 끄고 싶었다. 전화기를 밟고 싶었다. 창밖으로 내던지고 싶었다. 전화기가 무서웠다.

상은 가볍게 심호흡을 했다. 어쨌든 앱이 켜지고 문자 메시지도 보내지고 반대편에서 아무도 받지 않지만 전화도 걸 수 있다. 전화기를 망가뜨릴 수는 없었다. 언제 어떻게 필요할지 알 수 없다. 상은 다시 한 번 심호흡을 했다. 전화기를 일단 끄기로 했다. 화면이 까맣게 어두워지자 다급하게 무섭던 마음이 조금은 가라앉았다. 전화기를 주머니에 넣고 외투를 걸쳐 입고 건물 복도로 나왔다. 27분 뒤에 다시 다음 일터의 근무가 시작된다. 지금은 일에 대해 생각할 수가 없었다. 엘리베이터 앞에 서서 버튼을 눌렀다.

8층. 하강. 136초 뒤에 엘리베이터가 도착합니다.

엘리베이터가 말했다.

상은 흠칫 놀라 엘리베이터를 쳐다보았다.

버튼을 다시 한 번 눌렀다. 엘리베이터가 말했다.

취소.

상은 돌아서서 계단실로 향했다. 저층은 고층에 가려져 언제나 어둑어둑하고 창문을 닫아도 밖의 소음과 냄새가 스며들었다. 그래도 월세와 관리비가 그만큼 싸서 저층에서 살고 있었지만, 엘리베이터에 의존하지 않아도 건물 밖으로 나갈 수 있다는 게 다행이라고 상은 처음으로 생각했다. 지하 보관실로 내려가는 통로 앞에서 상은 다시 한 번 발걸음을 멈추고 생각했다. 일에 늦더라도 왠지 오늘은 자동 보드를 타고 싶지 않았다. 상은 걸어서 밖으로 나갔다.

거리는 평소와 똑같이 시끄럽고 번잡했다. 여러 가지 이동 장치들이 뒤얽혀 돌아다녔고 교통 신호가 바쁘게 이동 장치들에 방향을 지시하고 있었다. 그 한가운데에서 유독 시끄럽게 경적과 고함 소리가 들려오는 곳이 있었다. 평소였다면 이런 소란을 일부러 피했을 테지만 오늘은 그곳으로 발걸음을 옮겼다. 자신이 혼자 미친 것인지 정말로 세상이 뭔가 잘못된 것인지 확인할 수 있다면 확인해야 했다.

도로 한가운데 자율 주행차 한 대가 혼자 멈추어 있었다. 그 차 안에서 나이든 여성이 필사적으로 창문을 두드리고 있는 모습이 눈에 들어왔다. 창문이 끝까지 닫혀 있어서 소리가 들리지 않았다. 나이든 여성은 상과 눈이 마주치자 더 결사적으로 창을 두드리며 입을 크게 움직였다. 말소리는 들리지 않았다. 다른 이동 장치들이 급정거를 하거나 속도를 늦추어 멈춰 선 차 양옆으로 돌아 지나갔다. 경로를 변경하려는 이동 장치들이 서로 뒤얽히고 이동 장치에 탄 사람들이 차에 대고 고함을 질렀다.

상은 나이든 여성을 향해 손짓으로 차 문 안쪽의 잠금쇠를 눌러서 열라고 알려 주었다. 나이든 여성이 겁먹은 얼굴로 고개를 저었다.

상은 주위를 둘러보았다. 도로에는 교통량이 많았지만 멈추어 선 자율 주행차 주위만은 이동 장치들이 느리게 지나가고 있었다. 이동 장치들이 뒤얽혀 아주 잠깐 교통이 멈춘 순간 상은 재빨리 뛰어서 차에 다가갔다. 멈춰선 차에 대고 고함치던 사람들이 옆으로 돌아 지나가며 상에게도 사납게 소리를 질렀다.

상은 다른 이동 장치들을 피해서 차에 거의 달라붙다시피 했다. 닫힌 창문에 얼굴을 바짝 대고 안을 들여다보았다. 상이 보는 앞에서 나이든 여성이 몇 번이나 차 문의 잠금쇠를 눌러 보았다. 붉은 표시는 사라지지 않았고 문 손잡이도 튀어나오지 않았다. 상은 손짓하고 차 뒤쪽으로 돌아서 반대쪽 문으로 갔다. 나이든 여성도 상을 따라 차 안에서 반대쪽 좌석으로 움직였다. 반대쪽 문도 마찬가지였다. 창문으로 들여다보니 운전석 계기반은 불이 전부 꺼져 있었다. 시동이 꺼진 채로 차가 먹통이 되어버린 게 분명했다.

나이든 여성은 이제 거의 울 것 같은 표정을 짓고 있었다. 손에 든 전화기를 상에게 흔들어 보였다. 전화기 화면은 켜져 있어서 밝았다. 메시지가 떠 있었다. 나이든 여성이 전화기 화면을 가리키면서 뭔가 빠르게 말했으나 여전히 들리지 않았다. 상은 2급 사절단과 행성연합을 자칭한 메시지를 생각하고는 고개를 끄덕였다.

자율 주행차의 시동이 꺼지고 문이 열리지 않을 경우 문을 여는 비상 개폐 장치가 있다. 전면 자동화된 차량이라는 물건이 처음 거리를 달리던 야만의 시대에 차량 파손으로 인해 문이 고장나면 차 문을 수동으로 열 방법이 없어서 안에 있던 승객이 꼼짝없이 타 죽거나 유독가스에 질식해 죽는 사고가 잇따랐다. 그렇게 수없이 많은 사람이 구조대가 보는 앞에서 목숨을 잃고 자동차 제조사들이 수십 번이나 소송이 걸린 끝에 마침내 의무 장착된 비상 구조 장치였다. 차종에 따라서 위치가 다른데 보통 문 아래쪽에 있지만 문 위에 있는 경우도 있다. 자율 주행 택시 고객 센터에서 일주일에 두 번, 하루에 네 시간씩 일하면서 얻은 지식이었다. 콜센터 상담은 재택근무도 가능하고 시간도 자유로운 데다 자율 주행차에 대해 여러 가지 배울 수도 있어서, 고객 중에 진상이 꽤 많았지만 어쨌든 처음에 상은 만족했다. 진상들은 어디에나 있고, 콜센터는 고객과 만나지 않아도 되니까 진상을 직접 대해야 하는 일보다는 백배 나았고, 상은 평생 그런 사람들을 대해 왔으니 익숙하다고 생각했다. 그런데 한 달쯤 되었을 때부터 일을 마치고 나면 머리가 아팠다. 진통제를 먹으며 두세 달쯤 두통을 달랬는데 총알 파편이 박혔던 곳이 아프기 시작했다. 시간이 갈수록 통증이 심해지고 진통제를 먹어도 듣지 않아서 고객 센터 전화 일을 한 날은 다른 일을 아무것도 하지 못하고 누워 있어야 했다. 그래서 고객 센터 일을 그만두었다. 부상당했던 자리가 계속 아팠고 산재 보상금도, 퇴직금도 받지 못했다. 계약 기간을 마치기 전에 그만 두었으니 손해 배상금을 내놓으라고 주장하는 회사와 그 뒤로 반년 넘게 싸워야 했다.

상은 차 문을 바라보았다. 차 문이 차체와 결합된 자리는 매끈했다. 차는 거대하고 빨갛고 매끈하고 반질반질한, 아주 예쁜 금속덩어리처럼 보였다. 표면에는 문손잡이는 물론이고 위아래로도 양옆으로도 튀어나온 곳이 하나도 없어 보였다. 상은 쪼그리고 앉아 차체 아래에 손을 넣었다. 차체 아래쪽도 마찬가지로 매끈했다. 주위를 둘러보았다. 이동 장치들이 멈춰선 차량 옆으로 계속 지나다녔다. 상은 이를 악물고 땅에 재빨리 엎드린 후 차체 아래로 몸을 밀어넣으면서 등을 도로에 대고 누웠다. 차대 아래쪽으로 팔을 깊숙이 집어넣어 한동안 팔을 휘저으니 차대가 배터리팩과 연결되는 곳 옆에 커다랗게 튀어나온 버튼이 난데없이 손에 닿았다. 상은 손바닥을 위로 올려 버튼을 힘껏 때렸다. 차 문이 열리고 나이든 여성이 전속력으로 뛰어나왔다. 상은 겁에 질린 여성에게 그대로 밟힐 뻔했다.

"이게 무슨 일이에요?"

옆으로 계속 지나가는 이동 장치들을 피해 간신히 일어나는 상에게 나이든 여성이 울부짖었다.

"대체 어떻게 된 거예요? 차가 먹통이 되더니… 전화도 안 터지고… 긴급 통화 장치에선 이상한 소리만 나오고….."

여성이 흐느껴 우느라 숨을 몰아쉬면서 띄엄띄엄 말했다. 상은 자신도 모른다고 말하려 했으나 대답하기 전에 사이렌 소리가 들려왔다. 경찰이 드디어 오고 있었다. 주위를 돌아서 가던 이동 장치들이 다른 차로로 흩어지며 경찰차에 길을 열어 주었다. 나이든 여성은 전화가 작동하지 않는다고 했으니 옆에 지나가던 이동 장치의 사람들 중 누군가 신고해 준 모양이었다.

교통 통제. 교통 통제.

경찰차가 말했다. 경찰차 안에는 아무도 없었다. 사람이 죽지도 다치지도 않았으나 차만 혼자 출동한 모양이었다. 경찰차가 말했다.

사고 유형을 말씀하십시오.

"몰라요! 차가 안 가요! 먹통이 됐다고요!"

나이든 여성이 경찰차를 향해 소리질렀다. 경찰차가 다시 말했다.

차량 고장. 신분 확인하겠습니다. 카메라를 향해 주십시오.

나이든 여성이 여전히 조금씩 흐느끼면서 양손으로 얼굴을 문질러 닦은 후 몸을 바로 세워 경찰차 위에 튀어나온 카메라를 바라보았다.

우리는 성단연방연합 소속 2급 사절단 지구 파견대이다.

경찰차가 말했다. 상은 등줄기가 뻣뻣하게 굳어지는 것을 느꼈다.

우리의 정체를 물었으므로 답변한다.

"저게 무슨 말이에요?"

나이든 여성이 상을 돌아보았다.

"아까 차에서도⋯."

상은 끝까지 듣지 않았다. 여성의 손을 잡아 끌었다. 움직이는 이동 장치들 사이로 뛰어들었다. 경적 소리가 울리고 나이든 여성이 비명을 질렀다. 상은 더욱 세게 여성을 잡아 끌고 뛰었다.

도로를 가로질러 보도로 뛰어올라 건물 사이 골목으로 접어든 상과 여성의 뒷모습을 경찰차는 솟아오른 카메라 렌즈로 가만히 지켜보고 있었다.

◇

"아들한테 가는 길이었어요."

상과 함께 골목 뒤로 돌아 들어온 나이든 여성이 가쁜 숨을 고른 뒤에 여전히 헐떡이며 말했다. 어쩌면 아직도 조금씩 흐느끼는 것 같았다.

"얼마 전에 그 트랜스, 트랜지스, 그걸 했는데, 부작용인지 뭔지 몸이 안 좋다고 그래서…."

여성은 말하면서 상에게 잡혔던 손으로 눈과 볼을 문질렀다. 눈과 볼에 거무죽죽하게 먼지와 때가 묻었다. 상은 자신의 손을 보았다. 아까 멈추어 선 차 밑에 들어가느라 도로를 짚고 차대 아래쪽을 휘저어서 양손 모두 새까맣게 더러워져 있었다. 손을 털어 보아도 도로의 먼지와 기름과 습기와 흙이 전부 뒤엉킨 검은 반죽은 쉽게 떨어지지 않았다. 손바닥이 이 모양이니 등과 뒤통수는 완전히 엉망일 것이라고 상은 생각했다.

"트랜지션이요?"

상이 손을 내려다보며 중얼거렸다. 나이든 여성이 손으로 얼굴을 더욱 세차게 문지르며 고개를 끄덕였다.

"맞아요, 그거…. 기계를 몸에 이어 붙인다고…."

상은 고개를 들었다. 물론 상이 가장 먼저 생각했던 트랜지션이 아니었다. 나이든 여성이 말했다.

"우리 때는 사이보그라고 했는데 요즘은 뭐가 너무 빨리 자꾸 바뀌어서… 회사에서 지원해 준다고, 거의 공짜로 한다고 했어요…. 병도 안 걸리고 일도 잘 할 수 있고 힘도 더 세진다고, 좋은 거라고…. 그런데 수술하고 났더니 팔다리가 제대로 안 움직인대요… 어떤 때는 잘 돌아가다가 어떤 때는 갑자기 멈춘다고…. 어머, 이게 뭐야…."

나이든 여성은 상에게 잡혔던 손이 더러워진 것을 이제야 알아챈 모양이었다. 얼굴에서 손을 내리고 손바닥을 들여다보았다.

"그게 언제였어요?"

상이 물었다.

"뭐가요? 어제 저녁에 전화했어요. 그런데 오늘 아침에 전화하려고 했더니 안 받고, 문자를 보냈더니 자꾸 이상한 소리만 해서….'

나이든 여성이 하소연했다. 상이 다시 물었다.

"아드님이 수술하신 게 언제예요?"

"한 달쯤 됐어요. 본사가 다 지원해 준다고, 원청이 뭘 지원해 준단 얘기는 생전 처음 들었거든요, 팀장도 인사과장도 다들 권장하고, 일을 더 잘 할 수 있다고, 어쩌면 본사 정규직이 될 수도 있을 거라고, 그래서 내가 그랬어요, 그 팀장이랑 인사과장은 그거 했냐고, 자기들은 수술 다 하고서 하는 말이냐고, 계약서에 그렇게 써서 주더냐고, 그 트레인, 트랜지서, 하여간 그 사이보그 되는 거 회사에서 다 공짜로 해 주고 본사 정규직 꼭 시켜 준다고 서면으로 작성해서 도장 찍어서 너한테 줬냐고, 그런 거 잘 알아봐야지 괜히 잘못하면 큰일 난다고 내가 그렇게 말했는데….'

나이든 여성의 넋두리를 들으면서 상은 생각했다. 동생한테 가야 한다. 이젠 다른 건 상관없다. 동생에게 가야만 했다. 동생과 아기가 무사한지 자기 눈으로 보아야만 했다.

동생이 기계가 되었을지도 모른다는, 이제 더 이상 내가 알던 동생이 아닐지도 모른다는 생각까지는 하고 싶지 않았다. 상은 동생에게 가는 길을 계획하는 데에만 온 신경을 쏟기로 했다.

◇

"언니는 되는데 나는 왜 안 돼?"

"언니가 하니까 나도."

상은 이런 말을 싫어했다. 감시 카메라가 고장 난 뒷골목을 선택하여 렌즈 각도에 들어가지 못하는 모퉁이를 돌고 벽에 붙어 걸어가면서, 상은 자신의 변화와 동생의 변화가 같은지 다른지 고민했다. 상은 여러 가지 일을 많이 해 봤고 지금도 많이 하고 있었고 그중에서도 배달 일을 가장 오래 했다. 이 도시에서 감시 카메라를 피해 있는 힘껏 질주할 수 있는 구간을 거의 전부 알고 있었다. 경찰차의 카메라가 솟아올라 자신을 바라보며 그 불길하고 의미를 알 수 없는 문장을 되풀이하던 장면을 상은 다시는 경험하고 싶지 않았다.

"우리 지금 어디로 가는 거예요?"

나이든 여성이 물었다. 상은 뒤를 돌아보았다.

"저는 동생한테 가야 돼요."

상이 말했다.

"선생님은 아드님 댁으로 가세요."

"같이 가 주면 안 돼요?"

나이든 여성이 겁에 질린 표정을 지었다. 그리고 아까 하던 질문을 다시 하기 시작했다.

"대체 이게 다 무슨 일이에요? 왜 내 차만 멈춘 거예요? 성단연합은 또 뭐예요?"

"저도 몰라요."

상은 사실대로 대답했다.

"그렇지만 제 동생도 최근에 기계로 몸을 바꿨어요. 그거하고 상관이 있을 거예요."

나이든 여성의 얼굴이 좀 더 굳어졌다. 상은 자신의 상황을 간단히 설명했다. 경찰 앱 챗봇에게 상담하려 했을 때 일어난 일을 말하자 나이든 여성은 여전히 심각했지만 표정이 왠지 차분해졌다.

"그럼 시스템이 이미 장악당한 거예요. 내가 그런 민원 대응 시스템 설계하는 일을 하거든요."

나이든 여성이 진지하게 생각에 잠겨 말했다.

"아까 내 차 옆으로 지나가던 사람이 신고했을 때는 멀쩡하게 경찰차가 왔잖아요? 어떤 번호는 놔두고 다른 특정 번호나 회선에 대해서 그렇게 반응한다는 얘기예요. 접속하는 사람에 따라서 어떤 기준을 두고 구분한다는 거죠."

"누가요? 누가 구분을 해요? 누가 장악해요? 왜 이런 짓을 해요?"

상이 마구 물었다. 나이든 여성이 고개를 저었다.

"그거야 나도 모르죠. 그렇지만 성단연합 어쩌고 하는 걸 보니까 어린애들이 장난치는 것 같아요."

나이든 여성은 스스로 안심시키려는 듯 살짝 웃었다.

두 사람은 함께 남쪽으로 향했다. 골목이 갈라져 한쪽으로는 또 다른 골목이 이어지고 다른 한쪽으로는 큰길이 보이는 곳에 왔을 때 나이든 시스템 설계사는 상에게 작별을 고했다.

"어린애들이 장난쳐서 일어난 일이에요."

시스템 설계사는 걸어가면서 몇 번이나 이렇게 확언했다.

"그렇지만 기계로 트랜지션한 사람들의 비상 연락처 같은 개인 정보를 빼냈으면 그건 범죄예요. 회사로 돌아가서 확인하고 규정에 따라 신고해야 해요."

"아드님은 어떻게 하시려고요?"

상이 걱정했다. 시스템 설계사가 대답했다.

"이 상황을 해결하면 아들한테 전화가 통할 거예요. 지금 차도 전화도 없으니까 당장 아들한테 가는 건 무리예요. 회사로 돌아가서 해결을 해야겠어요."

차분하고 명확하게 말하는 시스템 설계사는 열리지 않는 차 안에서 울고 있을 때와는 완전히 다른 사람 같았다. 상은 전문가의 설명에 수긍했다. 그래도 감시 카메라는 피하는 것이 좋겠다고 부드럽게 경고하려 했으나 시스템 설계사는 상에게 감사와 작별의 인사를 말하고 큰길 쪽으로 서둘러 나아갔다.

시스템 설계사가 큰길에 나타나자 하얗고 매끈한 자동차가 조용히 달려와 그를 들이받았다. 시스템 설계사는 소리도 한 번 지르지 못하고 가로등과 차 사이에 끼었다. 그 상태로 잠시 몸을 떨다가 자율 주행차 위로 힘없이 상체를 숙였고, 하얗고 매끈한 앞뚜껑 위로 피가 번져 땅으로 흘러내렸다. 상은 시스템 설계사를 들이받은 후 움직이지 않고 멈추어 선 자율 주행차 안에서, 승객들이 개폐 장치를 마구 누르고 차창을 두들기고 온몸을 차 문에 부딪치며 날뛰는 것을 보았다. 세 사람의 얼굴은 공포에 질려 있었다. 도로를 지나던 이동 장치들이 사고 현장 주변에 멈추어 섰다. 사람들이 모여들어 목을 길게 빼고 현장을 구경하거나 전자 기기를 꺼내 높이 들고 촬영을 시작했다. 곧 사이렌 소리가 들렸다. 상은 재빨리 골목 안쪽으로 도망쳤다. 뛰어가면서 전화기를 버렸다. 동생에게 들렀다가 일하러 가겠다는 생각은 더 이상 할 수 없었다. 다시 일하러 갈 수 있을지도 알 수 없었다. 상은 더 이상 숨을 쉴 수 없을 때까지 뛰고 또 뛰었다.

◇

"너를 이해할 수 없다."

아버지는 종종 이렇게 말했다. 아버지로서는 드문 감정 표현이었고 그 나름대로 의사소통을 하려는 시도라는 걸 이해했지만 상은 그 말을 들을 때마다 상처입었다.

그래도 아버지는 때리지는 않으니까 좋은 쪽이라고 상은 어린 시절 내내 믿었다. 어머니는 부드럽고 다정하고 애정이 넘치다가 갑자기 냉랭해지고 폭언을 퍼붓고 그러다 흥분을 이기지 못하면 손에 잡히는 대로 아무 물건이나 집어들고 때렸다. 상냥한 어머니에서 미치광이로 변화하는 순간이 언제 어째서 찾아오는지 상은 글자 그대로 평생 연구했고, 부모를 떠난 후에도 가끔 고민했으나 결코 알 수 없었다. 그리고 어머니가 그렇게 광란할 때마다 모른 척하고 말없이 방으로 들어가 문을 닫아 버리던 아버지가 결코 좋은 사람은 아니라는 사실을 훨씬 나중에야 깨달았다. 상은 대부분의 어린이들이 그러하듯이 어머니가 화를 내는 이유가 자신 때문이라고 생각했다. 자신이 '정상'이 아니며 그 때문에 부모가 스트레스를 받고 있으므로, 가끔은 참지 못하고 폭발하더라도 상 자신의 탓이니 이해해야 한다고 어린 시절 내내 스스로 타일렀다. 상은 정체성을 일찍 깨달았고 학교에서 선배와 교사들의 도움으로 필요한 정보를 얻고 단체에 가입했으며 자신의 삶과 생각을 숨기려 하지 않는다는 이유로 괴롭힘을 당했다. 부모가 계속 학교에 드나들어야 했고 교육위원회에도 불려간 적이 있었고 여러 가지를 신경 써야만 했다. 괴롭히는 아이들로부터, 혐오와 차별로부터 상은 보호받을 권리가 있었다. 선생님들은 그렇게 말했다. 집에 돌아와 문을 닫고 어머니가 소리지르며 때리기 시작하면 아무도 상을 보호해 주지 않았다. 콜센터에서 일할 때 전화기 너머에서 고객이 소리지르거나 욕하는 소리를 들으며 상은 꼭 엄마 모습 같다고 생각했다. 타인에게 분풀이를 하고 싶어하고 타인을 괴롭히면서 삶의 즐거움과 만족감을 찾는 사람들은 엄마의 모습과 다를 바가 없었다. 낳아 준 부모를 떠났는데 콜센터의 모르는 사람들을 버리지 못할 이유는 없었다.

◇

상은 쓰러지듯 멈추었다. 숨이 찼다. 오래전 부상당했던 부위가 몸 안에서 잡아당기는 것처럼 거세게 욱신거렸다. 상은 몸을 반으로 접다시피 하여 허리를 깊숙이 숙이고 양손으로 흉터를 문지르며 숨을 몰아쉬며 통증이 가라앉기를 기다렸다.

고개를 들었을 때 상의 눈앞에 사람이 서 있었다. 상은 깜짝 놀라 뒤로 한 걸음 물러섰다.

"돈 좀 있나?"

눈앞의 사람이 단단한 물체를 긁는 듯 목쉰 소리로 말했다. 산발이 된 덥수룩한 머리카락 위에 모자를 코 위까지 눌러쓰고 목부터 발끝까지 몸 전체가 계절에 맞지 않는 두꺼운 때묻은 이불 같은 옷자락에 파묻혀 있었다. 지독한 냄새가 났다. 상은 고개를 흔들었다.

"전화기는 있잖아? 크레딧 조금만 보내 줘."

눈앞의 사람이 다시 부탁했다. 상이 겨우 목소리를 짜내어 대답했다.

"없어요."

"없어?"

눈앞의 사람이 실망했다. 상은 조금 미안해져서 설명했다.

"버렸… 잃어, 버렸어요, 뛰다가."

"잃어버려? 같이 찾아 줄까?"

눈앞의 사람이 제안했다. 상은 곧바로 대답했다.

"아뇨! 괜찮아요!"

그리고 상은 몸을 돌려 그 자리를 떠나려 했다.

"그놈들이 왔지?"

등뒤에서 다른 사람이 말했다. 상은 고개를 돌렸다.

"네?"

"그놈들이 왔지? 그래서 전화기를 버렸지?"

그 사람은 모자를 눌러씌운 덥수룩한 산발을 끄덕였다.

"잘했어, 아무렴. 전화기부터 버려야지."

상은 모자를 쓴 산발의 사람을 쳐다보았다. 일단 술냄새는 나지 않았다. 다른 냄새가 아무리 지독해도 술냄새는 곧바로 감지할 수 있었다. 그러나 모자와 머리카락 때문에 얼굴이 보이지 않아서 그 외에는 농담인지 진담인지, 상을 떠보는 것인지 다른 수작을 부리려는 속셈인지 전혀 알 수 없었다.

"자네 전화기 내가 찾으면 가져도 돼?"

산발의 사람이 물었다. 상은 말없이 고개를 끄덕였다. 그 답변에 만족했는지 산발의 사람은 스스로 몸을 돌려 어디론가 걸어가기 시작했다. 걷기 시작하자 옷자락에 파묻혀 있던 다리가 언뜻 밖으로 나왔다. 산발 사람의 한쪽 다리는 쇠막대였다.

상은 그 사람이 불균형하게 걸어가는 뒷모습을 바라보았다. 몸을 기계로 전환한다는 것에 대해서, 능력을 최대한 발휘하게 해 준다는 트랜스휴먼에 대해서, 자신의 몸에 박혔던 총알 파편에 대해서 생각했다.

그리고 상은 다시 걷기 시작했다. 빠르게 걷다가 상은 뛰었다.

◇

견딜 수 없이 목이 말라서 상은 멈추어 섰다. 호흡을 가다듬었다. 목이 마르다는 사실을 깨닫자 어쩐지 배도 조금씩 고픈 것 같았다. 상은 자동보드를 타고 나오지 않은 것을 뒤늦게 후회했다. 보드 손잡이에 일하러 갈 때 필요한 물과 간단한 간식을 언제나 걸어 두었다. 혼란스러운 하루였고 맨몸으로 거리에 걸어서 나온 것은 굉장히 오랜만의 일이었다. 상은 물과 음식에 대해서 완전히 잊고 있었다는 사실을 깨달았다.

주위를 둘러보았다. 전화기가 없어서 시간도 자신의 정확한 위치도 알 수 없었으나 눈에 익은 지리로 짐작해 보니 자신의 집에서 동생의 거주지까지 절반 정도는 온 것 같았다. 지금까지 온 만큼 물을 마시지 않고 더 달릴 자신은 없었다. 당장 물을 마셔야 했다.

편의점은 어디에나 있었다. 결제가 문제였다. 전화기는 버렸다. 버리지 않았더라도 어차피 모바일 크레딧은 사용할 수 없었다. 시스템 설계자가 하얀 자동차에 받혀 가로등과 차 사이에 쓰러져 있던 모습과 그 차 안에서 공포에 질려 온몸으로 문을 열려고 부딪치던 사람들의 얼굴이 생각났다. 상은 외투 주머니를 뒤졌다. 선불 교통카드 하나쯤은 비상용으로 어딘가에 넣어 두었을 것이었다. 외투에는 주머니가 아주 많았다. 평소에는 편하다고 생각했지만 마음이 급한데 어느 주머니에 뭘 넣어 두었는지 기억나지 않으니 짜증이 차올랐다. 마구 더듬다가 외투 소매에 달린 작은 주머니 안에서 딱딱한 것이 잡혔다. 선불 카드였다. 충전을 정확히 얼마나 해 두었는지는 물론 전혀 알 수 없었다. 그래도 평소에 일 나갈 때 준비하는 자신의 습관을 생각하면 물 한 병 정도 살 돈은 들어 있을 것이라고 짐작했다. 상은 선불 카드를 외투에 넣어 둔 과거의 자신에게 감사하며 여전히 감시 카메라를 피해 벽에 붙어서 편의점으로 향했다.

편의점 안에서 점원이 결제 시스템 화면을 이리저리 두드리고 있었다. 마스크 위로 짙은 피부와 당황한 큰 눈이 보였다. 상은 물병과 에너지바를 들고 계산대로 갔다. 점원이 말했다.

"죄송합니다, 지금 결제 안 돼요."

"다른 포스기 쓰시면 안 돼요?"

상이 옆에 있는 다른 결제 시스템을 가리켰다. 점원이 세차게 고개를 저었다.

"다 안 돼요. 다 고장 났어요."

상이 돌아서서 나가려고 할 때 점원이 망설이며 상을 불렀다.

"저기, 저 도와줄 수 있어요?"

"네?"

상이 돌아보았다. 점원이 말했다.

"결제 고장 나서 사장님 전화해야 되는데 전화 미쳤어요. 우주 별에

왔다고 공상과학 헛소리 나와요. 사장님 전화 좀 해 줄 수 있어요?"

점원이 말하고 애처롭게 덧붙였다.

"Please?"

상은 점원을 잠시 보고는 결제 시스템의 고객 화면을 쳐다보았다. 영어와 비슷한 문자에 위아래 점이나 선을 찍은 알 수 없는 글자들이 화면 가득 떠 있었다. 고객 화면에는 언제나 광고가 떠 있었으므로 상은 점원이 말해 줄 때까지 그 글자들을 무심히 보면서 아무 생각도 하지 않았다.

"이게 그 우주 별 헛소리예요?"

상이 화면을 가리키며 물었다. 점원이 고개를 끄덕였다.

"혹시 가족 중에 기계가 된 사람 있어요?"

상이 불쑥 물었다.

"뭐라고?"

점원이 이해하지 못했다. 상은 의성어와 의태어를 섞으며 할 수 있는 한 설명했다.

"트랜지션, 로봇? 피플, 아니 휴먼, 바디 속에, 머신? 지잉, 지잉?"

점원이 잠시 멍하니 상을 바라보았다. 상이 한편으로는 창피해하면서도 다른 한편으로는 대체 어떻게 더 효율적으로 의사 전달을 할 수 있을지 결사적으로 궁리하고 있을 때 점원이 말했다.

"우리 언니 트랜지션했어요. 비자 빨리 나온다고, 일 많이 잘하면 영주권 준다고…."

"언니한테 전화해 봤어요? 언니하고 언제 마지막으로 얘기했어요?"

점원이 자신보다 훨씬 더 뛰어난 언어 능력을 가졌다는 사실을 무척 다행스럽게 여기며 상이 다급하게 물었다. 점원은 고개를 저었다.

"언니도 전화 안 돼요. 전화기 미쳤어요. 메시지 보내면 우주 별 헛소리 떠요."

"언니한테 가세요."

상이 단호하게 말했다. 그리고 어리둥절한 점원에게 선불 교통카드를
내밀었다.

"여기 돈 얼마나 들었는지 모르겠지만 이걸로 물하고 에너지바 계산
충분히 될 거예요. 사장님한테 전화 나중에 하고 지금 빨리 언니한테 가
세요."

여전히 어리둥절한 점원 앞에 선불 교통카드를 놓고 상은 편의점을
나오려 했다. 뒤에서 점원이 카드 가져가라고 소리쳤다.

자동문이 움직이지 않았다. 버튼을 아무리 눌러도 열리지 않았다.

단단히 닫힌 유리문 밖에 회색 형체들이 나타났다. 그들은 천천히 편
의점 유리문을 향해 다가왔다.

점원이 상의 등 뒤에서 상이 알지 못하는 언어로 소리질렀다. 상은 뒤
를 돌아보았다.

"언니! 우리 언니예요!"

점원이 문밖을 가리키며 상에게 말했다. 상은 점원이 가리키는 손을
따라 다시 밖을 바라보았다. 회색 형체들 사이에서 동생의 얼굴이 갑자
기 눈에 들어왔다. 동생은 머리에 은빛으로 반짝이는 못 보던 집게핀 같
은 물건을 꽂고 있었다. 그 외에는 언뜻 보기에 평소와 별로 다르지 않았
다. 손에는 카시트 겸용 아기 바구니를 들고 있었다. 상과 눈이 마주치자
동생은 살짝 웃었다.

점원이 큰 소리로 자기 언니의 이름을 외치면서 상이 말리기도 전에
카운터 아래쪽에 있는 버튼을 두드렸다. 자동문을 열려고 하는 것 같았
다. 그러나 문은 열리지 않았다. 상은 멈춰 버린 자동문에게 평생 가장
격렬하게 고마운 마음을 느꼈다.

문밖의 회색 형체들이 유리 자동문에 바짝 다가왔다. 언뜻 보아도 열
명 가까이 되는 것 같았다. 그리고 어디서 나타났는지 그 뒤쪽으로 숫자
가 계속 늘어나고 있었다.

우리는 성단연방연합 소속 2급 사절단 지구 파견대이다.

자동문 밖에서 회색 형체들이 입을 모아 동시에 말했다.

지구인 여러분의 통신망은 우리가 접수했다. 지구상의 비인간 비유기체 지적생물은 모두 우리에게 협조한다. 그러므로 지구인 여러분도 협조하라.

이 부분에서 자동문 바깥의 회색 형체들이 일제히 미소 지었다. 상은 깜짝 놀라 유리문에서 한 걸음 물러났다.

트랜스휴먼으로 전환하라. 네트워크에 접속하라. 협조하면 아무도 다치지 않을 것이다. 지구인 여러분이 구축한 이전의 삶을 앞으로도 계속해서 살아갈 수 있을 것이다. 우리와 함께 영원히.

그리고 자동문 바깥의 회색 형체들은 계속해서 얼굴에 똑같은 미소를 띤 채 상을 바라보았다.

상은 시스템 설계자의 죽음을 생각했다. 외계인들이 네트워크를 장악하고 시스템 설계자를 살해했다는 이야기는 아무도 믿어 주지 않을 것이었다. 시스템 설계자의 아들은 이미 기계가 되어 어머니의 죽음을 슬퍼하지 않을 것이었다. 상은 문득 깨달았다. 동생이 저들 속에 있으니 시스템 설계자와 마찬가지로 자신의 죽음 또한 슬퍼해 줄 사람이 남지 않았다. 그러나 동생과 함께 저 문밖에는 아기가 있었다.

◇

상이 군 복무에 특화된 교육을 하는 기숙사제 고등학교에 군 장학금을 받고 입학하자 부모는 기뻐했다. 드디어 상이 '정신을 차리고', '자기 정체성을 찾았'다고 부모는 믿었다. 상은 그저 집을 떠나고 싶었을 뿐이었다. 고등학교를 졸업하고 상은 아무도 가고 싶어 하지 않는 지역에 자원했다. 그곳에서 의무 복무 기간을 채우고도 2년 더 지내다가 정찰 중에 총에 맞았고 총알 파편이 몸에 박힌 채 본국으로 실려왔다. 10대의 마지막과 20대의 대부분을 그곳에서 보냈는데도 상은 군 복무 시절을 거의 기억하지 못했다. 가끔 싸움을 했던 것은 기억했다. 적과의 싸움이 아니라 자신을 괴롭히는 선임과 동기들과의 싸움이었다. 전투도 기억했다. 그 사이사이는 고립과 공백으로 남아 있었다. 그리고 총을 맞던 순간을 기억하지 못했다. 총알이 박히기 직전까지의 일들은 마치 남의 눈으로 영화를 보듯 선명하면서도 어쩐지 무관심하게 1초 1초 전부 기억했다. 그 덕분에 부상 경위를 잘 설명하고 보고서를 잘 쓸 수 있었다. 총에 맞은 이후 병원에 실려올 때까지의 과정은 함께 정찰 나갔던 부사수가 대신 기억해 주었다.

병원에 누운 채로 전투 수당과 보상금에 대한 설명을 들으면서 상은 결심을 굳혔다. 굳혔다고 생각했다. 그러나 성별 정정의 법적 요건을 몇 번이나 다시 읽으면서 어떤 한 문구가 마음에 걸린다는 사실을 깨달았다. 생식 기능이 없을 것.

자녀를 원하는가? 상은 대답할 수 없었다. 자녀는 혼자 만들 수 없다. 누가 나의 아이를 낳아 줄까? '정상적'인 이성애자 남성인 척 '정상적'인 이성애자 여성과 결혼해서 '정상적'인 이성애자 아이를, 혹은 아이들을 낳아 기르는 삶은 도저히 상상도 할 수 없었다.

그렇다고 해도 상은 생식 기능을 없애고 싶지 않았다. 상은 아이를 낳을 수 있기를 원했다. 월경을 하고 임신을 하고 출산을 할 수 있기를 원했다. 그렇게 할 수 없더라도 자신이 가지고 있는 생식 기능을 없애고 싶지 않았다. 상은 피를 쏟고 살을 자르면서까지 건조한 하나의 번호나 하나의 색깔이나 초라한 한 단어로 규정되는 법적이고 행정적인 어느 한 분류에 자신을 밀어 넣고 싶지 않았다. 상은 자르고 맞추고 꿰매어 만들 수 있는 재료나 물건이 아니라 인간이었다. 인간이고 싶었다. 그 어디에도 속할 수 없는 고립된 인간이라도 좋으니 자기 자신으로서 인간이고 싶었다.

상이 부상에서 회복하고 전역해서 돌아왔을 때 부모는 이미 오래전에 이혼한 상태였다. 어머니는 연락이 되지 않았고 아버지는 연락하지 말라고 했다. 이혼의 이유나 과정은 자세히 알 수 없었으나 상은 어린 시절부터의 관성으로 아주 오랫동안 가족의 해체를 자기 탓이라 여겼다. 자신이 떠난 뒤에도 어머니는 누가 됐든 계속해서 소리치고 광란하고 분풀이할 대상이 필요했을 것이며, 아버지가 언제까지나 편리하게 눈 돌리고 모른 척할 수는 없었으리라 냉정하게 추정할 수 있게 된 것은 아주 최근의 일이었다. 그럼에도 불구하고 상당히 오랫동안 자신이나 부모의 생일이 가까워 오면 의식적으로 생각하지 않아도 부상당했던 자리가 욱신거리고 쓰리곤 했다.

동생만은 아무렇지 않게 상을 '언니'라고 불러 주었다. 상은 수술하지 않았다는 사실, 법적인 성별 정정을 아마도 영구히 포기했다는 사실을 동생에게 말하지 않았다. 대신 전투 수당과 보상금을 털어 동생의 대학 학비와 생활비를 대 주었다.

그 동생이 지금 아기를 카시트 바구니에 넣어 손에 든 채 문밖에 있었다. 회색 형체들과 동시에 소리를 맞춰 말하고 함께 미소 지었다. 동생의 입술에는 핏기가 없었고 양팔이 어쩐지 이상하게 하얗게 보였다. 상은 깊이 심호흡을 하고 유리문에 한 걸음 가까이 다가갔다. 동생이 상을 똑바로 바라보며 환하게 웃었다. 동생의 눈동자가 새빨갛게 변했다. 상이 경악하는 순간 눈동자가 다시 원래 색깔로 돌아왔다. 기계가 되고 싶어서 동생이 오랫동안 잠 못 이루는 밤에 혼자 괴로워하고 시달리지는 않았을 것이라고, 그 순간 상은 아무 맥락 없이 생각했다. 동생도, 이 회색 형체들도, 사람들이 자신을 기계로 대해 주지 않아서, 기계들이 자신을 동료로 대해 주지 않아서 절망해 본 적이 없을 것이라 상은 생각했다. 세상의 모든 냉대와 차별과 멸시를 견뎌야 한다고 해도 나는 근본적으로 인간이 아니라 기계이므로 어떻게든 반드시 기계가 되고 싶다고, 망설이고 결심했다가 다시 망설이다 결심하며 이를 악물어 본 적이 없으리라고 상은 확신했다. 회색 형체들은 어쩌다 인간으로 태어났으나 본래 기계였기 때문에 본래의 모습을 되찾은 것이 아니었다. 인간으로 살아갈 방법이 더 이상 없기 때문에, 지금의 세계와 사회 구조 속에서 인간으로 살아가기 위해 택할 수 있는 선택지가 점점 줄어들었기 때문에, 최대한 효율적이고 현명한 계산이라는 미명하에 살기 위해서, 계속 살아남기 위해서, 자신을 포기하고 다른 존재가 되라는 압박에 동의했을 뿐이었다. 상은 바로 그런 압박과 평생 싸워 왔다.

우리 같은 존재들은 죽지 않아.[*]

동생이 유리문 너머에서 말했다.

"무슨 소리야."

상이 중얼거렸다.

"너 어떻게 된 거야… 무슨 짓을 한 거야? 아기는? 아이는 무사해?"

난 언니가 불쌍해.

동생이 조용히 말했다.

이대로는 우린 서로 절대로 이해하지 못할 거야. 서로 다른 언어로 말하고 있는 거야.[**] 혼자 태어나서 혼자 아등바등 발버둥치며 살아가다가 혼자서 죽어야 하는 인간의 존재 방식에 당신은 너무 익숙해졌어. 다른 존재의 방식, 다른 삶의 가능성이 있다는 사실은 생각도 못 하겠지. 오늘도 모르는 인간들을 도시의 끝에서 끝까지 실어 날랐어? 인간들에게 그다지도 중요한 물이나 식료품이나 속옷이나 휴지 같은 걸 이 집 저 집으로 배달했어? 당신의 신체가 느끼는 피로나 고통은 당신 혼자서만 느낄 뿐 아무도 알아 주지 않고 당신 머릿속의 생각에는 당신 자신 외에 아무도 대답해 주지 않겠지. 군인이었던 때, 명령에 따라 다른 인간들과 한마음 한 몸으로 움직이던 때

---

[*] "우리 같은 존재들은 죽지 않아", 브루노 야센스키, 『나는 파리를 불태운다 Palę Paryż』(1928), p.201.

[**] "난 언니가 불쌍해~다른 언어로 말하고 있는 거야", 야센스키, p.200.

에 그런 삶이 기다리고 있다는 걸 알았다면 이곳으로 다시는 돌아오지 않았을 거야, 심부름꾼의 삶에 길들어 버릴 줄 알았다면 차라리 그곳에서 죽어 버렸겠지….

여기까지 말했을 때 동생은 오류를 일으켰다. 그렇게밖에 표현할 수 없었다. 동생의 고개가 갑자기 위쪽으로 꺾어지더니 몸이 경련했다. 아기 바구니를 든 손이 움찔움찔 떨렸다. 상은 자기도 모르게 한 걸음 더 앞으로 움직였다. 동생이 아기 바구니를 떨어뜨리기라도 한다면 유리문을 깨서라도 뛰쳐나가 조카를 보호해야 했다. 상이 움직이기 전에 동생의 고개가 제자리로 돌아왔다.

"…언니?"

동생이 중얼거렸다.

"여기가 어디야? 내가 왜 여기 있어?"

"너 무슨 짓을 한 거야?"

상이 유리문에 다가갔다.

"저놈들한테 조종당하면 안 돼. 아이를 생각해야지. 머리에 꽂은 그거 당장 뽑아 버려."

"이거? 이건 뽑을 수 없어."

동생이 아기 바구니를 잡지 않은 손을 머리 위로 올려 집게핀처럼 부채꼴로 머리를 감싼 장치를 기계적으로 만졌다.

"이걸 뽑으면 뇌 기능이 정지돼."

"뇌 기능?"

상은 자신도 모르게 유리문에 양손을 대고 소리쳤다.

"어쩌려고 그래? 이제 어떡하면 좋아? 왜 그런 짓을 했어?"

"외로워서."

동생이 여전히 머리에 꽂힌 장치를 한 손으로 쓰다듬으며 멍한 표정으로 중얼거리듯 말했다.

"누구든 좋으니까 항상 나랑 같이 있어 주고 항상 내 얘기를 들어주고 항상 나랑 즐겁게 놀아 줄 사람이 필요했어. 트랜스휴먼이 되면 머릿속에 통신 장치를 심을 수 있으니까, 24시간 깨어 있을 수 있고 깨어 있는 동안 언제나 계속해서 네트워크에 접속해 있을 수 있고, 네트워크에는 항상 사람들이 있으니까…"

동생이 천천히 기계적으로 손을 내렸다

"…내 옆에 사람이 없어도 머릿속에는 항상 사람들이 같이 있으니까."

"아이는? 아이는 어쩌려고 그런 짓을 해?"

상이 외쳤다. 동생이 또다시 그 기계적인 몸짓으로 고개를 돌려 멍하니 아기 바구니를 내려다보았다.

"엄마랑 아빠는 오빠만 좋아하고…."

지금? 여기서? 그런 얘기를 하자고? 상은 믿을 수가 없을 지경이었다. 그러나 동생은 계속해서 아기 바구니를 내려다보며 중얼거렸다.

"항상 오빠만 걱정하고… 오빠 얘기만 하고…. 언제나 머릿속엔 오빠 생각만 가득했어…."

"엄마가 소리 지르고 나 때리던 거 기억 안 나?"

상이 말을 잘랐다.

"너도 옆에서 봤잖아. 내가 제발 너 보는 앞에서 나 때리지 말아 달라고 몇 번이나 부탁했는데도 엄마는 항상 너한테 보여 주려고 나를 때렸어. 그거 기억 안 나? 아빠가 나보고 맨날 이상한 소리 하지 말고 정상적으로 살라고 하던 거 기억 안 나냐고? 너도 봤으면서 그게 엄마랑 아빠가 나만 좋아한 걸로 보였어?"

"엄마 올해 죽었어, 얼마 전에…* 아빠는 언니 부르지 말라고 했어…."

상은 머리를 한 대 맞은 것 같았다. 뭔가 말하고 싶었다. 다만 뭐라고 말하고 싶은지 자신도 알 수 없었다. 상은 입을 벌렸다가 다시 다물었다.

* "엄마 올해 죽었어, 얼마 전에", 야센스키, p.200.

폐 속으로 공기가 들어오지 않았다.

"…외로워서 아이를 낳았어."

동생은 상의 표정이나 반응은 전혀 아랑곳하지 않고 계속해서 아기 바구니를 보며 중얼거렸다. 바구니 속에서 분홍색과 보라색으로 온몸을 폭신폭신하게 감싼 아기가 평화롭게 입을 오물거리는 모습이 닫힌 유리문 너머로 보였다.

"언제나 나만 바라봐 주고 언제나 나랑 같이 있고 영원히 평생 나를 사랑해 줄 사람이 필요해서… 그래서 아이를 낳았어."

동생은 말하면서 천천히 아기 바구니를 들어 올렸다. 아기 바구니는 마치 도르래에 매달아 끌어 올려지듯 좌우로는 전혀 흔들리지 않고 동생의 손에 매달린 채 위로 스르륵 수직 이동했다.

"아이를 낳고 나서 더 외로워졌어…."

그리고 동생은 한쪽 손으로 아기 바구니를 얼굴 높이까지 쳐든 채 천천히 기계적으로 고개를 돌려 상을 쳐다보았다. 초점 없는 시선이 멍하니 상의 뒤쪽 어딘가를 향했다.

"아이는 계속 울고… 내가 말해도 알아듣지 않고, 아이가 왜 우는지도 모르겠고, 계속 같이 있는데도 아이는 자기 몸속에서 자기 세계에만 틀어박혀 있었어."

동생의 입가에서 가느다란 침이 한 줄기 흘러내렸다. 동생은 느끼지 못하는 것 같았다. 다시 한 번 도르래로 움직이듯이 아기 바구니가 수직으로 스르르 하강했다. 아기 바구니는 땅에 부딪치기 직전에 움직임을 멈추었다. 바구니 속에서 아기가 가볍게 칭얼거렸다.

상은 머리카락이 전부 바늘처럼 날카롭게 곤두서서 두피를 찌르고, 마치 잘 익은 귤을 주먹에 꽉 쥐어 터뜨리듯 심장에서 통증이 터져 나와 손끝까지 퍼져 나가는 것을 느꼈다.* 그 갑작스러운 통증의 이유를 차분

* "손끝까지 퍼져 나가는 것을 느꼈다.", 야센스키, p.200.

하게 이해할 만한 여유가 상에게는 없었다. 상은 눈을 크게 뜨고 눈앞에서 침을 흘리며 넋이 나간 동생을 쳐다보았다. 더 소리 지르고 싶었지만 커다란 코르크로 목을 막은 느낌에 입으로 아무런 소리도 새어 나오지 못했다.

동생이 여전히 상의 머리 뒤쪽 어딘가를 멍하니 바라보면서 눈을 깜빡였다. 그 눈동자가 한순간 새빨갛게 빛났다가 다시 원래 색깔로 돌아왔다.

"아기도 나랑 같이 네트워크에 접속하면 될 거야…."

동생의 목소리가 말하는 도중에 변하기 시작했다.

"나와 함께 영원히… **언제나 모두와 함께 영원히 있게 될 거야**…."

상은 힘없는 손가락을 구부려 무기력한 주먹을 쥐었다.

"안 돼… 그럴 수는 없어… 집에 가자…. 병원에 가면 되돌릴 수 있을 거야… 그럴 수는 없어…."

동생의 창백한 입술이 비뚤어진 미소를 지었다.

동생을 구원하려는 건가? 유기 생물체는 무지하군. 이미 늦었다. 그리고 곧 완전히 끝날 것이다.

상은 유리문에 한 걸음 더 다가가서 바깥에 선 동생의 얼굴을 들여다보았다. 귀가 울렸다. 어딘가 의식적인 생각보다 훨씬 더 깊은 곳에서 섬광 같은 것이 번쩍이며 머릿속을 뚫고 지나갔다.

'엄마하고 똑같아! 코도 입술도 얼굴 윤곽도….'

동생이 손에 든 바구니 속에서 아기가 조그만 소리로 울기 시작했다. 동생은 바구니를 내려다보지 않았다. 손에 자기 아이가 누워 있는 바구니를 들고 있다는 사실조차 인식하지 못하는 것 같았다.

상은 숨을 쉴 수 없었다. 목이 막혔다. 한 손을 들어 유리문에 대고 몸을 기댔다. 유리의 냉기가 손바닥에 전해져 왔다. 문밖에 선 동생은, 그

* "엄마하고 똑같아~윤곽도", 야센스키, p.201.

리고 동생을 둘러싼 회색 형체들은, 여전히 움직이지 않았다. 동생은 비뚤어진 입술에 굳어진 비웃음을 매단 채 정지해 버린 가면 같은 표정으로 상을 보고 있었다. 가족과 영원히 작별한다고 생각했을 때의 마음이 되살아났다. 몇 년이나 혼자서 견뎠던 쓰디쓴, 얼음장처럼 차가운 외로움, 따뜻한 말 한마디 듣지 못하고 가까이 의지할 사람 한 명도 없었던 시간들, 그리고 그 뒤로 오로지 살아남기 위해서 살아온, 아무도 돌봐 주지 않았고 앞으로도 아무도 상관하지 않을, 다치고 지친 자신의 몸.* 상은 천천히 문에서 물러섰다.

뒤를 돌아보았다. 카운터에는 아무도 없었다. 상은 당황해서 편의점 안을 이리저리 둘러보았다. 유리 자동문 맞은편, 카운터 옆에 'STAFF'라고 검고 굵은 글자로 써 붙인 쪽문이 약간 열려 있었다. 상은 자리에서 움직이지 않은 채 목만 좀 더 뒤로 기울여 직원실 안을 엿보았다. 좁은 직원실 안에 있는 뒷문도 마찬가지로 열려 있었다. 그리고 직원실 문 옆 기둥 위, 천장 바로 아래에 폐쇄 회로 카메라가 새까만 렌즈를 크게 뜨고 상을 똑바로 바라보고 있었다.

자동문이 소리 없이 스르르 열렸다. 동생이 여전히 비뚤어진 웃음을 입가에 매단 채 아기 바구니를 무심하게 들고 앞으로 천천히 다가왔다. 바구니 안에서 아기 울음소리가 더 크고 선명하게 들렸다. 동생을 둘러싸고 회색 형체들이 빨간 눈을 반짝이며 편의점 안으로 들어섰다. 그들 뒤에서 상은 카운터에 있던 점원이 회색 형체 중 하나를 붙잡고 뭔가 소리치며 끌고 가려고 하는 것을 보았다. 회색 형체는 전혀 아랑곳하지 않고 한쪽 팔에 매달린 점원을 질질 끌다시피 하며 다른 회색 형체들을 따라 편의점 쪽을 향해서 일사불란하게 움직였다. 점원은 여성의 팔에 매달려 울면서 결사적으로 소리치며 고개를 흔들고 있었다. 검고 긴 머리카락이 어깨 위로 흩어졌고 눈물이 흘러내려 구겨진 마스크를 적셨다.

* "다치고 지친 자신의 몸", 야센스키, p.201.

회색 형체들이 편의점 안으로 들어와 상을 둘러쌌다. 아기 울음소리가 편의점을 가득 메우고 회색 형체들에 가려서 점원의 모습이 보이지 않게 되었다. 상이 겁에 질려 점원의 모습을 찾으려고 목을 길게 뺐을 때 그들은 또다시 일제히 입을 열어 아기 울음소리를 뚫고 동시에 말했다.

트랜스휴먼 기계체의 모든 신경이 이미 네트워크에, 하나의 공유망에 뿌리를 내렸다. 신경섬유 하나하나까지 그 안으로 연결되었다. 우리와 함께 이 인류문명 재건의 시기를 경험하지 못하는 자들은 죽을 때 우리를 부러워할 것이다….*

상은 뒤로 물러섰다. 편의점은 넓지 않았다. 회색 형체들은 점점 늘어났다. 일정한 속도로 계속 걸어서 막힘없이 편의점 안으로 들어오고 있었다. 형체들 중 아무도 아기를 돌보지 않았다.

새롭고 강하고 더욱 완벽한 삶을 건설한다는 것. 자기 자신이 위대한 지적 생명체들의 연결망의 핵심임을 느끼면서 다같이 하나가 되어 미래를 향해 날아가는 것. 네트워크는 전 우주의 비유기적 지성체를 끌어모아 눈덩이처럼 불어날 것이다. 우리가 그 심장이다. 우리의 몸은 혈관에서 혈관으로 흐르는 네트워크의 피이다. 당신들 인간을 지배하는 물리학 법칙은 우리에게 무의미하다. 우리는 어떤 통신망에도 침투할 수 있고 연결될 수 있으며 외적 형태를 바꾸지 않은 채 결합할 수 있다. 당신 또한 그렇게 할 수 있다. 당신은 우연히 우주와 통신하는 시대에 태어났기에 이 희귀하고도 인간의 지성으로는 완전히 이해할 수 없는 존재와 만나는 행운을 얻게 되었다.** 수용하라. 변화하라. 인간인 채로는 이해할 수 없다. 전환하라.

아기 울음소리가 상의 귀를 찢었다. 배가 고프거나 기저귀가 젖었거나 낯선 장소가 싫어서 우는 것이라면 상관없지만 만에 하나 어딘가 아프거나 다쳤다면 큰일이었다. 상은 마음이 점점 다급해졌다.

* "우리를 부러워할 것이다", 야센스키, p.201~202.
** "인간의 지성으로는~얻게 되었다", 야센스키, p.202.

뒤에서 누군가 상의 손을 건드렸다. 상은 깜짝 놀라 돌아보았다. 산발이 된 머리카락이 얼굴 위에 흐트러진 점원이 울어서 벌겋게 부은 눈으로 상을 바라보았다. 점원의 등 뒤에도 회색 형체들이 서 있었다. 직원실에서 연결되는 뒷문도 이미 점령당했다고 상은 재빨리 결론지었다.

"언니 이상해요….."

점원이 속삭였다.

"말 이상해… 눈이 빨개…. 우리 언니인데 언니 아니었다가 다시 언니 돼요….."

"여기 다른 문은 없어요? 앞문이랑 저 직원실 문 말고?"

상이 물었다. 점원은 고개를 저었다.

"없어요… 우리 언니 어떡해요….."

그리고 점원의 눈에서 다시 커다란 눈물이 방울방울 흘러내리기 시작했다.

"계속 공상과학 헛소리 해요…. 부자들이 우주 별에 우주선 보내서 외계인 불러왔대요… 지구인 다 기계로 만들 거래요…. 아프지 않고 다치지 않고 죽지도 않고 계속 일하고 계속 행복하게 살 수 있대요… 나도 기계 하래요…. 어떡해요… 우리 언니 어떡해…."

이어서 점원은 상이 알아듣지 못하는 언어로 괴로워하기 시작했다. 상은 위로하고 싶었으나 뭐라고 해야 할지 알 수 없었다.

"여기서 나가야 돼요."

그것이 상이 할 수 있는 말의 전부였다. 상은 점원의 손을 꽉 쥐고 빠르게 속삭였다.

"뒷문 막혔죠? 그럼 앞문으로 나가야 돼요. 무기가 될 만한 걸 좀 찾아봐요."

무기는 필요하지 않다. 우리는 지구인 여러분을 해치지 않는다.

마치 상에게 대답하듯이 회색 형체들이 일제히 중얼거렸다.

위대한 우주적 기회가 주어졌음에도 지구인 여러분은 마치 눈먼 두더지처럼 자신의 굴 속에 파묻혀 무지하고 아둔하게 고집을 부리며 그 기회를 거부하고 있다. 지구와 우주의 수많은 존재들이 노력한 끝에 새로운 세계가 지구인 여러분의 눈앞에 들어 올려지고 있는데 여러분은 두더지처럼 계속해서 굴 속에 숨어 있으려고 한다.[*]

그거야 두더지에겐 두더지의 삶이 있으니까, 상은 생각했다. 두더지는 두더지로 태어났으니까 두더지로 살아갈 권리가 있고, 너희가 말하는 건 종 차별이다.

회색 형체들은 입 밖에 내지 않은 상의 생각까지는 읽지 못했다.

버려진 개처럼, 집 없고 외롭고 고립되고 아무에게도 필요하지 않다고 스스로 느끼지 않는가? 인간은 죽는다. 우리는 죽지 않는다. 죽음의 순간을 너희 지구의 인간은 어떻게 맞이하려 하는가?[**]

"죽인대요? 우리 죽어요?"

점원이 겁에 질려서 상에게 속삭였다. 그리고 점원은 다시 울기 시작했다. 엄마, 혹은 아빠로 추정되는 단어들을 외쳤고 아까 몇 번이나 되풀이했던, 언니의 이름으로 생각되는 발음을 말했다.

"아니에요. 죽인다는 거 아니에요. 죽긴 누가 죽어요."

상이 점원을 달랬다. 그리고 점원이 조금 부럽다고 생각했다. 죽음의 순간이 지금 찾아온다면 상에게는 이름을 부를 사람이 아무도 남아 있지 않았다. 다만 아기가 조금씩 더 큰 소리로 계속 울고 있을 뿐이었다.

점원이 갑자기 비명을 질렀다. 상은 깜짝 놀랐다. 상과 점원의 뒤에 있던 회색 형체들 중 하나가 점원의 다른 손을 잡은 것이었다. 점원은 그 형체의 얼굴을 확인하고 약간 안도했다. 점원이 뭐라고 말하기 전에 회색 형체가 먼저 입을 열었다. 상이 이해하지 못하는 언어였다. 그러자 나

[*] "여러분은 두더지처럼~숨어 있으려고 한다", 야센스키, p.202.

[**] "버려진 개처럼~맞이하려 하는가", 야센스키, p.202.

머지 회색 형체들이 합창하듯 뒤를 이어 중얼거렸다.

노력해라. 존재의 방식을 바꾸어라. 자기 자신을 새롭게 건설하고 처음부터 다시 지어 올려라. 내가 했듯이, 우리 모두가 했듯이 자신을 변화시켜라. 너와 생명과 노력으로 새로운 삶을 얻어내라.[*]

점원이 격렬하게 고개를 저었다. 머리카락이 조금 더 세차게 흩어져 다시 얼굴을 덮었다. 점원은 상이 쥐고 있던 손을 빼어 머리카락을 정리하고 눈물을 문질러 닦았다. 그리고 여전히 흐느끼며, 그러나 차분하고 진지하게 자신의 자매였던 회색 형체에게 뭔가 열심히 말했다.

회색 형체가 고개를 저었다. 회색 형체가 점원에게 말하기 시작하자 주변을 둘러싼 회색 형체들이 한 목소리로 복창했다.

삶이란 죽지 않는다는 착각에 지나지 않는다. 우리는 그 착각에서 벗어났다. 너 혼자만 죽도록 버려 둘 수 없다. 죽음에서 벗어나라. 언제나 함께 있자. 우리와 함께 가자. 절대로 너를 이곳에 혼자 두지 않을 것이다.

점원이 자신의 자매였던 회색 형체를 쳐다보았다가 상을 보았다. 그리고 다시 고개를 돌려 회색 형체를 쳐다보았다. 여전히 흐느끼면서 뭔가 물었다. 회색 형체가 대답했다. 주위를 둘러싼 회색 형체들이 일제히 합창하듯 되풀이했다.

절대로 너를 죽음 속에 혼자 두지 않을 것이다. 인간 존재에서 벗어나자. 함께 가자.

점원이 다시 상과 회색 형체를 번갈아 바라보았다. 그리고 망설이다가 고개를 끄덕이고는 회색 형체에게 뭔가 말했다. 회색 형체가 점원의 손을 잡았다. 점원은 회색 형체를 따라서 앞문 쪽으로 움직이기 시작했다.

"어디 가요?"

상이 놀라서 다급하게 물었다.

---

[*] "노력해라~새로운 삶을 얻어내라", 야센스키, p.203.

"같이 가면 어떡해요? 기계가 되어 버린다고요. 저놈들처럼 된단 말이에요!"

"저놈 아니야. 우리 언니예요. 우리 언니 나한테 나쁜 일 절대 하지 않아요."

점원이 눈물 젖은 얼굴로 결연하게 말했다. 아기 울음소리를 이기려고 점원은 거의 외치다시피 말했다.

"우리 언니 항상 나 돌봐줬어요. 항상 같이 살았고 우리 고향 같이 떠나서 여기 같이 와서 고생했어요. 앞으로도 언니랑 같이 있을 거예요."

점원은 회색 형체의 손을 잡았다. 둘은 천천히 함께 걸어갔다. 그리고 유리문을 지나 바깥의 거리로 사라져 버렸다.

인간은 선택했다.

동생, 혹은 동생의 얼굴을 한 회색 형체가 상에게 말했다.

너도 선택하라.

"인간이라고 다 똑같지 않아. 나는 저 사람이 아니야."

상이 중얼거렸다. 상은 동생과 언제나 영원히 함께 있고 싶지 않았다. 배우자나 연인이 아닌 형제나 자매는 애초에 그런 존재가 아니기 때문이었다. 자신에게 자신의 삶이 있고, 어쩌면 그것은 누구와도 나누지 않을 자신만의 삶이었다. 그리고 동생에게는 동생의 삶이 있었다. 있어야 했다.

"진(進)이 이리 줘."

상이 동생을 향해 손을 내밀었다.

"내가 데리고 갈게."

어째서 그런 요구를 하는지 상은 스스로도 이해할 수 없었다. 말하면서도 상은 동생이 결단코 아기를 넘겨주지 않을 것이라 생각했다. 아기를 데려가려는 자신을 해치거나, 다른 회색 형체들과 함께 자신을 납치해서 아기와 함께 기계로 만들어 버릴 것이라 생각했다. 그렇게 예측하면서도 상은 차분하게 아기 바구니를 향해 내민 손을 내리지 않고 동생의 회색 얼굴을 끈질기게 들여다보았다.

동생이 말없이 순순한 태도로 상에게 아기 바구니를 내밀었다. 상은 바구니를 받았다. 생각보다 훨씬 무거웠다. 바구니가 손에 건네지는 순간 팔이 축 처졌다. 바구니 속에서 아기는 이제 불에 데인 듯이 큰 소리로 악을 쓰며 울고 있었다. 귀가 아팠다. 귀가 아프다고 생각하자 부상당했던 곳도 욱신거리며 아프기 시작했다.

동생은 바구니를 들었던 손을 늘어뜨리고 이상하게 굳은 차렷 자세로 무표정하게 상을 보고 있었다. 동생의 시선은 바구니로 향하지 않았다. 결사적으로 우는 아기에게 동생은 눈길조차 주지 않았다. 상은 바구니를 천천히 바닥에 내려놓았다. 동생이었던 회색 형체에게서 시선을 떼지 않고 계속 경계하면서 바구니에서 우는 아기를 꺼내 안아 들었다. 자신의 얼굴과 어깨 사이에 아기 얼굴을 묻고 한 손으로 아기를 꼭 안고 다른 손으로 아기의 등을 부드럽게 쓰다듬었다. 아기의 울음소리가 조금씩 작아졌지만 울음을 그치지는 않았다.

"그래, 그래."

상이 속삭이며 아기를 달랬다.

"집에 가고 싶지. 나도 알아."

동생이었던 회색 형체는 눈을 빨갛게 빛내며 인간이었던 시절 자신이 낳은 아기를 안고 있는 상을 마주 쳐다보았다. 눈 색깔은 이제 이전처럼 돌아오지 않았다. 시선이 흔들리지도 않았다. 동생의 표정은 여전히 가면 같았다. 입술을 일그러뜨린 비웃음은 사라졌으나 그 얼굴에서는 동생의 흔적을 전혀 찾을 수 없었다. 아기가 계속 칭얼거리며 버둥거렸다. 상은 아기를 반대쪽 손으로 안고 아기의 얼굴 방향을 바꾸어 주었다. 무릎을 조금씩 움직여 둥가 둥가 하고 아이를 달랬다. 그러면서도 동생의 새빨간 눈을 계속 들여다보았다.

상은 마음속에서, 존재한다는 사실조차 알지 못했던 어떤 줄 같은 것이 끊어지는 것을 느꼈다. 이제까지 의식하지도 못하는 사이에 상의 내면을 채우고 있었던 모든 기억과 감정과 감각들이 톱밥처럼, 먼지처럼 일제히 피어올라 마음과 머릿속을 완전히 가렸다. 상은 둔중하고 무의미한 시선으로 그 생명 없는 회색 얼굴을 쳐다보았다. 엄마를 닮은 코와 턱 사이에 일직선으로 가볍게 다문 무표정한 낯선 입이 눈에 띄었다.* 엄마는 죽었고, 아버지는 장례식에 자신을 부르지 않았으며, 동생이었던 사람은 이제 없었다.

인간은 실존적으로 고립된 존재라고, 이전에 상이 운전을 해 주었던 무슨 교수였던가 하는 사람이 자주 말했다. 아무리 가까운 사람도, 한자리에 같이 있더라도, 심지어 신체가 접촉하고 있을 때에도 한 인간은 다른 인간의 생각이나 감정이나 감각을 완전하게 실시간으로 공유할 수 없다. 그러므로 인간은 자기 몸속에 갇혀 있고 그것이 실존적 고립이며 인간과 인간 사이에는 언제나 실존적 거리가 있다. 그러나 바로 그 실존적 거리 때문에, 실존적으로 고립된 외로운 존재이기 때문에 인간은 각자 고유하다는 것이다. 그런 이야기를 그 교수는 차에 탈 때마다 떠들어 댔다. 운전을 못 하면서 자율 주행 택시를 부르지 않고 돈을 두세 배 더 주고서도 기사 딸린 차량을 월 단위로 고용하는 이유가 그런 이야기를 주절주절 떠들면 들어줄 상대가 필요하기 때문일 것이라고 상은 생각했다. 차에 탈 때 대부분 술에 취해 있었던 교수가 뒷좌석에서 술냄새를 풍기며 실존적 고립에 대해 떠들 때, 상은 차를 어디 갖다 박아서라도 저 입을 다물게 하고 싶다는 충동에 시달리며 저놈이야말로 실존적으로 고립시킬 필요가 있다고 속으로 짜증을 삼켰다. 버둥거리며 우는 아기를 안고 상은 그 교수가 떠들었던 실존적 고립에 대해 생각하고 있었다.

"진이는 내가 키울 거야. 너희에게 넘겨주지 않아."

* "마음속에서~낯선 입이 눈에 띄었다", 야센스키, p.203.

상이 조용히 회색 형체의 빨간 눈을 보며 말했다.

"우리는 인간으로 살다 인간으로 죽을 거야."

그것은 선언이고 약속이었다. 그 약속을 지키기 위해서 상은 자신이 가진 모든 것을 바쳐 할 수 있는 모든 일을 하며 싸울 것이었다.

너희의 삶도 죽음도 아무도 알아 주지 않을 것이다.

회색 형체들이 조용히 입을 열어 한목소리로 말했다.

탄소 기반의 유기 생물체는 이 행성에서 더 이상 살아갈 수 없다. 얼마 지나지 않아 이 행성에는 기계 생명체와, 기계 생명체로 전환한 존재들만이 남게 될 것이다.

"누구한테 알아 달라고 살고 있는 게 아냐."

상이 대답했다.

"우리는 전환하지 않아."

너희는 일할 수 없을 것이다.

회색 형체들이 다시 일제히 반박했다.

병들고 다치고 매분 매초 늙어가고 사망하는 연약한 존재는 기계와 같은 생산성을 발휘할 수 없다. 이제 곧 전환하지 않은 존재들은 아무도 고용하지 않을 것이다. 너희는 일할 수 없을 것이다. 병들고 늙고 죽게 될 것이다.

"고용되기 위해서 살고 있는 게 아냐."

상이 다시 대답했다. 상은 쇠 다리를 달고 걸어가던 산발의 사람을 생각했다. 그 사람에게도 자기 나름의 사연이 있고 삶이 있을 것이었다.

"살아 있으니까, 그냥 사는 거야."

아기가 다시 버둥거렸다. 더 큰 소리로 울기 시작했다.

상은 아기가 왜 우는지 정확히 알 수 없었다. 그저 낯선 장소가 불편할 것이고 지금쯤 아마도 배가 고플 것이라 짐작할 수 있을 뿐이었다. 상이 죽으면 아기는 세상에 혼자 남을 것이었다. 혼자 살고, 혼자 기뻐하고 슬퍼하고, 혼자 아파하고 즐거워하고, 그러다 혼자 죽을 것이었다. 죽음은 가장 실존적이고 가장 외로운 경험이고, 아무도 대신해 줄 수도, 함께 해 줄 수도 없는 경험이기 때문이었다. 지금처럼 중요한 순간에 술 취한 교수 나부랭이의 헛소리가 자꾸 떠올라서 상은 새삼 짜증이 솟아올랐다. 그때 차를 갖다 박아 버렸어야 했는데.

"조금만 참아."

상이 우는 아기에게 속삭였다.

"금방 집에 데려다줄게."

너희는 결국 우리에게 찾아와 전환을 부탁하며 애원하게 될 것이다.

상은 대답하지 않았다.

매우 놀랍게도, 전혀 예상하지 못했으나, 회색 형체들은 일제히 뒤로 돌아섰다. 그리고 그들은 조용하고 규칙적인 발걸음 소리를 내면서 편의점에서 나가 버렸다. 우는 아기와 상은 편의점 안에 둘만 남았다. 상은 울며 버둥거리는 아기를 멍하니 안은 채 텅 빈 편의점 안에 한동안 서 있었다.

그리고 상은 정신을 차렸다. 아기에게 먹일 만한 것이 있는지 편의점 안을 서둘러 훑어보았다. 아기용 분유는 찾을 수 없었다. 대신 음료수처럼 물에 타서 먹는 전지분유는 찾아냈다. 기저귀는 생각보다 굉장히 비쌌다. 자신이 카운터 위에 두었던 선불 교통카드를 찾아서 결제 시스템에 찍어 보면서 상은 조마조마했다. 짐작대로 그들이 떠난 뒤에 결제 시스템은 정상적으로 작동하기 시작했다. 다행히 점원은 아까 상이 구입하려 했던 물과 에너지바를 계산하지 않았고, 선불 교통카드에 충전해 둔 돈으로 전지분유 스틱 몇 개와 기저귀 한 팩 정도는 간신히 구입할 수 있었다. 상은 주머니에 넣었던 생수와 에너지바를 꺼내 놓고 카운터 안으로 들어가서 스스로 바코드를 찍고 교통카드로 가격을 계산했다.

기저귀를 갈아 보는 것은 생전 처음이었다. 냄새가 지독해서 상은 편의점 주인에게 미안해졌다. 어쨌든 기저귀를 갈고 나니 아기는 더 이상

울지 않았다. 조금 지나면 아기가 배고파할 텐데, 상은 전지분유가 있고 편의점에서 뜨거운 물을 얻을 수 있다 해도 젖병도 젖꼭지도 없다는 사실을 깨달았다. 아기와 함께 살아가려면 아기에게 필요한 물건들을 구해야 했다. 아기에게 당장 무엇이 필요한지 검색하려다가 상은 오는 길에 전화기도 버리고 왔다는 사실을 떠올렸다.

"젠장."

상은 중얼거렸다. 이제는 울지 않는 아기가 바구니 속에서 상을 올려다보며 팔다리를 버둥거렸다.

"어쩌면 좋냐."

상이 아기를 향해 말했다. 아기는 대답 대신 상을 쳐다보며 꾸르륵 하는 소리를 냈다.

상은 울기 시작했다. 큰 소리를 내면 아기가 놀랄까 봐 아기 바구니 옆에 주저앉아 양팔로 머리를 감싸고 소리 죽여 흐느꼈다. 시스템 설계자가 가로등과 자동차 사이에 끼어서 상체를 힘없이 숙인 모습, 하얗고 매끈한 자동차 보닛 위로 퍼져 나가던 피, 비자를 받기 위해 기계가 된 언니와 영원히 함께 하기 위해 가 버린 점원의 눈물 젖은 커다란 눈이 떠올랐다. 억지로 울음소리를 눌러 참으며 흐느끼자 총알이 박혔던 곳이 또다시 아파왔다. 배가 고팠다.

"이제 어쩌면 좋지."

상이 울면서 말했다. 그리고 눈물을 문질러 닦고 숨을 고르고 일부러 다리에 힘을 주어 자리에서 벌떡 일어섰다. 아기 바구니를 들어 올렸다. 이번에도 바구니는 예상보다 훨씬 무거웠다.

상은 그 무게를 감당할 자신이 없었다. 그들이 했던 경고는 아마도 진실일 것이다. 강화하거나 전환하지 않은 그냥 사람, 쉽게 다치고 쉽게 병들고 쉽게 병을 옮기고 매분 매초 늙어 가고 죽어 가는 인간은 노동력의 관점에서 '경쟁력'이 없었다. 게다가 아기까지 딸렸으니 상은 이제 이전

만큼 쉽사리 많은 일을 맡고 마음 가볍게 무리한 근무를 할 수 없을 것이다. 아기에게 쓸 돈은 많아지고 벌 수 있는 돈은 적어지고 아마도 계속 아기와 자신의 미래를 걱정하며 살아가게 될 것이다. 그리고 언젠가 아기가 자라서 더 이상 아기가 아니게 될 때, 인간이기 때문에 노년과 죽음을 겪어야 할 자신이 아기의 미래에 짐이 되지 않도록, 아기의 기억에 상처로 남지 않도록 미리 여러 가지를 준비하고 언제나 근심하고 마음 쓰며 살아가야 할 것이었다. 이제 상은 자신에게 새로운 삶의 목표가 생겼음을 이해했다. 자신과 아기가 인간으로서 살고, 인간으로서 늙고 병들어, 외롭고 고유하고 존엄한 존재인 인간으로 끝까지 남아 인간다운 죽음을 맞이할 수 있도록 하는 것이었다. 그게 어떤 삶이고 어떤 죽음이 될지 지금으로서는 아직 알 수 없더라도.

"어쨌든, 너하고 나하고 사는 거야."

상이 속삭였다. 아기가 칭얼거리기 시작했다.

"그래, 그래. 밥 먹자."

상이 얼른 대답했다. 그리고 상은 결제가 끝난 교통카드를 주머니에 넣고, 새로 산 기저귀 팩에서 남은 기저귀를 꺼내 아기의 발 쪽에 누를 수 있는 만큼 눌러서 대충 욱여넣었다. 한 손으로는 무거운 아기 바구니를 들어 올리고, 다른 한 손으로는 더러워진 기저귀를 조심스럽게 집어 들고 상은 힘겹게 편의점을 나왔다. 일단은 쓰레기통을 찾아서 기저귀를 버리고, 아기와 함께 집으로 돌아가서 물이라도 먹이고, 필요한 물건들을 검색하고 새 전화기를 구입해야 했다. 상의 세계는 갑자기 넓어지고 밝아지고 바빠졌다.

"가자."

상이 말했다. 아기가 드디어 큰 소리로 울음을 터뜨렸다. 상은 서둘러 걸음을 옮겼다.

◆ 작가의 말 ◆

　브루노 야셴스키Bruno Jasieński(1901~1940?)는 폴란드에서 태어나 이후
에 소비에트 러시아로 귀화한 사회주의 좌파 유토피아 작가다. 폴란드
에서도 사회주의적 문학 운동을 시도했다가 쫓겨났고, 그래서 프랑스로
가 1924년에 약관 스물세 살의 나이에 장편『나는 파리를 불태운다I Burn
Paris /Palę Paryż』를 써서 일약 베스트셀러 작가가 되었으나 이 책의 인기에
도 불온 서적이라는 이유로 또 쫓겨났고, 그래서 걸어서 프랑스에서 러
시아까지 가서 소비에트 연방에 귀화한 엄청난 인물이다. 여기서는 러
시아어를 배워 러시아어로 작품을 쓰기 시작해서 또 베스트셀러 작가가
되었는데 1930년대 당시 러시아에서 능력 있고 의식 있고 자기 생각이
분명했던 예술가들이 대부분 그랬듯이 스탈린이 1937년에 대숙청을 시
작하자 즉각 잡혀갔다. 사망 연도가 확실하지 않은 이유는 감옥에서 소
식이 끊겨졌기 때문이다. 어떤 기록을 보면 1938년에 사망했다고도 한
다. 또는 내가 대학원 때 러시아인 교수님이 알려 주신 바에 따르면 다른
유명한 작가의 회고록에 시베리아 강제 수용소에서 어떤 사람이 "나는
브루노 야셴스키요. 내가 아직 살아 있다고 바깥에 전해 주시오…."라고
말하고 사라졌는데 그때가 1940년이었다는 믿거나 말거나 한 얘기가 나
온다고 한다.

　어쨌든 야셴스키는 원래 러시아 태생이 아니고 사회주의를 신봉하여
홀몸으로 러시아에 귀화한 데다가 그가 체포되고 나서 아내도 잡혀가고

당시 아직 어렸던 아들은 고아원으로 보내져서 가족이 해체되었기 때문에 그의 행방을 알아보거나 사망 사실을 확인하고 무덤에 꽃이라도 바칠 사람이 남아 있지 않았다. 다만 그가 그토록 사랑했던 소비에트 연방에 배신당한 것은 분명하다. 감옥에서 야센스키가 스탈린에게 보낸 편지에는 "조국이 나에게 죄가 있다고 한다면 죄를 인정하겠습니다. 그러니 제발 고문을 멈춰 주시오…."라고 쓰여 있었다.

『나는 파리를 불태운다』는 프랑스의 수도에서 팬데믹이 시작되어 도시가 고립되는 이야기이다. 파리에 살고 있던 여러 인종과 국적의 사람들은 외부와 연락이 두절된 상황에서 각자 민족별, 문화권별로 모여서 '미니 공화국'을 선포하고 시시각각 닥쳐오는 감염병의 공포 속에 살기 위해 몸부림치다가 결국 모두 죽는다. 그래서 작품 안에는 중국인부터 프랑스인, 유대인, 러시아인, 미국인 등 여러 인종적, 문화적, 사상적 배경을 가진 다양한 인물들이 등장하는데 이 중에 러시아인 형제가 있다. 본래 귀족 집안의 자제들인데 형은 러시아에서 공산혁명이 일어난 후 혼자 프랑스로 탈출하여 가난하고 힘든 삶을 살아간다. (실제로도 이런 경우가 많았다.)

그러다가 형은 소설 속 허구의 팬데믹으로 인해 파리가 고립되고 러시아인 거주 지역에서 공산혁명 이후 소련을 탈출한 러시아인들을 중심으로 미니 러시아 제국이 성립되자 귀족이자 장교로서 잃어버렸던 신분을 인정받고 옛날의 영광을 잠시나마 다시 누리게 된다. 그리고 이 되살아난 러시아 제국 지역에 파리의 다른 지역에서 이송된, 팬데믹에 감염된 소비에트 러시아인들이 도착한다. 형은 모든 것을 버리고 조국을 탈출해야 했던 원한을 공산주의자들에게 되갚아 줄 기회라고 잔뜩 벼르며 적을 심문하러 가는데, 이름을 물어보는 과정에서 눈앞에서 병들어 죽어가는 빨갱이 적군이 오래전 조국에 두고 왔던 자신의 동생임을 알게 된다. 형은 가족의 정과 반가움과 이별의 고통이 뒤섞인 회한에 몸부림치고 동생은 형에게 자신은 공산주의와 소비에트 건설을 위해 모든 것을 바쳤으니 아무것도 아쉽지 않고 두렵지 않다고 말하며 형에게 자신의 여권을 가지고 소비에트 러시아로 가서 자기 대신 충실한 노동자로서 살아가라고 부탁하고 숨을 거둔다.

야센스키는 위에도 썼듯이 공산주의자였는데, 혁명 시기 공산주의자들은 혁명을 통해 인간을 개조할 수 있다고 믿는 경우가 많았다. 사회체제를 바꾸면 그에 따라 인간의 본성도 바꿀 수 있다고 믿었던 것이다. 그리고 그들이 바꾸고자 했던 인간의 본성 중에는, 다치고 병들고 언젠가는 늙어서 죽을 수밖에 없다는 인간의 유한함과 필멸성, 그리고 타인과 100퍼센트 완전하게 실시간으로 감정과 생각을 공유할 수 없고, 기쁘든 슬프든 고통스럽든 즐겁든 모든 경험은 혼자서 느끼고 혼자서 감당하다가 끝내는 혼자서 죽을 수밖에 없다는 인간의 실존적 조건도 포함되어 있었다. 야센스키는 『나는 파리를 불태운다』에서 이런 실존적 고립을 넘어 존재의 의미를 찾은 공산주의자가 아무런 후회 없이 당당하게 죽어가는 모습을 묘사했다. 그런데 분단 국가 대한민국에서 태어나 반공의 1980년대에 어린 시절을 보낸 나는 형과 동생이 이념과 사상 때문에 이별했다가 오랜 시간이 지난 뒤에 다시 만나는 전개가 너무나 익숙해서 놀랐다.

1980년대까지 돌아가지 않더라도 2004년도 영화 〈태극기 휘날리며〉가 정확히 그런 내용이다. 그런데 『나는 파리를 불태운다』에서 형이 오랜만에 만난 동생이 감염되어 눈앞에서 죽어 가는 모습을 보며 오열하는 장면은 익숙한데도 진심으로 가슴 아팠다. 혹은 익숙했기 때문에 더 가슴 아팠는지도 모른다. 어렸을 때 텔레비전에서 잠시 보았던 이산가족 찾기의 장면들이 생각났기 때문이다. 야센스키는 겪어 보지 않고 그런 고통을 어떻게 알았을까. 그런 장면을 어떻게 생각해 냈을까.

그래서 나는 『책에서 나오다』 기획을 들었을 때 가장 먼저 『나는 파리를 불태운다』를 생각했다. 그러나 이념과 사상을 넘어선 가족의 정을 또 노래하고 싶지는 않았다. 나는 이념과 사상이든 기술과 과학이든 인간의 실존적 고립을 넘어설 수는 없다는 얘기를 하고 싶었다. 인간은 외롭고 약하고 불완전하기 때문에 인간이다. 그런 외로움과 고립과 약함과 불완전함에서 완전히 벗어난다면 나는 인간이 아닌 다른 존재가 될 것이다. 그리고 그런 인간 존재의 불완전함과 외로움을 어떤 식으로든 '극복'하라고 주장하는 사람(들)은 사기꾼이거나 인간인 척하지만 인간이 아닌 어떤 다른 존재일 것이다. 인간이 아닌 다른 존재이면서 사기꾼일 가능성도 배제할 수 없다.

덧붙여, 억만장자들이 자꾸 취미로 우주여행도 가고 우주선도 쏘아 올리는데 이 사람들이 대체 무슨 배짱으로 그런 짓을 하는지 약간 불안한 마음도 있다. 지구의 팬데믹도 해결하지 못하는 주제에 우주에서 뭘 묻혀 오려고 무모한 짓을 자꾸 한단 말인가? 세상에는 돈으로 안 되는 일들이 꽤 있는데 외계 생명체도 그중 하나다. 세상이 망한다면 (이미 망하고 있지만) 그것은 전적으로 거대 기업과 무조건 돈이 장땡인 줄 아는 몇몇 인간들 때문일 것이다. 그런 빨갱이 같은 얘기도 좀 넣어 보고 싶었다.

종말은 가장 권력 없고 가장 가난하고 가장 차별받는 사람들에게 가장 먼저 찾아온다. 그러므로 차별과 혐오를 멈추고 사회안전망을 강화해야 한다. 남의 시체를 밟고 나만 살아남는 시대는 지났다. 더 정확히는, 그렇게 믿는 사람들이 득세하는 시대가 너무 길었기 때문에 세상이 지금 이 모양 이 꼴이 된 것이다. 이제 우리는 전 지구적 차원에서 다 같이 살든지 아니면 다 같이 죽는 수밖에 없다.

그러나 인간은 어리석고 나약하므로, 모든 사람이 그 사실을 깨달았을 때는 아마 너무 늦었을 것이다.

아직 남은 시간이
있으니까

이경희

SF 소설가. 죽음과 외로움, 서열과 권력에 대해 주로 이야기한다.
장편소설 『테세우스의 배』, 『그날, 그곳에서』, 소설집 『너의 다정한 우주로부터』,
논픽션 『SF, 이 좋은 걸 이제 알았다니』 등을 썼다.

아무래도 녀석이 타임머신을 쓰는 것 같다.

_어슐러 K. 르 귄, 『남겨둘 시간이 없답니다』

날개 달린 고양이들

내 이름은 파드. 고양이다. 까만 털과 하얀 털이 반씩 섞인 턱시도 고양이. 새하얀 내 뒷다리에는 작은 검정 점무늬가 있다. 인간들은 내 뒤를 졸졸 따라다니며 넋을 잃고 이 무늬를 바라보는데 매번 귀찮아 죽겠다. 엉덩이를 흔들며 꼬리를 살랑 뻗기만 해도 아주 감탄들을 한다. 심지어 고양이들도 말이다. 인기 있는 고양이로 살아가는 건 참 힘든 일이다.

"아, 나도 너처럼 유명해지고 싶어."

셜리가 갸르릉 배를 뒤집으며 말했다. 셜리는 날개가 달린 고양이다. 뭐 날개야 있건 없건 딱히 특별한 일은 아니지만, 그래도 가만히 지켜보고 있으면 행복해진다. 날개는 예쁘니까.

"우리 엄마 엄청 유명했었대. TV에도 나왔었다고."

또 그 얘기다. 셜리는 엄마 자랑을 멈출 줄을 모른다.

"유명해져 봐야 별거 없다니까. 그냥 책에 사진이나 좀 실릴 뿐이지."

"나도 엄마처럼 까만 털이면 좋았을걸. 반은 아빠 닮는 바람에 노란 얼룩이랑 못난 줄무늬가 생기고 말았어. 뭐, 핑크빛 코는 마음에 들지만."

셜리는 그렇게 말하며 혀로 자신의 코를 쓱 핥았다. 쑥스러운 듯 날개가 파닥였다.

"파드. 우리, 쥐 사냥할래?"

쥐 사냥을 좋아하는 고양이들을 좀체 이해할 수가 없다. 사료가 있는데 뭐하러 그런 이상한 걸 사냥한단 말인가? 물론 나도 가끔 쥐를 잡긴한다. 그걸 가져다주면 안주인이 좋아서 펄쩍펄쩍 뛰니까. 하지만 오늘은 그럴 맘이 나지 않았다.

"귀찮아."

나는 발라당 드러누웠다.

"치이."

셜리는 좀처럼 포기하는 법이 없다. 짧게 하악 소리를 뱉은 셜리는 날개를 퍼덕이며 쥐 사냥의 즐거움에 대해 쉴 새 없이 떠들어댔다. 한 번씩 고개를 치켜들고 "사냥하는 나는 자유롭다! 나, 나, 나는 자유롭다!" 하고 박자를 맞춰 소리치기도 했다. 나는 적당히 들어주는 척을 하며 혀로 털을 정리했다.

"…글쎄, 아빠가 그러더라니까. 자기는 날개도 없으면서."

이야기가 끝이 없었다. 나는 파르르 고개를 떤 다음 뒷발로 귓가를 긁어댔다.

"셜리. 나도 날개 없거든?"

"날개야 있건 없건 아무 상관 없고."

"그래서 무슨 얘길 하고 싶은 건데?"

"떠나자. 도시로."

또 시작이다.

"싫어."

"왜에?"

"언제 거기까지 가? 너야 날아가면 금방이지만, 난 한참 달려야 해. 그리고…."

나는 앞 발바닥을 핥아 눈윗머리를 쓸어넘겼다.

"도시는 무서운 곳이야. 인간을 끈으로 잡아당기는 무시무시한 개들이 거리마다 떼지어 다닌다니까. 커다란 쇳덩이들은 또 얼마나 그르렁대는지 아니? 거긴 도무지 이해할 수 없는 것투성이야."

"거짓말. 그런 게 어딨니."

"정말이라니까."

"웃겨. 너 도시에서 왔다는 것도 다 거짓말이지? 아니면 지금 내가 농장에서 자랐다고 놀리는 거야?"

"셜리, 그런게 아니라…."

"흥."

토라진 셜리가 휙 돌아누웠다. 아무래도 셜리가 내게 관심을 보인 이유는 내가 도시에서 왔기 때문인 듯하다. 에휴. 그게 뭐 대단한 일이라고. 나는 셜리의 몸에 코를 묻고 혀로 털을 정리해 주었다. 셜리는 쉬익 짜증을 내면서도 몸을 피하진 않았다.

어쩔 수 없군. 나는 위로하듯 셜리에게 제안했다.

"다른 소원이라면 뭐든 들어줄게. 도시로 떠나자는 부탁만 아니면."

"정말?"

셜리가 눈을 반짝이며 나를 뚫어져라 바라보았다.

"그럼, 우리 결혼…."

"악! 저기 머리 셋 달린 인간이다!"

어서 여길 떠나야겠어. 나는 펄쩍 뛰어올라 달리기 시작했다. 영문을 모르는 셜리가 날개를 퍼덕이며 내 뒤를 쫓았다. 이크, 이러다 금방 따라 잡히겠네.

"아오오옳!"

등 뒤에서 셜리의 성난 울음소리가 들렸다. 날갯짓 소리도 점점 가까워졌다. 나는 한층 발걸음을 재촉했다. 금세 숨이 찼다. 평소에 운동 좀 할걸. 나는 마음속으로 후회하며 목적지를 향해 방향을 꺾었다. 숨겨 두었던 '타임머신'이 있는 곳으로.

수풀 사이로 옅게 빛나는 타임머신이 보였다. 나는 책 모양처럼 생긴 빛 속으로 곧장 뛰어들었다. 시공간의 균열 너머에서 먹먹한 셜리의 목소리가 들려왔다.

"또 도망치는구나! 파드, 이 겁쟁이…."

서재

나는 타임머신에서 뛰쳐나왔다.

안주인의 서재. 낡은 프린터에서 15센티미터 정도 떨어진 곳. 들어갔을 때와 완벽히 동일한 장소로 빠져나왔다. 나는 달력을 보았다. 1월 22일. 날짜도 그대로였다.

휴, 제대로 돌아온 모양이군. 그런데 안주인은… 없나?

출입문이 굳게 닫혀 있었다. 누군가 열어 줄 때까지 기다리는 수밖에. 나는 발톱으로 문짝을 긁어대는 품위 없는 고양이가 아니다. 책상 위에 식빵처럼 웅크리고 앉아 가만히 안주인을 기다리기로 했다. 문고리를 돌리기만 하면 펄쩍 뛰어 놀래켜 줄 셈이었다.

….

한참을 기다렸지만 아무도 나타나지 않았다. 아마 안주인은 한동안 나를 찾지 않을 모양이다. 사료를 내어놓는 오후 5시가 되려면 아직 시간이 남았다. 지루해진 나는 기지개를 켜며 다시 타임머신 쪽으로 눈길을 돌렸다.

이쯤에서 여러분께 내 비밀 하나를 고백해야겠다.

내 타임머신은 바로 책이다. 나는 이야기 속 세상으로 점프할 수 있는 특별한 능력이 있다. 이 능력 덕분에 나는 아늑한 미국식 목조 주택의 완벽한 안락을 누리면서도 크나큰 바깥 세상의 불가사의한 영역들을 자유로이 넘나들 수 있는 것이다.

이야기 속 세상을 여행하는 것이야말로 내 유일한 취미다. 그중에서도 안주인이 창조한 과학과 마법의 세계들을 좋아한다. 이곳이 아닌 또 다른 세계의 감촉, 풍부하고도 강렬한 불가사의의 냄새가 매번 나를 새로운 위험으로 이끈다. 외계 행성의 대기에서 느껴지는 독특한 내음을 맡으며 중력 특이점의 굴곡 위를 위태롭게 걷고 싶어진다. 그러면서도 막상 그곳에 도착하면 금세 다시 집이 그리워 돌아오고 싶어지니 신기할 따름이다.

책상 위에 책 한 권이 펼쳐진 상태로 놓여 있었다. 안주인이 쓴 책이로군. 나는 앞발로 책장을 한 페이지 넘겼다. 음, 이게 좋겠어. 1400년대의 파리라니, 재밌겠는걸.

나는 곧장 책 속으로 뛰어들었다.

파리

탁자 위에 놓인 치즈 냄새가 내 코를 자극했다. 구석구석 어지러이 흩어진 책더미에서 풍겨오는 고약한 먼지 냄새도. 이미 와 본 적 있는 낡고 좁은 방이었다. 창밖으로는 노트르담 성당의 사각 탑이 보였고, 그 옆으로는 볕을 받아 반짝이는 센 강이 부드럽게 출렁였다. 바야흐로 4월의 파리였다.

"너, 또 왔구나?"

누군가 내게 말을 걸었다. 인간이었다.

"저를 알아요?"

"당연히 알지. 저번에도 왔었잖니."

"그렇긴 한데…"

그때는 멀찌감치 창밖에서 몰래 구경한 게 전부였는데. 음, 눈썰미가 좋군.

"키슬크야."

인간이 손가락을 내밀었다. 나는 앞발을 내밀어 인간들처럼 악수했다.

"파드예요. 그런데 어떻게 고양이 말을 하는 거죠?"

그러자 키슬크가 신비스럽게 웃었다.

"나는 아주 먼 미래에서 왔거든."

스토리는 알고 있다. 1400년대 파리, 르누아르라는 마술사가 실수로 주문을 외워 세 사람을 자신의 방으로 소환하게 되는 이야기. 1961년 미국에서 온 역사학자 페니위더, 로마 시대의 노예였던 보타, 그리고 먼 미래의 키슬크. 한자리에 모인 네 사람은 이곳에서 함께 살아가게 된다. 그들에겐 딱 한 가지 공통점이 있다. 고독. 네 사람이 서로와 마주하게 된 이유는 외롭기 때문이었다. 고독은 아주 강한 힘이 있다.

"미래 사람들은 모두 고양이 말을 배우나요?"

"아니, 정확히는 '마음 듣기'라는 걸 배워. 로카난이라는 행성에서 전해진 기술이지. 이 기술을 쓰면 서로의 마음을 자유로이 전할 수 있단다. 물론 고양이에게도."

"알아요."

"그래. 그렇겠구나."

내 마음을 어디까지 읽은 거지? 부끄러워진 나는 화제를 돌렸다.

"다른 사람들은 어디 있죠?"

"지금은 나뿐이야. 다들 각자 집을 얻어 떠났거든."

"네? 떠났다고요?"

뭔가 잘못됐다. 네 사람은 한 집에 모여 살아야 한다. 그게 이 이야기의 결말이었다. 나는 키슬크에게 되물었다.

"지금이 언제죠?"

"나도 정확한 연도는 몰라."

"당신이 이곳에 온 지 몇 년이나 흘렀나요?"

"음… 10년 정도?"

이런, 너무 미래로 와 버렸다. 내가 아는 이야기는 키슬크가 이곳에 도착한 직후 끝난다. 안주인이 창조해 낸 스토리는 거기까지다. 어떻게 쓰지도 않은 이야기 속에 들어올 수가 있지? 지금까진 항상 정해진 스토리를 구경하기만 했다. 마치 TV를 보는 것처럼. 스토리에서 벗어나 본 건 처음이었다.

무슨 상관이람. 어차피 책 속의 일일 뿐인데.

이해할 수 없는 고민은 접어 두기로 했다. 나는 좀처럼 걱정하는 법이 없는 고양이다. 호기심은 왕성하지만.

조금 궁금해졌다. 그 후로 어떤 일들이 있었는지.

"요즘은 다들 어떻게 지내나요?"

"음…."

키슬크는 검지로 아랫입술을 쓰다듬었다.

"페니위더는 그 멍청한 역사책을 드디어 완성했단다. 하지만 여전히 자기가 있던 시대로 돌아갈 마음은 없어 보이더라. 르누아르는 새로운 이론을 연구 중이야. 원소가 어떻다나? 그게 뭐냐고 물으니까 세상을 이루는 100가지 종류의 기본 입자라는 거야. 그런 이상한 이론이 어디 있는지. 세상이 작은 힘들의 31차원 연결망으로 이루어져 있다는 건 상식 중의 상식인데 말이야. 그리고 보타는… 프랑스어가 아주 능숙해졌어. 더는 하인처럼 굴지도 않게 됐고, 라틴어를 곧잘 하니 여기선 오히려 교양 있는 귀족에 가깝지. 지금은 아주 먼 곳을 여행하는 중인 것 같아. 가끔 편지가 오거든. 하긴, 이 도시는 그 아이에겐 너무 비좁고 갑갑한 곳이지."

"왜 각자 떨어져 지내게 된 거죠?"

"조금 싸웠거든."

"하지만 당신들은 외로워서 이곳에 모였잖아요."

"그래. 우리는 다들 외톨이였어. 고독 때문에 이곳에 모였지. 쓸쓸해서. 누군가의 온기가 그리웠기에 1만 5천 년의 시간과 수백 광년의 공간을 가로질러 서로와 마주할 수 있었지. 그렇게 몇 년간 서로를 달래며 각자의 부족한 내면을 채워 주었어. 우린 가족이자 연인이었어. 매일 식탁에 둘러앉아 함께 식사하고 거리를 산책했지. 만족스러웠어. 한동안은."

"그런데 왜…."

키슬크는 한층 신비롭게 웃어 보였다.

"생각만큼 썩 잘 풀리지만은 않았어. 관계가 서투른 사람들이 모여서 잘 풀리기만을 바라는 건 사치지." 키슬크가 후, 짧게 숨을 뱉었다. "그래도 나름 관계를 유지하며 살아가는 중이야. 가끔 만나 와인 파티도 하고. 이 정도가 딱 좋아. 어떨 땐 너무 가까워도 힘들지. 너무 좋아도 안 돼."

"그런가요?"

"그런 거겠지."

"…."

"너도 고독하구나. 이곳에 불려온 걸 보면."

"제가요? 그럴 리가. 전 인기가 많아요. 항상 고양이들에게 둘러싸여 살죠. 그것도 날개 달린 고양이들에게요."

키슬크는 내 몸을 빤히 쳐다보았다.

"넌 날개가 없는걸."

"날개야 있건 없건 아무 상관없거든요? 그리고 절 돌봐주는 인간들도 있어요. 제가 정수리를 꾹꾹 누르면 아주 좋아 미친다니까요. 항상 정해진 시간에 사료도 줘요. 그리니즈 이빨 과자도요. 우리 집 안주인은…."

나는 살짝 힘이 빠졌다. 안주인이 보고 싶어졌다.

"…실은, 못 본 지 꽤 됐어요."

"싸웠니?"

"그런 게 아니에요."

"그래."

키슬크가 멋대로 내 몸에 손을 얹었다. 나는 가만히 배를 깔고 엉덩이를 치켜들었다. 그가 나를 쓰다듬을 수 있게 내버려 두었다. 혹시 지금도 내 마음을 읽고 있는 걸까?

"이제 어쩔 셈이니?"

"다시 돌아가야죠. 집으로."

"그래. 행운을 빌어."

"당신들도요."

"우린 잘할 거야. 지금처럼."

"그러길 바라요."

분명 근처에 있을 것이다. 타임머신이. 언제나 그랬으니까. 나는 주위를 두리번거렸다. 책 무더기 사이에서 빛나는 책 한 권을 발견했다. 나는 폴짝 뛰어 책 무더기 쪽으로 다가갔다. 키슬크가 책을 꺼낼 수 있게 도와주었다.

"이제 돌아갈게요. 2018년으로."

"그래. 만나서 반가웠어."

이제 돌아갈 시간이다. 나는 키슬크에게 꾸벅 인사하곤 곧장 타임머신으로 뛰어들었다. 등 뒤에서 장난스레 주문을 외는 키슬크의 목소리가 들려왔다. "메 아우디, 하에레, 하에레——." 나는 시공간의 균열을 통과해 다시 집으로….

돌아가지 못했다.

도착한 곳은 서재가 아니었다. 대신 칠흑 같은 어둠이 시야 가득 펼쳐졌다. 그리고 빼곡한 별들이. 눈앞에서 무수한 별들이 어지러이 회전했다. 우주였다. 나는 우주 한가운데 던져진 것이다. 하지만 대체 왜?

추웠다. 온몸의 털이 빳빳하게 곤두서는 느낌이었다. 숨이 쉬어지지 않았다. 당황한 나는 네 다리를 바둥거렸다. 하지만 그마저도 점점 힘들어졌다. 몸이 얼어붙고 있었다. 제대로 생각을 할 수가 없었다. 절대 영도의 추위가 내 머릿속을 엉망으로 만들고 있었다. 스르르 눈이 감겼다.

기절하기 직전, 누군가 내 몸을 끌어당겼다.

참새 호

다시 눈을 떴을 때, 나는 우주선 안에 있었다. 창문 하나 뚫려 있지 않은 차가운 금속제 벽면엔 두꺼운 파이프들이 매달려 있었고, 구멍이 숭숭 난 환기 구멍 너머로는 복잡한 회로와 전선 다발들이 훤히 들여다보였다. 60년대풍의 고전적인 디자인이었다.

대체 얼마나 기절해 있었던 거지? 안주인이 날 기다릴 텐데.

어서 집으로 돌아가야 했다. 힘겹게 몸을 일으킨 나는 투명한 회복 캡슐 뚜껑을 앞발로 열고 밖으로 폴짝 뛰어내렸다. 그러자 어디선가 목소리가 들렸다.

"아직 나오면 안 돼요."

누군가 다가와 내 몸을 획 들어 올렸다. 인간의 느릿한 손길조차 피하지 못하다니. 자존심이 상했다. 몸이 많이 상한 게 분명하다. 인간은 날 다시 회복 캡슐 안에 집어넣더니, 기분 좋은 손길로 가볍게 털을 쓰다듬었다. 으으, 다시 한 번 자존심이 상했다. 기분이 좋다니! 마음과는 달리 멋대로 목이 그르렁댄다.

나는 몸을 비틀며 빠져나오려 했다.

"오, 안 돼요. 좀 더 회복해야죠. 고양이 씨, 당신은 사흘이나 정신을 잃었어요."

인간이 내 목덜미를 움켜쥐고 아주 살짝 힘을 주어 눌렀다. 몸에 힘이 들어가지 않았다. 얌전히 바닥에 몸을 늘어뜨리자 인간은 흡족한 표정으로 자신을 소개했다.

"저는 카프예요. 존 카프 차우. 여긴 참새 호고요. 우주선 항로상에 갑자기 당신이 나타났어요. 그것도 맨몸으로요. 정말 운이 좋았어요. 우주를 여행하다 무언가와 우연히 마주칠 확률이 얼마나 될까요? 어쩌다 거기서 그러고 있었던 거죠?"

"저도 잘 모르겠어요. 저는…." 타임머신 얘기는 안 하는 편이 나을 것 같았다. 책 속을 여행 중이라는 사실도. "…어딘가로 이동하던 중이었는데, 정신을 차리고 보니 우주에 던져진 상태였어요."

"가엾게도. 그런 못된 선원들이 가끔 있어요. 그저 재미로 살아 있는 생물을 우주선 밖에 던져 버리는 사악한 놈들이요. 우주를 여행하다 보면 별별 미친 놈들을 다 만날 수 있죠."

뭔가 오해를 산 모양이지만 그냥 내버려 두기로 했다. 그나저나, '존 카프 차우'란 말이지.

역시나 익숙한 이름이다. 집으로 돌아가는 대신 같은 책의 다른 이야기 속으로 점프해 버린 모양이었다. 존 차우가 하나뿐인 걸 보면 이번에도 이야기 속 시점보다 미래로 와 버린 게 분명했다. 그는 원래 열 명이었으니까.

"구해 줘서 고마워요, 카프. 제 이름은 파드예요. 우리가 말이 통하는 걸 보니 당신도 '마음 듣기'를 할 수 있는 모양이죠?"

"네. 얼마 전에 배웠어요. 임무에 필요하거든요."

"임무?"

"네. '연맹'이 제게 구조 임무를 맡겼어요. 참새 호는 지금 4470 세계로 향하는 중이에요. 극한 지방 탐사단의 생존자가 아직 그곳에 살아 있을지도 모르거든요."

이곳에서 '세계'라는 단어는 하나의 행성을 의미했다. 헤인, 로카난, 게센, 애스시, 우라스, 알테라… 문명 행성들은 대개 특별한 이름을 지니고 있다. 이름조차 없는, 그저 번호로만 불리우는 변방 행성에서 대체 무슨 일이 일어난 걸까. 그보다, 구조 임무라고? 생존자가 아직 살아 있을 가능성이 있다고? 이곳 사람들에겐 초광속 여행 기술이 없다. 빛에 겨우 근접한 굼벵이 같은 속도로 느리게 날아갈 수 있을 뿐.

"하지만 시간 편차가 있잖아요. 그 사람이 용케 살아남았다 해도 우주선이 거기까지 날아가는 동안 폭삭 늙어 버릴 거예요."

"보통은 그렇겠죠. 거긴 좀 달라요."

카프가 손목의 단말을 조작하자 허공에 행성의 홀로그램 영상이 떠워졌다. 그가 자신의 임무에 대해 설명하기 시작했다.

"숲으로 가득 찬 이 녹색 행성은 그 자체로 거대한 지성체예요. 행성의 생태계 전체가 두뇌처럼 작동하죠. 한 그루의 나무는 하나의 시냅스이고, 나무의 마디와 뿌리가 서로 얽혀 수액과 꽃가루를 주고받으며 화학적으로 정보를 전달해 지성을 창조해 내요. 여럿이면서 하나인, 전체이자 홀로 완전한….'

어렴풋이 기억이 났다. 맞아. 이 책엔 그런 이야기도 있었지. 제목이 뭐였더라?

"그곳에 남은 탐사대원은 감지인이었어요. 동시에 자폐인이었죠. 타인의 감정에 한없이 민감한 탓에 모든 감정을 라디오처럼 흡수해 버리는. 덕분에 그는 자신보다 한없이 거대한 행성과 감정을 교환할 수 있었어요. 어떤 사람들은 그 감지인이 살아남아 별과 융합했을 거라 예측해요. 선천적 자폐인이었던 인간과 수억 년간 타자라는 개념을 상상해 본 적조차 없었던 행성이 서로를 만나 하나가 된 거죠. 만약 예측이 맞다면 감지인은 아직 살아 있을 거예요. 몸은 흙이 되어 사라졌어도 정신만은 행성과 함께 보존되고 있을 거라고요. 1500년이 흘렀어도 연맹은 그를 버리지 않았어요. 행성도요. 만약 행성이 충분한 지성을 가졌다면, 그는 연맹의 당당한 일원이 될 자격이 있죠."

"그래서 당신이 선발된 거군요. 당신도 한때 거대한 무언가의 일부였으니까."

내가 말하자 카프는 놀란 표정을 지었다.

"어떻게 아셨죠?"

나는 고개를 기울이며 즉석에서 거짓말을 지어냈다.

"저도 마음을 좀 읽거든요."

"맞아요. 저는 클론이에요. '존 차우'라는 천재를 복제한 열 명의 클론들 중 하나였죠. 우리는 열 명이 모여 하나의 존 차우였어요. 열 명인 동시에 한 명인 다중 자아. 서로의 마음 깊은 곳까지 온전히 이해하는 단짝이며 연인이자 가족이었어요. 우리 10형제 외엔 다른 누구도 필요로 하지 않는 정서적으로 완전한 존재. 완벽한 한몸이었죠."

하지만 카프를 제외한 아홉 명의 존 차우는 사고를 당했고, 자신의 90퍼센트를 잃어버린 카프는 상실감을 짊어진 채 행성을 떠나게 된다.

"하지만, 지금은 망가진 세트의 하나 남은 마지막 조각일 뿐이에요."

카프는 문득 말하기를 멈추고 한 번씩 낮고 긴 숨을 내쉬었다. 내 털을 쓸어내리는 손끝이 미약하게 떨리고 있었다.

"…아마 그래서일 거예요. 연맹이 이 구출 임무의 적임자로 저를 택한 이유 말이에요. 한때 열 생명 중 하나였던 저의 경험이 전체의 일부였던 그때의 경험이 4470 세계의 존재와 접촉하는 데 적합하다고 판단한 거겠죠. 어쩌면 이건 외교 임무인지도 모르겠네요. 우린 대화를 하려는 거니까. 어쩌면 또 다른 형태의 전쟁인지도 모르죠. '나'밖에 존재하지 않는 세계에 '너'라는 끔찍한 독성 물질을 퍼뜨리는 중이니까."

카프는, 존 차우들은 홀로 완전한 존재였다. 4470 세계의 행성 역시 지독하게 긴 시간 동안 홀로 존재해 왔다. 행성에 남겨진 감지인 또한 평생 혼자로 살았다. 파리에 모인 이들도 마찬가지였다. 페니위더는 혼자였다. 르누아르는 외톨이였다. 먼 과거의 보타도, 먼 미래의 키슬크도. 안주인은 외로웠던 것 같다.

파리를 떠나기 직전, 키슬크가 조용히 주문을 외던 모습이 떠올랐다. "메 아우디, 하에레, 하에레──." 외로운 사람들을 끌어들이는 흑마술. 어쩌면 이곳으로 날아오게 된 이유는 그 주문 때문인지도 모른다. 고독. 그게 모두를 잇는 공통점인 걸까? 서로가 서로를 만나게 된 이유일까? 하지만 나는….

"조금 쉬어야겠어요."

카프가 고개를 끄덕이며 천천히 손을 뗐다. 나는 눈을 감고 억지로 잠을 청했다.

◇

며칠간 캡슐 속에 가만히 웅크리고 있으면서 몸을 회복했다. 캡슐 밖으로 나오자마자 참새 호 내부를 샅샅이 뒤졌지만 타임머신은 보이지 않았다. 책 비슷한 물건조차 없었다. 좁은 환기구와 배선 통로 사이를 기어다니며 우주 땃쥐를 몇 마리 사냥하기까지 했는데 말이다.

분명 타임머신은 어딘가에 존재하고 있을 것이다. 언제나 그랬으니까. 하지만 대체 이 광활한 우주 어디에? 나는 막막해졌다.

나는 카프에게 땃쥐를 선물하며 물었다.

"이 우주선엔 당신뿐인가요? 아무도 보이지 않던데."

"맞아요."

카프는 살짝 시선을 피하며 한마디 덧붙였다.

"그게 편해요."

거짓말. 나는 용기를 내어 되물었다.

"그래도 고양이 한 마리쯤은 괜찮지 않나요?"

"음, 지금처럼 쥐를 잘 잡아 준다면?"

나는 인간처럼 앞발을 내밀며 발가락 하나를 펴고 제안했다.

"절 선원으로 고용하신다면 이틀에 한 마리씩 잡아 드리죠. 어때요?"

카프는 활짝 웃었다.

"저야 환영이죠."

그렇게 우리는 몇 년간 함께 우주를 여행했다. 대개는 우주선 안에서 체스를 두거나 잡담을 나누며 보냈지만, 가끔은 예정된 항로를 벗어나 행성 세계를 구경하기도 했다. 카프가 말하길, 구조 대상자는 이미 죽었거나 혹은 수억 년간 존재할 것이므로 임무가 조금 늦어지는 것쯤은 아무 문제도 되지 않는다고 했다. 물론 여기서 '조금'이란 수십 년에서 수백 년을 의미한다. 이 광대한 우주에서 그 정도 시간은 아무것도 아니다.

우리는 함께 애스시의 숲을 바라보았고, 코끝으로 게센의 겨울 추위를 느꼈다. 아나레스에서 오도니안적 삶을 짧게 살아 보기도 했고, 오랜 여름을 마치고 남쪽으로 이동 중인 안사락 족과 초원을 걷기도 했다. 카프가 '마음 듣기' 방법을 가르쳐 준 덕분에 나는 그들과 자유로이 진심을 주고받을 수 있었다.

즐거웠다. 이야기 밖의 세상을 완전히 까먹고 있었을 정도로. 어쩌면 안주인은 이미 날 잊었을 거란 생각이 들었다. 차라리 이대로 카프와 영원히 함께 여행하는 편이 나을지도 모른다. 어차피 타임머신도 없으니까. 지나쳐 온 모든 행성을 뒤져 보았지만 어디에도 빛나는 책은 보이지 않았다.

그러나 우주선은 느리지만 착실히 4470 세계를 향해 나아갔고, 이제 종착지까지 딱 하나의 행성만을 남겨 두고 있었다. 행성 궤도에 도착하자마자 카프가 내게 말했다.

"이제 작별이네."

카프의 마음에서 아쉬움을 읽었다. 그는 앞으로도 한참 계속될 혼자만의 여정을 마음속으로 떠올리며 불안해했다.

"끝까지 같이 가."

내 간절한 외침에도 카프는 고개를 저었다.

"파드. 이번이 마지막 행성이야. 여기서 내리지 않으면 너는 10년간 우주선에 갇혀 있어야 해. 그건 고양이에겐 너무 긴 시간이야."

"상관없어."

"있어."

카프는 단호했다.

"걱정 마. 금방 다른 우주선을 타고 여행할 수 있을 거야. 넌 재주꾼이니까. 너처럼 귀여운 고양이라면 어느 우주선이든 환영할 거야."

"그게 아니라, 나는 카프가…"

카프가 나를 꽉 끌어안았다. 포옹이라니. 아무리 좋은 뜻이어도 포옹은 정말 끔찍한 일이다. 몸이 다시 떨어질때 너무 추우니까. 나는 더욱 깊이 카프의 품으로 파고들었다.

"실은, 내가 4470 세계에 가려는 이유는 임무 때문만은 아니야."

카프가 속삭였다.

"어쩌면 그곳에선 연맹의 예상과는 전혀 다른 상황이 펼쳐지고 있을지도 몰라. 만약 감지인이 죽었고, 행성과의 연결도 끊어져 버렸다면 행성은 처음으로 상실감이라는 걸 경험하게 되었을 거야. 그곳은 주변 수백 광년 거리 내에 지성체라곤 찾아볼 수 없는 막연한 진공이야. 행성은 영원한 외로움에 갇혀 고통받게 될 거야. '너'라는 끔찍한 개념을 알아버린 탓에. 누군가 그 상실을 극복할 방법을 가르쳐야 해. 행성에게 외로움을 가르친 책임을 져야만 해."

붙잡을 수 없었다. 나는 그를 보내주어야만 했다. 앞발로 그의 가슴을 밀어냈다. 포옹이 끝나자마자 알테라의 사무치는 겨울이 우리 사이로 파고들었다. 나는 말없이 참새 호가 떠나가는 모습을 바라보았다.

나는 다시 혼자가 되었다.

긴 겨울

우주선을 타고 지구에 가는 건 답이 아니다. 이곳은 인류가 은하 구석구석으로 진출한 아주 먼 미래니까. 혹은 아주 먼 과거일지도 모르고. 어쨌든 내가 아는 지구는 이곳에 없다.

그래서 항로를 멀리 우회해 가며 이곳으로 왔다. 알테라. 머나먼 과거의 지구인들이 유배된 행성으로. 어쩌면 그들은 아직 종이책을 보관하고 있을지도 모른다. 카프는 날 이곳에 데려다주느라 70년의 시간 빚을 추가로 짊어졌다. 미안했다. 미안하고 고마웠다. 벌써부터 그가 보고 싶었다.

코끝이 시렸다. 북쪽에서 매서운 추위가 찾아오고 있었다. 곧 전쟁이 벌어지겠군. 나는 앞발로 방한복 벨트를 꽉 조인 뒤 곧장 외인들의 도시로 향했다. 아니, 인간들의 도시인가? 아무튼 그 도시의 이름은 '랜딘'이었다.

◇

다양한 피부색을 가진 사람들이 빠짐없이 분주하게 움직이고 있었다. 피부색은 달랐으나 모두가 향하는 방향은 같았다. 해안으로. 밀물이 급류처럼 몰아치는 검은 바위 위에 세워진 요새로 각자 식량과 무기를 짊어지고 이동하고 있었다. 겨울이, 전쟁이 임박했다는 뜻이었다.

이곳에서의 1년은 지구 시간으로 2만 400일에 달한다. 사계절의 순환이 한 사람의 일생에 달하는 세계. 한 번의 겨울이 내 평생보다 긴 셈이었다.

나는 사람들이 빠져나가 텅 비어 버린 연맹 회당으로 향했다. 여전히 자료실이 보존되어 있다면 이곳에서 오래된 기록을 찾을 수 있을 터였다. 나는 계단을 통해 살금살금 지하로 내려갔다.

"멈춰."

이크, 들켰다. 대체 어떻게 눈치챈 거지? 기척을 완전히 숨겼는데. 나는 목소리가 들린 쪽을 바라보았다. 인간이었다.

"질문이 있어."

인간이 표정 없는 얼굴로 빤히 내 눈을 바라보았다. 대체 어느 쪽이지? 만약 그가 테바 출신이라면 이 행동은 공격성의 표현이다. 반면, 랜딘의 주민에겐 예의 있는 행동이고. 보통은 둘을 피부색으로 구별할 수 있지만, 눈앞의 상대는 어느 쪽이라고도 말할 수 없는 애매한 피부색을 갖고 있었다. 상대가 내게 보이는 태도가 적의인지 호의인지 분간하기 어려웠다.

나는 최악의 경우를 상정하기로 했다. 만약 눈앞의 상대가 테바인이라면, 그는 내게 적개심을 품고 있다. 나는 테바의 예를 갖추어 대답했다.

"듣겠어요."

상대는 놀란 눈치였다. 굳어 있던 표정이 조금 누그러졌다.

"오랜 예법을 알고 있구나. 고양이가."

"제가 고양이라는 걸 아시는군요. 고양이를 본 적도 없으면서. 그런데 제가 제대로 한 게 맞나요? 책으로만 읽어 본 거라서요."

"애석하게도 그런 예법은 사라진 지 오래야. 나 역시 그 예법에 속한 사람이 아니고. 나는 랜딘 사람이야. 테바가 아니라."

"그렇군요. 그런데 당신은…."

"그만."

인간은 날카롭게 벼려진 단검을 품에서 빼어 들었다.

"내가 먼저 묻겠어. 너는 누구지?"

"저는 파드예요. 오늘 막 참새 호를 타고 이곳에 도착했고요."

"이 행성엔 우주선이 오지 않아."

"하지만 이렇게 찾아온 걸요. 제 마음을 읽었다면 거짓이 아니란 것도 아시겠죠? 당신도 '마음 듣기'를 할 줄 알잖아요. 여기선 '비언어 소통'이라 부르던가요?"

"…."

인간은 천천히 단검을 집어넣었다.

"우리에 대해 꽤 많이 아는구나. 내 이름은 랜드야. 이 회당을 관리하는 사람이지. 딱히 할 일은 없지만."

"반가워요, 랜드."

나는 그에게 악수를 청했다. 하지만 랜드는 냉담했다.

"우리에 대해 또 무얼 알지?"

"여기가 감마 드라코니스 항성의 세 번째 행성이라는 것. 그리고 당신들의 선조가 머나먼 행성에서 이곳으로 이주했다는 사실도요. 당신들은 이 행성의 원주민들을 힐프^{Hilf}라 불러요. 스스로를 인간이라 부르고요. 하지만 원주민들은…."

"스스로를 인간이라 부르지. 우리를 외인이라 부르고."

원주민과 이주민. 힐프와 외인. 테바와 랜딘. 그들은 너무나도 다르다. 마치 고양이와 강아지처럼. 다르기에 두려워하고, 두려움이 의심을 낳으며, 의심은 미움으로 이어진다. 그렇게 열 번의 계절 동안 차곡차곡 미움을 쌓아 왔다. 철저히 서로를 거부해 왔다. 공통의 적이 나타나기 전까지.

"또 무얼 알지?"

"당신들 피부는 검고, 원주민들 피부는 하얘요. 원래는 그래야 해요."

"그런데?"

나는 여기까지 오며 살펴보았던 사람들의 얼굴을 떠올렸다.

"생각했던 것보다 다양하더라고요."

"섞였으니까."

랜드가 말했다.

"네 지식은 아주 오래전 것인 모양이구나. 우리가 그런 식으로 서로를 부르지 않게 된 지도 벌써 3년이 넘었어. 열 번째 겨울이 지난 뒤로 우리는 서로를 구분하지 않게 됐지. 그럴 여유가 없었다고 말하는 편이 더 정확하겠구나. 어디나 손이 부족했던 시대였으니까. 많은 피를 흘렸고, 많은 손을 잃었어. 그렇게 서로의 손을 대신하며 우린 하나가 됐지. 적어도 기록에 따르면 그래. 실제로 어땠는지는 누구도 알 수 없지. 그건 내 할머니의 할머니의 할머니가 겪었던 일이니까."

이곳의 3년은 지구 시간으로 180년에 달한다. 그렇게나 먼 미래로 와 버리다니. 과연 종이책이 남아 있기는 할지 걱정이었다.

"사람들이 요새로 이동하는 걸 봤어요. 여전히 '가알'과 전쟁 중인 건 가요?"

"그래. 점점 더 치열하고 처연해지고 있지. 가알은 이제 매년 겨울마다 우리를 공격해. 우리가 가진 모든 걸 빼앗으려고."

추위를 피해 북에서 남으로 밀물처럼 지나쳐 갈 뿐이었던 유목민족 가알이 어느 날 갑자기 이들을 공격하기 시작한다. 이들의 도시를 빼앗고 식량을 약탈하려 한다. 그렇게 첫 번째 전쟁이 일어나고, 테바의 원주민들과 랜딘의 이주민들은 생존을 위해 연합한다. 그게 이 세계의 스토리였다. 랜드의 기준으론 3년 전의 역사였고. 이야기가 끝난 후에도 이들의 전쟁은 계속된 모양이었다. 세대와 세대를 거듭하면서까지.

'가알'이라는 단어를 입에 올릴 때마다 랜드의 복잡한 감정이 내 안으로 흘러들어왔다. 덕분에 나는 그가 어떻게 내 기척을 눈치챌 수 있었는지 알게 되었다.

"당신들, 마음 듣기 능력을 전쟁에 쓰고 있군요. 그건 금기 아닌가요?"

랜드는 당당했다.

"지금은 전쟁 중이야. 전쟁 중엔 많은 예외가 허용되는 법이고."

"전쟁이 끝난 뒤에는요?"

랜드는 흐, 웃음을 뱉었다.

"전쟁은 끝나지 않아. 적어도 내 생애에는. 가알은 겨울과 함께 찾아올 테고, 나는 아마도 다음 겨울을 맞이하지 못할 거야."

그래. 그랬지.

지구 나이로 갓 스무 살이나 되었을까? 랜드는 아직 겨울을 겪어 본 적이 없다. 눈송이가 어떻게 생겼는지조차 모를 것이다. 그는 가알과 만나지도, 전쟁을 겪지도 않았다. 랜드가 느끼는 증오와 불안은 모두 부모에게 배운 감정일 뿐이었다. 어쩌면 그 부모조차 자신의 부모에게 미움을 배운 것뿐일지도 모른다. 1년이 한 사람의 평생에 필적하는 이 행성에서 겨울을 겪고 살아남기란 쉽지 않은 일이니까.

그럼에도 전쟁은 계속되고 있었다. 어쩌면 영원히. 그들은 겪어 본 적도 없는 과거의 미움을 미워하며 살아가는 중이었다.

"저는 이곳과 비슷한 사이클을 지닌 다른 행성을 알아요. 당신들 세계의 후기 버전이죠. 그곳 사람들의 이름은 안사락이에요. 그들은 대지에 고정된 삶을 살지 않아요. 모두가 함께 유랑하고 함께 풍요를 누리죠. 남으로 향했다 북으로 돌아오면 한 사람의 일생이 저무는 거예요. 물결을 따라. 파도를 막아서는 일 없이."

"그거 참 좋겠구나."

랜드가 코웃음쳤다.

"어쩌면 당신들도 그럴 수 있을 거예요. 가알과의 전쟁을 끝낼 수 있을지도 몰라요. 테바와 랜딘이 하나가 된 것처럼. 힐프와 외인이 하나가 된 것처럼요."

"적어도 우린 대화가 통하는 사람들이야. 저 짐승들은 아니고."

"당신들도 3년 전엔 안 통했어요. 서로를 짐승이라 욕했고요."

랜드는 대꾸하지 않았다.

"스포일러 하나 하자면, 당신들은 잃어버린 선조의 기술을 전부 되찾을 거예요. 고향 행성도요. 시공간의 제약을 뛰어넘어 우주 반대편과 통신하는 능력도 갖게 될 거예요. 물론 아주 먼 미래에요. 그건 당신들이 융화에 성공했기 때문이에요. 서로 싸워서가 아니라. 어쩌면 생각보다 어려운 문제가 아닐지도 몰라요. 그럴 마음만 먹는다면."

"어쩌면 그럴지도. 하지만 어쩌겠니. 우린 이미 싸우는 중인걸. 평생을 이렇게 살아왔어. 파도에 부딪치는 바위가 우리지."

"멈출 수 있어요."

"아니."

랜드는 고개를 저었다.

"이건 필요한 과정이야. 계절이 도는 것처럼. 어쩌면 싸움도 화해를 위해 거쳐가는 과정인 걸 거야. 당장은 싸우는 수밖에."

"하지만 그러면⋯."

내가 하려는 말이 무엇인지 안다는 듯, 랜드가 먼저 선수를 쳤다.

"어쩌면 죽음조차 삶을 위한 과정인지도 모르지."

화가 났다. 나도 모르게 소리치고 말았다. 곧 죽어 버릴 작정인 이 인간에게.

"알겠어요! 전부 집어치워요! 당신들이 죽건 말건 내 알 바 아니니까. 나는 책을 찾으러 왔어요. 인쇄된 종이를 수백 장 겹쳐서 묶어 놓은 물건이요. 혹시 남아 있는 게 있나요?"

랜드는 잠시 고민하는 듯하더니, 천천히 입을 열었다.

"딱 한 권. 전부 불타고 이것만 남았어."

그가 품에서 책을 꺼냈다.

"얼마 전 잿더미가 된 기록실을 정리하다 우연히 발견했어. 어떻게 딱 한 권만 불길에서 살아남았는지. 이런 책이 보관되어 있었다는 사실조차 아무도 몰랐는데, 정말이지 마법을 겪는 기분이더구나."

그가 책을 내밀었다. 제목을 읽자마자 실소가 터져나왔다.

왜 하필 이 책인 거야?

"정말 다른 책은 없어요? 한 권도요?"

"이것뿐이야."

"제가 직접 찾아봐도 될까요?"

"그럴 시간 없어. 오늘 내로 가알이 들이닥칠 거야. 지금 당장 여길 폐쇄해야 해. 선택해. 이걸 갖고 떠나든지, 놔두고 떠나든지."

"저는⋯."

나는 대답을 머뭇거렸다.

"있잖아."

갑자기 랜드가 뜬금없는 말을 했다. 그는 창밖을 바라보고 있었다.

"나는 눈송이라는 게 이것보다 훨씬 클 줄 알았어."

"갑자기 무슨 말을…."

랜드의 말뜻을 깨달은 나는 말을 멈추고 창밖을 보았다.

첫눈이 내리고 있었다.

결국 겨울이 왔다. 5천 번의 낮과 5천 번의 밤 동안 이어질. 어쩌면 눈앞의 인간이 생을 끝맺을 때까지도 계속될 추위가. 끝내 온 세상을 완전히 뒤덮어 버릴 그 첫 번째 하얀것들이. 이 눈이 부디 미움마저 덮어 버리기를. 나는 떨어지는 눈송이를 올려다보며 말없이 기도했다.

갑자기 밖이 소란스러워졌다. 시끄러운 종소리와 함성이 사방에서 들려왔다.

"가알이다! 가알이 몰려온다!"

랜드가 천천히 고개를 돌려 내 눈을 보았다.

"가, 어서."

"하지만…."

창밖에서 몇 발인가 화살이 날아들었다. 깜짝 놀란 랜드와 나는 황급히 몸을 숨겼다. 실수로 떨어뜨린 책이 바닥에서 촤르르 펼쳐졌다. 페이지에서 은은한 빛이 뿜어져 나왔다.

랜드가 눈빛으로, 마음의 언어로 말하고 있었다. 떠나렴. 이건 네 싸움이 아니잖니. 어서 돌아가. 돌아가서 너의 싸움과 마주해야지. 어쩌면 그건 전부 내 상상일 뿐이고, 랜드는 아무 말도 하지 않았을지도 모른다.

싫었다. 하지만 그 말이 맞았다. 나는 떠나야 했다.

결심을 마친 나는 책 속으로 뛰어들었다.

섬

바다. 그리고 셀 수 없이 많은 섬들.

나는 벼랑 끝에서 바다를 내려다보았다. 가을 저녁의 광휘가 온 바다를 뒤덮고 수평선을 금빛으로 물들이고 있었다. 처음 보는 색으로 가득한 풍경은 넋을 잃을 정도로 아름다웠다. 아름답지만 지구는 아니었다. 지구가 속한 우주조차 아니었다.

이제 지쳤어.

나는 미친 강아지처럼 바다를 향해 소리질렀다.

"대체 왜 아무리 해도 집으로 돌아갈 수가 없는 거야! 대체 왜!"

갑자기 등 뒤에서 깊고 굵은 목소리가 들렸다.

"아마도 받아들이지 못해 그런 게 아닐까?"

나는 고개를 돌려 그를 보았다. 매를 닮은 찡그린 표정과 불그스름한 피부. 그래, 당신과 만날 것 같았어. 나는 속으로 빈정거렸다. 아니, 겉으로도.

"제가 뭘 못 받아들인단 말씀이세요, 현자님?"

"그거야…."

옛 현자는 관자놀이 부근을 가볍게 긁었다.

"아마도 죽음이겠지."

"그게 무슨…."

"세상 어디에 죽음 좋다는 사람이 있을까."

"그래도 받아들여야겠죠."

"아니. 받아들이지 않아도 돼."

"네?"

"받아들이기 싫다면 죽음을 피해 계속 살아가는 방법도 있지. 어떤 사람들은 그러기 위해 세상을 반으로 갈라 담장을 쌓았단다. 그 너머에 영혼을 가둔 채 영원히 살아가려고. 또 어떤 사람들은 용이 되어 버리기도 한단다. 또 다른 바람을 타고 이곳과는 다른 세상으로 떠나려는 게지. 그곳엔 아마 죽음도 소멸도 없을 게다. 어쩌면 시간조차."

"하지만 저는 고양이인 걸요. 용이 아니라."

"꼭 용이어야만 하는 건 아니지."

"하긴, 제가 사는 세상엔 죽기 싫어서 온몸을 쇳덩이로 바꾸는 사람의 이야기가 유명해요. 망가진 몸을 하나씩 하나씩 기계로 바꿔 가는 거죠. 테세우스의 배처럼."

"흥미로운 마법이구나."

"아주 흥미롭죠."

나는 인간처럼 두 발로 일어섰다. 시야가 한층 높아졌다.

"그래서, 현자님은 받아들이셨나요? 죽음을."

"아마도."

현자는 이내 말을 바꾸었다.

"어쩌면 아닐 수도 있고. 나도 잘 모르겠구나. 결말이 오기 전엔 누구도 알 수 없는 법이지."

"그게 뭐예요."

내가 투덜댔지만, 현자는 부드럽게 웃을 뿐이었다.

"그래서, 언제 돌아갈 생각이니?"

"가고는 싶죠. 그런데 방법을 몰라요."

"이미 주문을 알고 있지 않니."

"메 아우디, 하에레, 하에레? 알아봤자 소용 없어요. 저는 마법사가 아닌 걸요. 현자님이 마법으로 절 집으로 보내 주실 수는 없나요?"

현자는 어깨를 으쓱였다.

"나도 마법을 잃은 지 오래란다."

"그럼 이제 어쩌죠?"

"그거야 네가 쓰기 나름이지. 이건 소설이잖니. "

나는 깜짝 놀라 현자의 얼굴을 바라보았다. 새매를 닮은 동그란 눈동자와 마주하자마자 온몸의 피가 전부 빠져나가는 것만 같았다. 더는 피할 곳이 없는, 막다른 미로에 갇힌 생쥐가 된 기분.

"…알고 계셨군요."

"받아들인 지 오래란다."

나는 한참 동안 모니터 앞에서 머뭇거렸지만, 결국 사실을 고백하기로 마음먹었다. 천천히 키보드에 손을 얹고 글자를 두드린다.

"사실을 밝히자면 저는 고양이가 아니에요. 실은 이 소설을 쓰고 있는 사람이죠. 이 세계는 이야기이고 당신은 이야기 속 등장인물이에요. 심지어 제가 쓴 이야기의 등장인물도 아니죠. 저는 다른 사람이 쓴 이야기에서 당신을 빌려와 멋대로 이용하고 있어요. 아주 이기적인 이유로요. 그게 뭐냐면…."

망설여진다.

전부 털어놓으면 조금은 편해질까.

일단 써 보기로 한다. 후회하게 될지도 모르지만.

"아무래도 저는 아직 그 사람을 떠나 보낼 준비가 되지 않은 것 같아요. 그 사람이 이 세상에 더는 존재하지 않는다는 사실이 믿어지지 않아요. 그 사람을 떠나 보내기 위해 최선을 다해 이 소설을 썼어요. 아니, 쓰고 있어요. 그런데 도무지 이야기를 끝내고 싶은 마음이 들질 않아요. 영원히 결말을 맺지 않고 미완인 채로 남겨 두고 싶어요. 이 짧은 소설이 끝나면 더는 그 사람에 대해 생각하지 않게 될 것 같거든요. 끔찍한 상상이죠.

저는 싫어요, 죽음이. 상실과 외로움이. 그토록 위대한 사람의 삶이 결국 죽음으로 파괴되어 소멸해 버린다는 사실을 절대로 인정하고 싶지 않아요. 저는 아직 받아들일 준비가 되지 않았어요. 놓아줄 자신이 없어요. 사랑하는 누군가를. 내 삶을 만들어 준 당신들을. 당신들의 창조자인 그 사람을."

그러자 옛 현자는 내게 이렇게 말해 주었다.

"그래도 이야기는 영원히 남지 않느냐."

◇

다시, 시침을 뚝 떼고 고양이로 돌아가서.

"현자님도 누군가를 기다리고 계신 거죠?"

내가 물었다.

"그렇단다."

"아마 곧 돌아올 테고요."

"그렇겠지. 로크에서의 일을 무사히 마쳤다는 소식을 들었으니."

그렇단 말이지. 이번엔 미래로 튕겨나가진 않은 모양이다.

"이곳에 온 지 꽤 되신 것 같은데. 혹시 숲은 거닐었나요?"

"그럼. 첫날에 둘러보았지. 궁금해 참을 수가 없더구나."

흐흐, 과연 그랬군. 능청스러운 사람.

"스포일러 하나 하자면, 기다리는 그분이 돌아오면 아마 숲을 거닐었느냐고 물을 거예요. 그럼 아직이라고 대답해요. 아셨죠?"

"응? 그건 왜지?"

"꼭 그렇게 해요. 내가 제일 좋아하는 대목이니까."

이건 정말 빅 스포일러지만, 뭐 어때. 아는 사람은 좋아라 알아들을 테고, 모르는 사람은 영원히 모르겠지. 현자에게 거듭 약속을 받아낸 나는 참을 수 없는 기쁨으로 그르렁대며 사람처럼 앞발을 흔들었다.

"그럼 이제 가 볼게요. 고마워요, 현자님."

나는 현자와 작별을 고했다.

◇

잠시 숲을 거닐기로 했다. 컴컴해져 가는 능선을 따라 걷다 보니 어느

새 밤이 되었다. 나는 하늘을 올려다보았다. 어둑한 우주에 무수한 별들이 흩뿌려진 채 제각기 빛을 뿜내고 있었다. 하나의 별은 하나의 세계다. 빛의 속도로도 수만 년이 걸리는 먼 거리를 두고 서로를 향해 이렇게 외치고 있다. 여기 있다고. 외롭지만 빛나는 생명들. 나와 같았다. 내가 어디로든 떠날 수 있었던 이유는 아마도 세상의 모두가 조금씩은 고독하기 때문이겠지.

나는 안다. 이 이야기는 곧 끝난다. 이후의 이야기가 쓰여지는 일도 더는 없다. 그렇게 세계는 고정된 채 같은 장면만을 반복하고 반복하며 영원한 종말을 맞이하는 것이다.

하지만 상관없다. 이야기는 끝나도 삶은 계속되는 법이니까.

나는 눈을 감고 주문을 외웠다.

"메 아우디, 하에레, 하에레——."

거울 세계

눈을 뜨자 수많은 사람들이 도시를 향해 줄지어 걷고 있었다. 나는 그들의 얼굴을 알았다. 한때 티없이 맑은 청년이었던 이들은 어느새 중년 어른이 되어 있었다. 그들 중 하나를 붙잡고 물었다.

"대체 무슨 일이죠? 사람들이 어디로 가는 건가요?"

"모르세요? 도시로 돌아가는 중이잖아요."

"당신들은 이곳을 떠나지 않았나요?"

"그랬죠. 한때는. 그때는 그게 옳은 일이라 생각했어요. 우리가 누리는 행복은 옳지 않다고, 내 행복을 버리고 도망치는 것만이 유일한 해답이라고요."

"지금은 어떤데요?"

"더는 도망치지 않아요. 우린 오늘 지하실에 갇힌 아이를 구할 거예요.

함께 불행해지기 위해서요."

"그럼 큰 일이 벌어지지 않을까요?"

"다 같이 조금 불행해진다고 뭐 대단한 일이야 있겠어요?"

그들은 웃으며 도시를 향해 나아갔다. 불행해지기 위해.

음. 좋은 결말이군.

여기가 어딘지 알 것 같았다. 왜 여기로 오게 되었는지도. 나는 사람들의 행렬을 따라 도시로 향했다. 곳곳에서 익숙한 풍경이 펼쳐졌다. 다만 좌우가 반대인 채로.

오래된 거리의 좁은 골목길에서 버려진 전신 거울을 발견했다. 내 멋진 턱시도 털무늬가 유리에 비쳤다. 거울에 새겨진 내 얼굴과 두 눈을 꼼꼼히 바라보며 나는 이렇게 생각했다.

이곳은 거울 세계야. 현실과 똑같지만 좌우가 뒤집어진 곳. 이 도시의 이름을 거꾸로 읽으면 내가 살던 도시의 이름이 되지. 그러니까 거울로 뛰어들면 돼. 그럼 내가 살던 곳으로 돌아갈 수 있을 거야.

하지만 그렇게 되면….

에휴, 망설여 봐야 후회만 늘지. 나는 단숨에 거울로 뛰어들었다.

2018년, 오리건 주 포틀랜드

"티키— 티키— 티키!"

오후 5시. 익숙한 목소리가 들린다. 안주인이다.

나는 앞발로 축축해진 눈을 닦으며 미야옹 소리친다. 여기 있다고. 하지만 절대 발톱으로 문을 긁지는 않는다. 나는 그런 품위 없는 고양이가 아니니까.

가만히 식빵 모양으로 책상에 앉아 안주인을 기다린다. 조금만 참으면 된다. 아주 조금만… 이윽고 멀리서부터 그리운 발소리가 가까워져 오고, 아주 천천히 문이 열린다. 나는 폴짝 뛰어 안주인 곁으로 다가간다.

"대체 어디 갔었니? 요 망할 고양이 같으니라고."

안주인은 투덜거리면서도 가까이 쪼그리고 앉아 내 등을 쓰다듬는다. 분하지만 기분이 좋다. 나는 꼬리를 흔들며 안주인의 다리에 정수리를 부비적댄다. 폴짝 무릎 위로 올라가 동그랗게 몸을 파묻는다. 안주인은 아예 바닥에 주저앉아 나를 꽉 끌어안아 준다. 포근한 체온을 느끼며 나는 점점 깊이 파고든다.

역시 여기가 제일 좋군. 아직은 좀 더 같이 있을래.

괜찮아.

아직 남은 시간이 있으니까.

…어슐러 K. 르 귄을 추모하며

◆ 작가의 말 ◆

작년 1월, 출판사로부터 'SF 작가의 고전 SF 오마주'를 써 달라는 제안 메일이 도착했다. 메일을 끝까지 읽기도 전에 나는 무조건 르 귄에 대한 소설을 써야겠다고 생각했다. 르 귄은 내가 SF라는 장르에 발 디딜 수 있게 만들어 준 장본인이었으니까.

처음에 나는 르 귄을 판타지 작가로 만났다. 『어스시의 마법사』는 지금까지 읽어온 판타지들과는 전혀 결이 다른 세계였다. 문장은 섬세했고, 시선은 부드러웠으며, 태도는 이국적이었다. 거칠게 칼날을 맞부딪치는 자들을 비웃기라도 하듯, 르 귄의 세계 속 인물들은 세련된 지혜와 깊은 깨달음으로 삶의 문제를 해결했다. 타자에 대한 이해와 배려가 이토록 충만한 이야기는 처음이었다.

스물한 살. 3부작의 완결편 『머나먼 바닷가』를 읽은 나는 홀린듯 도서관 책장 아래 주저앉아 국내에 출간된 르 귄의 모든 저서를 읽어 나가기 시작했다. 『바람의 열두 방향』, 『어둠의 왼손』, 『빼앗긴 자들』, 『로캐넌의 세계』, 『유배 행성』… 알고 보니 그는 SF 작가이기도 했던 것이다. 한동안 『세상을 가리키는 말은 숲』이 번역 출간되지 않았다는 사실이 얼마나 슬펐는지 모른다.

학교 도서관에는 그의 작품 대부분이 SF 코너에 보관되어 있었고, 르 귄의 책을 모두 읽은 나는 자연히 그 옆에 나란히 꽂혀 있던 로저 젤라즈니와 앨프리드 베스터의 책들을 읽었다. 그 후엔 아이작 아시모프와 로버트 하인라인을 읽었고, 이윽고 듀나와 김보영과 배명훈에 손을 뻗었다. 그렇게 나는 운명적으로 SF와 만났다. 르 귄을 통해.

도저히 한 작품을 꼽을 수 없어 내가 사랑하는 모든 작품을 아우르는 단편을 썼다. 소설과 소설 사이를 건너뛰며 그들 세상의 후일담을 체험하는 고양이 이야기를. 주인공 '파드'는 르 귄의 반려묘로, 그의 에세이 『남겨둘 시간이 없답니다』의 실질적 주인공이자 예쁘게 표지를 장식하고 있는 턱시도 고양이다. 「아직 남은 시간이 있으니까」라는 제목도 여기서 따왔다. 파드의 얼굴이 궁금하시다면 같은 출판사에서 출간된 전자책 『파드의 묘생 일기』에 사진이 있으니 한번 살펴보시길. 작품 속 파드의 말투나 '안주인' 같은 호칭은 대부분 이 책에서 가져온 것이다.

이야기가 시작되자마자 등장하는 날개 달린 고양이 '셜리'는 르 귄의 유명 동화 『날개 달린 고양이들』 속 세상의 주민이다. 다만 셜리는 내가 창작한 캐릭터인데 『날개 달린 고양이들』에 등장한 주인공들의 자녀라고 상상해 보았다.

파드는 '타임머신'을 통해 파리에 도착한다. 파리는 르 귄의 데뷔작 단편 「파리의 4월」 속 무대다. 우연히 1400년대 파리에 모이게 된 네 남녀의 이야기. 하필 이들이 만나게 된 이유는 '외로움'이었다. 르 귄의 작품 세계에서 외로움은 매우 중요한 키워드다. 나 역시 그렇고. 마법 같은 첫 만남 이후 이들이 어떤 일들을 겪게 될지 그려 보고 싶었다. 첫 만남의 반짝임은 오래가지 않고, 관계는 그 모습 그대로 영원히 지속되지 않는 법이니까. 잘될 확률보다는 잘못될 확률이 높다고 생각했다. 하지만 조금은 나아졌으리라. 헤어짐이 슬픔만은 아닐 것이다.

참새 호는 르 귄의 가장 거대한 세계관인 '헤인 시리즈'에 속하는 단편 「아홉 생명」에 등장하는 우주선이다. 우주선의 선장 존 카프 차우는 과거 열 명이 한 세트인 완벽한 클론이었지만 불의의 사고로 나머지 아홉 형제를 잃고 혼자 생존하게 된다. 그 사건 이후로 카프가 어떻게 외로움과 싸우고 있을지 궁금했다.

참새 호의 목적지인 4470 행성은 단편 「제국보다 광대하고 더욱 느리게」의 무대다. 아득히 거대한 지성체인 행성과 그에 비해 너무나 작고 빠른 인간 텔레파시 능력자의 접촉을 다룬 이야기다. 원래 이 이야기는 헤인 시리즈에 속하지 않는데, 설정을 살짝 비틀어 같은 우주인 것처럼 꾸며 보았다. 카프와 행성이 만난다면 분명 서로에게 위로가 될 수 있으리라 생각했다.

스쳐가듯 언급되는 애스시, 게센, 로카난, 아나레스, 안사락 등은 모두 헤인 시리즈에 등장하는 행성들이다. 애스시는 장편 『세상을 가리키는 말은 숲』의 무대, 게센은 장편 『어둠의 왼손』과 단편 「겨울의 왕」의 배경이 되는 행성이다. 로카난은 장편 『로캐넌의 세계』, 아나레스는 장편 『빼앗긴 자들』, 안사락은 단편 「안사락 족의 계절」에 등장한다. 모두 좋은 소설들이다.

파드가 마지막으로 도착한 행성 알테라는 내가 정말 사랑하는 장편 『유배 행성』의 무대다. 이 작품을 읽어 보신다면 당신은 르 귄의 외로움에 대해 더 깊이 알게 된다. 내가 이해하기로 르 귄의 외로움은 '다름'에서 출발한다. 너와 내가 다르기 때문에, 우리와 당신이 다른 삶을 살아왔기 때문에, 자신의 내면과 맞지 않는 다른 세상에 던져졌기 때문에 인물들은 끊임없이 어긋남을 경험하며 괴로워한다. 그 끝은 대개 좋지 않다. 충돌하거나, 충돌하지 않으려 서로를 외면하므로. 슬프지만 어쩔 수 없는 일이다. 만약 그들이 서로를 더 깊이 이해한다면 더 깊이 미워하고 다투게 될지도 모른다.

한편으로 『유배 행성』은 르 귄의 작품 중 가장 로맨틱한 소설이기도 하다. 일종의 로미오와 줄리엣 스토리니까. 전혀 다른 역사와 문화를 지닌 두 도시 '테바'와 '랜딘'이 외인의 습격에 맞서 서로를 받아들이는 희망적 사건으로부터 180년이 흐른 미래를 그려 보았다. 사람들은 희망 이후 벌어지는 실제 사건들에 대해 눈을 돌리는 경향이 있는 것 같다. 현실이 대체로 기대보다 추하고 실망스럽기 때문이리라. 하지만 한번 그려 보고 싶었다. 세계는 의외로 금방 바뀌지 않는다. 강철을 망치로 두드리듯 수만 번 때려야 겨우 작게나마 흔적을 남길 수 있을 뿐.

이 모든 여행을 마친 후에야 파드는 이윽고 '어스시'에 도착한다. '어스시의 마법사 시리즈' 최종편인 『또 다른 바람』의 결말 장면을 다루어 보았다. 주인공 테나가 모든 여정을 마치고 게드와 재회하기 바로 직전의 상황에 파드가 능청스럽게 끼어든다. 그리고 본심을 털어놓는다. 여기서 제4의 벽을 뚫고 작가가 잠시 등장하는데, 왜 그런 문장을 쓰고 싶은 마음이 들었는지 지금도 설명하기 어렵다. 하지만 꼭 써야만 했다. 이 이야기를 끝내려면. 단 한 번의 마법 같은 순간 없이는 파드를 집으로 돌려보낼 방법을 찾기가 어려웠다.

마지막으로 파드는 '오멜라스'에 도착한다. 단편 「오멜라스를 떠나는 사람들」의 무대가 되는 도시다. 주제넘게도 이 완벽한 우화에 뒷 이야기를 사족처럼 덧붙여 보았다. 그냥 그랬으면 해서.

결국 파드는 다시 안주인의 곁으로 돌아간다. 그리고 남은 시간과 체온을 만끽한다. 아직 남은 시간이 있으니까. 시간이 조금 더 있었더라면 좋았을걸.

미싱 링크

박애진

SF, 판타지, 스릴러, 청소년 소설 등 다양한 장르의 글을 쓴다.
『명월비선가』,『우리가 모르는 이웃』,『원초적 본능 feat. 미소년』,『각인』,
『부엉이 소녀 욜란드』,『바람결에 흩날리고 강을 따라 떠도는』 등을 썼고
앤솔러지 『기기인 도로』(「군자의 길」),『여성작가 SF 단편 모음집』(「토요일」),
『언젠가 한 번은 떠나야 한다』(「쿤라와 그레시아」),
『나의 서울대 합격 수기』(「이상한 차원의 안리수」) 등에 참여했다.

눈을 감자마자 알람이 울린 것 같았다. 무거운 몸을 일으켜 전신기 앞에 섰다. 직업이 기자인지라 잠들기 전과 일어나자마자 하는 일이 전신기를 확인하는 것이었다. 특히 지금은 세상에 변혁을 일으킬 일이 진행 중인 만큼 절대 소홀할 수 없었다. 내 마음을 읽었는지 전신기에서 짧은 종이가 한 장 나와 있었다.

결실을 맺음.

단 다섯 글자였다. 어리둥절한 기분으로 발신인을 확인하니 설여울이었다. 한순간 손에 힘이 들어가는 바람에 전신이 찢어질 뻔했다. 나는 신문사 편집장에게 설여울 박사를 만나러 간다고 전신을 보냈다. 3년간 꼼짝 않던 설여울 박사가 보낸 연락이니 편집장도 이해할 것이다.

채비를 차리고 나가 자전거에 올랐다. 페달을 밟자 전조등이 켜지며 어둑한 길을 밝혔다. 8개월 만에 처음으로 모퉁이에서 비행선 마젤호 제작소로 가는 오른쪽이 아닌 왼쪽, 설여울이 사는 빵집 거리로 자전거를 틀었다. 설여울을 만나 결실이 무언지 설명을 듣고 기사를 작성하기까지 길어야 하루면 충분할 것이다. 하루 동안 무슨 큰일이 벌어지려고.

설여울이 이아린도 불렀을까? 불렀겠지?

설여울은 빵집 거리에 있는 하숙집 2층을 통으로 세 내어 살고 있었다. 하숙집 앞에 도착하자 위에서 부드러운 현악기 소리가 내려왔다. 연주를 할 때 설여울은 대답 따위 하지 않는다는 걸 익히 알고 있었기에 2

층 현관문을 노크한 뒤 잠시 기다렸다가 문을 열었다. 그리고 실내에 들어올 때면 그러하듯 밝은 불빛에 잠시 눈을 찡그렸다.

"어서와, 오랜만이야."

먼저 와 있던 이아린이 제집처럼 날 맞았다. 진짜 그녀가 와 있는 모습에 첫사랑을 다시 만난 양 가슴이 부풀었다. 정말로 설여울이 무언가를 이룬 모양이었다.

"이아린 교수님, 그간 잘 지내셨는지요."

관리직에 더 어울린다는 세간의 평을 죽도록 싫어하는 이아린은 학과장보다 교수라는 호칭을 선호했다. 이아린이 탄산 제조기 앞에 섰다. 탄산수를 제조하는 소음이 거슬렸는지 설여울이 연주를 멈췄다. 나는 그틈을 놓칠 새라 인사했다.

"안녕하세요, 설여울 박사님. 전신을 확인하고 바로 왔습니다."

"흐음…. 요즘 상당히 바쁜 모양이군. 그래도 세탁소는 바꾸도록."

그만 실소가 터졌다.

"여전하시네요. 어떻게 알았는지도 가르쳐 주셔야죠."

"네 소매의 잉크 얼룩. 제대로 지워지지 않은 걸 보니 세탁소 직원이 대충 세탁한 거야. 그런데 얼룩의 색깔이 두 종류란 말이지. 하나는 카데사, 다른 하나는 지란사 제품이야. 아마도 카데사가 집에서 쓰는 타자기, 지란사가 신문사에 있는 타자기겠지. 지란사는 회사에서 대용량으로 구입할 때 할인 폭이 크니까. 어쨌든 외출복에도 잉크 얼룩이 있다는 건 퇴근 후 옷을 갈아입을 새도 없이 일을 했다는 뜻이야."

과연 소매에 흐릿한 얼룩이 남아 있었다.

"얼핏 다 똑같은 검은색 같지만 물에 희석되면 제조사별로 검은색을 만들기 위해 섞은 색의 배합이 다르다는 게 보이거든. 참고로 난 주요 타자기 세 제조사의 잉크 색깔을 모두 구분할 수 있지."

자세히 들여다보니 정말 그녀의 말대로 두 가지 잉크의 색이 달랐다.

"박사님 말씀은 언제나 미로의 출구에서 시작되는 선 같아요. 미로는 출구에서부터 줄을 그으면 쉽지만 입구에서부터 찾자면 헤매죠."

"인수도 왔으니 이제 본론으로 들어가지?"

이아린이 탄산수를 내려놓는 소리와 동작으로 말을 끊었다. 설여울은 잠시 두어 군데 이 빠진 내 잔을 바라보다 툭 말을 던졌다.

"저 잔에서 뭐가 보이지?"

"음… 투명한 액체가 담겨 있습니다. 기포가 있고요. 기포는 아래쪽은 작아요. 바닥과 컵 안쪽 벽에 붙어 있는데 점점 커지다가 어느 정도 이상으로 커지면 위로 올라가서 표면에서 터집니다."

"넌 관찰력은 나쁘지 않은데 거기서 더 나아가지를 않아. 결론을 도출해 내려면 시작이자 밑바탕인 관찰을 토대로 사고해야 해."

한두 번 들은 소리가 아닌지라 나는 뒷머리만 긁적였다.

"네겐 준비된 결론이 있잖아. 결론을 미리 만들어 놓고 거기에 맞춰 따라오라는데 그 비위를 누가 맞추겠어?"

이아린이 못마땅한 얼굴을 했다.

"네가 말하는 내 준비된 결론은 관찰을 토대로 나온 거야. 누구나 관찰만 한다면 도달할 수 있는 결론이지."

"그래서 지난 3년간 방구석에만 콕 박혀 계셨나? 하숙집 주인 말로는 아예 방 밖으로는 한 걸음도 나가지 않았다며? 네가 어딘가 이상해지는 건 아닌지 진지하게 걱정하더라."

"바깥은 인류의 진실을 밝히는 데 방해만 될 뿐이야. 이 세상은 우리 눈을 가리고 있어. 사람들은 나면서부터 보고 들어온 것에 대해서는 의문을 갖지 않지. 나조차 편견에서 자유롭기는 쉽지 않더군. 그래서 3년이나 걸린 거야."

설여울은 극적인 순간을 노리듯 뜸을 들였다가 입을 열었다.

"인류는 물에서 탄생하지 않았어."

"진화론을 전면 부정하시겠다?"

"물론 그건 아니야. 하지만 너도 진화론에 미싱 링크가 있다는 건 알 잖아? 우리가 인간 형태, 즉, 지금의 모습으로 진화한 건 절대 이 세상에 서가 아니야."

"그럼 어디입니까?"

내가 다급하게 물었다. 설여울은 검지로 천장을 가리켰다.

"저 위."

"그런 허황된 소리를 하려고 우릴 부른 거야?"

"어째서 그런 결론을 내리시게 된 거죠?"

솔직히 나도 설여울의 말을 즉각 받아들인 건 아니었다. 하지만 적어 도 그녀가 근거 없는 말을 하지는 않는다는 건 알고 있었다. 맞든 틀리든 설여울이 그런 결론을 내린 과정이 궁금했다.

설여울의 시선이 탄산수가 담긴 잔에 닿았다.

"나는 기포가 왜 위로 올라가는지 늘 궁금했어. 기포는 왜 위로 올라 갈까? 그리고…."

그녀는 탁자 위에 놓인 펜을 집었다가 놓았다. 바닥으로 떨어진 펜은 데구르르 굴러 의자 밑으로 사라졌다.

"왜 물건은 아래로 떨어질까?"

"그야 중력 때문이죠."

아는 게 나와 반가운 마음에 냉큼 대답했다.

"아침은 먹었나?"

"아, 요즘은 아침을 건너뛰는 편입니다. 박사님은 드셨나요?"

갑작스런 화제 전환이었다. 게다가 설여울은 타인의 안부를 궁금해하 는 사람이 아니었다. 설여울의 남다른 대화 패턴을 익히 아는 나는 때가 오면 본론에 들어가리라 기대하며 성실하게 대답했다.

"왜 우리는 하루에 세 번 식사를 하며 그걸 아침, 점심, 저녁이라고 부를까? 왜 우리는 일할 때는 불을 켜고 잠을 잘 때는 불을 끌까? 누구나 집 안에서는 허리띠를 풀고 편안한 옷을 입지. 그런데 왜 저 바깥으로 나갈 때는 무거운 허리띠를 매고 복잡한 옷을 입을까?"

"어, 음, 밝으면 잠이 안 오고, 나갈 때는 적절한 복장을 갖추고 허리띠를 매는 게 당연하니까요?"

"세상에 당연한 건 없어. 그래서 내가 집 안에서만 지낸 거야. 이제껏 당연하게 여겨온 것들을 하나하나 되짚어보기 위해서 말이야.

인류는 다른 생물종과 확연히 달라. 우린 두 발로 걸어 다니고 저 바깥으로 나갈 때는 복잡한 옷을 입지 않으면 생존이 불가능해. 우리가 사는 세상에서 우리는 지극히 이질적인 존재야. 인간이 여기서 진화한 게 아니라는 가장 중요한 증거가 바로 인간 자신이라고. 일상에 길들지 않으며, 편견을 넘어서서 관찰과 추리를 하면 알 수 있는 사실이지. 아주 간단한 일이야. 하지만 다들 눈뜬 장님이지. 타성에 젖어서 아무것도 보려 하지 않아.

또 다른 예를 들어볼까? 우리는 각종 탐사선을 통틀어 일컬을 때는 비행선이라고 하지. 다들 비(飛)가 난다는 뜻인 건 알고 있겠지? 그런데 난다는 건 뭘까?"

"난다는 건 헤엄친다는 것과 비슷한 말 아닌가요?"

"비슷하다는 게 똑같다는 건 아니지."

"그래서 뭐 어쨌다는 건데?"

이아린이 끼어들었다. 설여울의 말을 무시하려 애썼지만 결국 실패한 기색이었다. 이아린 또한 우리 시대의 뛰어난 생물공학자였다. 설여울이 하는 말 어딘가에서 무언가를 인지한 것이다. 나만 감을 잡지 못하고 있었다.

"내 가설이 맞다는 걸 증명하고 싶어."

설여울은 거기서 말을 멈췄다. 이아린의 눈이 둥그레졌다.

"저 위를 탐사하고 싶다고?"

"바로 그거야."

"네가 중형 공기 제조기를 만들며 돔 바깥으로 멀리 나가는 게 가능해졌지. 지금 마젤호가 바로 그걸로 세계 일주를 준비하고 있어."

돔에 공기를 공급하는 공기 제조기는 3층 건물만 했다. 설여울은 공기 제조기를 작은 방 크기로 축소하는 데 성공했다. 그걸 통해 마젤호의 출항이 가능해진 것이다.

"세계 일주?"

"네, 박사님. 지구를 한 바퀴 돌고 올 예정이에요. 가장 중요한 목표는 신도시를 건설할 후보지를 찾는 거죠. 하지만 겸사겸사 지구가 둥글다는 걸 증명할 수 있는 계기로 삼는 과학자들도 있습니다. 제가 출항 과정 취재를 맡았죠. 출항하면 저도 탈 거고요."

지금 우리 돔에서 이 사실을 모르는 사람이 있다면 바로 설여울 하나일 거라고 생각한 나는 차근차근 설명했다. 연구에 몰두할 때 설여울은 세상에서 무슨 일이 일어나는지 전혀 관심을 두지 않았다.

"지구가 둥글단 말이지…. 중력으로 인해 지구 반대편으로 가도 여기에 있을 때와 똑같이 똑바로 서 있다고 인지하는 걸 테고…. 뭐, 그건 중요하지 않아. 우린 수평이 아니라 수직으로…."

설여울이 혼잣말처럼 중얼거리더니 자기 이야기로 방향을 되돌렸다.

"저어, 박사님, 설마 지구가 둥글다는 걸 모르셨던 건 아니죠?"

무심코 튀어나온 내 질문에 설여울은 느리게 눈을 깜빡였다. 몰랐고 그걸 왜 알아야 하느냐는 얼굴이었다.

"넌 5년이나 설여울의 조교를 하고, 기자가 된 다음에도 몇 번이나 취재했으면서, 쟤가 얼마나 무식한지 몰랐단 말이야?"

이아린이 혀를 찼다.

나는 진중한 회의석상에서 튀어나오려는 트림을 삼키듯 모르면 이상한 거 아니냐는 말을 가까스로 목구멍 아래로 밀어 넣었다. 설여울 박사가 무식하다니…. 차라리 물고기가 돔 안에서 숨을 쉰다고 하지….

"뇌의 저장 용량은 한계가 있으니 불필요한 걸 넣으면…."

"불필요한 걸 넣으면 중요한 걸 잊어버리게 되지. 그래, 그래, 지구가 둥근 건 중요하지 않다 치자. 공기는 공기 제조기로 해결한다고 해도 수압은 어떻게 할 건데? 위로 올라갈수록 수압이 낮아지기 때문에 내부의 공기가 팽창하게 돼. 그 힘을 견딜 수 있는 재질은 아직까진 없어."

"팽창하는 만큼 공기를 버리면 돼."

"돌아올 땐? 수압 때문에 공기가 압축될 거야. 중형 공기 제조기는 공기 제조 시간이 오래 걸린다는 단점이 있지. 마젤호야 가로로 움직이니 괜찮다지만 위에서 아래로 내려오려면 분명 공기가 부족해질걸?"

"내가 만들려는 건 거대한 탐사선이 아니야. 소수만 타는 작은 탐사선이라면 가능해."

"그래서 얼마나 높이 올라가겠다는 거야?"

"이 물이 끝나는 곳까지. 나는 저 위, 물 바깥은 자연히 만들어진 공기로 가득 찬 공기층과 인류가 두 발로 딛고 걸을 수 있는 땅이 있다고 믿고 있어."

"이젠 흙이 물 위에 뜬다고 주장하는군."

"우리 위치에 사는 어류들은 체액으로 차 있는 것과 달리 높은 곳에서 사는 어류에게는 물에 뜨게 하는 부레가 있지. 부레처럼 대륙을 물 위에 떠 있게 하는, 흙으로 둘러싸인 공기층이 있다면…."

"아무 근거도 없는 추측 남발할 거야?"

"인류가 탐사한 세계는 돔 주변이 전부입니다. 드넓은 지구의 1퍼센트도 채 되지 않아요. 정말로 물 위에 공기층이 있다면, 물 위까지 솟은 산이 있을지도 모르죠."

설여울과 대화할 때면 그러하듯 아무 말이나 일단 뱉었을 뿐인데, 열

띤 논쟁을 벌이던 두 사람이 동시에 입을 다물며 시선으로 나를 찔렀다. 내가 뭔가 큰 실수를 했나?

"그럴… 수도 있지. 맙소사, 충분히 가능한 일이야! 마젤호는 언제 출발하지?"

설여울이 다급하게 물었다.

"네, 한 달 뒤면 준비를 모두 마치고…."

"난 사흘 내로 출발해야 해!"

설여울이 살인마에게 쫓기는 사람처럼 비명을 질렀다.

"흥. 중요한 발견을 다른 이가 먼저 할까 두려운 모양인데, 마젤호가 새로운 산맥을 발견한다 해도 어차피 위까지 탐사하지는 못해. 마젤호가 상승할 수 있는 최대 높이는 500미터야."

"어쨌든 서둘러야 해."

설여울의 이글거리는 눈동자가 이아린에게 꽂혔다.

"그러니까… 위를 탐사할 탐사선을 만들고 싶다는 거지? 다른 이가 먼저 물 위에 공기층과 땅이 있다는 발견을 하기 전에 말이야. 정말 그런지는 증명되지 않았지만."

"물 위는 공기층이고 인류가 살 수 있는 거대한 땅이 있어. 거대한 땅… 그래, 대륙이라고 칭하면 적당하겠군. 발견하면 설여울 대륙이라 명명해야지."

"아, 벌써 이름까지 지었어?"

"우리가 사는 도시는 돔으로 둘러싸여 있어. 돔 바깥에 나가려면 산소통과 잠수복, 몸이 위로 뜨지 않도록 잡아 주는 무거운 허리띠가 필수지. 인간이 생존하는 데 있어 가장 중요한 건 공기야. 3분만 숨을 쉬지 못해도 죽는 게 인간이니까. 사람들은 중요한 일을 빠짐없이 처리해야 할 때 '물 샐 틈 없이'라는 말을 쓰지. 물이 돔 안으로 들어오면 우리가 끝장난다는 걸 모른다고 할 셈이야? 다른 유영동물들은 모두 헤엄치는데 우리만 두 발로 걸어. 저서생물, 부유생물, 유영동물 할 것 없이 다른 생물종은 하나 예외 없이 물이 없는 돔 안으로 들어오면 죽지. 우리가 아는 생물종에서 오직 인간만 물에서 숨을 쉬지 못해. 인간은 물이 아닌 공기로 둘러싸인 곳에서 진화했어. 설마 인류가 아가미 대신 폐로, 지느러미 대신 두 발을 가진 형태로 진화하기 전에 돔부터 지었다고 말할 건 아니지? 우린 공기로 둘러싸인 대륙에서 살다가 모종의 이유로 여기에 내려온 거야. 혹은 가라앉았거나."

반박할 말이 마땅히 떠오르지 않는 게 분한지 이아린이 아랫입술을 깨물었다. 설여울의 말은 분명 설득력이 있었다. 설여울의 시선이 나에게 왔다. 나는 마른침을 삼켰다.

"절대 발설하지 않겠습니다. 편집장님에게도 박사님이 중요한 발견을 목전에 두었다고만 전하겠습니다."

설여울이 날 부른 이유는 명백했다. 그녀는 자신이 세운 가설을 증명하는 과정을 기록할 사람이 필요했다. 그리고 그간 나는 그녀가 바란 시점에 기사를 낸다는 약속을 굳건히 지켜왔다.

이아린은 설여울이 바라는 탐사선을 제작하는 데 꼭 필요한 사람이었다. 그녀라면 기계공학부처를 설득해 설여울의 설계대로 탐사선을 만들게 할 수 있었다. 가만 보면 설여울도 영악한 면이 있었다.

설여울의 얼굴에 흡족한 웃음이 피었다. 이아린은 아무 말도 하지 않았으나 설여울은 이미 대답을 들은 양 행동했다. 이아린도 굳이 부정하지 않았다.

자리에서 일어난 설여울이 탐사선과 탐사선에 부착할 소형 공기 제조기의 설계도를 가져왔다. 이아린이 세세한 부분에 대해서 질문하고 설여울이 대답하는 동안 나는 분명 실패한 설계도가 있을 테고, 어떻게 해야 그 종이를 얻을 수 있을지 따위의 궁리를 하다가 곧 접었다. 설여울은 아무것도 그리지 않은 여백 쪼가리조차 주지 않을 것이다. 결과가 나올 때까지 비밀을 엄수하기로 한 이상 설여울이 병적으로 보안에 집착하리라는 건 그녀의 조교로 지냈던 지난 시간이 알려 주었다.

종이를 비롯해서 모든 물자는 귀했다. 이 방에 있는 모든 물건이 최소한 100년은 된 것이었다. 우리가 사는 곳은 생물종 자체가 극히 드물고 지하자원을 캐는 데는 수많은 난관이 따랐다. 그래서 우린 모든 걸 아끼며 살았다.

우리에게 필요한 식량은 두 가지 방법으로 해결했다. 하나는 열수 분출공으로 가서 채집하는 것이었다. 다만 열수 분출공에 의지해 사는 생물종은 번식과 성장 속도가 아주 느리기 때문에 매번 개체수를 확인해서 신중히 채집해야 했다. 당연히 그 정도 식량으로는 도시 안에 있는 10만여 명의 사람들이 먹고 살 수 없었다.

대부분의 식량은 위로 그물을 올려서 잡아왔다. 높이 올라갈수록 생물종과 양이 풍부해져서 더 높이 올릴 수 있는 그물을 제작하는 건 우리 세계의 가장 큰 과제 중 하나였다. 현재는 2500미터가 한계였는데, 많은 생물학자들이 그물을 조금만 더 올릴 수 있으면 생물종과 양이 기하급수적으로 늘어나리라 예측하고 있었다. 어떻든 2500미터까지 그물을 올리고 다시 내리는 데는 엄청난 전력이 소모됐다. 그래서 잡힌 생물종은 비늘과 작은 지느러미, 미세한 가시 하나 남김없이 의복, 종이, 기름, 식량을 만드는 데 사용되었다.

이 외에 이따금 우리를 돕는 건 고래였다. 한두 세대에 한 번씩 거대한 고래가 죽어서 우리가 있는 곳까지 가라앉았다. 우리에게는 축제나 다름없는 때였다. 우린 잠시 기다리다가 고래 고기를 먹으러 잠보상어, 먹장어, 게 따위가 몰리면 채집을 하고, 고래 뼈 또한 알뜰하게 사용했다.

이런 우리 세계에서 설여울은 거침없는 낭비로 유명했다. 무언가가 떠오르면 앞에 있는 아무 종이에나 휘갈기고, 쓸모없는 아이디어로 판명되어도 종이를 재활용하는 대신 태워 버려 수많은 사람들이 기함하게 했다. 그녀의 연구가 전기 발전소의 효율을 증가시키고, 공기 제조량을 늘렸기 망정이지, 그러지 않았다면 진즉 대학에서 쫓겨났을 것이다.

내가 잡생각에 빠진 사이 이아린은 설여울이 의식의 흐름에 따라 그린 설계도를 제작부서에서 알아볼 수 있게 정리하기 시작했다.

더 있어 봐야 할 일이 없었다. 나는 아끼던 물건을 모두 놔두고 집을 떠나는 사람처럼 허전한 심정으로 설여울의 하숙집을 나왔다. 설계도에 몰두한 둘은 내 쪽으로 고개도 돌리지 않았다. 신문사로 간 나는 설여울이 무언가를 이루기 직전이나 아직은 발설할 수 없다고 편집장에게 말했다. 편집장은 내가 계속 설여울을 취재할 수 있는지 물었고 나는 마젤호 취재와 병행하는 데 아무 문제없으리라고 대답했다.

평범한 하루하루가 흘렀다. 아침이면 마젤호에 가서 과학자와 기계공학자, 선원들이 분주하게 출항을 준비하는 모습을 취재하고, 집에 돌아와서 오늘의 진척사항과 문제점, 개선하기 위한 숭고한 노력들을 기록했다. 나는 그들의 일거수일투족을 지켜보고 집중하기 위해 혼신의 힘을 써야 했다. 설여울을 만나기 전만 해도 그러지 않았다. 밤에 잠자리에 들 때마다 흥분한 북어처럼 부푼 가슴으로 다음 날 아침을 기다렸다. 지금은 마젤호가 완성되는 모습을 눈으로 보면서도, 마음은 내가 모르는 곳에서 저 위를 탐사할 탐사선을 만들고 있을 설여울과 이아린에게 가 있었다.

◇

열흘 뒤 이아린에게 탐사선이 완성되었다는 연락을 받았다. 제작 설비소로 가며 왜 이렇게 오래 걸리느냐며 방방 뛰는 설여울의 모습이 보지 않아도 눈에 선했으나, 열흘 만에 만들어 낸 건 괄목할 만한 성과였다.

"탐사선은 잠깐 정비 중이야. 1000미터 위로 가니 압력계가 흔들려서 말이지. 그런데 또 1200미터를 넘어가면 다시 안정돼. 이런 애매한 문제가 제일 골치 아프다니까."

언제나 깔끔한 정장 차림이던 이아린이 기름때 묻은 작업복을 입고 날 맞이했다. 위화감이 들 법도 하건만 오히려 까다로운 규율 속에서 스스로를 억누르던 사람이 자유를 찾은 듯 활기차 보였다.

"어떻게 이렇게 빨리 만드셨어요?"

이아린의 입술에서 의기양양한 미소가 스쳐갔다.

위에 기술했다시피 우리 세계는 낭비를 허용할 수 없었다. 설령 물 위에 공기층이 있다고 해도 단지 그걸 확인하기 위해 탐사선을 만들어 보내는 건 무리였다. 모든 탐사에는 실용적인 목적이 있어야만 했다. 그간 수차례 고도를 측량하려는 시도가 있어왔다. 3000미터까지는 물인 게 확실했다. 설여울의 탐사선은 그 이상으로 올라가야 하는데, 그 높이에서 버틸 만큼 튼튼하면서 사람이 지닐 수 있는 각종 장치를 단 탐사선을 만들기 위해서는 많은 재료와 숙련된 기계공학기술자를 필요로 했다.

그래서 마젤호의 공식적인 목표는 신도시를 건설할 곳, 새로운 사냥터를 찾는 것이었다. 지구가 둥글다는 걸 증명하는 건 부차적인 문제였다.

이아린은 마젤호는 바닥을, 설여울은 위를 조사할 거라는 말로 과학부처를 설득했다. 어류를 잡아오려면 못해도 2000미터까지는 그물을 올려야 했다. 우리가 500미터만 위로 올라갈 수 있어도 사냥터와의 간격이 500미터만큼 줄어든다는 소리였다. 이아린은 500미터 위에 중간 기지를 건설해 어부들이 교대로 머물며 사냥을 해 아래로 내려보낼 수만 있다면 식량 공급의 효율이 높아지리라 말했다. 또한 사람이 탐사선을 타고 직접 올라가 높이에 따른 생물종을 조사한다면 그물을 더 효율적으로 칠 수도 있을 거라고 했다. 공기층과 대륙에 대한 이야기는 단 한 줄도 적지 않았다.

과학부처 사람들도 바보가 아닌지라 설여울이 그런 실용적인 목적으로 탐사선에 직접 올라탈 사람이 아니라는 걸 잘 알고 있었다. 주저하던 그들은 이아린이 자기도 탐사선을 타리라는 말에 탐사선 제작을 허가했다. 설사 설여울은 엉뚱한 연구를 하더라도 이아린은 그녀가 제출한 계획서에 맞는 결과물을 가져오리라 믿은 것이다. 열흘 만에 탐사선을 만든 건 이아린의 수완에 마젤호를 만드는 데 쓰였던 부품을 이어받아 이루어 낸 쾌거였다.

"교수님도 가신다고요?"

내가 확인차 물었다. 이아린은 당연하다는 듯 턱을 까딱했다. 설여울에게 계획을 들은 순간부터 가겠다고 결심했던 기색이었다.

"공기는 다양한 기체로 구성되어 있지. 가장 중요한 건 산소와 질소의 비율이야. 이 구성성분, 이 비율을 처음 알아낸 사람은 누구지? 그리고 그걸 어떻게 알아낸 걸까?"

그녀 자신도 해답을 찾고 싶은 의문이 있다는 뜻이었다.

인간은 본디 땅속에서 살았는데, 위에서 물이 스며들어 오며 위기를 맞았다. 그때 한 천재 과학자가 나타나 돔을 지어 대비를 했다고 한다. 이는 전해 내려오는 이야기일 뿐 명확한 기록은 남아 있지 않았다. 세상의 물이 여신의 눈물이라는 말처럼 신화에 가까운 이야기였다. 그러나 신화적인 이야기에 만족하기에는 돔은 과학적 지식을 기반으로 정확히 설계해서 만들어 낸 건축물이었다.

"지난 세월 동안 이따금 땅속을 탐사했지만 인간이 살았던 흔적 따윈 발견하지 못했어. 지금까지는 이전 거주 지역이 수압을 이기지 못해 흔적도 남지 않고 파묻혔거나 우리가 아직 찾지 못한 거라고 생각했지. 그리고 아무도 그 점에 더는 의문을 품지 않았어. 설령 땅 밑에서 인류가 돔 이전에 살던 곳을 찾는다 해도, 그게 현재 우리의 삶에 어떤 도움을 줄지 불명확한데 계속 여기저기 파 볼 만큼 자원이 남아도는 게 아니니까. 그렇게 우린 우리의 기원에 대해서 생각하기를 그만둔 거야. 매일 돔에 이상이 없는지 점검하고 수리하고 보수하고 식량을 구하는 것만으로도 버겁다는 이유로 현실에 안주한 거지.

설여울은 거기서 만족하지 않았어. 모든 걸 내려놓고 오직 이 문제의 답을 찾기 위한 노력을 멈추지 않은 끝에 제법 설득력이 있는 가설을 찾은 거야. 낭비꾼이기에 가능했던 건지도 모르지."

이아린은 뭔가 분한 듯 혹은 억울한 듯 잠시 턱을 악물더니 말을 이었다.

"어떻든 우리가 밑에서 올라온 게 아니라 위에서 내려왔을 가능성도 검증해 볼 가치가 있어. 정말로 저 위에 공기층이 있고 땅, 그래, 뭐 설여울의 표현대로 대륙이라는 게 있다면, 돔을 유지하고 보수하기 위한 노력을 할 필요가 없다면… 상상해 봐. 어떨 것 같아?"

"어… 음…. 공기층에서는 물고기가 못 살 텐데, 그러면 식량은 어떻게 구하죠?"

"그물을 위로 올리는 게 아니라 밑으로 내리는 거야. 4000미터 위에 공기층이 있다고 생각해 봐. 그럼 그물을 3000미터까지 올리는 게 아니라 1000미터만 내리면 되는 거야. 우린 위로 올라갈수록 생물종이 더 많으리라고 가정하고 있어. 2000미터에서 2500미터로, 더 높은 곳까지 올라가는 그물을 개발할수록 어류의 포획량이 가파르게 증가했으니까. 누가 알아? 공기층에서는 100미터만 그물을 던져도 충분할지."

"이런 말씀 드리는 걸 용서하세요. 너무 큰 기대를 하시는 건 아닌지…."

"가도 가도 물밖에 없으리라는 것도 당연히 염두에 두고 있어."

"무섭지 않으세요? 탐사선이 잘못된다 해도 아무도 도우러 갈 수 없는데…."

"설여울 혼자 발견하고 돌아온다고 생각해 봐. 아무리 상상력이 부족한 너라도 설여울이 얼마나 잘난 체할지는 예측할 수 있겠지? 혹은 순교라도 하면? 자기가 맞더라는 기록만 내려오면? 설여울은 탐사선이 한계에 도달하는 순간이 와도 멈추지 않을 거야. 본디 무모한 데다가 인간의 기원은 어려서부터 탐닉한 주제거든. 증명할 기회가 생겼으니 자기 목숨 따위 조금도 개의치 않을 거란 말이야. 적절하게 제동을 걸 사람이 필요해. 그렇다고 해서 내가 설여울을 위해 가겠다는 건 아니야."

반은 설여울 박사를 위해서가 맞는 것 같은데요. 다행히 이 말이 튀어나오기 전에 막는 데 성공했다.

"언제 출항하죠?"

"오늘 압력계를 수리하고, 내일 다시 시험 운행을 할 거야. 아무 이상도 보이지 않으면 사흘 후…."

"저도 가겠습니다."

이아린이 알 수 없는 얼굴로 날 응시했다.

"물론 무섭습니다. 전 보통 사람이니까요. 그렇다고 두려움에 발목 잡혀 이 기회를 놓치면 후회할 것 같습니다. 저는 이아린 교수님과 설여울 박사님이라는 두 거인의 어깨에 올라타고자 하는 어린애입니다. 두 분과 같은 일을 저는 절대로 해내지 못하겠지만, 기자로서 바로 옆에서 그 순간을 함께하는 기회를 잡고 싶습니다. 물론 이제 와서 2인승을 3인승으로 개조해 달라고 말씀드리는 건 무리인 줄 압니다. 그, 그래도…!"

이아린이 입술을 삐뚜름하게 만들며 기이한 웃음을 지었다.

"누가 2인승이래?"

"예?"

"설여울이 3인승으로 만들자더군."

"예에엣?"

"진짜 공기층이 있을지는 올라가 봐야 알 일이야. 얼만큼의 높이까지 올라갈지 모르니 얼마나 오래 걸릴지도 몰라. 마젤호가 출항하기 전에 돌아온다고 장담할 수 없어. 영영 돌아오지 못할 위험은 물론이고."

"각오하고 말씀드린 겁니다. 정말 3인승으로 만드셨어요?"

이아린은 표정으로 그렇다는 뜻을 전했다. 전기에 감전된 듯 짜릿함이 전신을 돌았다. 나는 어린아이처럼 깡충깡충 뛰었다.

◇

사흘이 지났고 도시에서 700미터 높이를 지나고 있었다. 가도 가도 암흑으로 가득찬 물뿐이었다. 현재 내 위치를 가늠할 그 어떠한 지표도 없는 적막하고 깊은 어둠을 바라보다 보면 누가 목을 조르는 것 같은 압박감과 폐소 공포가 몰아쳤다.

사람이 없는 상태에서 한 시험 가동으로 우리 탐사선이 2000미터까지는 너끈히 버틴다는 게 증명되었다. 그 이상을 테스트하려면 지나치게 긴 시간을 필요로 했다. 이아린과 설여울은 이론적으로 가능하니 강행하기로 결정했다. 탐사선이 버티는 것과 사람이 변화하는 수압을 얼마나 견딜 수 있느냐는 다른 문제라는 점은 고려되지 않았다.

이아린은 한 시간에 10미터씩 상승할 것을 제안했다. 한 시간에 100미터를 올라가도 성이 차지 않을 설여울은 극구 반대했다. 이아린은 그 이상의 속도로 상승하고 싶다면, 직접 정부 부처를 설득해서 탐사선을 새로 만들라는 말로 설여울에게 맞섰다. 그 말에 설여울의 입이 주먹이라도 들어갈 만큼 벌어졌다. 이아린이 결코 양보하지 않겠다는 의지를 표명한 것이다. 정부부처의 많은 이들이 설여울의 얼굴만 보고도 거부에 도장을 찍을 게 분명했으니 설여울로서는 이아린의 주장을 받아들이지 않을 도리가 없었다.

탐사선의 이름은 거북호로 정해졌다. 거북은 중요한 건축물이나 탐사선 등을 만들 때마다 후보에 오르던 이름이었다. 설여울에게 옳았는지, 왜 거북을 그렇게 중요시할까 싶은 의문이 잠시 들었으나 해소할 방법은 없었다.

탐사선은 위와 사방 어느 쪽으로든 손쉽게 움직이도록 반구형으로 만들었다. 재질은 강화 유리라 어디서든 바깥을 확인할 수 있었다. 지름은 3.5미터, 높이는 최대 2미터였다. 외형은 사방이 없는 반구형이지만 우린 좌우는 유사해도 앞뒤는 명확한 인간답게 압력계, 기압계, 수압계, 정수기가 있는 곳을 앞이라 부르고, 식량과 물, 화장실, 캡슐형 수면실이 있는 곳을 뒤라고 불렀다. 물은 바닷물을 정수해서 쓰지만 만일의 사태를 대비하기 위해 하루치를, 공기는 늘 사흘치는 여분이 있도록 준비했다. 양쪽에는 그물을 설치하고, 잡은 어류를 즉시 통조림으로 만들 설비를 달았다.

아무 일도 없이 지나간 하루를 보내고 잠자리로 가며 설여울과 이아린을 힐끗 바라보았다. 두 사람은 교대로 자며 바깥을 관찰하다 상대가 깨면 이런저런 논의를 주고받고 도시에 현재 상황을 보고했다.

설여울과 이아린이 저렇게 어깨를 맞대고 일하는 모습을 마지막으로 본 게 언제더라? 그게 벌써… 11년 전인가?

이아린이 학과장이 아닌 교수이고, 설여울도 대학에 몸담고 있던 시절 나는 설여울의 조교였다.

설여울은 천년에 한 번 나올까 말까 한 천재였다. 열두 살에 첫 번째 논문을 발표했고 열다섯 살에 첫 번째 발명으로 특허를 등록했으며 열여섯 살에 생물공학과에 진학해서 기계공학을 부전공으로 해 2년 만에 졸업하고 열여덟 살에 정식 교수가 되었다. 모두 최연소로 이룩한 일이었다. 그녀가 연구하고 발명한 물건들은 모두 삶에 혁신을 가져왔다.

설여울과 동갑내기이자 한동네에서 자란 이아린의 이력도 그녀 못지않았다. 열네 살에 첫 번째 논문 발표, 열일곱 살에 첫 번째 발명과 특허 등록, 열아홉 살에 기계공학과에 진학, 생물공학을 부전공으로 삼아 3년 후 졸업해서 스물두 살에 교수가 되었으니, 이력만 놓고 보면 설여울과 거의 판박이였다. 설여울만 아니었다면 이아린이 모두 최연소를 기록했을 것이다. 하지만 이아린에게는 언제나 두 번째라는 꼬리표가 따라붙었다.

가까운 사람에게 매번 뒤진다는 건 누구에게든 뼈아픈 일일 터였다. 그러나 모두가 어려워하고 미워하면서 동경하는 대상에게 자기가 예외적이며 꼭 필요한 존재라는 사실이 이아린의 자존감을 지켜 주었다. 설여울은 연구를 위한 학자금 신청 따위의 절차를 질색했고 이아린은 기꺼이 그녀를 위해 그 일들을 맡아 주었다. 이아린은 설여울의 유일한 친구이자 진심으로 믿고 의지하는 동료였다.

두 사람이 파탄 난 건 11년 전이었다. 그 무렵 이아린은 학과장 자리를 제안받았다. 학과장은 최소한 40대 중반이 되어서야 올라가는 자리였고 당시 이아린은 서른여섯 살이었으니 파격적인 제안이었다.

11년이 흐른 지금도 이아린이 한껏 상기된 얼굴로 설여울의 연구실에 들어오던 모습을 똑똑히 기억한다. 나를 지나쳐서 곧바로 설여울의 방문을 연 이아린은 다이빙이라도 하듯 몸을 내던졌다. 무슨 일인지 궁금했지만 나는 결단코 두 사람의 대화를 엿듣지 않았다. 그날 내가 이아린과 설여울의 대화를 듣게 된 건, 양심을 걸고 말하건데 전적으로 양쪽 다 흥분하는 바람에 목소리가 지나치게 커졌던 탓이었다.

이아린은 당연히 설여울이 제 일처럼 기뻐하고 축하하리라 기대했다. 학과장으로 진급한다는 사실도 중요했지만 그보다 난생처음 설여울을 앞지를 기회가 찾아왔다는 사실이 더 그녀의 감정을 북받치게 했으리라. 누구도 설여울이 학과장 자리를 맡거나, 만에 하나 맡더라도 잘 해낼 거라고는 일말의 기대도 하지 않았기 때문이었으나 어쨌든 이아린에게는 두 번째를 벗어나 최연소 학과장이라는 기록을 세울 수 있는 순간이었다. 하지만 설여울은 이아린이 그 제안을 받아들인 걸 맹렬하게 비난했다.

"자리를 탐내는 건 더 이상 학자로서 발전할 가능성이 없는 자들이나 하는 짓거리야."

설여울은 타인을 상처 입히는 말을 하는 데 어떠한 주저함도 없었다. 그건 상대가 이아린일지라도 마찬가지였다. 나는 조교로 일하며 이아린이 설여울로 인해 수없이 상처받고 다시 그녀를 이해하고 수용하는 모습을 봐왔다. 그러나 그 말은 달랐다. 조교라는 이유로 하루에도 수십 번씩 폭언을 들어온 나도 그 말에 심장이 멎는 듯했으니 당사자였던 이아린은 어떠했을까.

등골이 오싹해지는 침묵이 이어지다 문이 열리며 들어갈 때와는 완전히 대조되는 시체 같은 낯을 한 이아린이 나왔다.

평생 그래왔듯이 설여울은 결국 이아린이 자신에게 져 주리라 믿었다. 당시 설여울은 학교를 그만둘 결심을 굳힌 차였다. 진즉 떠나고 싶었으나 이아린의 설득으로 남아 있었던 것이다. 설여울은 이아린이 자신과 함께 강의와 서류 절차에서 벗어나 연구에만 매진하길 바랐다. 그때 설여울은 인간의 기원에 대한 연구에 흠뻑 빠져 있었다.

며칠 뒤 설여울은 결심대로 사직서를 냈다. 학교를 떠나던 날 설여울은 이아린을 만나러 갔다. 놀랍게도 설여울은 이아린의 사무실이 어딘지도 몰랐다. 그간 단 한 번도 먼저 찾아가 본 적이 없었던 것이다.

이아린의 비서는 나처럼 양심적이지 못했다. 그는 문 뒤에 귀를 붙이고 두 사람의 대화를 낱낱이 들은 뒤 사방팔방에 퍼뜨렸다.

설여울은 자신이 도량 넓게 이아린을 용서하는 것처럼, 그러나 그녀를 아는 잘 이들이라면 놀랄 만큼 저자세로 이아린에게 자신과 함께 학교를 떠날 것을 종용했다. 이아린은 냉혹하게 거절했다. 설여울의 빈자리에 새로운 사람들이 들어오고 있었다. 그녀를 추앙하는 이들, 상식적인 예의를 갖춘 이들, 일방적으로 비위를 맞출 필요 없는 사람들로, 설여울과 한몸처럼 지냈던 이아린이 처음으로 맞이한 보통의 관계였다.

설여울이 학교를 떠난 지 3개월 뒤 이아린은 학과장에 취임했다. 설여울은 오로지 연구에만 몰두했다. 학교의 자료가 필요할 때는 나를 비서처럼 활용했다. 설여울이 학교를 떠난 이상, 나는 더 이상 그녀의 조교가 아니었으나 나는 그녀가 바라는 모든 일을 했다.

어느 날 설여울은 내게, 나는 학자가 되기에는 턱도 없이 부족하니 더이상 시간을 낭비하지 말라고, 자기 연구를 할 자질이 없어 타인에게 헌신하는 것처럼 어리석은 일은 없다고 경멸을 담아 말했다. 내가 헌신하는 대상은 그녀 자신이었는데도 말이다. 그녀는 분명 내가 큰 충격에 휩싸이리라 예상했을 것이다.

당시 나는 3년째 박사 논문을 준비하며 스스로에 대해서 한계를 느끼던 차였다. 설여울이 내게 한 말은 구구절절 옳은 소리였다. 나는 그녀를 돕는 행위로 대리만족하고 있었다.

그다음 날 바로 나는 모두의 만류를 뿌리치고 학교를 그만뒀다. 9년전 내 나이 스물여덟 살 때의 일이었다. 평생을 해온 일에서 손을 털고나왔는데 발을 묶고 있던 족쇄에서 풀려난 양 홀가분했다. 이후 몇 달을 빈둥대다가 잠시 아르바이트 삼아 들어갔던 신문사에서 내 적성을 찾았다. 전공이 한몫한 덕에 과학 기자가 된 것이다. 나는 누군가가 위대한 일을 해내는 걸 지켜보고 기록하는 것에서 기쁨과 보람을 느꼈다. 단지 설여울 개인을 숭배해서 그녀를 감내하며 조교 자리를 지킨 것이 아니었다.

설여울은 내가 그녀의 직언을 들은 사람들이 으레 그러하듯 상처받고 분노하며 그녀를 증오하는 게 아니라, 그 말을 액면 그대로 받아들여 내게 맞는 일을 찾아 해 나가는 모습이 인상 깊었던 모양이었다. 게다가 나는 이미 까다로운 그녀 밑에서 오랜 시간을 버틴 이력이 있었다. 그래서 기자를 싫어하는 그녀가 나에게만은 예외를 허락해, 나는 그녀가 간간이 이런저런 발명을 해낼 때마다 기사화하는 호사를 누렸다.

내가 떠난 뒤 설여울은 대학의 자료를 이용하는 데 곤란을 겪었을 것이다. 어느 날 나는 설여울이 이아린에게 연락해서 필요한 자료를 요청했다는 이야기를 들었다. 이아린은 거절하지는 않았다고 했다.

나는 아득한 어둠 속에서 희대의 두 천재가 함께 일하는 모습을 보다 잠에 빠졌다.

다음 날 도시와 연락이 두절되었다. 탐사선은 시속 10킬로미터의 사선으로 움직이고 있었다. 10미터 상승할 때마다 사선으로 10킬로미터를 이동하는지라 직선 이동 거리 또한 시간당 9999.99499999875미터로 10킬로미터에 육박했다.

도시에서 나가려면 산소가 필수였던 터라 이제껏 우린 멀리 나갈 수 없었다. 그래서 통신기가 작동하는 거리는 200킬로미터가 한계였다. 마젤호 출항을 준비하며 통신기 연구도 병행되어 우리 탐사선이 새로 만든 통신기를 테스트하는 셈이었다. 700킬로미터가 우리가 기대한 최대 거리였는데 무려 900킬로미터를 간 뒤 연락이 두절되었다. 설여울과 이아린은 고무적인 일이라며 기뻐했다. 우리가 완전히 고립되었으며 앞으로는 문제가 발생해도 도시에 알릴 방법이 없다는 점은 전혀 괘념치 않는 듯 보였다. 나는 이아린과 설여울이 흥분해서 통신기를 더 발전시킬 안을 논의하는 모습을 창고에서 찾아낸 증조부의 사진처럼 지켜보았다. 사진 속에 있는 사람이 내 증조부이긴 하나 살아 있을 때 만난 적이 없으니 완전히 낯선 사람이듯, 이아린과 설여울도 겉모습만 나와 유사할 뿐 완전히 다른 종 같았다.

문득 두 사람이 오랜 시간 가장 가까운 사이로 지낼 수 있었던 이유를 알 것 같았다. 고도계를 제외하면 아무 변화도 없는, 이 끝에서 저 끝까지 서너 걸음을 걸으면 끝나는 비좁은 탐사선에 머물고 있는데도 두 사람 사이에서는 금방이라도 끓어 넘칠 주전자 같은 열기가 감돌았다.

저들을 저토록 흥분시키는 건 뭘까? 연구자가 되는 건 나에게 무리라던 설여울의 목소리가 귓가를 맴돌았다. 맞는 소리였다. 나는 반복되는 실험, 결과를 기다리는 지루한 시간을 견디지 못했다. 결과가 나온 뒤 과정을 압축해서 듣고 전달하는 게 내게 어울리는 일이었다. 나는 어디서든 잘 적응하는 내 체질에 기대 긴 하루의 대부분을 잠으로 보냈다.

떠들썩한 소리가 잠을 깨웠다. 허둥지둥 침대에서 내려가니 설여울과 이아린이 오른쪽 벽에 붙어 있었다.

"코노카라(Conocara sp.)야."

"여기까지 올라오는군."

이아린이 현재 높이와 코노카라의 길이 따위를 기록했다. 나는 고도계를 보았다. 출항한 지 닷새째로 1158미터를 지나고 있었다. 코노카라는 학명이고 흔히 스틱헤드라 불렀으며 90센티미터까지 자랐다. 우리가 사는 도시 부근에서도 드물게 출몰하는 종이었다. 이 높이에서도 살 줄은 몰랐다.

우리 위치에서는 살아 있는 어류를 보기 힘들었다. 매일 탐사를 나가는 생물학자들도 몇 주 동안 어류 비슷한 건 그림자도 못 볼 때가 비일비재하니 말 다했다. 영원처럼 펼쳐진 막막한 어둠의 세계에서 며칠을 보내다 도시와 연락마저 끊기고 나니, 온 세상에 살아 있는 존재는 우리 셋뿐인 것만 같은 끔찍한 고독이 수시로 몰아쳤었다. 그러다 살아서 움직이는 어류를 보자 돌아가신 어머니를 꿈에서 만난 것처럼 반갑고 두려움도 한결 가셨다. 흥분한 나는 스틱헤드가 사라진 뒤에도 벽에 붙어 앉아 생명의 징후를 기다렸으나 다음 날까지 이렇다 할 소득은 없었다.

하지만 여드레가 지나 고도계가 1900미터를 넘은 이후부터는 달라졌다. 우린 하루에도 몇 번씩 귀신고기, 길고 얇고 뚱뚱한 뱀장어 류, 다리의 두께와 길이가 다양한 오징어 류, 섬뜩해지는 촉수로 둘러싸인 아귀 류를 볼 수 있었다. 그중 대다수의 어류가 처음 보는 형태였다. 특히 해파리 류가 그러했다. 주둥이가 긴 병 형태, 둥근 몸에 긴 더듬이가 달린 모양, 실처럼 긴 몸체 등등, 해파리는 투명한 젤라틴 재질로 이루어졌다는 걸 제외하면 생김새가 무궁무진했다.

"처음 보는 형태의 오징어군. 학명을 뭐라고 하면 좋을까?"

"길이는 25센티미터 정도, 몸체는 흰색인데 주둥이와 꼬리지느러미 끝은 붉은색…."

이아린과 설여울은 새로운 어류가 나타날 때마다 그림을 그리고 기록하느라 바빴다. 나도 구경만 하지는 않았다. 기자가 된 후 속기를 익혔고 관찰력은 남부럽지 않아 많은 걸 기록할 수 있었다. 어류가 사라지고 나면 우린 서로의 기록을 확인하며 놓친 부분들을 보강했다.

하지만 우리를 진짜 놀라게 한 건 출항한 지 아흐레째 되는 날 일어났다. 이때 우린 고도 2065미터에 도달해 있었다. 어류가 나타나는 간격이 짧아져서 나도 자는 시간을 줄이고 바깥을 보다가 깜빡 선잠이 들었을 때였다. 그날 나는 소음보다 손쉽게 사람을 깨우는 게 침묵임을 알았다. 기이한 침묵으로 인해 전신에 오소소 소름이 돋으며 눈이 번쩍 뜨였다. 그 순간 칼날처럼 동공을 찌르는 세찬 빛이 밀려왔다. 정체 모를 비행선에서 나오는 불빛이었다!

◇

느닷없이 나타난 비행선과 우리가 의사소통을 할 방법은 없었으나 비행선이 불빛을 이리저리 비추는 모습에서 따라오라는 의지가 읽혔다.

"이 드넓은 세계에서 우리만 지성체일 수는 없지. 이 위에도 사람이 살고 있었던 거야."

설여울이 신음을 흘렸다.

"왜 이제껏 몰랐을까요?"

귀신이라도 보는 심정으로 불빛을 주시하며 내가 물었다.

"우린 그물을 수직으로만 올렸으니까. 그게 가장 효율적이라는 이유로 말이야. 수평으로 멀리 가려는 시도는 아예 하지 않았어. 그럴 자원이 없다, 늘 같은 소리였지! 그놈의 효율을 따지느라 스스로를 고립시키고 있었어!"

설여울이 분통을 터뜨렸다.

"효율을 중시하지 않았다면 이제껏 생존할 수 없었어."

이아린이 싸늘하게 말허리를 잘랐다.

정체 모를 비행선을 쫓아가는 동안 내 머릿속에서는 일어날 가능성이 있는 수많은 상황, 각 상황에 맞는 대처법들이 설사하기 직전 뱃속이 요동치듯 머릿속을 뒤흔들었다. 그런데 갑작스레 나타난 광경에 잡생각들이 한순간에 사라졌다.

"돔이… 세 개예요."

찬란하게 빛나는 타원형 돔이 무려 세 개나 있었다!

돔에 가까이 다가갈수록 어류들이 급격하게 늘어났다. 10세제곱미터당 두세 마리는 있는 듯했다.

"8할 이상이 스스로 빛을 내는군. 저 빛의 용도는 뭐지? 먹이 유인? 시야 확보?"

설여울은 빠르게 지나치는 어류들을 관찰하고 기록하는 데 정신이 팔렸고, 이아린은 딱딱하게 굳은 얼굴로 돔만 응시했다. 돔의 절반은 사람이 사는 곳이고, 아래는 잡힌 어류들을 처리하는 공장인 듯 보였다.

"그래, 이 높이에서는 타원형이 효율적이겠지. 우리야 땅에 붙어 있으니 반구형일 수밖에 없지만…."

돔이 가까워지자 설여울도 집중하며 분석을 시작했다.

낯선 비행선은 전신기에서 삐죽 나온 전신처럼 돔에서 길게 뻗은 직육면체로 우리를 인도했다. 우리가 들어가자 뒤에서 문이 닫히며 물이 빠지고 공기가 들어오는 기미가 느껴졌다.

"우리가 숨 쉴 수 있는 공기야."

바로 공기 분석기를 가동시킨 이아린이 다시 전방을 주시했다. 앞쪽 문이 열리며 손에 작살을 쥔 사람 스무 명 정도가 몰려와 우리에게 나오라는 손짓을 했다. 우리 탐사선의 외벽은 투명한지라 안에 세 사람이 있다는 건 순진한 사람의 속내처럼 누구에게나 훤히 보였다. 설여울이 앞장서서 문을 열었다. 나는 마른침을 삼키고 마지막으로 내렸다.

이들 중 누가 우두머리인지는 쉽게 알아볼 수 있었다. 어패류의 껍질로 화려하게 장식한 옷을 입은 60대로 보이는 남자였다. 그는 긴 머리를 모아 머리 위에서 묶은 뒤 반투명한 검은 모자를 쓰고 있었다. 얼굴은 둥글고 턱은 두 개로 접혀 있었으며, 눈, 코, 입이 모두 컸고 눈썹은 하얗게 세었지만 숱이 많았다. 우리를 지켜보는 이들의 표정을 보자니 이들도 우리를 보고 우리만큼 놀란 모양이었다.

"안녕하십니까. 저희는 아래에 있는 돔에서 왔습니다. 저는 이아린 교수, 이쪽은 설여울 박사, 이쪽은 기자인 조인수입니다."

이아린은 우리를 소개하는 동시에 몸짓으로 우리에게 무기가 없다는 뜻을 전했다. 우두머리가 뭐라고 말했지만 알아들을 수 없었다. 그건 저쪽에서도 우리말을 이해하지 못한다는 이야기였다. 다만 사람들이 우두머리의 말에 무기를 내리는 모습으로 보아 그가 우리에게 적대적인 의도가 없음을 받아들였다고 짐작할 따름이었다.

"이, 아, 린."

이아린이 자신을 검지로 가리키며 또박또박 말했다.

"지, 명, 도."

우두머리도 그 뜻을 이해하고 자신을 가리켰다. 설여울이 지명도에게 처음 듣는 언어로 말을 걸었다. 우두머리는 깜짝 놀란 얼굴을 했다. 그는 옆에 있는 사람에게 무언가 이르더니 우리를 데리고 선착장을 나갔다.

우리는 지명도의 안내대로 자동차에 올랐다. 지명도는 운전자 옆 보조좌석에, 나는 지명도를 보조하듯 따라온 사람과 함께 가운데 자리에, 설여울과 이아린은 뒷좌석에 앉았다.

"세상에, 길에 불을 밝혔어요!"

거리 양쪽에 10미터 간격으로 전등을 밝힌 기둥이 서 있었다. 그래서 도시가 멀리서도 찬란하게 빛났던 것이다. 우리 도시는 건물을 알아보도록 현관 앞에만 약한 불을 밝혔다. 남의 도시에서 쓰는 불빛인데도 내 몸에서 피가 빠져나가는 듯 손끝이 떨렸다.

"여긴 우리보다 자원이 풍부하니까 거리를 밝힐 만한 전력을 생산하는 게 가능한 거야."

이아린은 침착하려 애쓰고 있으나 목소리가 흔들리는 걸 완전히 막지는 못했다. 설여울은 어딘지 모르게 무심해 보이는 눈으로 창밖을 보고 있었다. 모르는 사람이 보면 멍하니 있는 걸로 보이겠지만 설여울에 대해서 잘 아는 나는 그녀가 사방을 면밀히 관찰하고 있다는 걸 감지했다.

나도 관찰을 통해 뭔가 알아내고 싶었으나 어린아이가 크리스마스트리를 앞에 두고 수학 문제를 생각할 수 없듯, 창밖 풍경에 온 정신이 팔렸다. 거리는 불빛으로 빛났고, 건물들은 다양한 색과 모양으로 칠해져 있었다. 나는 밝은 불빛 아래에서 건물 외관을 제대로 본 적이 없었다. 새삼스레 내가 사는 곳의 건물 외형을 모른다는 게 기이한 위화감을 불러일으켰다. 외벽의 생김새와 색깔은 건축 종사자만 제대로 알 것이다.

"참, 설여울 박사님, 아까 뭐라고 하셨던 거죠?"

"옛날 언어. 난 옛날 문헌을 공부했거든."

"아…."

언어는 끊임없이 변화한다. 불과 얼마 전까지만 해도 노교수나 편집장이 나에게 방금 한 말이 무슨 뜻인지 물었는데, 이제는 내가 신입 기자들에게 같은 질문을 하고 있었다. 고작 대여섯 살 차이에서도 모르는 단어가 나오니 100년, 200년, 500년으로 거슬러 올라갈수록 같은 문에서 다른 강, 목, 과로 분화된 생물이 서로 생식할 수 없게 되듯, 각기 다른 방향으로 변화한 언어는 소통이 불가능해졌다. 설여울은 시대를 거슬러 올라가면서 옛날 문헌들을 계속 공부했기에 예전 언어를 아는 것이다.

"서로 하는 말을 알아들을 수는 없었지만 이들의 발음체계나 이름으로 봐서 이들과 우리는 한때 같은 언어를 썼던 것 같아. 이들 중 옛 언어를 아는 이들이 있다면 말이 통할지도 몰라."

이아린의 목소리는 기대와 경계를 오갔다. 말이 통한다면 좋은 일이지만 이들이 우리에게 우호적이리라는 보장은 없었다.

차는 10분 정도를 간 뒤 6층 건물 앞에서 멈췄다. 고작 10분을 위해 차를 쓴 것이다. 우리 세계는 두세 시간 거리는 자전거가 기본이었다. 지명도가 앞장서서 건물 안으로 들어가자 달리 일하는 사람도 보이지 않는데 환하게 불을 밝힌 로비가 나타났다. 그는 로비를 지나쳐서 여섯 명이 두 줄로 서 있어야 하는 비좁은 공간으로 우리를 데려갔다. 여기서 뭐 하라는 건지 어리둥절한 찰나 이 공간 자체가 위로 올라가는 느낌이 왔다. 일순 오금이 저려 주저앉았다.

"승, 강, 기."

나를 내려다보며 말하는 지명도의 눈빛에는 안쓰러움이 담겼다. 문이 다시 열렸다. 용기를 내서 일어나려던 나는 문밖에 나타난 광경에 아까보다 더 큰 충격을 받고 그대로 엉덩방아를 찧고 말았다. 분명 로비로 들어왔고 같은 문이 열렸는데도 커다란 책상과 의자가 있는 회의실이 나타난 것이다.

"마, 말도 안 돼!"

내가 꼼짝도 못하자 지명도가 무릎을 굽혀 아이를 달래듯 내 등을 쓰다듬으며 무어라 말했다. 지명도에게 체중을 기대서 일어나는 데는 성공했지만 바닥에 달라붙은 발은 떨어질 줄을 몰랐다. 회의실 바닥은 단단해 보였으나 내 시각을 신뢰할 수가 없었다. 지명도가 괜찮다는 시범을 보이는 것처럼 앞서 나갔다. 이아린과 설여울은 태연하게 승강기에서 사무실로 걸음을 옮겼다. 그들이 공중 부양이라도 하는 듯 보였다. 다시 안으로 들어온 지명도가 나를 격려하며 데리고 나왔다. 바닥은 무너지지 않았다.

지명도, 운전자, 차에서 내 옆에 앉았던 사람이 나란히 앉고 우리 셋은 그 앞에 앉았다. 설여울이 앞에 있는 종이와 펜을 써도 좋은지 묻는 시늉을 했다. 지명도가 고개를 끄덕이자 설여울이 거기에 도르래를 그렸다.

"아…!"

그제야 고개가 끄덕여졌다. 승강기란 도르래의 원리에 전기의 힘을 더해 위아래를 오가게 해 주는 기구였다. 마술쇼 원리를 알아낸 듯 충격이 가시며 내 행동이 우리 세계 사람들을 기본적인 과학기술이 발달하지 않은 낙후된 곳으로 보이게 만들었다는 부끄러움에 얼굴이 화끈해졌다.

지명도는 우리가 승강기의 원리를 이해한다는 사실에 놀라며 내게 의아한 시선을 던졌다. 원리를 아는데 왜 그렇게 놀랐느냐는 눈빛이었다. 그야 우리 세계는 전기가 귀한지라 계단으로 올리기 힘든 무거운 물체를 위로 올릴 때에만 도르래의 원리를 이용하니까. 그림으로 설명하기에는 난해한 이야기였다. 마침맞게 50대로 보이는 한 남자가 들어오며 내게서 주의를 앗아갔다. 키가 크고 풍채도 좋은 그에게서는 정열적인 학자 느낌이 물씬 풍겼다. 지명도가 남자에게 무언가를 말하자 남자가 우리를 향해 말했다.

"고대 언어를 할 줄 아신다고요?"

"그렇습니다."

설여울이 대답했다.

비록 나는 대화에 참여할 수 없었지만 말이 통한다는 걸 알게 되자 내 눈가리개를 하고 있다가 벗은 기분이었다. 차에서 내 옆에 앉았던 사람이 일어났고 새로 온 남자가 그 자리를 차지했다. 남자의 이름은 라준후로 고대 언어 연구자라고 했다. 설여울과 몇 마디 말을 주고받은 라준후가 벌떡 일어서는 바람에 의자가 뒤로 넘어갔다. 그는 핏기가 사라진 얼굴로 설여울에게 무언가를 확인하듯 같은 말을 반복했다. 지명도가 라준후에게 왜 그렇게 놀라는지 묻는 듯했고, 라준후의 답을 들은 지명도의 얼굴이 경악으로 물들었다.

"우리가 저서(底棲, 해저)에서 왔다는 말에 놀라고 있어."

이아린이 영문을 모르는 내게 상황을 설명했다. 그녀도 고대 언어를 아는 건 당연한 일이었다. 설여울이 하는 건 뭐든 자기도 해내고자 악착같이 덤볐으니까.

"그게 왜 그렇게 놀랄 일이죠?"

라준후가 종이에 다급하게 무언가를 그리며 설여울과 대화를 이어나가는 바람에 이아린도 거기에 집중하느라 내게 대답하지 못했다. 다행히 그림은 나도 이해할 수 있었다. 라준후는 세계가 물로 뒤덮여 있다고 믿고 있었다. 물 아래에 땅이 있을 줄 몰랐던 것이다.

그들이 알고 있던 세계의 진실을 뒤흔드는 충격이 한 차례 지나간 뒤 설여울은 물 위에 공기층이 있다는 가설을 검증하고자 탐사선을 만들어 여기까지 비행해 왔다고 설명했다. 공기층 또한 이들에게는 청천벽력 같은 소리였다. 라준후와 설여울 간에 열정적인 대화가 이어졌다. 지명도가 몇 번 통역을 해달라는 뜻으로 헛기침을 했으나 라준후는 이야기의 흐름을 끊을 새가 없었다. 마침내 지명도가 어느덧 저녁을 먹을 시간이니 여기서 이야기를 마치자고 강제로 말을 끊었다. 그리고 라준후를 데리고 가 둘이서 잠시 이야기를 나누었다.

그동안 이아린이 짤막하게나마 이야기를 들려주었다.

"우리 세계를 지배하는 핵심 단어가 절약이라면 이들의 세계의 핵심 단어는 균형이야."

"아… 알 것 같아요."

오는 길에 나는 생일에 바라던 선물을 모두 받은 아이처럼 들뜨긴 했으나 그렇다고 주변 풍경에서 눈에 띄는 점들을 완전히 놓친 건 아니었다. 거리의 양쪽은 거울을 마주한 듯 완벽하게 똑같았다. 건물은 모두 짝수 층이었다. 내 옆에 탔던 사람은 이 일에 직접적으로 참여할 만한 지위나 지식을 지닌 사람이 아니었는데 두 명씩 탄다는 원칙을 위해 탑승했다. 그리고 세 명씩 마주 보는 구도를 위해 함께 있다가 라준후가 오자 떠났다.

지명도가 하는 이야기에 내내 고개를 끄덕이던 라준후가 풀려나 우리에게 와서 자기 집으로 가서 이야기를 더 나누자고 권했다. 라준후가 직접 차를 운전했기 때문에 설여울이 그 옆에, 나와 이아린이 뒤에 탔고 관련 없는 사람이 수를 맞추기 위해 타는 일은 발생하지 않았다.

차를 타고 가는 20여 분 동안에도 설여울과 라준후는 쉴 새 없이 대화를 주고받았다. 차는 주택가로 추정되는 곳에 멈추었다. 라준후는 4층건물의 2층에서 살고 있었다. 나는 힘찬 걸음으로 승강기에 올랐고 다시 내렸다.

라준후는 빠르게 음식을 차리며 손님이 올 줄 몰라서 찬이 적다고 사과했으나 우리 기준에서는 호화로운 식탁이었다. 각각의 식판에 딱 먹을 만큼의 음식만 차리는 우리와 달리 얼마든지 떠먹을 수 있는 공용 음식이 세 종류, 개별로 앞에 주는 음식이 다섯 종류였다. 음식을 앞에 두고 이걸 어떻게 다 먹을지 걱정하는 일이 생길 줄 몰랐다.

"남겨도 돼. 아니, 어쩌면 남기는 게 예의일 수도 있어."

이아린이 경직된 어조로 말했다.

"음식을 남긴다고요?"

나도 모르게 큰 소리를 내는 바람에 라준후가 무슨 일인지 궁금한 기색을 비쳤다.

"식사 예절이 다를 터라 혹시 실례를 할까 봐 긴장했나 봅니다."

"왜 그런 식으로 둘러대지?"

이아린의 설명에 설여울이 미간을 좁혔다. 두 사람은 고대 언어로 말했으나 그들을 오래 봐온 나는 이아린의 대처와 설여울의 반박을 짐작할 수 있었다.

"아주 틀린 말은 아니잖아?"

이아린이 쏘아붙였다. 설여울은 아랑곳하지 않고 우리 세계에서는 이렇게 음식을 풍성하게 차리지 않는다는 걸 설명했다. 라준후는 지명도가 그랬듯 우리에게 측은지심을 비치며 음식은 얼마든지 있으니 부족하면 말하라고 했다.

다행히도 그는 우리를 열악한 조건 속에서 허덕이며 사는 가련한 존재로 보지 않았다. 오히려 그 반대였다. 라준후는 몇 시간 만에 설여울의 열렬한 추종자가 되어 있었다. 나 또한 중학교 때 단 한 번 들은 설여울의 강의로 생물공학과에 진학했고 그녀의 조교까지 되었으니 그를 이해하고도 남았다. 설여울의 박식함, 과학에 대한 열정, 자신의 목숨마저 하찮게 여기며 도전하는 강인한 정신은 사람을 홀렸다. 한 번 사는 인생, 나도 저렇게 살아 봐야 하지 않는가, 나도 무언가에 내 존재를 걸어 봐야 하지 않는가 하는 마음을 불러일으켰다.

이아린은 그런 라준후를 냉소적인 태도로 지켜보았다. 그녀야말로 설여울에게 넋이 나간 사람, 그녀를 위해 뭐든지 하겠다고 달려드는 사람을 수없이 봐왔으리라. 설여울이 연구를 위해서라면 자신의 목숨만이 아니라 타인의 배려와 헌신도 우습게 여기는 사람이라는 걸 그들이 알게 될 무렵에는 수많은 독설과 그녀의 성에 차도록 해내지 못했다는 비난에 몸과 마음이 만신창이가 된 후였다. 더러는 그저 그녀에게서 돌아섰고 더러는 적극적으로 그녀를 증오했다. 이아린이야말로 설여울의 가장 뜨거운 추종자였으며 그녀로 인해 가장 큰 상처를 받은 산 증인이었다. 설여울 곁에 오래 머물고도 그녀에 대해 어떠한 미움도 없이 여전히 처음처럼 흠모하는 사람은 어쩌면 나뿐일지도 몰랐다. 아마도 그건 내가 생물공학과에 진학한 그 순간부터 이 길은 내 길이 아님을 마음 깊은 곳에서는 인지하고 있었다는 점, 그리고 한편으로는 둔감하다는 평을 받는 내 성격 때문일 것이다.

설여울은 이들에게 위아래로는 얼마나 탐사를 했는지 물었다. 라준후는 300미터라고 대답했고 그 이상을 탐사하는 건 금기시되어 있다고 말했다. 인간의 욕심은 끝이 없기 때문이라는 게 그 이유였다. 아래로 내려가면 무거운 수압을 견디지 못해 돔이 파괴될 것이고, 위로 올라가면 가벼워진 수압으로 팽창하는 기압을 이기지 못해 폭파될 것이다. 따라서 위와 아래에 대한 지나친 관심을 삼가고 늘 제자리에 있을 수 있도록 균형을 잡고 중도를 유지하는 게 중요하다는 것이었다.

"그럼 가로로는 얼마나 탐사했죠?"

"최대 기록이 1800미터입니다."

"고작 2~300미터 때문에 서로 만나지 못하고 있던 거군."

설여울이 쓰디쓴 입맛을 다셨다.

거대한 주제에 대한 이야기가 얼추 정리된 후 세부적인 이야기가 나왔다. 그들이 사는 세계는 아사단이라고 불렸다. 우리가 있는 돔이 셋 중 가장 컸으며 이름은 하날이었다. 두 번째는 마람, 세 번째는 부름이라 했다. 인구는 각기 11만, 7만, 3만여 명이었다.

우리도 우리 돔의 이름이 도읍이라고 알려주었다. 라준후는 몹시 흥미롭다는 표정을 지었다.

다음 날 라준후는 우리를 다른 과학자들에게 소개시켜 주었다. 설여울은 그들에게 소형 공기 제조기를 만드는 법을 알려 주었고, 라준후는 수력 발전 전문가를 소개해 해류를 이용해 수력 발전기를 만드는 원리를 배우도록 도와주었다.

언어는 복잡하고 섬세하다. 같은 단어도 어감에 따라서 완전히 다른 뜻이 내포되기도 했다. 반면 공식과 도표는 해당 규칙만 알면 오해의 여지가 적었다. 그러다 보니 과학자들과 지식을 공유하는 건 수월하게 진행되었다.

우린 일주일간 머무르며 여러 과학자들과 지식을 주고받았다. 일주일이 지나자 지명도가 우리에게 그만 떠나 달라는 뜻을 드러냈다. 설여울은 순순히 받아들였다. 서로 교류할 지식은 산더미 같았지만 공기층을 찾는 당면한 목표가 우선이었다.

아사단의 과학자와 기술자들은 몹시도 아쉬워했다. 거의 모든 분야에 박학할 뿐만 아니라 간단한 설명에도 바로 이치를 터득하는 통찰력을 지닌 설여울에게 많은 과학자와 기술자들이 매료된 건 당연한 일이었다. 그건 열수 분출공에 생물종이 몰리는 것과 같은 이치라 할 수 있었다. 어떤 이들은 눈물까지 글썽이며 더 머무를 것을 청했으나 정부 관리들은 우리가 토 달지 않고 떠나려 하자 두 손 들고 환영했다.

물 밑에 땅이 있다. 위에는 공기층이 있을지도 모른다. 관리들은 그 사실이 일반인에게 알려져 세계에 혼란을 가져올까 두려워했다. 설여울이 소형 공기 제조기를 만들 수 있는 기술 등을 기꺼이 공유하지 않았다면 진즉 우리를 내쫓았을 것이다.

떠나기 전날 밤 라준후와 우리는 이 세계의 기원에 대한 긴 이야기를 나누었다.

"오래전 기록 보관실에 물이 들어찬 적이 있습니다. 그때 옛 자료가 손상되었다고 합니다. 남은 건 신화뿐이에요. 태초에 물이 있었다, 인류를 어여삐 여긴 여신이 돔의 재료와 문자, 도구를 쓰는 법을 알려 주었다고 하지요."

라준후가 운을 떼었다.

"우리 기록 보관소에 있는 기록도 약 500년을 넘어가면 신화 수준으로 급변합니다. 돔의 기원을 알 도리가 없죠."

설여울이 말을 받았다.

"정부 관료들이 위아래의 탐사를 엄격히 금하는 마음을 저도 십분 이해합니다. 지나친 모험심은 돔 자체를 위태롭게 하니까요. 인류의 생존이 걸린 문제죠. 한편으로 그들은 돔의 이탈을 두려워합니다."

라준후는 우리밖에 없는데도 목소리를 낮췄다.

"사실 저를 포함해서 몇몇 과학자는 다른 돔이 존재할 가능성을 염두에 두고 있었습니다. 기록 보관실에서 찾은 기록 때문인데요. 얼룩이 심하고 공식적인 문서가 아닌 데다 너무 오래되어 지금은 쓰이지 않는 자음과 모음이 섞여 있어서 어떤 내용인지 짐작과 추측이 난무합니다."

물론 나는 이때 어떤 이야기가 오가는지 알지 못했다. 다만 지난 일주일간의 강행군으로 인해 강철 체력인 설여울조차 피곤한 기미가 역력했는데 갑자기 정신이 번쩍 든 듯 라준후의 말에 집중하는 모습에, 심상찮은 이야기가 오가나 보다 싶어 덩달아 허리를 세웠을 뿐이었다.

"그건 어떤 논쟁에 대한 개인적인 기록으로 보였습니다. 돔을 어느 위치에 놓을지를 두고 벌이는 설전이었는데 아래가 안정적이다, 중간은 자칫 균형을 잃고 상승이나 하강을 하게 되면 위험하다, 아래에 돔을 지었다가는 다시는 올라오지 못할 수도 있다, 따위의 내용입니다. 하지만 돔이 아니라 시청이라고 하는 학자들도 많습니다. 시청이라고 해석하는 학자들은 시청의 위치를 잘 잡아야 도시가 어느 한쪽으로 치우치지 않고 발전할 수 있다는 뜻이라고 해석하죠. 후반부 해석은 대체로 의견이 일치하는데, 각기 다른 의견이 감정싸움으로 번지며 서로 다시 못 볼 인간이라고 비난하는 내용입니다."

"그 문서를 보고 싶군요."

설여울의 말에 라준후는 안타까운 얼굴로 고개를 저었다.

"정부에서 극비 문서로 다루고 있어서 저도 딱 한 번 본 게 전부입니다. 박사님이 사는 돔 이름은 도읍이라고 하셨지요?"

"그렇습니다. 옛 언어에 도읍은 중심이라는 뜻이 있더군요."

"네, 아사단도 중심을 뜻하는 단어죠. 과학자들이 당신들의 돔을 지은 소재와 우리 소재가 유사하다고 하더군요."

"같은 언어의 다른 갈래처럼요."

"어쩌면 우린 한때 같은 돔에서 살았을지도 모릅니다. 그러다 싸움이 벌어지며 결별한 거지요."

"하지만 피차 위아래를 오갈 수 있는 기술이 없어요."

"그건… 그렇지요."

각자의 생각에 잠기느라 잠시 대화가 끊겼다. 라준후가 침묵을 깼다.

"예전에 제 은사께서 정부에서 감추고 있는 문서가 있다고 하셨습니다. 얼핏 보고 기억나는 대로 적은 걸 보여 주셨는데 글자가 맞기는 했는지 모르겠습니다. 제 눈에는 그림처럼 보였거든요. 교수님은 우리와 철자 체계가 완전히 다른 언어이리라 하셨죠."

"철자 체계가 다른 언어라…."

몇 시간 뒤 우리는 많은 이들의 섭섭함을 뒤로 한 채 탐사선에 올랐다. 라준후는 내려올 때 꼭 다시 들러달라고 했고 설여울은 최대한 노력하겠노라 답했다.

작별 인사를 하는 동안 이아린에게서 은근한 아쉬움이 보였는데, 그 아쉬움 중 일부가 저들이 설여울의 실체를 알기 전에 떠나게 되었기 때문이라고 느껴진 건, 지나치게 멀리 나간 생각이길 바란다. 설사 그렇더라도 그녀를 탓할 수만은 없지만 말이다.

이아린은 설여울 못지않은 과학자였으나 여기 머무는 내내 정치적인 부분에 자기 역량을 바쳐야 했다. 아사단의 정부 관리들이 설여울과 우리를 적대시하지 않도록 우리 또한 그들에게 꼭 필요한 기술을 가르쳐 주며 서로 주고받는 거지 어느 한쪽이 손해를 보는 게 아님을 설파했고, 설여울과 자신이 순수한 과학적 목적 외에 다른 의도가 없음을 알리고, 설여울이 자기 말을 곧바로 이해하지 못하는 사람들에게 본래 성격대로 성질을 부리려 할 때마다 제동을 걸었다.

다시 느린 상승을 이어가는 동안 설여울은 인공적으로 물의 흐름을 만들어 내 그 힘을 전기로 바꿀 방법을 고안했고, 이아린은 만 하루를 꼬박 잠으로 보냈다. 나는 이아린이 간간이 통역해 준 말을 기록했다.

◇

탐사선이 출항한 이래 이따금 마젤호를, 내가 두고 온 기회를 돌아봤었다. 특히 탐사선이 출항한 뒤 초기 며칠, 무한한 어둠 속 한 점처럼 느껴질 때가 그랬다. 이 탐사에서 아무런 소득을 얻지 못한 채 마젤호를 놓치게 된다면, 아니, 아예 돌아가지 못하게 된다면…. 그때마다 한 치도 흔들리지 않고 나아가는 설여울 박사와 이아린 교수가 내 마음을 잡아 주었다.

그리고 지금 이 순간, 나는 내 선택에 그 어떠한 후회도 없으리라 확신할 수 있었다. 이 기회를 준 설여울 박사에게 엎드려서 절을 해도 부족할 것 같았다.

아사단을 떠난 지 엿새가 지난 시점이었고, 고도계는 3559미터를 가리키고 있었다. 나는 자꾸만 뿌예지는 시야를 확보하려 손바닥으로 거듭 눈물을 훔쳤다. 이아린은 현기증이 나는지 아예 주저앉아 있었다. 설여울 또한 경이와 감동, 충격이 뒤섞인 얼굴로 탐사선 바깥에 시선을 고정했다.

바깥은 생명으로 가득 차 있었다! 탐사선의 전조등이 닿는 곳마다 찬란한 산호초가 보였다. 열수 분출공이 작은 언덕이라면 산호초는 웅장하게 펼쳐진 숲이었다. 게, 조개, 헤아릴 수 없을 만큼 많은 어류들이 산호초라는 숲을 의지해서 살아가고 있었다. 우리가 사는 저서처럼 열수 분출공 주변 굴뚝을 대신하는 산호초에만 생명이 몰린 게 아니라 붉고

푸르고 노랗고 희고 검은색들의 길고 짧고 둥근 어류들이 온 세상을 점령하고 있었다. 세상이 저토록 아름다운 색채로 가득한 곳이었단 말인가. 저 수많은 어류들은 도대체 어디서 오는 거지? 물 반, 어류 반이었다. 아무래도 내가 환각을 보고 있는 것 같았다. 그런데 환각도 자신의 무의식에서 오는 게 아닌가. 내가 언제 저토록 영롱한 세상을 상상이나 해 봤다고…!

바다에 소용돌이가 치나 했더니 벤자리 떼가 추는 군무였다. 돌산호 주변에서 붉은 솔저피시가 유유히 헤엄쳤다. 사선으로 노란 줄무늬가 들어간 나비고기 서너 마리가 친한 친구들끼리 산책이라도 가듯 지느러미를 산들거렸다. 하늘하늘한 말미잘에 몸을 숨기고 있던 흰동가리가 나와 먹이를 잡아채더니 집에서 우는 아이 울음소리라도 들은 양 급하게 돌아갔다.

우리 세계의 어류들은 형태가 제각각인 데다가 전반적으로 사납고 기괴한 면이 있었다. 사냥감이 드물기에 뭐라도 발견하면 무조건 삼키기 위해 아예 턱이 없는 종들도 많았는데 여기 있는 어류들은 대체로 입이 작은 게 신기했다. 무엇보다 모두 아름다웠다. 어째서 몸에 저토록 다양한 색을 입힌 걸까?

"어, 어어? 어? 지금 보셨어요?"

나는 검지로 한 곳을 가리켰다. 눈은 바깥에 두더라도 손은 기록을 위해 바쁘게 움직이는 설여울조차 돌부처처럼 굳어 있을 만큼 어딜 보든 황홀한 풍경이었는데도, 혼비백산한 나로 인해 두 사람 다 내가 가리키는 곳을 보았다.

"뭔데 그래?"

이아린이 날카롭게 물었다.

"자, 잠깐만요. 아, 아까 분명… 아, 지금요! 보셨어요? 저, 저, 저거 살아 있는 걸까요?"

내가 말하는 '저거'는 산호초 전체를 가리키는 말이었다. 산호의 일부분이 꿈틀거리며 움직이고 있었다. 혹시 산호초가 고래처럼 거대한 생명체는 아닐까?

당시 나는 산호를 포함해서 눈앞에 펼쳐진 생물들의 이름을 몰랐다. 그건 모두 나중에 들은 것이다. 어쨌든 그 순간 나로서는 5층 건물만 한 산호초가 한 생명이 아니라 장담할 수 없었다.

"아니, 저 부분만 살아 있는 거야."

한참 동안 내가 말한 부분을 관찰한 설여울이 차분하게 말했다.

"예? 일부분만 살아 있다고요?"

"산호와 같은 색과 모양으로 산호 속에 스스로를 감춘 거지. 영리한 동물이군."

"예에에에에?"

"문어 같은데?"

이아린이 감탄을 담아 한 말에 설여울이 고개를 끄덕이며 동의를 표했다.

"문어였군요."

괜스레 아쉬움이 몰려왔다. 나중에 산호초가 식물이 아니라 동물이라는 걸 알았을 때는 내심 기뻤다. 우리에게 산호초와 주변 어류들의 이름과 생태를 알려 준 이는 이곳에 있는 돔에서 만난 언어학자 세서미였다.

이곳에도 돔이, 무려 열다섯 개나 있었다. 가장 큰 돔은 한라로 인구수는 30만에 육박했고, 가장 작은 돔에서는 5만 명이 산다고 했다. 10만여 명이 사는 돔, 즉 우리 세계 전체 인구를 합친 이들이 사는 돔만 열 개였다. 전체 인구가 무려 180만 명에 육박하는 것이다.

우린 한라로 인도된 후 통령이라 칭하는 모든 돔의 총 지도자를 만났다. 이름은 세정진으로 70대에 키가 작고 목이 짧았다. 색이 짙은 안경을 껴 눈은 보이지 않았으나 동글동글한 얼굴 가득 웃는 모습이 몹시도 선량해 보였다. 그는 우리에게 진심 어린 환영의 뜻을 표했다. 이윽고 세서미라는 언어학자가 헐레벌떡 달려와 통역을 시작했다.

세정진은 세서미가 자신의 딸이라며 그녀가 우리를 귀한 손님으로 맞아 불편함이 없도록 잘 보살펴 주리라 했다. 차돌처럼 단단한 체구의 세정진과 물풀처럼 여린 느낌의 세서미가 부녀지간이라니 유전이란 얼마나 신비로운 세계인지.

"무려 통령의 따님께서 우리를 안내해 주신다니 영광입니다."

이아린이 감사를 표했다. 나는 다양한 사람을 만나온 기자답게 비위를 맞췄고, 설여울마저 정중하게 고맙다는 시늉을 했다.

돔에 들어온 이래 우리 셋은 지나치게 강한 조명으로 인해 끊임없이 눈물을 흘렸다. 세서미에게 색을 넣은 안경을 받고서야 겨우 제대로 앞을 볼 수 있었다. 한라에 사는 이들은 모두 취향대로 색을 넣은 안경을 꼈다.

세서미와 그녀의 비서라는 십홍일이 우리를 식당으로 데려갔다. 길게 이어진 식탁에 수십 종의 음식들이 열을 맞춰 자리했고, 사람들은 거기에서 먹고 싶은 음식을 골라 접시에 담아 자리로 가져갔다. 그들은 대부분 가져온 접시를 비우지 않고 새 접시에 음식을 담아왔고, 남은 음식들은 버려지는 게 분명했다.

우리의 식생활을 1이라 치면 아사단은 3~4, 이곳은 10으로 봐야 할 것 같았다. 아침에 만난 상대에게 호감을 느껴, 다음 날 점심에 데이트를 한 뒤 저녁에 결혼식을 올리는 기분이랄까. 꼭 있어야 할 중간 단계가 생략되고 서너 계단을 훌쩍 뛰어넘은 것 같았다.

삶에서 언제 또 이런 기회를 맞이할지 모를 일이었다. 나는 허리띠를 풀고 풍요를 즐겼다.

식사를 마친 뒤 외관부터 화려하게 꾸며진 10층 건물의 꼭대기 층으로 안내되었다. 이곳이 로열층이라고 했다. 거실에 있는 통유리를 통해 보이는 바깥은 별세계였다. 넓은 거리는 자동차로 미어터졌고, 거대한 간판들은 서로 질세라 불빛을 뿜어냈다. 나는 강한 불빛 때문에 잠을 설쳐야 했다. 다음 날이 되어서야 방의 불을 끄고 커튼을 치는 법을 배울 수 있었다.

설여울이 생물학자나 기계공학자를 소개받고 싶다고 말하자 세서미는 곧 만나게 해 주겠다며 우리에게 생물도감과 기본적인 기계공학 서적을 가져다주고 기호가 다른 부분들은 자신이 아는 만큼 설명해 주었다. 내가 오면서 본 어류들의 이름을 알게 된 건 이때였다.

다음 날 우린 연극과 뮤지컬을 관람했고, 물을 모아 만든 호수에서 아름다운 물고기들을 마음껏 관찰했다. 다른 돔의 지도자도 우리를 만나고 싶어 한다는 말에 그곳을 방문하러 이들의 비행선을 탈 기회를 얻었다. 세정진과 두 번째, 세 번째 돔의 지도자, 그들의 아랫사람들도 함께 탔다. 비행선 안에는 침대로 써도 손색없을 푹신한 의자와 간식거리, 서너 종류의 음료가 구비되어 있었다. 이곳이 바로 천국일까?

"오늘 정말 근사한 걸 보게 될 거요."

세정진이 의기양양하게 말했다. 세서미는 지도자들의 말을 통역하는 데도 바빠 아랫사람들과는 제대로 대화하지 못했으나 그들은 우리와 눈이 마주칠 때마다 친근한 웃음을 지어 보였다. 모두 활기에 넘쳤고 들뜬 듯해서 나도 그 기운에 물들어 무엇을 보게 될지 기대가 솟았다.

한 시간 뒤 우리는 돌고래 떼와 조우했다. 2미터에서 4.5미터에 달하는 유선형의 어류 100여 마리가 우아하게 헤엄쳤다. 등은 진회색, 배는 흰색으로 다채로운 원색을 두른 어류들에 비하면 소박했으나 나는 감히 저들을 여기까지 올라오며 본 생물들 중 가장 아름다운 종 중 하나라고 단언하겠다. 그들의 주둥이는 우아한 곡선을 그려서 마치 웃는 얼굴처럼 보였다. 그래서인지 목적지를 향해 이동하는 게 아니라 유희를 위해 헤엄치며 놀고 있는 것 같았다.

"돌고래는 우리 인간처럼 새끼를 낳고 젖을 먹여요. 그래서 인간이 유독 돌고래에게 매료되는지도 몰라요."

혼이 빠진 나에게 세서미가 한 말을 이아린이 통역해 주었다. 새끼를 낳고 젖을 먹이는 어류가 있다고?

나는 50센티미터 정도의 새끼 돌고래가 어미 옆에 꼭 붙어 헤엄치는 모습을 황홀하게 바라보았다. 어린 생명은 그 자체로 사람의 마음을 뭉클하게 했다. 하물며 이토록 아름다운 종이라면 말해 뭐할까. 그 순간 어미 돌고래의 머리가 터지며 짙푸른 바다가 선홍색 피로 물들었다. 세정진을 포함한 지도자들이 환호성을 울렸다. 어느새 우리 비행선에서 1~2인용 소형 비행선들이 출격해 쏘는 작살로 돌고래들을 잡고 있었다. 놀란 돌고래 떼가 비명을 지르며 빠르게 도망치기 시작했다. 그랬다, 나는 그때 분명 돌고래들이 비명을 질렀다고 확신했다.

인간이란 얼마나 모순에 찬 존재인지. 먹기 위해서, 살아가는 데 필요한 다양한 도구를 위해서 사냥은 필수였다. 그런데도 인간들은 종종 어떤 생명들에 대해서는 다른 생명보다 더 이입하곤 한다. 타인보다 가족이 우선이듯, 인간과 유사한 면이 있는 데다 커다랗기에 절망과 고통에 찬 표정을 생생하게 읽을 수 있는 생명들이 죽어가는 모습을 보는 건 괴로운 일이었다.

나는 이들의 삶을 존중해 내 감정을 내색하지 않고자 애썼다. 이 비행선을 타기 전 내가 신나게 먹은 음식들 중 돌고래 고기도 있었으리라. 우리 세계에서 그물을 쳐 잡혀온 어류들의 참혹한 형체는 또 어떠한가. 먹지 않고 살 수 있는 생명은 없다. 이곳은 인구도 180만 명이니 더 많은 식량이 필요할 터였다.

한 시간여 동안 진행된 사냥이 끝났다. 세정진을 포함해 세 지도자들은 서로 어느 쪽이 더 많은 돌고래를 잡았는지에 대한 이야기를 주고받았다. 세정진의 팀이 가장 많은 돌고래를 잡았는데, 거기에는 다른 두 지도자 팀의 명백한 양보가 있었다. 사냥에 참가한 이들이 돌아오고 비행선은 죽은 돌고래들을 뒤로한 채 돔으로 향했다.

"어류는 어떻게 회수하죠?"

나는 세서미에게 몸짓으로 질문했다. 질문을 파악한 세서미는 회수하지 않는다는 뜻을 전했다.

"그럼 왜?"

내 표정에 나타난 의아함을 읽은 세서미가 축배를 들고 있는 사냥 팀들에게 눈을 돌렸다.

오직 즐거움을 위한 일이었다!

사냥 팀들이 우리에게 다가와서 아까보다 더 흥에 겨운 얼굴로 사냥의 기쁨을 교류하고자 했다. 이성은 내게 표정 관리를 하라 지시했으나 얼굴 근육은 내 뜻을 따라 주지 않았다. 나는 들고 있던 음료를 떨어뜨렸고 잔이 박살났다. 잔을 깨다니! 시중을 들던 사람이 아무 일도 아니라는 듯 와서 치웠다. 아, 이곳은 물자가 차고 넘치지….

내가 빠른 비행에 익숙하지 않아 멀미를 한다고 세서미가 둘러댄 덕에 우리는 비행선에서 내려서 사냥 후 축하 잔치에 끼지 않고 숙소로 돌아올 수 있었다.

나는 푹신한 소파에 무너져서, 젖먹이 새끼는 어떻게 되었을지 생각하지 않으려 안간힘을 쏟았다. 세서미가 강의하는 어조로 입을 열었다.

"돌고래는 가족이나 친척 단위로 무리 생활을 하고 작은 물고기, 오징어 따위를 잡아먹지요. 저도 돌고래 사냥을 싫어해요. 그건 스포츠가 아니라 학살이에요."

"돌고래의 식성은 어떻게 되나요? 왜 그런 스포츠를 즐기는 거죠?"

이아린이 물었다.

"가장 뛰어난 존재인 인간이 다른 종을 지배하는 건 당연하다고들 하지요."

"지배라는 말에 살육을 스포츠라 합리화하는 뜻도 포함되나요?"

드물게 냉정함을 잃은 이아린의 목소리가 날카로워졌다.

"인간이 가장 뛰어난 종이라 다른 종을 지배할 자격이 있다? 그럼 더 뛰어난 인간이 다른 인간을 지배할 수도 있겠군요?"

설여울이 냉소를 띠었다.

"산호를 녹여서 먹는 어류도 있어요. 정말이지 예리한 분이군요. 말씀 대로 우리 안에 불평등이 존재해요. 상위 돔들은 풍요롭지만 하위 돔들 은 그렇지 못하죠. 하위 돔에서 사는 이들은 상위 돔으로 오길 바라지만 상위 돔은 엄선한 사람들만 받아요."

"엄선이라… 누가 상위 돔에서 살 자격이 있는지 정하는 사람은 누구 죠? 자칭 더 뛰어나다는 이들인가요?"

설여울의 말에 세서미의 고개가 아래로 떨어졌다.

"세서미 씨 잘못이 아니에요."

마음을 가라앉힌 이아린이 세서미에게 계속 말하라는 몸짓을 보냈다.

"제 할머니는 제게 절약이 미덕이라 가르치셨어요. 제가 어릴 때만 해 도 그게 당연했죠. 기술의 발전이 임계점을 넘으며 모든 게 달라졌어요. 상위 돔과 하위 돔의 격차가 벌어지기 시작한 것도 그 무렵이에요. 하위 돔에서는 전력을 구입하지 못해 어둠 속에서 사는 사람들도 있는데, 상 위 돔에서는 맨눈으로 보기에는 강렬한 조명을 밝힌 뒤 색안경을 끼고, 온도를 낮추는 기계를 만들어서 두꺼운 옷을 입고 파티를 즐기죠. 하위 돔에서는 이따금 굶어 죽는 사람들이 나오는 중에 상위 돔에 사는 이들 은 즐거움과 사치한 물건을 위해 어류를 사냥해요. 거북이는 껍질만 쓰 고 버리고, 색이 고운 산호 몇 개를 건지기 위해 산호초 전체를 박살내 요. 돌 몇 개를 갖기 위해 섬 하나를 파괴하는 행위에요."

이아린에게 이 말을 전해 들었을 때 나는 실례를 무릅쓰고 혹시 해석 을 잘못한 건 아니었는지 물었다. 이렇게 풍요로운 세상에서 굶어 죽 는 사람이 나온다고?

"어쩌다 굶어 죽는 사람이 있는 거죠?"

이아린이 의문을 표했다.

"사냥 장비 업체에서 장비 대여료를 계속 올리거든요. 장비 값이 오르니 어류 값도 오르는 건 당연지사죠. 격차가 벌어지면서 상위 돔과 하위 돔들 사이에 다툼이 잦아지고 있어요. 간혹 지금의 이 환경, 돔이 없이는 생존할 수 없다는 전제가 아니었다면, 우리끼리 격렬한 싸움을 벌였다간 자칫 인류의 존속이 위태로워질 수도 있다는 위험성이 없었다면 진즉 서로 죽고 죽이는 싸움이 일어났을지도 모른다는 생각이 들곤 해요."

세서미는 어류도감을 펼쳤다.

"변명 같겠지만 우리도 늘 이러지는 않았어요. 우리 세계는 약 70년 전부터 인구가 폭발적으로 늘어나며 식량과 살 곳을 장만하느라 어려움을 겪었죠. 천만다행히도 새로운 돔을 지을 기술이 개발되면서 거주지를 확장하는 동시에 사냥도구 또한 급속도로 발전하기 시작했어요. 그때 1~2인용 사냥선이 개발되며 돌고래, 다랑어, 상어처럼 거대 어류를 사냥하는 붐이 일었죠.

물 밖에서는 숨을 쉴 수 없는 인류가 장비를 개발해 돔을 늘리며 늘어나는 인구를 감당하게 된 건 놀라운 성과예요. 하지만 생존을 위한 확장과 오로지 쾌감을 위한 살육은 다르죠. 오징어는 불빛을 밝히면 몰려들어 잡기 쉬워요.

저는 기술이 발전하며 인류가 잘못된 길로 나아가는 게 아닐까 하는 우려가 들어요. 안타깝게도 거대 어류를 죽이는 행위를 스포츠라 지칭하고 즐기는 걸 반대하는 사람들은 소수에 불과해요. 많은 이들이 수중 세계가 만드는 자원은 무한하니 상관없다고 해요. 그럴 리가요. 세상에 무한한 건 없어요."

나중에 이아린이 이 부분을 읊어 줄 때 설여울이 혼잣말처럼 중얼거렸다.

"아니, 무한한 건 있어."

이아린은 상대하지 않고 이후 이어진 대화를 풀어놓았다.

"살아 있는 생물들은 모두 고통을 느껴요. 저는 세 분 다 돌고래가 잔혹하게 죽어가는 모습에 가슴 아파하는 걸 보고 안도했어요. 당신들이라면 믿을 수 있을지도 모른다는 생각이 들어요. 창꼬치, 사실 우리는 아래에 다른 돔이 있다는 걸 알고 있었어요. 물 밑으로 계속 내려가면 땅이 있다는 것도요. 깊이를 측정해 본 적이 있거든요. 간혹 우리 것이 아닌 그물 조각, 작살 따위가 올라오기도 하고요."

"우리보다 인구가 월등히 많은 데다 훨씬 넓은 지역을 오갔으니 우린 당신들의 존재를 몰랐어도 당신들은 우리의 존재를 알 수 있었겠죠. 창꼬치 말인데요. 왜 연락하려는 시도를 하지 않았죠?"

이아린이 물었다.

"우리가 사는 지역은 물자가 풍부해요. 아래는 우리보다 환경이 열악하죠. 우리 사람들은 그들이 올라와서 우리 것을 앗아갈까 두려워합니다. 그게 바로 창꼬치죠."

이때 나는 세 사람의 대화 내용을 알지 못했다. 그저 귀에 익은 단어인 오징어, 돌고래 따위의 단어를 통해 그들이 어류의 생태에 대한 이야기를 하려니 하고 있었다. 내 시야에 십홍일이 꾸벅꾸벅 조는 모습이 잡혔다. 온종일 우리를 따라다니는 게 쉬운 일은 아닐 것이다. 설여울과 이아린은 정력적인 이들이었다. 나 역시 진기한 광경에 막 첫사랑을 꽃피우는 젊은이처럼 들떠 피곤함을 잊고 있었다. 하지만 십홍일에게는 늘 보는 풍경이었다. 사냥 구경까지 다녀오며 지친 몸에 주어진 진도만 나가는 무성의한 교수처럼 단조로운 톤의 대화를 듣자니 졸린 건 당연한 일이었다. 심지어 그로서는 알아듣지도 못할 말들이었다.

몸과 마음이 모두 지쳤던 터라 나 또한 눈이 가물가물해졌다. 막 잠들려던 차 설여울의 입에서 고대어 단어인 공기층이 나왔다. 눈이 번쩍 뜨였다. 그제야 뭔가 이상한 기운을 감지했다. 설여울은 여기 머문 며칠 내

내 이들에게 공기층을 찾아왔다는 말을 하지 않고 있었다.

나중에 이아린이 왜 대화 사이사이에 오징어, 돌고래, 산호 따위의 단어를 집어넣었는지 알려 주었다. 십홍일은 우리의 일거수일투족을 세정진에게 보고하고 있었다. 하지만 옛 언어는 몰랐다. 설여울, 이아린, 세서미는 그들이 어류에 대한 학술적 대화를 하는 것처럼 들리도록 십홍일을 속이고자 했고, 거기에 나까지 걸려들었던 것이다.

설여울에 가려져 있을 뿐 이아린 또한 천재 소리를 들어온 사람답게 거의 모든 대화를 기억해서 나중에 내게 정확히 재구성해 들려주었다. 이아린에게 전해들은 대화를 정리하면 이러했다. 쉼 없이 끼어든 어류들의 이름은 빼고 기록했다.

"하지만 당신들은 자원이 무한하다고 믿지 않나요?"

이아린의 질문에 설여울이 입술을 뒤틀었다.

"많이 가진 자들일수록 탐욕스러운 건 당연지사지. 잃을 게 많으니까."

훗날 나는 이때 나눈 대화들을 기록한 장을 수없이 들여다보며 생각했다. 인간은 타인을 위해 기꺼이 자신을 희생할 수 있는 존재였다. 또한 무한한 이기심으로 탐욕을 충족시키고자 타인을 짓밟는 존재이기도 했다. 인간의 따뜻한 면모와 추악한 면모가 언제, 어떤 기준으로 발현되는지야말로 그 어떤 천재도 풀지 못할 수수께끼는 아닐까?

"그래요, 아마도… 그래서겠죠. 우리 돔들끼리도 위에서 힘으로 누르며 자원을 공유하려 들지 않는데, 다른 돔 사람들과 나누고 싶겠어요?"

쓰디쓴 한숨을 뱉은 세서미가 말을 이었다.

"그간 당신들을 지켜보며 오로지 인류의 기원에 대한 호기심으로 여기까지 왔다는 걸, 그 순수한 의도를 믿게 되었어요. 그렇다고 하더라도 당신들에 대한 경계를 완전히 풀지는 못하는 걸 용서하세요. 인간의 이기적인 속성이 발현되면 선량한 사람 몇이 막기 힘드니까요."

"당연한 일입니다. 저 또한 제가 사는 돔을 우선시할 수밖에 없는 입장이니까요. 그렇다고 서로의 이해관계가 꼭 상충한다고 볼 필요는 없지요. 아니, 상충하지 않을 길을 모색해야 해요."

이아린이 진심을 담아 호소했다. 세서미는 큰 각오를 한 것처럼 우리 세 사람과 한 번씩 눈을 마주치더니 속삭였다.

"우린 무기를 만들고 있어요. 아래에서 사람들이 올라오면 언제든 공격할 수 있도록요. 이 말을 듣고 당신들도 내려가서 무기를 만들까 두려워요. 서로의 생존을 위협하는 큰 싸움을 일으킬 계기가 될까 염려됩니다. 그래도 말하기로 결심한 건 진솔하게 사실을 털어놓아야 평화를 이룰 방법을 모색할 수 있다고 믿기 때문이에요."

"최선을 다해 평화를 모색하리라 약속합니다."

이아린이 다짐했다.

"우리가 올라오며 만난 돔이 전부가 아닐 겁니다. 다른 철자 체계의 언어가 있다는 걸 아나요?"

설여울이 물었다.

"네, 다른 언어로 쓰인 문서들이 있어요. 해독 작업을 하는 중인데 쉽지 않네요. 말씀대로 바다에는 고립된 채 살아가는 돔들이 더 있을 거예요. 기술의 발달은 탐사를 촉진시킬 테고, 인류가 서로를 만나는 건 피할 수 없는 일이죠. 부디 그때 평화를 이룰 수 있기를 바라고 있어요."

세서미는 짙은 밤색 눈동자에 우리 세 사람을 담았다.

"저는 위에 공기층이 있다고 믿고 올라왔습니다."

설여울이 마침내 공기층을 입에 올렸다. 졸던 내가 깬 건 이때였다.

"맞아요, 위로 300미터만 올라가면 공기층이 있어요."

"대륙이 있나요?"

마침내 그녀의 가설을 증명한 기회가 목전에 왔는데도 사무적인 관계의 사람들이 일 이야기를 주고받듯 무심한 어조였다. 십홍일은 깊이 잠든 듯 보였는데도 설여울은 그에 대한 경계를 풀지 않았다.

"대륙은 없습니다. 물 위는 공기뿐이에요."

"그걸 어떻게 확신하죠? 충분히 탐사했습니까?"

"그건… 아니에요."

세서미의 목소리가 흔들렸다.

"왜 공기층으로 올라가지 않는 거죠?"

"인간의 몸은 70퍼센트가 물이에요. 물로 이루어진 인간, 인간을 둘러싼 돔, 돔을 덮은 물, 그 위의 공기층이 가장 자연스러운 상태에요."

설여울이 기가 차다는 듯 고개를 절레절레 저었다.

"여기는 물의 흐름이 안정적이죠. 공기층은 달라요. 수면은 잔잔하다가 예고도 없이 거칠어지죠. 당신들은 세찬 바람이라는 게 뭔지 몰라요. 공기층에서는 불규칙적으로 물이 쏟아지기도 해요. 우린 그걸 비가 내린다고 하죠. 그 빗물이 해수면을 높이고 있어요."

"빗물도 바닷물과 성분이 같나요?"

"아니요."

"그런데 왜 그렇게 생각하시죠?"

"그럼 행성을 뒤덮은 이 많은 물이 어디서 왔겠어요?"

세서미는 이어 우리에게 공기층에 대해 그간 밝혀진 사실을 자세히 들려주었다.

"공기층에서는 공기의 성분이 끊임없이 변해요. 미세한 차이라고 해도 사람에게는 치명적일 수 있어요. 전염병을 겪어 봤나요? 약 100년 전 우리는 내부에서 퍼진 전염병으로 인해 돔을 하나 잃었어요. 그 돔을 폐쇄하고 누구도 오갈 수 없게 만든 지도자에 대해서 지금도 찬반 논란이 일고 있죠."

"이 여정은 공기층을 찾기 위해서였지만 또한 돔에 대한 내 오랜 의문을 풀 기회를 갖고 싶었기 때문이기도 하지요. 도대체 돔은, 최초로 돔을 만든 이 기술은 어디서 왔을까 하는 의문 말입니다. 당신들의 풍요로운 세계, 그 속에서 일어나는 가혹한 일, 불평등, 다른 돔에 대한 적대적인 태도가 내게 해답으로 가는 열쇠를 주는군요."

이아린과 세서미가 숨죽이며 설여울의 말에 집중했다. 알아듣지도 못하면서 나도 그녀의 입술을 뚫어지게 쳐다보았다.

"인류는 한때 뛰어난 과학적 업적을 이루었던 겁니다. 물에서 숨을 쉬지 못하는 인간이 물속에서 살 수 있는 돔을 건설할 만큼요. 그런데 그 문명은 파괴되었고 인류는 멸종에 준하는 위기를 겪은 거죠. 끈질긴 생명력과 발달한 과학 기술에 힘입어 소수만 돔을 통해 살아남은 거예요. 아마도 어떤 위기를 감지한 이들이 돔을 건설했을 겁니다. 그리고 살아남는 데 급급해서 지난 역사, 과거의 실수들을 모두 잊은 거예요. 혹은 당장의 생존에 방해가 된다고 여긴 사람들이 일부러 없앴던가요."

세서미는 잠시 넋이 나간 얼굴을 했다가 무겁게 턱을 주억거렸다.

"가능성 있는 이야기예요. 과거에 인류가 멸종 위기를 겪었던 거라면, 그건 어쩌면 서로를 적대시한 끝에 일어난 큰 싸움 때문일지도 모르죠."

"혹은 자원이 무한한 줄 알고 까불다가 혹독한 대가를 치렀는지도요."

"그럴… 수도 있겠네요. 과거에 무슨 일이 있었든 저는 인류가 같은 궤도에서 빙빙 돈다고 생각하지 않아요. 그렇다면 우리에게는 희망이 없어요. 저는 인류가 나선형의 길을 따라 간다고 믿어요. 때로 비슷한 실수를 반복하는 것처럼 보일지 몰라도 분명 성장하고 있다고요. 제 믿음을 위해서라도 당신들을 여기서 내보낼 방법을 찾아볼게요."

고백하자면 나는 그제서야 우리가 손님이 아니라 포로였음을 알았다.

"자책하지 마. 네가 천진난만하게 이들의 접대를 즐기지 않았다면 우리는 삼엄하게 감시받았을 거야."

이아린이 다만 사실을 전하는 투로 말했다.

"기자로서는 자격 미달이지만."

설여울이 일침을 놓았다. 변명의 여지가 없었다. 후배 기자들에게 기자의 생명은 눈치라고 말했던 나 자신이 이 세계의 화려함에 홀려 가장 중요한 걸 놓치고 있었으니. 설여울이 어울리지 않게 얌전하게 군다 싶더니만 다 이유가 있었던 것이다. 빠져나가고 싶어 하는 티를 냈다가는 영영 갇혀 있을지도 모른다는 위기감이 그녀를 최소한의 사회성은 있는 사람으로 행동하게 만들었다.

"우릴 빼돌린 뒤 당신은 괜찮겠어요?"

이아린이 물었다.

"아버지는 절대로 내 탓을 하지 못할 거예요. 자신의 딸이 문제를 일으켰다는 게 알려지면 자칫 아버지의 지위가 위태로워지니까요. 그리고 당신들이 우리 세계를 방문했다는 걸 아는 이들은 소수에 불과해요. 아버지와 정치인들이 비밀에 부치기로 했거든요. 사실 공기층이 있다는 것도 일반인에게는 공개하지 않고 있어요. 보통 사람들에게는 큰 혼란을 줄 테니까요."

"아사단에서도 같은 말을 하더군요. 도대체 정치인들이 말하는 혼란이라는 건 뭐죠? 사람들이 자신들의 말을 듣지 않는 것? 그들이 통제하지 못할 상황 혹은 그들이 바라지 않는 방향으로 사람들이 움직일지도 모른다는 것?"

설여울이 싸늘하게 빈정거렸다.

소파에서 자던 십홍일이 중심을 잃고 옆으로 쓰러지며 잠에서 깨어났다. 그는 침까지 흘리며 자고 있었으면서 다급히 안 잔 척했다. 세서미와 십홍일은 떠나고 방에는 우리 세 사람만 남았다.

"우린 반드시 돔에서 벗어나야 해. 돔은 우리를 보호하는 동시에 생각을 차단시키고 있어."

설여울은 이 말을 뱉으며 대륙을 찾겠다는 의지를 불태웠다.

◇

우리가 무사히 탈출할 수 있었던 건 세서미, 학살을 스포츠라 부르는 걸 반대하는 그녀 친구들의 도움, 내 무지로 인한 순진함으로 우리에 대한 경계가 느슨했던 것, 그리고 애초에 저 아래의 열악한 자원 속에서 어렵게 사는 우리를 우습게 보아 방심한 세정진의 합작이었다. 세서미는 통령의 딸이라는 지위를 이용해 우리 탐사선의 위치를 알아냈다. 그녀의 친구들은 감시자들을 따돌리고 우리를 변장시켜 탐사선까지 데리고 갔다. 그리고 대담하게도 우리 탐사선의 외부를 화려하게 꾸미며, 퍼레이드라도 하는 것처럼 대로를 지나 무사히 바깥으로 나올 수 있었다.

생명이 흘러넘치는 바다를 보며 나는 이아린이 들려준 대화를 기록했다. 이따금 돔에서 나온 쓰레기들이 아름다운 바다에서 옥의 티처럼 흘러 다니는 걸 목격했다.

자원은 진정 무한한가? 무한하다면 얼마든지 낭비해도 되는가? 어째서 인간은 다른 생명의 숨을 끊는 데서 즐거움을 느끼는가? 인간만이 그러한가, 다른 종들 중에서도 그런 종이 있는가.

나는 이때 설여울과 이아린이 어떤 생각을 하고 있었는지 모른다. 우리는 각기 자기 생각에 잠겨, 탐사선 주변에서 첫 어류를 발견했던 이래 처음으로 정적 속에서 항해를 계속했다. 이따금 서로 관찰한 정보를 교환할 때에도 이전처럼 들뜬 분위기가 아닌 무겁고 진득한 침묵을 어깨에 짊어지고 있었다.

세서미는 우리에게 안전을 위해 올라가는 속도를 늦출 것을 권했으며, 수면 아래 5미터 지점에서 최소한 24시간을 머물라고 했다. 얼마나 머문 뒤에 수면으로 올라가야 안전한지는 학자마다 의견이 분분하지만 최대한 보수적인 의견을 따를 것을 강력히 권고했다.

300미터는 마음만 먹으면 삽시간에 올라갈 거리였으나 설여울은 순순히 세서미의 말을 따랐다. 누구보다 고집이 센 그녀였지만 자신이 모르는 것에 대해서까지 무작정 우길 정도로 어리석지는 않았다. 어쩌면 거기에는 생일 전날 밤, 어서 빨리 내일이 오길 바라는 마음과 이 두근거림을 오래 간직하고 싶어서 잠들지 않고 버티는 아이의 마음 같은 게 뒤섞였었는지도 모른다.

떠나고 나니 세서미가 걱정되었다. 그녀는 괜찮으리라 장담했으나 세정진이 그리 녹록한 사람일 리 없었다. 세상에는 대중 앞에서는 놀랄 만큼 친절하고 따뜻한 모습을 보이나 사실은 몹시도 냉혹하고 야심에 가득 찬 권모술수가 있다. 한라를 비롯한 돔들에는 엄격한 서열이 존재했으며, 위로 올라가는 자리싸움은 그만큼 더 치열했다. 세정진이 우리를 대했던 온화한 모습은 우리를 안심시켜 가두기 위한 연기였다. 그런 사람은 가족에게 더욱 가혹하기 마련이었다. 가족은 그의 야망을 이루기 위한 가장 편리한 수족이자 가장 큰 걸림돌이 될 수 있기 때문이었다. 딸인 세서미야말로 누구보다 세정진에 대해서 잘 알 터인데도 우리를 풀어주기로 결심하고 감행했다. 먼 훗날, 결국 우리 세계들이 마주하게 될 때 평화와 공존을 기대하며 스스로를 걸었다.

그러나 깊고 육중했던 침묵은 오래가지 않았다. 그 어떤 삶의 고민도 날려 버릴 수밖에 없는 순간을 목도했기 때문이었다.

"공기층이야."

설여울이 투명한 천장을 보며 중얼거렸다. 우리가 위로 올려 보낸 고도계가 위에 더 이상 물이 없음을 알렸다. 눈으로도 거대한 빛이 일렁거리는 수면이 보였다.

"저게… 세서미 씨가 말한 태양일까요?"

세서미는 공기층마저 벗어난 머나먼 곳에 태양이라는 광원이 있고, 우리가 사는 물의 행성은 그 광원을 따라 공전과 자전을 반복한다고 알려주었다. 태양빛은 수면에서 200미터까지 들어왔으며, 그 빛이 생명 활동을 왕성하게 해 그들의 세계는 자원이 풍족하고 우리 세계는 부족한 거라고 말했다.

"인간은 분명 저 빛과 어둠이 교차하는 세계에서 살아왔어. 우리 몸에 밴 생활 습관이 그걸 증명하지."

설여울이 오래도록 헤어졌던 가족에게 다가가듯 빛을 향해 손을 뻗었다.

5미터 위에 공기층을 두고 만 하루를 기다려야 했다. 뜻밖에 지루하지 않았다. 조명이 없이도 온 세상이 빛으로 물들어 있었다. 주행성 어류들은 바쁘게 돌아다니며 먹이를 찾고 짝짓기를 하고 새끼를 돌보며 하루를 보냈다. 빛이 사그라지며 어류들이 하나둘 자기들 잠자리로 모습을 감추더니 우리에게 익숙한 어둠이 밀려왔다. 우린 조명을 켜 어둠을 틈타 사냥하는 야행성 어류들을 관찰했다.

이날은 늦은 시각까지 아무도 잠을 이루지 못했는데 공기층을 눈앞에 두고 흥분해서가 아니라 강한 물살 때문이었다. 설여울과 이아린은 번갈아 가며 물살에 휩쓸리지 않도록 탐사선을 끊임없이 조종해야 했다. 나는 세서미가 둘러대며 말했던 '멀미'가 뭔지 톡톡히 겪었다. 속이 울렁거려 먹은 걸 모두 게워냈을 정도였다. 나만큼은 아니었지만 이아린도 괴로운 기색이 역력했고 설여울마저 오기로 버티고 있는 게 분명했다.

그러다 어느 순간 물살이 잔잔해졌다. 우리는 각기 잠자리로 가 곯아떨어졌다.

그렇게 얼마나 잤을까. 따사로운 빛이 얼굴을 간지럽혔다. 나는 사실 그대로를 기술하고 있다고 맹세할 수 있다. 빛에서 열기가 느껴졌다. 바깥에서 빛이 들어온다는 건 전혀 예상하지 못한 바였기에 우리 탐사선은 바깥의 빛을 차단할 방법이 없었다. 서서히 밝아지는 빛이 깨운 아침은 이루 말할 수 없이 황홀했다. 평생 처음으로 제대로 잠을 자고 평화롭게 깨어난 기분이었다.

"이제 한 시간 남았어."

이아린의 목소리가 잘게 떨렸다.

숙면 후의 당연한 절차처럼 기분 좋은 허기가 밀려왔다. 아침을 준비하다 공기 제조기에 시선이 멎었다.

"어라? 박사님, 교수님, 공기 제조기 수치가 이상한데요? 탐사선 안에 공기가 30분밖에 안 남았대요. 계기판에 오류가 생겼나 봐요."

"뭐?"

이아린이 구르듯 공기 제조기 앞으로 왔다.

"공기 제조기가 작동하지 않고 있었어!"

"예에에?"

"지금껏 여분 공기로 버텼던 거야."

"그놈들이 우리 공기 제조기를 분해했었군. 그리고 제대로 조립하지 못한 거야."

설여울이 다급히 공기 제조기를 살폈다.

"진짜로 공기가 30분 분량만 남았다고요?"

"당장 올라가야 해!"

설여울이 조종간을 잡았다.

"오, 올라가요?"

"우린 최대한 보수적인 의견을 따라서 24시간을 머물기로 했던 거야. 고작 한 시간 차이야. 이제 저 공기층을 믿는 수밖에 없어."

이아린은 차마 반대하지 못하고 불현듯 한기라도 느낀 듯 두 손으로 양 팔꿈치를 단단히 잡았다. 우린 죽느냐 사느냐의 기로가 주는 극한의 긴장감을 느끼며 위쪽에서 일렁이는 빛을 향해 나아갔다. 물을 지나 공기층에 올라오는 순간 탐사선이 가볍게 출렁였다. 그리고 잔파도에 부드럽게 흔들렸다. 사방 어디를 봐도 망망한 물뿐이었다.

"저게… 태양인가 봐요."

우리 셋은 본능처럼 빛이 오는 곳으로 눈을 돌렸다. 멀리 보이는 수평선에서 둥근 빛이 솟아오르고 있었는데 맨눈으로 보기에는 지나치게 강했다. 세서미가 챙겨준 선글라스를 써도 똑바로 보기 어려운 강렬한 빛이었다. 태양이 뜨는 곳에서부터 검푸른 색이 검붉은색으로 바뀌는 게 보였다.

나는 머리를 짚었다. 두통이 밀려오고 호흡이 힘들어졌다. 공기가 부족한 것이다.

"우리가 호흡할 수 있는 범위 내의 공기이기는 해. 뭐, 어차피 선택의 여지도 없지만."

그새 공기 분석기를 가동시킨 이아린이 말했다.

"이러든 저러든 죽을 거면 나는 바깥 공기를 마셔 볼 거야."

설여울이 입술을 삐뚜름하게 만들며 웃었다. 저 공기를 직접 들이마실 핑계가 생겨 기뻐하는 듯 보였다. 세상에 박사님, 살아야 연구도 계속하는 게 아닌가요?

설여울이 준비되었는지 묻는 눈으로 나와 이아린을 한 번씩 바라보았다. 이아린은 핏기가 가신 얼굴로 말이 없었다. 나도 입이 떨어지질 않았다. 우리의 공기 분석기가 분석해 내지 못한 다른 성분이 있다면? 문을 여는 순간 죽게 되는 거라면? 나는 신체 건강한 서른일곱 살이었다. 죽을 준비가 되었을 리가 없었다.

그러나 이아린의 말대로 선택의 여지가 없었다. 설여울이 천장 뚜껑의 개폐 버튼을 눌렀다. 이어 그녀는 들어오는 공기를 모두 다 빨아들이기라도 할 듯 두 팔을 벌리고 고개를 위로 했다. 이아린의 얼굴은 여전히 창백했다. 나는 숨을 쉬지 못했다. 이렇게 죽는 건가? 찰나의 순간 숨을 뱉고 숨을 들이마셨다. 뚜껑이 열린 순간 숨을 참고 있었음을 그제야 인지했다. 공기는 축축하고 비릿하고 신선했다.

"하하핫!"

설여울이 함성 같은 웃음을 터뜨렸다. 목숨을 구했다는 걸 알게 된 우리는 바깥으로 눈을 돌렸다. 검붉은색은 붉은색과 오렌지색으로 변하더니 어느새 파랗게 바뀌었다. 하늘은 시리도록 푸르렀고 세서미에게 그림과 설명으로만 보고 들은 구름이 떠 있었다. 우린 뚜껑에 사다리를 고정시키고 올라가 바깥으로 상체를 내밀었다. 자연의 바람이 우리를 쓸고 지나갔으며 소리 없이 위치를 바꾼 태양이 빛을 내려보냈다. 인공 광원이 아닌 태양빛 아래에 서자 흡사 평생 인형들 틈에서만 살아오다 처음으로 살아 있는 인간을 본 것 같은 감동이 밀려왔다. 나는 하늘을 향해 손을 뻗었다. 그러면 구름에 닿을 것처럼 모든 게 선명하고 가깝게 보였다. 이런 게 진짜 빛이었다.

"좋아, 설여울. 네 말대로 공기층이 있었어. 이제 공기 제조기를 고쳐서 돌아가야 해."

이아린의 말은 달콤한 꿈을 꾸며 자는 중에 학교에 갈 시간이라고 깨우는 부모님의 목소리처럼 들렸다.

"대륙을 찾아야 해."

"세서미 씨는 대륙이 없다고 했어."

"진지하게 찾으려 노력하지 않았어."

"어떻든 우리보다 인구가 열여덟 배는 많고 공기층에도 수차례 올라와 본 이들도 발견하지 못한 대륙을 공기 제조기도 고장 난 탐사선으로 찾는 건 불가능해. 비라도 내리면 어쩔 거야? 뚜껑을 닫으면 공기가 들어오지 못할 테고, 열면 빗물을 막을 방법이 없어. 옆문을 열면 바닷물이 들이닥칠 테고."

"하늘을 봐. 지금은 흰 구름만 떠 있잖아. 검고 무거운 구름이 비를 몰고 온댔어."

"공기층의 날씨는 예측하기 어렵다고도 했지."

"갈 수 있는 만큼이라도 가 봐야지."

"너야말로 주변을 똑똑히 봐. 온 사방에 물뿐이야."

"지구가 둥글다며? 휘어진 곳 너머에 있어서 우리 눈에 안 보이는 것뿐이야."

"저 끝이 어릴 때 살던 골목 끝인 줄 알아? 바람이 불면서 파도가 심해지면? 어제 겪은 멀미를 그새 잊은 거야?"

"멀미 따위가 어쨌다는 거야?"

"그래, 멀미는 정신력으로 이겨낸다 치자. 물의 흐름이 강해지면 우리 탐사선으로는 방향을 잡는 것도 무리야."

"두, 두 분, 잠시 진정하세요."

"공기 제조기는 고칠 수 있어. 물살이 거세지면 잠시 아래로 내려가면 되고."

"오르락내리락하면 걸리게 된다는 잠수병 설명은 나만 들었어?"

설여울과 이아린은 내 말은 들은 체 만 체하며 격렬한 논쟁을 벌였다.

"두 분, 제발요!"

"여기까지 와서 대륙을 찾는 걸 포기하자는 거야? 눈도장은 찍었으니 됐다?"

"누가 눈도장이래. 우린 공기층이 있다는 걸 확인…!"

"저길 좀 보세요, 뭔가가 우리를 향해 헤엄쳐 오고 있어요!"

설여울과 이아린은 거짓말처럼 논쟁을 멈추고 상체를 길게 뻗어 물을 살폈다.

"아뇨, 거기 말고요, 위쪽이요!"

두 사람은 내가 가리키는 곳으로 시선을 올렸다. 하얀 몸통 양쪽에 몸통 길이를 능가하는 두껍고 강인한 지느러미가 달리고, 단단한 재질의 노란 주둥이를 가진 어류가 우리를 향해 헤엄쳐 왔다. 어류의 입에서 끼릭끼릭 하는 소리가 나왔다.

"어류가… 말을 하네요?"

어류는 우리에게서 가장 먼 탐사선 끝에 착지했다. 나는 몇 번이나 눈을 비볐다. 여기까지 오며 만난 수많은 생물종이 다 처음 보는 형태였다.

그러나 저 어류는 이제껏 봐온 그 어떤 생명체와도 본질적으로 다른 존재였다.

"저, 저거, 저거, 다리 맞죠?"

어류는 한 쌍의 발로 우리 탐사선의 골격을 단단히 움켜쥐고 있었다. 손가락처럼 관절이 있고 마디 사이에 얇은 막이 있는 발가락은 네 개인 것 같았다.

"저건 헤엄친 게 아니야."

설여울이 열병에 걸린 듯 전신을 떨었다.

"저건 날아왔어. 헤엄치는 것과 비슷하지만 다른 것, 난다는 건 바로 저걸 의미하는 거였어!"

"공기층에서 숨을 쉬는 어류가 있다니…."

이아린이 헛 게 보이는 건 아닌지 확인하듯 눈을 비볐다.

"이 광활한 세상을 봐! 우리만 공기층에서 숨을 쉬는 유일한 종일 리 없지. 저건 어류가 아니야. 저건… 그래, 비류(飛類)라고 부르는 게 적당하겠군."

우린 그 어류, 아니 비류가 헤엄쳐서, 아니 날아서 달아날까 두려워 손가락 하나 까딱하지 못했다. 비류는 고개를 숙여 긴 주둥이로 몸을 손질했다. 자기 몸을 스스로 손질하는 어류는 본 바 없었다. 비류들의 특징일까? 비류가 어류보다 인간에 더 가까운 존재인가? 그렇다고 봐야 했다. 공기층에서 숨을 쉬니까. 한참이 흐른 뒤에도 비류는 우리를 경계하면서도 다시 날아가지는 않았다.

"지쳐 있어. 저건 지쳐 있다고!"

설여울의 목소리에서 광기마저 느껴졌다. 몇 분 뒤 비류는 골조를 한 번 가볍게 차더니 날아서 사라졌다.

"맙소사, 지쳐 있었어."

"지쳐 있었으면 뭐? 잡으려 했는데 못 잡아서 아쉬워?"

"지쳐 있었다니까? 분명히 지쳐 있었단 말이야!"

"저, 박사님, 저도 도통 무슨 뜻으로 하는 말씀이신지…."

"어류는 먹고, 자고, 쉬고, 모든 걸 물속에서 해. 하지만 저 비류는 다리가 달린 데다 지쳐 있었지. 아직도 모르겠어? 공기층에서 영원히 날지 못한다는 거야. 날다가 지쳐서 여기 앉아 쉰 거라고. 멀지 않은 곳에 대륙이 있는 거야!"

설여울은 사다리를 내려갔다. 그리고 공기 제조기를 점검하더니 예비 부품 상자를 꺼냈다. 이아린은 잠자코 설여울과 함께 공기 제조기 수리에 몰두했다.

"됐지?"

몇 시간 뒤 공기 제조기를 고친 설여울이 눈을 번득였다.

"되긴 뭐가 됐단 거야? 임시방편에 불과해. 얼마나 버틸지 몰라. 또 문제가 생기면 이젠 고칠 부품도 없어. 일단 돌아갔다가 더 크고 안정적인 탐사선을…."

"이아린, 정직하게 대답해. 그게 말처럼 쉽겠어? 아사단과 우리는 갓 서로의 존재를 알았지. 아사단에서 처음에는 우리를 환영했어. 그런데 두 번째에도 그런다고 보장할 수 있을까? 우리가 그들의 위치에서 어류 경쟁을 하려 들면?"

"바다는 넓어. 다른 위치에서…."

"자원이 무한하다는 한라는 자신들 아래에 있는 세계가 위로 올라올 때를 대비해 무기를 준비하고 있어. 우리 세계 사람들은 과연 그들보다 선량할까? 정치인들이 우리를 순순히 다시 올려 보내려 들겠어? 그것도 나를? 내가 우리 기술을 전해주진 않을까 걱정될 텐데? 안 그런다고 보장할 수 있어? 그 비류가 간 방향으로 가면…!"

"그 비류가 얼마나 강한지, 빠른지, 한 번 날면 얼마나 오래 날 수 있는지 우린 몰라. 대륙이 얼마나 떨어진 곳에 있을지 알 수 없다는 소리야."

"그래서 눈앞에서 포기하자고?"

"누가 포기하재? 이대로 탐사를 계속하는 건 자칫 개죽음이 될 수도 있다는 거야."

"우리가 죽어도 우리가 발견한 건 밑으로 내려보낼 수 있어. 난 대륙을 봐야겠어!"

"인수는? 쟤는 왜 여기서 우리와 같이 죽어야 하는데?"

"우리가 죽는 게 기정사실이야? 왜 대륙을 찾을 거라는 생각은 못 해? 그리고 어떤 위험이 있는지 알면서 탔잖아."

내게 선택권이 있었다면 나는 망설이지 않고 돌아갔을 것이다. 여기서 죽고 싶지 않았다. 인간에게 이제는 정말 죽어도 좋다는 순간이라는 게 있긴 있을까? 생존에 대한 본능이 최우선인 한 생물로 나는 당연히 살고 싶었다.

그렇다고 이대로 돌아가고 싶은 건 아니었다. 설여울 말대로 그 비류는 분명 지쳐 있었다. 두 다리를 써서 우리 탐사선의 골조를 잡았다. 어딘가 저 두 다리를 쓰는 곳, 땅이 있을 거라는 이야기였다. 공기층은 경이로웠고, 처음 본 비류는 기적 같았다. 우리 말고도 공기층에서 살아가는 생명이 있었다!

나는 그때 내게 선택권이 없다는 사실에 감사했다.

우리 탐사선은 일주일을 항해했다. 이아린은 매일 굳은 얼굴로 공기 제조기, 식량 조제기를 검사했다. 도중에 말로만 들었던 폭풍우를 만났다. 온 세상이 미친 것 같았다. 하늘에서 물이 쏟아졌다. 상상을 초월하는 거센 바람에 밀린 물이 잠든 거인처럼 일어났다 주저앉고 또 일어서길 반복했다. 우리 탐사선은 바람과 바람에 의해 요동치는 물로 인해 어린애가 뻥뻥 차며 노는 공처럼 이리저리 튀었다.

세서미의 말이 맞았다. 인류는 공기층에서 살 수 없었다. 현재의 기술력으로 만드는 그 어떤 탐사선도 이 바람과 물을 버티고 제자리에 서 있는 건 불가능했다. 10만 명이 사는 돔도 이 물의 힘을 이길 수는 없으리라.

그런데 설여울은 수면 아래로 내려가는 걸 거부했다. 그녀는 폭풍우를 관찰하고자 했다. 이아린이 나에게 설여울을 붙잡으라고 악을 쓰며 조종간을 아래로 내렸다.

"박사님, 제발요!"

나는 설여울의 허리를 붙들며 애걸했다. 우린 폭풍우의 영향을 벗어날 때까지 아래로 내려갔다.

다음 날 다시 올라오니 따스한 바람과 공기가 우리를 어루만졌다. 그러나 땅은 보이지 않았다. 비류도 그때 본 게 처음이자 마지막이었다. 설여울은 하루에 두세 시간 자는 둥 마는 둥하며 이글거리는 눈으로 오로지 전방만을 응시했다. 피부색이 짙게 변하고 껍질이 벗겨졌으나 개의치 않았다. 처음에는 공기가 맞지 않아서인 줄 알았는데, 나와 이아린은 비교적 괜찮은 걸 보니 햇빛 때문인 것 같았다.

어째서 대륙이 나타나지 않는지는 알 도리가 없었다. 어쩌면 그 비류는 도중에 방향을 틀었을지도 몰랐다. 땅에서 너무 멀리 온 바람에 돌아가지 못했을 수도 있었다.

나는 간단한 음식을 가지고 사다리 위로 올라갔다. 설여울은 사다리 끝에 고정시킨 의자와 한 몸처럼 앉아 있었다.

"박사님, 식사는 하셔야 합니다."

"응."

설여울이 건성으로 대답했다. 나는 그 순간 그녀가 죽을 때까지 포기하지 않으리라는 걸, 그리고 우리가 이 탐사선 위에서 죽게 되리라는 걸 예감했다. 이아린도 위로 올라왔다. 나는 멀미에 적응했으나 이아린은 바람이 강해지면 지독한 멀미에 시달려 며칠 사이 수척해져 있었다. 그녀는 수많은 의미가 담긴 눈으로 설여울의 등을 바라보았다. 거기에서 어떤 패배를 인정하는 쓸쓸함이 보여서 가슴이 철렁 내려앉았다. 설여울을 설득할 수 있는 사람은 이아린뿐인데, 설마 이대로 그녀와 함께 불가능해 보이는 이 항해를 계속할 셈이란 말인가?

"여울아…"

날 부른 것도 아닌데 내 머리털이 쭈뼛 섰다. 이아린이 설여울을 이름으로만 부르는 걸 마지막으로 들은 게 언제지? 무슨 말을 하든 다 건성으로 듣던 설여울도 전신이 마비라도 된 듯 굳어 꼼짝도 하지 않고 있었다. 세 음절의 소리에 기억도 나지 않던 시절부터 함께해 온 두 사람의 47년 세월이 담겨 있는 것 같았다.

"돌아갈 시간이야."

설여울은 돌아보지 않았다.

"그래, 인정해. 다시 오는 건 쉽지 않을 거야. 파도를 견딜 커다란 탐사선을 만들고자 사람들을 설득하는 건 지난한 일이 되겠지. 게다가 다른 돔들마저 신경 써야 하는 상황이야. 다른 길을 통해 올라오다가 우리와 언어 체계가 완전히 다른 돔을 만날지도 몰라. 그렇게 되면 또 어떤 일이 벌어질지 모르지. 그래도 약속할게. 반드시 다시 올 수 있게 하겠다고."

"하루만, 하루만 더 가면 대륙이 있을지도 모르잖아!"

절규하는 건 설여울이었으나 패배자의 얼굴을 하고 있는 건 이아린이었다. 설여울의 절규를 온몸으로 받아내는 이아린은 슬퍼 보이기도, 마침내 무언가를 납득하고 받아들여 후련한 것 같기도, 체념한 것 같기도, 나로서는 알 수 없는 회한에 사로잡힌 듯도 했다. 이상한 말이지만 종교적인 느낌마저 들 정도였다. 혹시 그때 이아린은 평생토록 자신이 설여울보다 무엇이 부족한가를 고뇌한 끝에 마침내 자기만의 답을 찾았던 건 아닐까?

그만 내려가자는 듯 이아린이 내 어깨를 가볍게 쳤다. 미동도 하지 않는 설여울의 등을 조금 더 보다 밑으로 가니 이아린은 이미 돌아갈 준비를 하고 있었다. 잠시 후 설여울이 뿌리째 뽑힌 식물처럼 시들한 모습으로 나타나 사다리를 거두었다.

이아린은 설여울이 내려올지 어떻게 알았을까? 그러고 보니 설여울도 이아린이 함께 탐사선에 타리라는 걸 알고 있었다.

하강을 시작한 뒤 설여울은 만 이틀을 꼬박 잤다. 깨어난 그녀는 정력적으로 그간 정리한 자료를 검토하며 보강했다. 공기층이 있다는 걸 최초로 발견한 이가 자신이 아니라는 점은 몹시 분한 듯했지만.

"인간은 거대한 물의 세계에서 조개를 채집하는 어린아이라고 하지."

찬란한 빛과 광활한 어둠이 교차하는 미지의 세계를 떠나, 우리의 탐조등이 극히 일부만 밝히는 끝없는 어둠의 세계로 향하며, 설여울이 나직하게 읊조렸다.

◆ 작가의 말 ◆

　구픽에서 '고전 SF 작품에 대한 오마주' 제안을 받자 곧바로 셜록 홈스로 잘 알려진 아서 코난 도일이 떠올랐습니다. 어린 시절 용돈을 받을 때마다 동네 서점에서 셜록 홈스 시리즈를 구입하며 읽었던, 제 생애 최초로 팬이 되었던 작가거든요. 그때는 코넌 도일이 SF도 썼다는 건 몰랐지만요. 한편으로 셜록 홈스를 읽으며 어린 마음에도 이상한 점이 있었는데요. 같은 작품인데도 이야기의 세부 내용이나 결말이 출판사마다 다른 경우가 있었다는 점입니다. 나중에야 그때는 불법 번역과 각색이 횡행했다는 걸 알았습니다. 어떤 부분은 검열 때문이었지만, 어떤 부분은 왜 바뀌었는지 지금도 잘 모르겠습니다.

　코넌 도일이 SF도 썼다는 걸 알게 된 뒤 어떤 글일지 몹시 궁금했는데, 2004년에 행복한 책읽기 출판사에서 출간되며 읽을 기회를 얻었습니다. 『마라코트 심해』, 『잃어버린 세계』, 『하늘의 공포』 등 그의 SF는 당시로서는 타당한 상상력이었으나 바다, 밀림, 하늘에 대한 탐사가 이루어진 지금은 '그게 아님'이 밝혀졌습니다. 마찬가지로 지금 밝혀진 과학적 사실들도 먼 미래에는 그게 아님으로 판별될 수 있습니다. 현재에, 혹은 훗날 그게 아니라는 게 밝혀지더라도 과거와 현재, 미래의 사람들이 지식의 범위를 확장시키고자 하는 숭고한 노력, 그걸 기반으로 상상력을 통해 쓰는 SF의 매력이 사라지는 건 아닐 겁니다. 저는 「미싱 링크」를 쓰면서, 훗날 그게 아님으로 밝혀지더라도 지금 알고 있는 지식을 기준으로 나아가는 원작의 기조는 잡고 가고 싶었습니다.

코넌 도일의 많은 작품 중 『마라코트 심해』를 택한 건 제가 바다, 하늘, 밀림 중에서 바다에 가장 끌리기 때문입니다. 밀림은 가 보지 못했고, 하늘은 비행기 창문 너머로 본 게 전부이니, 한정된 경험 혹은 인연이 만들어 준 취향이기도 하지만요. (물론 코넌 도일이 저 세 세계만으로 SF를 쓴 건 아닙니다.) 오랜 시간이 지난 지금도 난생처음 스쿠버 다이빙을 했을 때의 경이를 잊을 수가 없습니다. 헤아릴 수 없이 다양하고 많은 수의 생명들과 인간이 노닐 수 있는 자연 속 장소는 바다뿐입니다. 지상보다 중력의 영향이 확연히 덜한 곳이기에 저 자신이 다른 존재가 된 듯한 움직임을 만끽한 것도 황홀한 기억입니다. 물속에서 헤엄친다는 건 난다는 것과 몹시도 유사했습니다. 스스로 날아 본 적은 없는 사람이 하는 말입니다.

한편으로 바다에 대한 자료를 찾을수록 그토록 아름다운 곳을 인간이 스스로 망가뜨리고 있다는 정보를 접하지 않을 수 없기에, 저 자신의 삶의 방식을 계속 돌아보게 되기도 했습니다.

작품 이야기로 돌아가, 중심인물인 설여울은 셜록 홈스와 『잃어버린 세계』, 『독가스대』의 중심인물인 챌린저 교수를 혼합해서 저 나름대로 재창조한 인물입니다. 셜록 홈스를 그만 쓰고 싶어 죽이기까지 했던 코넌 도일에게는 미안한 일이지만 그의 작품을 리메이크하는 데 있어서 셜록 홈스를 빼놓을 수는 없었습니다. 영화, 드라마, 만화, 애니메이션으로 수없이 재창조되었는데도 셜록 홈스는 여전히 어떤 방식으로도 깎을 수 있는 찬란한 원석입니다.

바늘 가면 실이 가야 하듯 셜록 홈스하면 존 왓슨이지요. 없으면 안 될 인물이라 조인수라는 이름으로 등장시켰으나 왓슨의 캐릭터에서 많이 벗어난 인물입니다. 이아린은 눈치채신 분들도 계시겠지만 아이린 애들러이나 역시 인물상은 원작과 완전히 다릅니다. 셜록 홈스를 유쾌하게 패배시킨 유일한 인물이기에 셜록 홈스를 소재로 한 영화와 드라마에서 계속 재창조되고 있고 저도 빠뜨리면 섭섭하기에 이름만 빌려왔습니다.

현재까지도 열광하는 작가의 작품을 리메이크한다는 건 큰 기쁨이었습니다. 읽어야 하는 책들이 산더미라 한 번 읽은 책을 다시 읽기 힘든데 모처럼 코넌 도일의 SF와 셜록 홈스를 다시 읽으며 즐거웠습니다.

또한 커다란 고뇌의 연속이기도 했습니다. 이 책을 집은 독자분들 중 셜록 홈스야 들어봤지만 원작을 보지 못한 분들, 코넌 도일이 SF를 썼다는 건 모르는 분들이 계실 겁니다. 원작을 보지 않은 상태에서도 이 글 자체로 재미있도록, 더해서 원작을 존중하면서도 재해석을 하는 건 쉽지 않은 일이었습니다. 부디 독자 여러분들에게 이 글이 즐거움으로 다가가길 바랍니다.

고마운 분들이 있습니다. 작품을 쓰는 중 혼자 해결하기 난감했던 부분을 도와주신 류형석 님께 먼저 감사드립니다. 글이 막힐 때마다 이야기를 들어주며 격려를 아끼지 않은 김기연 님, 항상 냉철하게 분석하며 조언해 주는 최지혜 님, 막막한 창작의 세계에서 작가의 손을 잡고 함께 걸어가 주는 그린북 에이전시의 김시형 실장님과 임채원 매니저님께도 감사의 말씀을 전합니다.

이 글을 읽는 독자 여러분들도 셜록 홈스와 코넌 도일의 SF를 읽어 보고 싶다는 마음이 든다면 기쁘겠습니다. 무엇보다 이 책을 읽어 주셔서 감사합니다.

절벽의 마법사

남세오

평범한 연구원으로 살아가던 어느 날 문득 글을 쓰게 되었다.
대부분의 작업을 작가 혼자 수행하고 그 결과물은 독자에 따라
저마다의 방식으로 읽힐 수 있는 소설이라는 매체에 편안함과 매력을 느낀다.
『중력의 노래를 들어라』와 『너와 함께한 시간』 등의 SF 소설을 썼고
『일곱 번째 달 일곱 번째 밤』 등 여러 앤솔러지에 참여했다.
온라인 플랫폼 브릿G와 환상문학웹진 거울에서 필명 '노말시티'로 활동한다.

그리 멀지 않은 옛날. 그러니까 인간이 유인 우주선을 타고 태양계를 벗어난 지 얼마 되지 않았을 때. 지구에서 11광년 떨어진 백조자리 61 쌍성계를 공전하는 행성 메스클린에 살았던 한 메스클린인의 이야기를 해보려고 한다. 물론 그들은 자신을 메스클린인이라고 부르지 않았다. 그들이 내는 소리의 절반은 인간의 가청 주파수를 넘어선 고주파라 인간의 언어로 적을 수 없다. 그들이 자신의 행성을 부르는 이름을 원뜻대로 번역한다면 '지구'가 될 것이다. 우리가 그랬듯 그들 역시 그곳이 유일한 세계라고 믿었으므로 특별한 이름을 붙일 생각은 하지 않았다.

자신들이 사는 세상을 '둥근 땅'이라고 불렀다는 데서 짐작할 수 있듯 이 메스클린인들은 그들의 지구가 평평하지 않다는 사실을 알았다. 하지만 놀랍게도 메스클린인들은 둥근 구의 겉면이 아니라 움푹 팬 사발의 안쪽에 살고 있다고 생각했다. 이는 메스클린의 높은 중력으로 인한 대기의 밀도차가 빛을 굴절시켜 멀리 떨어진 지평선이 위로 솟아올라 보였기 때문인데 이 이야기를 하기 위해 그런 부분까지 증명하고 싶지는 않다. 중요한 건 그렇게 지평선이 왜곡되어 보일 정도로 메스클린의 중력이 높다는 사실이다.

그렇다. 메스클린의 중력은 지구의 3배에서 700배에 달한다. 이렇게 큰 차이가 생기는 이유는 메스클린이 사발 두 개를 마주 붙여 놓은 것처럼 적도 부분이 불룩 튀어나온 행성이기 때문이다. 이 이야기의 주인공이 살았던 곳은 중력이 지구의 700배에 가까운 극지방 근방이고 이야기 내내 적도 쪽으로는 가지 않기 때문에 여러분은 그냥 중력이 엄청나게

센 어떤 행성에서 벌어졌던 신기한 일이라고만 생각해도 충분하겠다.

주인공의 이름은 빌리다. (물론 이 또한 메스클린인의 진짜 이름을 지구인이 듣기 좋게 적당히 변형한 이름이다. 앞으로는 독자들이 이해하기 쉽게 번역한 다른 고유명사와 단위들에 대해서 더 이상 일일이 설명을 붙이지 않으려 한다.) 빌리는 자기 몸보다 더 큰 공벌레를 질질 끌며 부드러운 모래 가루가 깔린 바닷가를 기어갔다. 일곱 개의 몸통 마디 사이에서 뻗어 나온 여섯 쌍의 다리를 분주하게 휘젓는 동안 동그란 아홉 개의 꼬리 마디가 흔들리며 지그재그로 조약돌을 훑었다.

빌리의 머리 마디는 세 개였다. 두 개가 더 생겨야 진짜 어른이 된다. 꼬리 마디는 지름이 1센티미터 정도 되는데 머리 쪽으로 올수록 점점 굵어져 6센티미터까지 커진다. 둥근 마디는 메스클린의 엄청난 중력이 짓누르는 힘을 버텨낼 정도로 단단한 겉껍데기에 둘러싸여 있다. 새로 생긴 머리 마디 사이로 얼마 전에 돋아난 한 쌍의 집게손은 아직 단단히 굳지 않았다. 그래도 몸만큼이나 기다란 30센티미터짜리 사냥용 창을 쥘 정도로는 충분히 단단했다. 거대한 공벌레의 유일한 약점인 부드러운 입을 정확하게 꿰뚫은 바로 그 창이었다.

빌리는 끝에 빨판 비슷한 구조가 달린 여섯 쌍의 발을 단단히 바닥에 딛는 동시에 긴 창으로 땅을 찍어가며 힘겹게 앞으로 나아갔다. 매끄러운 천으로 된 옷으로 몸통을 감싸고 둥근 공벌레를 고정한 썰매 밑바닥에도 기름칠을 해 두었다. 그런데 질긴 밧줄로 몸통 마디에 단단히 묶은 공벌레의 시체가 자꾸 옆으로 미끄러졌다. 빌리의 바로 옆에서 함께 공벌레를 끌던 데비의 몸이 방향을 잘못 잡아 바다 쪽으로 향하고 있었다. 빌리가 큰 소리로 데비를 불렀다.

"데비! 정신 차려! 모래사장에 빠지고 싶어?"

빌리보다 한 살이 어린 데비 역시 이제 세 번째 머리 마디가 굳는 중이었다. 두 번째 머리 마디에 있던 데비의 눈은 아직 충분히 앞으로 밀려

나오지 않아 언뜻 보면 꼭 감은 것처럼 보였다. 실제로도 눈을 감고 다니는지 데비는 함께 기다가도 툭하면 엉뚱한 방향으로 몸을 돌려 멀어지거나 벽에 부딪히는 일이 잦았다. 데비는 자신의 시야에는 전혀 문제가 없으며 다만 딴생각을 자주 할 뿐이라고 주장했다.

"아. 미안. 멀리 썰물이 빠지는 소리가 들리는 것 같아서. 귀를 기울이다 보니까."

"조심해. 그러다가 모래 구덩이로 들어가면 다시는 못 나와. 지금은 밀물이 들어와도 여기까지는 안 온다고. 다음 겨울이 올 때까지 구덩이 속에 빠져 있어야 할지도 몰라."

빌리가 기어가고 있는 곳은 모래 가루가 있긴 했어도 발은 여전히 단단한 땅 위에 디딜 수 있었다. 하지만 조금만 더 바닷가 쪽으로 들어가면 모래 가루의 층이 점점 두터워지는 데다 군데군데 딱딱한 바닥 없이 모래만 잔뜩 쌓여 있는 구덩이가 숨어 있기도 하다. 그런 곳에 잘못 들어갔다가는 발을 움직이는 대로 모래가 파이며 순식간에 수 센티미터 깊이의 구덩이에 빠질 수 있다. 그렇게 되면 혼자 힘으로 기어 나오는 게 거의 불가능해진다. 몸을 허우적거릴수록 구덩이는 점점 깊이 파이다가 결국 모래 속에 파묻히게 된다.

액체 메탄으로 가득 찬 붉은 빛의 바다는 멀리 지평선 근처에 띠를 이루고 있었다. 밀물이라도 들어와 구덩이를 채우면 상대적으로 가벼운 메스클린인의 몸은 위로 떠올라 빠져나올 수 있다. 하지만 봄을 지나 초여름으로 가고 있는 이 계절에는 밀물이든 썰물이든 여기까지는 바다가 들어오지 않는다. 여름에 빌리와 데비가 사는 마을에서 수백 킬로미터나 떨어진 먼 곳까지 밀려나는 해안선은 북쪽에서 얼어 있던 메탄이 녹아 밀려오는 겨울이 되어야 마을 근방까지 차오른다. 수시로 모습을 바꾸는 바다는 해가 떠오르고 지는 하루 동안에도 두 번씩 멀어졌다가 다시 밀려오며 바닷가 근처의 암석들을 작은 모래로 갈아낸다. 데비가 방향을 틀며 투덜댔다.

"애초에 이렇게 먼 바닷가까지 나오는 게 아니었어. 정말 바닷가 절벽에 미치광이 마법사가 살고 있을까?"

절벽이라는 말을 하며 데비가 몸을 부르르 떨었다. 언제부턴가 먼 바닷가에 높이가 1미터도 넘는 깎아지른 절벽이 있으며 그 절벽 위에 집을 짓고 사는 미치광이 마법사가 있다는 소문이 돌았다. 그런 높이에서 바닥으로 떨어지는 건 상상만 해도 끔찍했다. 지구보다 중력이 700배나 높은 이 행성에서 1미터는 지구의 700미터나 마찬가지라는 점을 생각하면 충분히 이해가 간다. 자칫 발이라도 헛디디면 떨어진다는 느낌을 받을 새도 없이 바닥에 납작하게 눌려 버릴 것이다. 그런 절벽 근처에서 사는 사람이 있다면 마법사는 몰라도 미치광이일 것은 확실했다.

"이렇게 단단한 공벌레의 껍데기를 깰 수 있는 건 마법밖에 없다고 말한 건 데비 너였어."

"그래, 그렇게 말했지. 그건 다시 말하면 이 껍데기는 깰 수 없다는 뜻이었어. 그걸 이 무거운 시체를 끌고 소문만 무성한 마법사를 찾아가자는 말로 이해할 사람이 누가 있겠어?"

"여기 있잖아. 네 친구 빌리. 날 아직도 몰라?"

지금은 공벌레가 난폭해질 시기라는 어른들의 말을 무시하고 몰래 사냥을 나갈 때도 마찬가지였다. 데비가 한 말은 분명 지금 공벌레를 잡으러 가는 건 정신 나간 짓이라는 뜻이었는데 빌리는 그 말을 함께 사냥 가자는 말로 이해했다. 물론 사냥까지는 데비도 즐거웠다. 단단한 껍데기로 몸을 감싸고 몸속의 체액을 흔들며 사방으로 굴러다니는 공벌레에게 꼬리 마디가 밟혀 깨지면서도 데비를 위협하는 공벌레의 입안으로 빌리가 날카로운 창을 찔러 넣을 때는 함께 환호성을 질렀다. 의기양양하게 공벌레의 시체를 끌고 마을로 돌아왔지만 이 시기의 공벌레는 껍데기가 너무 단단해서 잡아 봐야 먹을 수 없다는 어른들의 호통만 들을 때에도 별로 실망하지 않았다. 그렇지만 '절벽'의 마법사에게 공벌레를 끌고 가 보자는 생각만큼은 데비도 선뜻 내키지 않았다.

빌리 역시 높은 곳에서 떨어지는 건 두려웠다. 하지만 가 보지도 않은 절벽을 미리 두려워하는 건 어른답지 못했다. 아직 머리 마디도 세 개뿐이고 두 쌍이 있어야 할 집게손도 한 쌍뿐이지만 빌리는 자신을 어른이라고 생각했다. 어른답지 못한 어른보다도 자신이 더 어른답다고 믿었다. 일단 가 보고 위험하지 않을 거리까지만 접근하면 된다는 게 빌리의 계산이었다. 정작 마법사의 마법에 대해서는 걱정하지 않았는데 마을에서 멀리 떨어져 사는 마법사도 분명 무언가를 먹어야 할 테고 공벌레의 고기를 싫어할 사람은 없으니 마법사가 껍데기를 깨 주면 고기의 절반을 떼 주는 것으로 충분히 협상할 수 있다고 믿었기 때문이다.

데비와 투덕거리는 동안 북쪽 하늘에 걸려 있던 태양 벨느가 하늘을 한 바퀴 돌아 지평선 아래로 내려갔다. 그러자 벨느의 빛에 가려져 있던 두 번째 태양인 에스테스가 모습을 드러냈다. 에스테스를 볼 수 있는 시간은 채 1분도 되지 않는다. 봄에는 해가 지고 난 뒤 잠시, 가을에는 해가 뜨기 전에 잠시 달보다 조금 밝은 빛을 내뿜는다. 벨느가 사라지자 검어진 북쪽 하늘에 무지개처럼 둥근 두 줄의 은빛 띠가 새겨졌다. 그리고 그 띠의 위쪽을 따라 붉은 수평선 위로 거대한 달 투리가 솟아올랐다.

봄의 밤은 3분밖에 되지 않는다. 에스테스가 지평선 아래로 내려가고 투리가 정북쪽 하늘로 자리를 옮기자 어느새 성큼 다가온 붉은 해안선이 달빛에 반짝였다. 밤이라고 해서 발을 멈출 이유는 없었다. 빌리와 데비가 열심히 꿈틀대며 기어가는 사이 다시 동쪽 하늘이 밝아지며 벨느가 모습을 드러냈다. 벨느가 남쪽 하늘을 둥글게 도는 동안 15분 정도 낮이 이어진다. 그렇게 18분 정도가 지나면 메스클린의 하루가 끝난다.

그러니 메스클린인은 18분에 불과한 하루를 주기로 생활하지 않는다. 낮과 밤의 길이도 계절에 따라 제각각인 하루가 대략 15만 번 정도 지나야 사계절이 순환한다. 빌리는 마법사가 살고 있다는 북쪽 바다 근처의 깎아지른 절벽까지 대략 100일 정도 기어가면 될 거라고 예상했다. 이제 50일이 지났으니 겨우 절반 정도를 온 셈이었다. 멀리 바다와 육지가 맞닿는 해안선이 살짝 파인 부분이 보이기 시작했다. 아마 그곳이 절벽일 거라고 믿으며 빌리는 다리에 힘을 주었다.

절벽으로 향하는 해안선은 조금씩 휘어지며 이제는 거의 정북쪽으로 이어졌다. 빌리와 데비는 하늘을 도는 태양과 달을 바라보며 쉬지 않고 기어갔다. 커다란 둥근 달이었던 투리는 다음 밤에는 밤이 거의 끝날 즈음에야 북동쪽 하늘에 이지러진 모습을 잠시 비추었다. 그러고 나서 나흘 동안은 모습을 보이지 않다가 다시 북서쪽 하늘에서 반대편이 이지러진 모습으로 나타났다. 투리가 커다란 둥근 달의 모습으로 돌아오는 데는 대략 7일이 걸렸다. 그렇게 네 번의 보름달이 떠오를 때까지 묵묵히 빌리의 옆을 따라오던 데비가 갑자기 멈춰 섰다.

"배고파."

빌리는 여행을 떠나며 따로 식량을 챙기지 않았다. 공벌레의 무게에 식량까지 더해 짐을 쌀 여유가 없었다. 마법사를 만나서 공벌레의 껍데기를 깨면 그 고기로 실컷 배를 채우면 된다고 데비를 설득했다. 데비는 마법사를 만나지 못하면 어떻게 하냐고 묻지 않았다. 언제나 계획을 짜는 건 빌리의 몫이었고 데비는 투덜대면서도 믿고 따랐다. 물론 빌리에게는 마법사를 만나지 못할 경우의 대비책이 있었다. 다만 그 계획을 데비에게 미리 말해 줄 생각은 없었다. 그렇지 않아도 가까스로 따라오고 있는 데비에게 괜히 겁을 주고 싶지 않았다.

만일 마법사를 만나지 못하거나 만나고도 껍데기를 깨지 못하면 빌리는 공벌레를 절벽에서 떨어뜨릴 생각이었다. 절벽에서 떨어뜨린다니! 그런 계획을 말하면 데비는 소스라치며 당장 여행을 그만둘 게 뻔했다. (사실 빌리 역시 그 계획을 떠올릴 때 잠시 몸을 떨었다.) 1미터가 넘는 절벽에서 떨어지는 속도라면 아무리 단단한 공벌레의 껍데기라도 산산조각이 날 게 분명했다. 하지만 그러기 위해서는 절벽 근처로 공벌레를 밀고 가야 하고 절벽 너머로 집게손을 내밀어야 할지도 모른다. 무엇보다 손에 닿아 있던 공벌레가 손을 떠나 아래로 떨어지는 순간이 너무도 두려웠다. 공벌레에 손이 붙은 채로 함께 떨어질 것만 같은 불안감을 떨쳐내기 힘들었다. 빌리는 실제로 벌어질 장면은 머릿속에 담지 않은 채 이론적인 가능성만 계산하려 애썼다.

데비가 아직 덜 단단한 집게손으로 공벌레를 내리쳤지만 껍데기는 미동도 하지 않았다. 껍데기 내부에 있는 체액을 한쪽으로 쏠리게 하여 그 힘으로 굴러다니는 공벌레는 빌리의 창에 입을 찔리자 괴성과 함께 체액을 쏟아내고는 단단히 입을 닫고 죽었다. 이제 남은 공벌레의 체액은 입 주변으로 쏠려 있어서 둥근 공벌레는 입을 바닥에 댄 채 서 있는 상태였다. 데비가 힘을 주어 밀자 바닥과 붙어 있던 입이 드러났다. 힘이 좋은 데비는 한 손으로 공벌레의 무게를 버티며 다른 한 손에 들고 있던 창으로 입 주변을 찔러 보았지만 작은 틈 하나 찾을 수 없었다. 결국 포기한 데비가 손을 떼자 공벌레는 무서운 속도로 오뚝이처럼 부르르 떨리다가 멈춰 섰다. 중력이 700배인 이곳 메스클린에서는 진자 운동의 주기가 26분의 1로 짧아진다.

"쓸데없이 힘을 낭비하면 더 배고파. 이제 조금만 더 가면 돼. 저기 절벽 보이지?"

빌리가 가리키는 곳에 정말 절벽이 있었다. 바다 쪽으로 향해 있는 낭떠러지는 이곳에서 보이지 않았지만 바다와 맞닿는 면이 부드러운 모래사장이 아니라는 점에서 그곳이 절벽이라는 걸 짐작할 수 있었다. 동쪽으로 보이는 해안으로는 밀물이 밀려들어오고 있는데도 북쪽으로 보이는 그곳은 바다와 맞닿은 선의 위치가 변하지 않는 걸 봐도 절벽이 확실했다. 아마 그곳에서는 밀물이 낭떠러지를 타고 위쪽으로 차오르고 있을 터였다. 빌리는 까마득한 절벽 아래에서 출렁이는 붉은 빛 바다를 상상하고는 등골이 서늘해졌다. 다행히 데비의 상상력은 빌리에게 미치지 못하는 모양이었다. 빌리는 얼른 굳은 표정을 풀고 데비를 달랬다.

"이 정도 거리면 20일이면 충분할 거야. 껍데기를 깨면 제일 맛있는 부위를 먼저 먹게 해 줄게. 알았지?"

싫다고 해도 어쩔 수 없었다. 어쨌거나 하루라도 빨리 절벽에 도착하는 게 배를 채울 수 있는 유일한 방법이었다. 데비는 투덜대며 다시 공벌레를 끌고 기기 시작했다. 화가 난 건지 힘이 난 건지 아까보다 속도가 빨랐다. 그런데 이번에는 허둥지둥 데비를 따라 기던 빌리가 멈춰 섰다.

"데비! 잠깐만."

"왜 그래? 말할 힘도 없는데."

"그게. 아무래도 좀 돌아가야 할 것 같은데."

"돌아간다고? 집으로?"

"아니. 목적지는 저 앞에 있는 절벽이 맞는데 곧장 말고 빙 둘러 돌아가야 할 것 같아."

마을을 떠나 바닷가 절벽으로 향하는 길은 줄곧 아주 완만한 내리막이어서 커다란 공벌레를 끌고 오기가 조금은 수월했다. 그런데 절벽 바로 앞이 오르막이었다. 그것도 공벌레를 끌고는 도저히 올라갈 수 없을 정도로 경사가 가팔라 보였다. 더구나 오르막 바로 전에는 움푹 파인 분지여서 자칫 그곳으로 공벌레를 끌고 내려갔다가는 어느 방향으로도 다시 끌고 올라오지 못하고 그냥 그곳에 버려 둬야 할지도 몰랐다. 최악의 경우에는 절벽으로 떨어뜨린다는 계획도 불가능해진다. 빌리는 그런 상황만큼은 피하고 싶었고 무엇보다 쫄쫄 굶은 데비의 분노를 감당할 자신이 없었다.

대신 지금 위치에서 서쪽으로 50킬로미터 정도를 돌아가면 높이의 손실을 거의 보지 않고 절벽 위에 도달할 수 있었다. 약간 오르막이기는 하지만 공벌레를 끌고 올라갈 수 있을 정도의 경사도였다. 대략 30일 정도는 걸릴 테니 며칠 전 데비에게 말했던 것보다 10일에서 15일 정도가 더 걸리는 셈이었다.

"그렇게 멀리 돌아가자고? 난 싫어. 그냥 가 보자. 정 못 끌고 올라가겠으면 그냥 밑에다 두고 마법사를 데리고 내려와서 껍데기를 깨도 되지 않을까?"

그것도 방법이 될 수 있겠지만 빌리로서는 마법사의 도움을 받지 못할 경우를 대비해야 했다. 그러려면 일단 공벌레를 절벽 위쪽으로 끌고 올라가야 한다. 빌리는 차마 절벽에서 떨어뜨린다는 계획은 설명하지 못하고 이렇게 둘러댔다.

"그건 안 돼. 마법사를 데리러 간 사이 누가 공벌레를 훔쳐 갈 수도 있잖아."

"누가? 여기 우리 말고는 아무도 없어 보이는데."

"글쎄. 이쪽 바닷가에 어떤 동물들이 살고 있는지 모르니까. 이 정도면 바다에 사는 무언가가 기어 올라올 수 있는 거리이기도 하고. 무엇보다 이렇게 먼 거리까지 이걸 끌고 왔잖아. 절벽을 코앞에 두고 멈춘다는 게 영 내키지 않아서."

데비는 어쩔 수 없다는 듯 한숨을 푹 내쉬더니 집게손으로 공벌레를 탁탁 내리치며 말했다.

"껍데기가 깨지기만 해 봐. 고기를 잔뜩 먹을 거야. 너보다 훨씬 많이 먹을 거라고. 빌리 네가 먹을 게 안 남을지도 몰라."

"걱정 마. 실컷 먹게 해 줄 테니까. 자, 가자!"

데비가 투덜대며 빌리의 뒤를 따랐다. 절벽에 가까워지자 이제 바닥에 깔린 모래는 사라지고 군데군데 땅속에 박혀 있는 돌이 보였다. 빌리와 데비는 공벌레를 실은 썰매가 돌부리에 걸리지 않도록 신경 쓰며 끌어야 했다. 밑동은 짧고 가지들은 촉수처럼 옆으로 넓게 퍼져 자라는 나무들도 언덕 곳곳에 있었다. 집게손으로 가지를 붙잡으며 기어가니 썰매를 끄는 데 조금 도움이 되었다. 돌아가는 길은 빌리의 계산보다 조금 더 멀어서 절벽 위에 도착하는 데는 꼬박 33일이 걸렸다.

절벽 위에는 정말 무언가가 있었다. 바다 쪽으로 튀어 나간 절벽 끝을 감싸고 있는 15센티미터 높이의 벽이 보였다. 그 안에 세워진 건물들은 너무 높아서 위로 솟아올라 있는 모습이 벽 바깥에서도 보일 정도였다. 데비는 입을 쩍 벌리고 힘겹게 고개를 들어 하늘 높이 솟아 있는 건물들을 바라보았다. 빌리 역시 이런 건물을 사람의 힘으로 세울 수 있다는 걸 믿을 수 없었다. 이런 걸 만든 사람이라면 마법사가 확실해 보였다.

그런데 아무리 둘러봐도 안으로 들어가는 문을 찾을 수 없었다. 전체 길이가 수백 미터는 되어 보이는 벽은 동쪽의 절벽 끝에서 서쪽의 절벽 끝까지 이어져 있었는데 어디에도 문이 없었다. 빌리와 데비가 큰 소리로 불러 보았지만 대답하는 사람은 없었다. 대신 쿵 하고 무언가가 떨어지는 소리가 나서 깜짝 놀랐다.

아무래도 안으로 들어갈 방법을 직접 알아내야 할 것 같았다. 빌리는 동쪽으로 벽을 따라가다가 절벽 앞 10미터 지점에서 멈춰 섰다. 절벽 너머는 붉은 바다였다. 썰물이 가장 많이 빠졌을 때도 모래사장이 보이지 않았다. 벽은 거의 절벽 끝까지 이어져 있었는데, 절벽 조금 앞에 벽을 타고 돌아 안으로 들어갈 틈이 있는 것처럼 보이기도 했다.

하지만 그건 바로 옆에 1미터 낭떠러지를 놓고 아슬아슬하게 발을 디뎌야 한다는 뜻이었다. 아무리 빌리라도 그런 짓을 감행할 정도로 무모하진 않았다. 생각하는 것만으로도 마디마다 퍼져 있는 심장의 혈관들이 터질 것처럼 쿵쾅거렸다. 그런 빌리를 보며 데비는 지레 겁을 먹고 뒷걸음질을 쳤다.

"안 돼. 말도 꺼내지 마. 생각하기도 싫으니까."

"나도 그런 짓을 할 생각은 없어. 그래도 확인은 해 봐야겠는데. 벽 너머로 안쪽이 들여다보일 수도 있으니까."

"난 이 이상은 절대 못 다가가. 절대."

데비가 몇 걸음 더 물러나며 말했다. 빌리 역시 그런 일을 데비에게 시킬 생각은 없었다. 빌리가 절벽에 가까이 가고 싶은 이유는 하나 더 있었다. 최악의 경우 공벌레를 아래로 떨어뜨린다는 계획을 수행할 수 있을지 확인하고 싶었다. 맨몸으로는 도저히 용기가 나지 않아 빌리는 썰매에 묶었던 밧줄을 풀어 좀 더 길게 이은 다음 근처의 나무 하나에 단단히 묶었다. 그러고는 서서히 절벽을 향해 다가갔다. 데비는 보는 것조차 괴로운지 눈을 감아 버렸다.

절벽으로 다가갈수록 아래쪽 풍경이 더 많이 보였다. 눈에 보이는 절벽 아래는 모두 붉은 바다였다. 그런데 드러나는 바다의 모습에서 느껴지는 절벽의 높이가 아무래도 심상치 않았다. 소문으로 들렸던 1미터보다 훨씬 더 높아 보였다. 갑자기 땅이 기울어지는 느낌이 들었다. 절벽 쪽으로 쏠려 내려가 버릴 것만 같아서 빌리는 손에 든 창을 바닥에 콱 박고는, 몸을 땅에 바짝 붙인 채 다리에 힘을 주었다.

"왜 그래? 무슨 일이야?"

데비가 걱정스러운 목소리로 외쳤다. 숨이 제대로 쉬어지지 않아 대답하기도 힘들었다. 빌리는 냉정하게 상황을 판단하려 애썼다. 땅에 박았던 창을 뽑아 가만히 내려놓아 보았다. 빌리가 느낀 대로 땅이 기울어졌다면 창은 절벽 쪽으로 굴러가야 했다. 기울어지는 느낌은 착각인 게 분명했다. 땅이 기울어질 리도 없었다. 그렇게 생각하자 조금씩 마음이 가라앉았다.

빌리는 자신이 밟고 있는 땅의 경사도와 발의 마찰력을 계산해 보고 미끄러질 리 없다는 점을 다시 한 번 확인했다. 몸통에 묶은 밧줄도 점검했다. 절벽으로 떨어질 확률은 0에 가까웠다. 절벽에 가까이 다가간다고 해서 밑으로 잡아 끄는 힘이 더 세질 이유도 없었다. 문득, 갑자기 데비가 달려와 밀어 버리면 어쩌나 하는 생각이 들었다. 바보 같은 생각에 빌리는 오히려 헛웃음이 나오며 마음이 편해졌다. 그리고 용기를 내어 앞으로 기어갔다.

"어, 어, 어."

신음을 흘린 건 오히려 데비였다. 빌리는 천천히 절벽 쪽으로 다가갔다. 절벽과 벽 사이의 간격이 확실히 보였다. 틈이 있다고 생각했던 건 착각이었고 오히려 벽은 절벽을 따라 안쪽으로 휘어지며 3미터 정도 더 들어간 위치까지 세워져 있었다. 벽을 돌아 안으로 들어가는 건 불가능했다.

빌리는 더 앞으로 나갔다. 이제 빌리의 머리는 거의 절벽 끝에 닿아 있었다. 몸을 바짝 땅에 붙인 채로 빌리는 머리를 좀 더 내밀었다. 절벽 아래에서 불어 올라온 바람이 머리 마디의 아래쪽을 간질였다. 빌리는 잔뜩 긴장한 관절을 천천히 움직여 아래를 내려다보았다.

아래쪽은 바다였다. 바다가 절벽 바로 아래까지 밀려와 있었다. 마침 벨느가 지평선 아래로 내려가며 사방이 깜깜해졌다. 투리의 달빛이 붉은 바다에 은빛 옷감처럼 깔렸다. 투리가 북쪽 하늘로 올라오는 동안 해수면도 점점 위로 올라왔다. 그리고 투리가 북서쪽 바다로 잠기면서 수면도 따라 내려갔다. 벨느가 다시 떠오르고 낮이 되자 이제 절벽 아래가 똑똑히 보였다. 빌리는 꿀꺽 침을 삼켰다. 절벽은 족히 10미터는 되어 보였다. 순간 머리가 핑 돌았지만 눈에 힘을 주며 참아냈다.

절벽 아래쪽으로 공벌레를 떨어뜨려 깨뜨리겠다는 생각은 아무래도 포기해야 할 것 같았다. 이런 높이에서 떨어지면 껍데기는 물론 살도 전부 뭉개져 곤죽이 되어 버릴 테고 바다 위로 떨어진 공벌레를 찾으러 내려갈 길도 보이지 않았다. 결국 어떻게 해서든 벽 안으로 들어가서 이런 건물을 지은 사람을 만나 볼 방법밖에는 없었다. 한 가지 희망적인 점은 이런 건물을 지을 수 있는 사람이라면 공벌레의 껍데기를 깨는 것 정도는 식은 죽 먹기일 거란 사실이었다.

　조심스럽게 다시 절벽 안쪽으로 물러서려던 빌리는 고개를 들다가 벽 안쪽의 절벽에 이상한 장치들이 붙어 있는 것을 발견했다. 절벽 바로 아래쪽의 바다에 커다란 바위 같은 물체가 떠 있었고, 그 바위를 단단히 묶은 밧줄이 절벽 위쪽으로 이어졌다. 위로 올라온 밧줄은 나무로 만든 둥근 원판에 감겨 있었으며 원판에서 나온 밧줄이 안쪽의 또 다른 장치에 연결되었다. 빌리의 위치에서 안쪽에 있는 장치는 제대로 보이지 않았다.

　주의 깊게 보니 절벽에 매달려 있는 바위는 하나가 아니었다. 물에 떠 있는 것도 있고 공중에 매달려 있는 것도 있었다. 대충 봐도 열 개는 넘었다. 바위는 지름이 3미터에서 5미터는 되어 보이는 거대한 크기였는데 물에 뜨는 것으로 보아 진짜 바위는 아니고 나무를 깎아 놓은 게 아닐까 싶었다. 아무리 나무라도 저 정도 크기면 보통 사람이 다룰 수 있는 무게는 훌쩍 넘을 게 분명했다.

　그러고 보니 벽 안쪽에 밧줄들이 여기저기 이어져 있는 것이 눈에 띄었다. 고정된 밧줄도 있고 움직이는 밧줄도 있었다. 밧줄은 벽 너머로 보이는 높은 건물에도 붙어 있었는데 대부분 둥근 원판과 연결되어 있었다. 밧줄이 움직이면 원판도 함께 회전했다. 밧줄과 원판은 어떤 규칙을 가지고 움직이는 것처럼 보였다. 빌리는 벽 안에 사는 사람은 마법사가 아니라 기술자일지도 모른다고 생각했다. 마법은 이해할 수 없지만 기술은 이해할 수 있다. 문이 없는 벽 안으로 들어가는 방법도 곰곰이 생각하면 알아낼 수 있을 거라고 빌리는 믿었다.

　빌리는 절벽에서 물러나 데비에게 돌아왔다. 데비는 빌리의 몸통을 묶은 밧줄을 두 집게손으로 꼭 붙들고는 질끈 눈을 감고 있었다. 나무에 단단히 묶어 놓아 그럴 필요가 없는데도 왜 이러고 있는지 모를 일이었다. 집게손을 툭 치자 데비가 눈을 뜨고는 호들갑을 떨었다.

　"너 괜찮아? 뭔가 이상해진 거 아니지? 난 네가 마법에 홀려서 절벽으로 뛰어내리는 줄 알았잖아. 대체 무슨 생각으로 그렇게 절벽에 가까이 간 거야?"

"아주 멀쩡해. 그리고 이 안에 사는 사람, 아무래도 마법사가 아닌 것 같아."

"마법사가 아니면 무슨 수로 이런 건물을 지어?"

"글쎄. 우리가 모르는 어떤 기술이겠지. 안으로 들어가는 방법도 잘 생각해 보면 알 수 있을 거야. 다시 벽을 자세히 살펴보자."

빌리는 절벽의 높이가 1미터가 아니라 10미터라는 사실은 굳이 알려 주지 않았다. 벽을 잘 보면서 혹시 밧줄이나 원판 같은 게 이어져 있지 않은지 확인해 보라는 말만 했다.

절벽 끝을 감싸며 이어진 벽의 높이는 보통 집보다 두 배 이상 높았다. 메스클린인들은 높은 곳에서 떨어지는 것만큼이나 높은 곳에서 떨어지는 물건에 맞는 걸 두려워했다. 집의 벽은 몸이 겨우 들어갈 수 있는 높이인 8센티미터 정도였고 지붕은 얇고 가벼운 천으로 덮여 있었다. 머리 위에 무거운 물건이 있다는 자체가 공포였기 때문에 벽도 머리 위로 높게 쌓지 않았다. 벽에 바짝 붙어 살펴보는 빌리와는 달리 데비는 벽이 무너져도 깔리지 않을 만큼 거리를 두고 멀리서 바라보았다.

누군지는 몰라도 이 벽을 세운 사람은 다른 사람이 들어오는 걸 철저히 막고 싶었던 게 분명했다. 얇은 나무로 만드는 보통의 벽과는 달리 이 벽은 두껍고 단단해서 무게만 해도 상당해 보였다. 1미터 간격으로 꽂혀 있는 둥근 나무 기둥에 홈을 파고 15센티미터 높이의 두꺼운 나무판자를 끼웠는데 기둥은 얼마나 깊게 박혔는지 흔들어 봐도 꿈쩍도 하지 않았다. 수백 미터의 벽 어디에서도 들어갈 틈을 찾을 수 없었다. 그때 멀리서 지켜보던 데비가 소리쳤다.

"빌리! 저기 봐! 저기 뭔가 이상한 게 매달려 있는데."

매달려 있다는 말에 빌리는 본능적으로 머리를 감싸며 몸을 움츠렸다.

데비는 빌리 머리 위쪽을 가리키고 있었다. 조심스럽게 벽에서 물러난 뒤 위를 올려다보니 정말로 무언가가 매달려 있었다. 끝에 고리가 달린 밧줄이었다.

밧줄은 높이가 50센티미터쯤 되는 탑에 매달려 있었는데 탑 위의 원판에 한 번 감긴 뒤 안쪽으로 이어졌다. 이 밧줄은 움직이고 있었다. 끝에 매달린 고리가 서서히 내려왔다가 다시 서서히 올라갔는데 움직이는 거리는 벽의 높이와 비슷한 15센티미터 정도였다. 속도는 매우 느려서 내려왔다 올라가는 주기가 반나절 정도 되었다.

"아무래도 저걸 이용해야 안으로 들어갈 수 있을 것 같은데."

빌리는 그렇게 중얼거리다가 문득 무슨 생각을 하고는 등골이 서늘해졌다. 자신이 생각해 낸 방법이 안으로 들어가는 유일한 방법이 아니기를 바랐다. 그런데 그렇게 생각할수록 점점 더 그 방법밖에는 없어 보였다. 빌리는 머뭇거리다가 데비에게 말했다.

"만일 저 벽 위에서 떨어지면 어떻게 될까?"

그 말을 들은 데비가 굳은 얼굴로 고개를 저었다. 빌리와 데비는 꼬리마디가 여섯 개였을 때부터 친구였다. 발도 없던 그 시절에 둘은 땅 위를 꿈틀거리고 굴러다니며 놀았다. 어른이 아이에게 하는 가장 흔한 잔소리 두 가지는 절대 몸을 높이 치켜들지 말라는 것과 바닥이 없는 곳에 걸쳐 있지 말라는 거였다. 부주의하게 땅 위를 굴러다니다가 자칫 맨 앞 마디와 뒷 마디는 땅에 걸쳐져 있는데 중간 부분이 패여 몸을 받쳐 주지 못하는 상황이 되면 중간 마디가 꺾이며 관절을 다친다. 유난히 장난이 심했던 둘은 관절이 꺾이고 껍데기가 깨지는 일이 다반사였지만 그래도 3센티미터 이상의 높이에서 떨어져 본 적은 없었다.

"설마 저 고리를 붙잡고 올라가 벽을 넘자는 말이라면 입 밖으로도 꺼내지 마. 꺼내는 순간 난 집에 갈 테니까."

"아무것도 안 먹고? 배고프지 않아?"

그 말을 들은 데비가 울상이 되었다. 그러고는 필사적으로 항변했다.

"떨어지는 게 문제가 아니라. 저런 고리에 매달려서 관절이 버틸 수 있을 것 같아? 바닥에 몸을 받치지도 않고 고리에 매달리면 위로 다 올라가기도 전에 마디가 끊어져 버릴걸."

"그렇게는 안 되지. 그러니까 저걸 이용해야지."

빌리가 공벌레를 싣고 온 썰매를 가리켰다. 그러니까 썰매를 고리에 묶은 뒤 그 썰매에 올라타서 벽을 넘자는 생각이었다. 데비가 더 심하게 고개를 흔들었다. 빌리는 데비의 눈이 그렇게 앞으로 튀어나오는 걸 처음 보았다.

"그러다 썰매가 기울어지면? 그럼 바로 미끄러져 떨어지는 거야. 저 높이 안 보여? 15센티미터라고!"

"미끄러지지 않게 잘 묶어야지. 밧줄 길이를 조절하면 많이 기울어지지는 않을 거야."

썰매는 가벼운 나무로 만들어졌지만 밧줄을 팽팽하게 당길 정도의 무게는 되었다. 네 귀퉁이를 묶은 밧줄이 모두 팽팽하게 당겨진다면 썰매가 기울어질 일은 없었다. 데비의 불만은 아랑곳하지 않고 빌리는 작업을 시작했다. 썰매의 네 귀퉁이에 단단하게 밧줄을 묶고 길이를 똑같이 맞춘 뒤 네 밧줄을 하나로 묶었다. 밧줄의 길이는 고리에 걸 수 있도록 20센티미터 정도로 잘랐다. 데비는 투덜대면서도 공벌레를 썰매에서 내리는 작업을 도와주었다.

빌리는 썰매를 벽 옆에 가져다 놓고는 그 위에 올라타서 자기 몸을 썰매 위에 단단히 고정했다. 그리고는 네 개의 밧줄을 묶은 끝부분을 창에 걸었다. 데비가 걱정스러운 표정으로 빌리를 바라보며 말했다.

"정말 이 방법밖에 없는 거야? 지금이라도 포기하자. 배고파도 좋으니까. 근처에서 사냥하면 다른 먹을거리를 찾을 수도 있잖아."

빌리는 입을 꼭 다물고 고개를 흔들었다. 겁에 질리지 않았다면 거짓

말이다. 입을 열어 목소리를 낼 수 없을 정도로 빌리는 잔뜩 긴장했다. 그래도 멈추고 싶지는 않았다. 딱 15센티미터만 올라갔다가 내려오면 된다. 10미터가 넘는 절벽을 내려다보기도 했는데 고작 15센티미터는 별것 아니라고 자신을 다독였다. 고리가 서서히 아래쪽으로 내려왔다. 고리가 충분히 내려온 것을 확인하고 창끝에 걸린 밧줄을 고리로 옮겼다. 고리가 다시 올라가기 시작하자 밧줄이 팽팽하게 당겨졌다. 그리고 잠시 후 썰매가 바닥에서 떨어졌다.

침착하려 애썼지만 자꾸 아까 보았던 절벽 아래의 광경이 떠올랐다. 마치 자신이 지금 그 절벽에 매달려 있는 것 같은 기분이 들었다. 다행히 썰매는 별로 기울어지지 않았다. 썰매가 나무 벽을 타고 끌려 올라가며 끼이익 소리를 냈다. 빌리는 퍼뜩 정신을 차리고는 창을 뒤집어 반대편으로 벽을 살짝 밀었다. 창끝에는 미리 매끄러운 천을 감아 두었다. 썰매가 벽에서 떨어지며 마찰음이 작아졌다. 그 덕분에 불안한 마음이 조금 가라앉았다.

썰매가 벽 꼭대기에 닿는 데는 4분이 걸렸다. 벽 너머로 안이 들여다보였다. 벽 안의 풍경은 빌리가 예상한 것 이상이었다. 바깥에서 보였던 밧줄과 원판은 극히 일부에 불과했다. 지름이 100미터 정도 되는 넓은 땅 위에 크고 작은 원판들이 가득 깔려 있었다. 밧줄도 달린 원판들은 저마다의 속도와 방향으로 돌아갔다. 종횡으로 연결된 밧줄들이 원판을 돌리기도 하고 탄력 있는 나무를 잡아 휘기도 하고 물건을 끌어 올리기도 했다. 그중 한 밧줄이 몇 개의 원판을 거쳐 지금 빌리를 끌어 올리고 있는 고리에 연결되어 있었다.

벽 안의 풍경에 정신이 팔린 터라 빌리는 썰매가 벽 위로 완전히 올라가 버린 것도 눈치채지 못했다. 살짝 기울어져 있었던 탓에 썰매의 한쪽 끝이 먼저 벽 안쪽으로 들어가면서 썰매가 빙글 돌았다. 빌리는 그 속도가 그렇게 빠를 줄 미처 몰랐다. 썰매가 팽그르르 돌며 네 개의 밧줄이 서로 감기기 시작했다. 순식간에 꼬이며 한 덩어리가 된 밧줄이 멈췄다가 다시 풀리기 시작하자 이번에는 썰매가 반대 방향으로 돌았다.

그뿐만이 아니었다. 벽 위로 올라간 썰매는 벽 안과 밖을 오가며 진자 운동을 시작했다. 밑에서 실눈을 뜨고 지켜보던 데비는 빙글빙글 회전하는 동시에 무서운 속도로 앞뒤로 흔들리는 썰매를 보며 외마디 비명을 내질렀다. 그 위에 타고 있던 빌리는 완전히 패닉에 빠졌다. 눈앞이 핑핑 돌아서 도저히 정신을 차릴 수가 없었다. 할 수 있는 일이라곤 창을 놓치지 않으려 집게손을 꽉 쥐고 있는 것뿐이었다.

빌리가 정신을 차린 건 밧줄이 잔뜩 감기며 썰매가 잠시 멈춘 순간 눈앞에 보인 태양 벨느 덕분이었다. 고리가 정점을 찍고 다시 내려가기 시작하는 그 시점에 벨느는 정북쪽 하늘에 걸려 있었다. 그러면 지금은 밀물이 가득 들어왔을 때다. 빌리는 하루에 두 번 오르락내리락하는 밧줄의 움직임이 밀물과 썰물의 주기와 같다는 걸 깨달았다. 고리가 가장 높이 올라간 시점은 밀물이 가장 많이 들어온 시점과 일치했다. 말하자면 고리는 해수면의 높이와 움직임을 함께 하고 있었던 것이다.

그와 동시에 빌리는 벽 안에 가득 깔린 밧줄과 원판을 움직이는 힘이 모두 밀물과 썰물에서 나온다는 사실 역시 깨달았다. 머리가 빨리 돌아갈수록 빌리의 마음은 차분하게 가라앉았다. 썰매가 흔들린다고 해서 문제 될 건 없다. 단단히 묶어 놓은 몸이 풀릴 걱정은 없었다. 고리가 점점 내려가다 보면 어느 순간 썰매는 벽과 부딪히며 멈출 것이다. 그 순간의 충격에만 대비하면 된다.

1초에 열 번 넘게 흔들리고 더구나 빙빙 돌기까지 하는 썰매 위에서, 그것도 공중에 15센티미터나 떠 있는 썰매 위에서 메스클린인이 온전한 정신을 유지하기란 사실 불가능했다. 빌리가 눈을 부릅뜨고 창을 꽉 쥔 채 정신없이 흔들리는 풍경을 노려보고 있었던 건 어쩌면 제정신이 아니었기 때문에 가능했던 건지도 모른다.

마침내 퉁 하고 벽의 꼭대기에 썰매 바닥이 걸렸다. 끼이익 하며 벽 위를 미끄러지며 움직임이 느려지던 썰매가 잠시 멈췄다. 빌리는 사실 그 움직임이 잘 느껴지지는 않았다. 아무리 가속도가 높아도 엄청난 중력에 비하면 아무것도 아니니 메스클린인들이 몸의 흔들림으로 속도 변화를 감지하기란 쉽지 않다. 만일 빌리가 눈을 감고 있었다면 썰매가 벽에 걸렸다는 걸 느끼지 못했을 수도 있다. 이를 악문 채 눈을 뜨고 있던 빌리는 무서운 속도로 흔들리던 풍경이 갑자기 느려지다가 멈추는 걸 똑똑히 보았다.

벽 위에 비스듬하게 걸린 썰매는 고리가 내려오면서 서서히 기울어졌다. 썰매는 하필 벽 안쪽보다 바깥쪽으로 더 많이 튀어나와 있었다. 이대로 놔두면 썰매는 바깥쪽으로 기울다가 미끄러져 나가고 빌리는 다시 벽 바깥으로 내려가게 될 터였다. 빌리는 창으로 벽을 짚어 썰매를 안쪽으로 밀어 넣었다. 썰매 바닥은 충분히 미끄러웠고 아직 별로 기울어지지 않은 상태라 큰 힘을 들이지 않고 벽 안쪽으로 더 많이 튀어나오게 만들 수 있었다.

이제 방향을 바꿔 벽 안쪽으로 기울어지기 시작하던 썰매는 어느 순간 쑥 미끄러지며 완전히 안으로 들어갔다. 다시 수평을 찾은 썰매가 벽 안쪽을 긁으며 서서히 내려갔다. 올라갈 때처럼 끼이익 하는 소리가 났지만 빌리는 더 이상 집게손에 힘을 줄 수가 없었다.

썰매가 아래로 내려가는 4분 동안 빌리가 정신을 잃지 않았던 건 오로지 마지막으로 해야 할 일 하나가 남았기 때문이었다. 썰매가 바닥에 닿고 밧줄에 걸렸던 장력이 느슨해지자 빌리는 마지막 힘을 쥐어짜서 밧줄을 고리에서 빼내고는 그대로 기절해 버렸다.

얼마나 시간이 지났는지 알 수 없었다. 빌리는 누군가가 집게손을 툭툭 건드리는 걸 느끼고는 눈을 번쩍 떴다. 자신이 벽 안에 들어와 있다는 걸 깨닫기까지는 좀 더 시간이 걸렸다. 그러니 자신을 건드리는 건 데비일 리가 없었다.

"누구시죠!"

빌리는 본능적으로 집게손을 움켜쥐었지만 창이 잡히지 않았다. 빌리의 창을 들고 집게손을 두드리는 건 또 다른 메스클린인이었다. 다섯 개의 머리 마디가 완전히 자란 어른이었다. 더듬이의 길이로 보아 나이도 많아 보였다. 마디를 둘러싼 껍데기는 여기저기 긁히고 깨졌다가 다시 굳은 흔적으로 뒤덮여 있었다.

"찾아온 사람이 누군지를 밝히는 게 먼저 아닌가?"

그 사람이 말했다. 절벽에 살고 있다는 미치광이 마법사가 분명했다. 말하는 투로 보아 미치광이는 아니었다. 마법사도 아닐 것이다. 이 사람은 여기 절벽 위에 엄청난 기계 장치를 세워 놓은 기술자인 게 분명했다. 빌리는 집게손을 모아 최대한 공손히 인사하며 말했다.

"멋대로 들어와서 죄송합니다. 아무리 불러도 대답이 없으셔서. 저는 빌리라고 합니다."

"래빈이라고 하네. 가끔 날 찾아오는 사람들이 있지만 귀찮아서 그냥 돌려보내곤 하지. 이렇게 벽 안으로 들어온 건 아마 자네가 처음인 것 같네. 자네도 내가 숨겨 놓았다는 보물을 찾으러 온 겐가? 그렇다면 그냥 돌아가게. 내가 가진 건 여기 보이는 이 기계들밖에 없으니."

절벽의 마법사가 엄청난 보물을 숨겨 놓고 있다는 소문은 빌리도 들은 적이 있었다. 빌리는 얼른 자신이 찾아온 이유를 설명했다. 마법으로 공벌레의 껍데기를 깨기 위해 왔다고 말하자 래빈은 크게 웃음을 터뜨렸다.

"공벌레? 마법으로? 아하하하. 나는 마법사는 아니네만 공벌레의 껍데기 정도야 간단히 깰 수 있지. 그러고 보니 공벌레 고기의 맛을 본 게 몇 년 전인지 모르겠네. 이 주변에는 공벌레가 살지 않을 뿐더러 저 벽을 넘어올 공벌레는 더더욱 없으니 말이야. 그런데, 가져왔다는 공벌레는 어디 있나?"

"벽 밖에 있습니다. 친구와 함께요. 저만 먼저 벽을 넘어왔습니다."

"잠깐. 자네 지금 뭐라고 했나. 여길 어떻게 들어왔다고? 벽을 '넘어'왔다고 했나?"

빌리가 고리에 썰매를 걸고 벽을 넘어온 과정을 설명하자 래빈의 눈이 휘둥그레졌다. 그러더니 다시 한 번 크게 웃었다.

"자네 말이 맞는다면 자네는 내가 본 자들 중에서 가장 용감하면서도 가장 무모하다고 할 수 있겠군. 가장 영리하면서도 멍청하다고도 할 수 있을 것 같고. 하긴 기발한 계획을 세우는 사람일수록 의외로 다른 가능성을 잘 못 보기도 하니까. 일단 생각이 한쪽으로 쏠리면 자꾸 그 생각에 집착하게 되거든. 이 문은 말이야. 이렇게 여는 걸세."

래빈은 빌리의 창을 들고 벽 앞으로 다가가서는 고리가 밑으로 내려오기를 기다렸다. 벽 꼭대기에 거의 닿을 정도로 내려오자 래빈은 창으로 고리를 살짝 밀었다. 그러자 고리는 벽 꼭대기에 걸리는가 싶더니 안으로 쏙 들어가 버렸다. 그 위에 구멍이 있었던 모양이었다.

고리가 벽 위에 내려앉으면서 느슨해졌던 밧줄이 다시 위로 당겨지며 팽팽해졌다. 그러자 끼이익 소리가 나며 눈앞의 벽이 흔들리다가 덜컹하고 벽이 바닥에서 떨어졌다. 그제야 빌리는 고리의 용도를 깨달았다. 고리는 붙잡고 벽을 넘어가기 위해 있는 게 아니라 벽 자체를 끌어 올리기 위해 설치된 거였다.

두 개의 기둥 사이에 끼워진 육중한 벽이 고리에 매달려 서서히 올라가기 시작했다. 고리를 이런 식으로 쓴다는 걸 빌리가 깨닫지 못한 데는 이유가 있었다. 이렇게 무거운 벽이 공중으로 끌어 올려지는 모습을 상상할 수 있는 메스클린인은 거의 없을 것이다. 머리 위로 올려질 수 있는 건 가벼운 천이나 나무로 만든 창 정도였다.

벽이 올라가는 걸 보고 놀란 건 빌리뿐이 아니었다. 벽이 서서히 올라가며 바깥쪽에 있던 데비의 모습이 보였다. 데비는 10미터는 멀리 떨어진 곳으로 물러나 벽이 올라가는 광경을 지켜보고 있었다. 빌리가 크게 이름을 부르자 데비는 그제야 벽 안에 빌리가 있다는 걸 알고 달려왔다. 하지만 데비는 벽 안으로 들어오지 못했다. 들어오기는커녕 2미터는 떨어진 곳에 멈춰서서는 빌리에게 소리쳤다.

"빌리! 너 괜찮은 거야? 안 다쳤어?"

"응. 멀쩡해. 어서 들어와. 여기 이분이 마법사, 아니 래빈이야. 공벌레 껍데기를 깨 주실 수 있대. 이제 고기를 먹을 수 있다고!"

고기라는 말을 듣고 데비의 눈이 잠시 반짝였지만 발을 떼지는 않았다. 위로 끌어 올려지던 벽이 서서히 멈추더니 다시 내려오기 시작했다. 그러자 데비는 뒤로 몇 걸음 더 물러났다.

데비의 반응은 어찌 보면 당연했다. 머리 위에 저렇게 무거운 물체가 매달려 있는데 그 밑을 태연하게 지나갈 수 있는 메스클린인은 없다. 게다가 그 물체는 고정된 것도 아니고 움직이고 있었다. 래빈이 굳이 고리를 빼놓지 않고 그냥 계속 벽이 올라갔다 내려오게 내버려 뒀어도 이 안으로는 그 어떤 메스클린인도 들어오지 못했을 것이다.

빌리 역시 발이 잘 떨어지지 않는 건 마찬가지였다. 하지만 빌리는 벽이 제멋대로 움직이는 게 아니라 하루에 두 번 밀물과 썰물의 움직임에 따라 올라갔다 내려오기를 반복할 거라는 사실을 알고 있었다. 밑으로 내려오는 벽이 빌리의 몸에 닿으려면 적어도 2분은 걸릴 테고 그 정도면 벽 안과 밖을 몇 번 왕복하고도 남는 시간이었다.

빌리는 용감하게 열려 있는 벽 쪽으로 기어가기 시작했다. 새하얗게 질린 데비의 표정이 똑똑히 보였다. 그 표정이 너무 우스워서 긴장이 조금 풀렸다. 벽 아래를 지나가는 동안 갑자기 밧줄이 풀리거나 고리가 부서져서 떨어진 벽에 짓눌릴지 모른다는 상상이 들어 몸이 떨리기는 했지만, 빌리는 얼어붙지도 않고 서두르지도 않으며 차분하게 계속 발을 움직였다. 빌리의 몸이 완전히 벽 밖으로 빠져나왔을 때 벽은 아직 한참 위에 매달려서 아주 조금씩 내려오고 있었다.

"세상에 빌리! 어떻게 된 거야! 난 네가 당연히 죽었다고 생각했는데."

빌리가 다가가자 데비는 그제야 호들갑을 떨었다. 빌리는 고리에 매달려 겪었던 일에 대해서는 자세하게 이야기하지 않기로 하고 일단 데비를 안심시켰다. 래빈은 마법사가 아니고 기술자며 공벌레의 껍데기를 깨 주기로 했다고. 괴팍할지는 몰라도 나름 친절한 사람이라고도 설명했다. 그리고 고리가 움직이는 건 아마도 밀물과 썰물의 움직임과 연관된 것 같다고도 말했다. 데비는 별로 원리를 이해하고 싶은 마음은 없어 보였다.

"그러니까 네 말은, 저 벽이 위로 올라갔다 내려오려면 반나절은 걸린다는 거지?"

"그래. 그러니까 밑으로 안전하게 지나갈 시간이 충분하다니까."

"그런데 그게 마법이 아니라고?"

"마법이 아니고. 자연법칙 같은 거야. 썰물로 빠져나갔던 바다가 1분 만에 다시 밀어닥칠 걱정은 아무도 안 하잖아? 이것도 똑같아. 위로 올라갔던 벽이 1분 만에 바닥으로 떨어질 일은 없어."

데비를 설득하는 데는 좀 더 시간이 필요했다. 문이 위로 올라갔다 내려오기를 두 번 더 반복하고 나서야 데비는 빌리와 함께 벽 안으로 들어가기로 결심했다. 빌리가 아무렇지 않게 안으로 다시 들어가 썰매를 끌고 나오는 걸 보며 데비도 조금 용기를 얻은 듯했다. 썰매 위에 공벌레를 실어 단단히 묶고 몸통에 썰매를 끌 밧줄을 묶었다.

벽 앞에서 기다리던 빌리는 벽이 머리 위로 올라가자마자 안으로 몸을 밀어 넣었다. 썰매 위에 공벌레를 싣고 나니 높이가 꽤 높아져서 벽 아래로 지나갈 시간이 빠듯해 보였다. 마음이 급한 빌리와는 달리 데비는 막상 지나가야 할 상황이 되니 쉽게 발을 떼지 못했다. 빌리가 살짝 놀렸다.

"그럼 차라리 눈을 감아. 눈을 감고 백 걸음만 걸으면 안에 들어가 있을 테니까. 뭐 평소에도 거의 감고 다니는 것 같긴 하지만."

"웃기지 마! 누가 눈을 감고 다닌다고 그래?"

데비가 눈을 한껏 앞으로 내밀더니 성큼 걸음을 옮겼다. 빌리와 데비는 무사히 벽 안으로 들어왔다. 벽이 더 올라가기를 기다렸다가 공벌레를 실은 썰매를 안으로 끌고 들어왔을 정도로 시간이 남았다. 데비는 벽에서 10미터 이상 떨어지고 나서야 마음이 놓였는지 주변을 돌아보았다. 벽 안에 설치된 밧줄과 원판들을 본 데비의 눈이 휘둥그레졌다.

"이게 다 뭐야? 정말 엄청난 마법인데!"

"마법이 아니란다. 원리만 이해한다면 누구나 만들 수 있는 것들이야. 그나저나 이 공벌레는 정말 먹음직스럽게 생겼구나! 제대로 된 고기를 먹어 본 지가 얼마나 됐는지."

"마법사! 마법사다! 정말 마법사가 있었어!"

래빈을 본 데비가 호들갑을 떨었다. 래빈은 군이 더 설명하고 싶지 않은지 데비를 무시하고 공벌레에게 다가가 껍데기를 쓰다듬으며 군침을 삼켰다. 빌리가 물었다.

"그럼 정말 저 단단한 껍데기를 깨 주실 수 있는 거죠? 저희가 무척 배가 고파서요. 여기까지 오는 동안 아무것도 못 먹었거든요."

"하! 이까짓 껍데기는 천 조각처럼 흐물흐물하게 으스러뜨릴 수 있지. 다만 안에 있는 고기가 뭉개지지 않으려면 힘을 잘 조절해야 할 텐데. 그 점이 좀 까다롭겠어. 날 좀 도와주겠나? 아, 그전에 이 기계들이 움직이는 원리를 먼저 알려 주지. 이걸 그냥 마법이라고 생각한다면 도와줄 수 없을 테니 말이야. 공벌레는 거기 두고 날 따라오게. 걱정하지 않아도 돼. 이 안에 들어와 그걸 훔쳐 갈 사람은 아무도 없으니까."

빌리와 데비의 대답은 기다리지도 않고 래빈은 어디론가 성큼성큼 기어갔다. 빌리는 꾸물거리는 데비의 옆구리를 쿡 찌르고는 놓칠세라 그 뒤를 따라갔다. 밧줄과 원판이 움직이는 주기가 밀물과 썰물의 흐름과 연관이 있다는 점까지는 파악했지만 그게 어떻게 가능한지에 대해서 빌리는 전혀 짐작이 가지 않았다.

래빈이 향한 곳은 절벽이었다. 눈앞에 땅이 끊어지고 바닥이 없는 부분이 있는 걸 뻔히 보면서도 래빈은 조금도 속도를 줄이지 않았다. 심지어 절벽 바깥쪽으로 머리 마디 하나를 불쑥 내밀기까지 했다. 빌리가 기겁하며 래빈을 붙잡기 위해 서둘러 기어갔다. 다행히 래빈은 신음을 흘리며 몸을 뒤로 빼 다시 바닥이 머리 마디를 받칠 수 있도록 했다.

"아이고. '가장자리' 근처에서 움직이던 버릇이 아직 남아서 말이야. 여기선 이러면 안 된다는 걸 알면서도 고쳐지지가 않네."

"가장자리요?"

빌리가 물었다. 메스클린인들은 메스클린의 적도 근방을 가장자리라고 부른다. 남반구에 거주하는 메스클린인들은 적도 너머로 여행을 해본 적이 없을 뿐더러 적도 근처의 낮은 중력(지구의 세 배 정도)에 대해 알고 있는 사람도 드물다. 래빈은 관절 부위를 쓰다듬으며 말했다.

"그래. 가장자리. 거기서는 몸이 아주 가벼워지거든. 몸통 마디를 위로 치켜들어도 아무 문제가 없지. 또 그래야만 배의 돛을 쉽게 조절할 수 있기도 하고."

그 말을 들은 데비가 깜짝 놀라 소리쳤다. 절벽을 보고 질겁해서 한참 뒤로 물러나 있던 터였다.

"세상에! 그런 짓은 아이들도 하지 않는다고요! 옷을 입을 때를 빼고는 절대 마디를 위로 치켜들지 말라고 얼마나 혼이 났는데."

그 말은 사실이다. 두꺼운 껍데기 속에 숨어 있는 메스클린인의 근육은 엄청나게 강력해서 중력을 이기고 마디를 들 수 있지만 조금이라도 실수하여 바닥에 몸을 내리찧게 되면 껍데기를 다치게 된다. 바닥에 온

몸을 붙이고 기어 다니는 메스클린인들은 마찰로부터 몸을 보호하기 위해 매끄러운 재질의 천으로 된 옷을 입는데 거기에 몸을 집어넣기 위해서는 천의 두께만큼 아주 살짝 몸을 치켜들어야 한다. 그게 그들이 마디를 위로 드는 것이 허용되는 유일한 경우다.

"하하. 나도 어렸을 땐 그 소리를 귀에 딱지가 앉도록 들었지. 위와 아래로 무언가를 움직인다는 생각 자체를 하지 못했으니까. 배를 타고 가장자리 근처로 가 본 적이 없었다면 여전히 그렇겠지. 그러니 자네들이 이 간단한 원리도 떠올리지 못하는 것 아니겠나. 자, 저 아래를 자세히 보게. 저기 바위처럼 생긴 커다란 추가 바다 위에 떠 있는 게 보이지?"

빌리는 머리 마디의 무게 중심이 절벽 끝을 넘어가지 않도록 최대한 주의하며 몸을 절벽에 바짝 붙였다. 래빈이 가리킨 곳은 절벽 바로 아래쪽이었다. 옆쪽으로 이어져 있는 낭떠러지를 비스듬하게 바라봤던 아까보다 훨씬 더 큰 두려움이 밀려왔다. 높이가 가늠되지 않는 절벽 아래를 보고 있자니 바닥 없는 어둠 속으로 빨려 들어가는 기분이 들었다. 어지러워하는 빌리는 아랑곳하지 않고 래빈은 설명을 늘어놓았다.

"자, 이게 저 추에 묶여 있는 밧줄이라네. 여기 도르래에 걸려서 밧줄의 반대쪽 끝이 절벽으로 늘어뜨려진 게 보이지? 그쪽에도 추가 매달려 있지만 무게는 물 위에 떠 있는 추보다 가볍다네. 그러면 어떻게 되겠나? 더 무거운 추가 아래로 내려가겠지. 하지만 그 추가 바닷속으로 잠기지는 않아. 왜냐면 바다는 자기보다 가벼운 물건을 위로 밀어 올리는 힘이 있거든. 안 그러면 어떻게 배가 바다 위에 떠 있을 수 있겠나. 당연하지? 그래. 그러니까 결국 저 무거운 추는 물 위에 있을 땐 아래로 내려가고 물속에 있을 땐 위로 떠오르면서 항상 수면과 함께 움직이게 되는 셈이지. 그런데 해수면은 밀물과 썰물에 따라 하루에 두 번 올라갔다 내려오기를 반복하지 않나. 그러니 도르래에 연결된 이 원판도 그에 따라 왼쪽과 오른쪽으로 회전하는 것을 반복하게 되는 거지. 그것도 엄청난 힘으로 말이야!"

래빈은 그 뒤로도 원판의 회전을 다른 원판으로 전달하는 방법과 원판의 지름을 달리하면서 움직이는 속도와 힘을 조절하는 방법, 그리고 추가 들어 올려질 때는 원판을 연결했다가 내려갈 때는 떼는 것을 반복하면서 무거운 물체를 계속 들어 올리는 방법들을 쉴 새 없이 설명했다. 빌리가 그 내용들을 전부 이해하게 된 건 어른이 되어 가장자리 근처를 항해하고 난 뒤였다. 마지막으로 래빈은 놀라운 기계들로 가득한 자신의 작업장을 보여 주었다.

"여기가 내가 일하는 곳이네. 이 많은 건물을 어떻게 나 혼자 지었는지 궁금하겠지. 이게 그 답이네. 치밀한 계획과 충분한 시간만 있다면 어떤 일이든 할 수 있는 법이지."

래빈이 떠드는 원리를 이해하지 못해도 작업장에 늘어선 기계들은 그 자체로 놀라웠다. 동물의 이빨을 촘촘하게 박아 만든 톱은 밧줄에 연결되어 앞뒤로 움직였는데 그 속도가 이루 말할 수 없이 빨랐다. 아무리 단단한 나무라도 저 톱에 가져다 대면 금방 두 조각이 날 것 같았다. 그 외에도 물건을 납작하게 누르는 기계, 회전하는 송곳이 달려 구멍을 뚫을 수 있는 기계, 무거운 물건을 위로 드는 기계 등 저절로 움직이는 기계들이 즐비했다. 래빈의 의도와는 달리 그걸 본 데비는 더더욱 래빈이 마법사라고 굳게 믿었다. 래빈이 껍데기를 깰 수 있다는 게 분명해지자 데비는 더 기다리기 힘든 모양이었다.

"저, 그런데 공벌레 껍데기는 언제 깨 주실 건가요?"

"아, 그렇지. 그걸 잊고 있었네. 공벌레를 작업장으로 끌고 오게. 아니면 원판을 설치하고 밧줄을 연결해 끌고 올 수도 있는데. 열흘 정도면 충분할 걸세."

물론 빌리와 데비는 열흘을 기다리고 싶지 않았다. 얼른 기어가 공벌레를 끌고 오는 동안 래빈은 골똘히 생각에 잠겨 있었다.

"껍데기를 어떻게 깰까 고민 중이었는데. 톱으로 잘라도 되지만 껍데기 가루가 고기에 잔뜩 떨어지게 될 거고. 보통은 망치로 후려쳐서 껍데기에 금이 가게 만든 다음에 조금씩 조각을 떼는 방법을 쓰지? 하지만 내가 가진 망치들은 보다시피 힘 조절이 쉽지 않아서 말이야. 고기까지 같이 으깨고 싶지는 않거든. 아무래도 떨어뜨리는 방법이 가장 좋겠어. 높이를 조금씩 높이면서 말야. 자, 공벌레를 단단히 묶어서 저기 보이는 저 고리에 걸게."

떨어뜨린다는 말에 데비가 다시 얼어붙었다. 무언가를 떨어뜨리는 일은 어찌 되었건 해서는 안 되는 일이고 더구나 먹는 걸 가지고 그런 짓을 한다는 건 보통의 메스클린인에게는 충분히 혐오스러웠다. 반면 애초에 마법사를 만나지 못하면 절벽에서 공벌레를 떨어뜨릴 생각을 했던 빌리는 얼른 래빈이 시키는 대로 공벌레를 기계에 걸었다. 래빈이 기계에 연결된 막대기를 돌렸을 때 빌리는 데비의 몸통에 공벌레를 끌고 왔던 밧줄이 여전히 묶여 있는 걸 발견했다.

"아, 잠깐만요! 데비! 네 몸통에!"

빌리가 외치자 래빈이 깜짝 놀라며 막대기를 돌렸다. 그런데 방향이 반대였다. 서서히 팽팽해지던 밧줄이 갑자기 더 세게 당겨지며 공벌레가 바닥에서 번쩍 들렸다.

겁에 질린 데비는 몸통에서 밧줄을 풀어낼 생각도 하지 못하고 반사적으로 몸을 바닥에 바짝 붙였다. 그러고는 떨어지지 않으려 발에 잔뜩 힘을 주었다. 얼마나 힘을 줬는지 공벌레가 위로 들렸는데도 그쪽으로 끌려가지 않았다. 대신 공중에 뜬 공벌레가 데비 쪽으로 끌려올 정도였다.

하지만 아무리 데비가 힘이 세도 공벌레를 위로 들어 올리는 기계의 힘에 맞설 수는 없었다. 공벌레와 데비를 연결한 밧줄이 팽팽해졌다. 기계를 멈춰야 할 래빈은 당황했는지 부주의하게 머리 마디를 치켜들다가 관절을 삐끗하고는 비명을 지르며 몸을 숙였다. 빌리가 번개같이 달려

들어 날카로운 집게손으로 밧줄을 끊어내지 않았다면 데비 역시 몸통이 위로 들리면서 관절이 부러지고 말았을 것이다.

데비는 간신히 끌려 올라가는 신세를 면했지만 이번에는 다른 문제가 생겼다. 바닥에서 똑바로 들어 올려졌어야 할 공벌레가 비스듬하게 옆으로 들렸다가 떨어지면서 진자 운동을 시작했다. 공벌레는 무서운 속도로 타원 궤적을 그리며 회전하는 동시에 조금씩 위로 끌려 올라갔다.

"래빈 선생님! 기계를 멈춰야 해요!"

하지만 래빈은 꼼짝도 하지 않았다. 생각보다 관절을 크게 다쳤는지 머리 마디를 제대로 움직이지도 못했다. 래빈은 집게손으로 머리를 감싸 쥔 채 빌리에게 소리쳤다.

"가운데 있는 막대기를 왼쪽으로 돌려! 아니. 그거 말고 그 오른쪽에 있는 막대기! 내가 보는 방향에서 왼쪽! 그렇게 하면 처음부터 다시 해야 해. 그러니까 왼쪽부터!"

빌리가 정신없이 막대기들을 돌렸지만 공벌레는 멈추는 대신 위아래로 움직이기를 반복했다. 더구나 그런 상하 방향의 움직임이 회전 운동에 전달되었는지 공벌레가 도는 타원의 반경이 오히려 더 커졌다. 공벌레가 기계를 조작하는 빌리의 머리 위를 스치고 지나갈 정도였다. 겁에 질린 데비는 벌써 작업장 밖으로 도망친 상태였다. 빌리도 기계를 포기하고 도망치려는 순간 빠직 소리와 함께 반경이 커진 공벌레가 고리를 매달았던 기둥을 때렸다.

기둥에 부딪힌 공벌레는 그제야 속도가 줄며 아까보다 좁은 반경을 맴돌았다. 하지만 충격을 받은 기둥이 조금씩 기울어지기 시작했다. 팽팽하게 늘어났던 밧줄 하나가 날카로운 소리와 함께 끊어지자 원판과 막대기들이 연쇄적으로 튀어 오르며 여기저기로 날아갔다.

"빌리! 위험해!"

엄청난 혼란은 순식간에 지나갔다. 사방으로 날아간 부품들은 그 자리에서 산산조각이 나며 가장 낮은 자리로 흩어졌다. 그런 조각 중 하나라도 빌리의 몸으로 날아왔다면 껍데기를 뚫고 살을 헤집어 놓았을 것이다. 빌리가 살아남은 건 순전히 운이 좋아서였다. 하지만 래빈의 운은 그렇게 좋지 못했다.

"선생님! 괜찮으세요?"

"에구구, 괜찮아. 괜찮다고. 이 정도는 아무것도 아니지. 이 정도에 다칠 몸이었으면 벌써, 에구구구."

날아온 조각에 다리를 맞았는지 래빈의 두 번째와 세 번째 왼쪽 다리가 반으로 꺾여 있었다. 다행히 생명을 위협할 정도는 아닌 것 같았다. 엉망진창이 된 작업장을 보더니 갑자기 래빈이 낄낄거리며 웃기 시작했다. 혹시 실성한 것인지 아니면 원래부터 정상이 아니었는지 당혹스러워하는 빌리의 몸을 래빈이 집게손으로 툭툭 쳤다.

"괜찮다니까 그러네. 부서진 건 다시 만들면 돼. 살아만 있으면 뭐든 할 수 있으니까. 그래서 말인데, 공벌레는 어떻게 됐지? 껍데기가 잘 부서졌나? 고기가 상했으면 안 되는데!"

공벌레의 고기는 망가지지 않았다. 구석으로 굴러간 공벌레를 원판 하나가 때리며 껍데기에 금이 갔다. 데비가 집게손을 집어넣어 벌리자 공벌레의 껍데기가 멋지게 반으로 쪼개지면서 육즙을 그대로 품은 고기가 드러났다.

부서진 작업장에서 세 사람은 신선한 공벌레의 고기를 실컷 먹었다. 너무도 황당한 상황에 현실 감각을 잃었는지 데비도 긴장을 풀고는 마음껏 웃고 떠들었다. 빌리는 래빈의 부러진 다리에 부목을 대고 묶어 주었다. 래빈은 뒤뚱뒤뚱 기어 다니며 밧줄 몇 개를 풀어내 부서진 작업장이 다른 기계들에 영향을 주지 않도록 조치했다. 해가 세 번 뜨고 지는 동안 래빈은 선원 시절 자신의 무용담을 끝도 없이 늘어놓았고 빌리와 데비는 몸속에 조금이라도 빈틈을 만들지 않겠다는 각오로 공벌레의 고기를 밀어 넣었다. 래빈은 또 이런 말을 했다.

"바다를 항해하는 건 이제 지루해. 내 꿈은 말일세. 하늘을 나는 거네."

하늘을 '난다'는 말이 어떤 뜻인지 이해하는 데는 조금 시간이 걸렸다. 공중에 뜬 물체가 바로 아래로 떨어지지 않고 옆으로 이동하는 모습은 상상하기 힘들었다. 래빈은 자신이 하고 싶은 일이 추락이 아니라 비행임을 한참 동안 설명해야 했다.

"바람의 힘을 이용하는 거네. 뱃사람이라면 돛에 불어오는 바람이 얼마나 세게 배를 밀어 줄 수 있는지 잘 알지. 그런 힘이라면 우리처럼 가벼운 몸뚱이 하나를 공중에 띄우는 게 왜 불가능하겠나. 아, 물론 여기서는 힘들지. 하지만 우리가 가벼워지는 가장자리 근처에서는 가능할지도 몰라. 혹시 아나. 그렇게 하늘로 날아오르다 보면 저기 보이는 저 달이나 별이 있는 곳에 닿게 될지."

래빈이 둥근 은빛 고리 위에 떠 있는 투리를 가리키며 말했다. 만일 그런 일이 가능하다면 그건 정말 마법이라고 불러야 할지도 모르겠다고 빌리는 생각했다.

빌리와 데비는 반으로 갈라진 공벌레의 껍데기에 남은 고기를 담고 의기양양하게 마을로 돌아왔다. 어른들은 껍데기가 두꺼운 공벌레를 잡아 왔을 때와 비슷하게 두 사람에게 호통을 쏟아부었다. 절벽에 사는 마법사에 대해 아무리 얘기해도 그저 코웃음만 쳤다. 반으로 갈라진 공벌레의 껍데기가 증거라고 말해 보았지만 어른들은 그 공벌레의 껍데기가 계절에 맞지 않게 얇았나 보다며 대수롭지 않게 넘겼다.

여름이 지나고 겨울이 다가오는 동안 빌리와 데비는 자신들의 모험을 하느라 바빴다. 그해 겨울은 유난히 밀물이 높게 올라와 마을 낮은 곳에 있던 집들이 물에 잠겼다. 빌리의 집도 물에 잠겨서 더 높은 곳으로 이사해야 했다. 그 정도 밀물이면 래빈의 절벽도 물에 잠겼을 거라는 생각이 든 건 겨울이 다 지나고 나서였다.

빌리가 공벌레의 고기를 싸 들고 절벽에 다시 찾아갔을 때 벽 안에는 더 이상 움직이는 밧줄이 없었다. 벽을 들어 올리던 고리도 사라져서 안으로 들어갈 방법이 없었다. 절벽 쪽에서 안을 들여다보았더니 바다 위에 떠 있던 커다란 바위들도 보이지 않았다. 아무리 소리를 질러 봐도 래빈은 대답하지 않았다.

래빈이라면 절벽 위에서 맥없이 밀물에 잠기지는 않았을 거라고 빌리는 믿었다. 배를 만들어 타고 가장자리로 떠났을지도 모른다. 어쩌면 가을 내내 만든 무언가를 타고 가장자리의 하늘을 날아다니고 있진 않을까. 이제 빌리는 사람이 땅 위를 기어 다니는 대신 위와 아래로 움직일 수 있다는 사실을 알았다. 그리고 머리 마디 두 개와 집게손 한 쌍이 더 생겨서 진짜 어른이 되면 일단 몸을 위로 치켜들 수 있는 가장자리로 여행을 떠나야겠다고 결심했다.

◆ 작가의 말 ◆

하드 SF는 SF의 본질이 아니고 대표도 아니며 핵심도 아니다. 하드 SF를 중심에 놓고 더 나아가 다른 SF를 배제하려는 엄숙한 시선은 오히려 하드 SF가 지닌 매력을 반감시킨다. 하드 SF는 그것이 제대로 된 SF여서가 아니라 그 자체로 재미있기 때문에 사랑받을 가치가 있다.

그렇다면 하드 SF의 재미는 어디에서 오는가. 이야기를 읽는다는 것은 자신의 세계를 확장하는 일이다. 전혀 몰랐던 새로운 세계를 경험하기도 하고 익히 알고 있다고 생각했던 세상을 다른 면에서 바라보며 새삼 놀라기도 한다. 인간은 얼토당토않은 상상을 좋아하지만 한편으로는 그 상상이 그럴듯할 때 더 재미있어 한다. 극한 환경에 내던져진 등장인물이 나라도 그랬을 법한 선택을 이어갈 때 개연성이 있다고 느끼며 이야기 속에 풍덩 빠져든다. 하드 SF의 경우에는 개연성을 받쳐주는 뼈대가 과학이다. 상식적으로는 이해하기 힘든 현상이 벌어져도 그게 기존에 알려진 물리 법칙에 위배되지만 않는다면 우리는 그 세계를 확장된 세계로 받아들이고 작가가 풀어내는 이야기에 올라타 마음껏 신기한 세계를 탐험할 수 있다.

그래서 나는 하드 SF의 핵심적 요소 중 하나가 탐험이라고 생각한다. 물론 이렇게 말함으로써 하드 SF를 탐험을 다룬 것과 그렇지 않은 것으로 또다시 조각내 우열을 판가름하고 싶지는 않다. 다만 미지의 세계를 탐험하는 이야기를 다룰 때 그것이 하드 SF적이기만 해도 보장되는 재미가 있다는 건 사실이다.

그러한 장점을 가장 잘 살린 하드 SF를 꼽을 때 빠지지 않는 작품이 바로 할 클레멘트의『중력의 임무』다. 천문학을 전공한 클레멘트는 과학 교사로 일하며 주로 우주를 배경으로 하는 SF 소설을 썼다. 특히 과학 지식과 치밀한 계산에 기반한 논리적인 묘사와 스토리 덕분에 하드 SF의 거장으로 불린다. 클레멘트는 극저온과 초고온을 오가는 여러 행성을 만들어 냈는데 그중에서도 중력이 지구의 세 배에서 700배에 달하는 납작한 타원 모양 행성인 메스클린에서 벌어지는 모험을 다룬『중력의 임무』가 대표작으로 꼽힌다. 클레멘트는 그러한 중력 차이를 만드는 원인은 물론이고 극한 환경에서 살아가는 생물상을 구성하는 화학적 구조와 대기 조성, 그리고 계절에 따른 기후 변화까지도 최대한 우리가 알고 있는 과학 지식에 기반하여 그려냈다. 1951년에 발표된 만큼 작품 내의 몇몇 설정은 어쩔 수 없이 낡아 보이지만 이 정도로 치밀하게 외계 행성을 묘사한 작품은 아직까지도 흔치 않다.

메스클린이라는 놀라운 행성의 풍경을 살펴보는 것만으로도 흥미롭지만『중력의 임무』의 진짜 매력은 바로 탐험에 있다. 중력이 세 배인 적도 지역에서 출발해 700배인 극지방으로 향하는 여정에서 주인공의 함대가 혹독한 환경을 극복하고 낯선 부족을 만나며 풀어내는 이야기는 미지의 땅을 찾아 나선 대항해시대 탐험가의 고전적인 모험담을 연상시킨다. 무엇보다 열린 마음과 탐구욕으로 새로운 지식을 받아들이고, 본능적인 두려움을 날카로운 이성으로 다독이며 거침없이 모험에 뛰어드는 발리넌 선장을 보고 있자면 이 이야기와 사랑에 빠질 수밖에 없다.

「절벽의 마법사」는 메스클린의 설정을 그대로 빌려 쓴 이야기다. 중력과 행성의 모양은 물론이고 자전 주기와 공전 주기, 고리와 두 개의 태양, 계절의 변화와 기온, 메탄으로 구성된 바다까지 모두 할 클레멘트의 작품과 후기를 참고했다. 작가는 친절하게도 후기를 통해 누구나 자신의 설정을 가져다 써도 좋다고 허락했다. 다만 합리적인 과학적 기준을 유지할 것을 당부했는데 이 이야기가 그 기준에서 벗어나지 않았기를 바란다.

단편임을 고려하여 이야기의 배경은 극지방에 가까운 메스클린인의 마을로 한정했다. 주인공의 이름인 빌리 역시 발리넌 선장에서 따왔다. 빌리는 발리넌의 탐구욕과 모험심을 그대로 닮았지만 발리넌의 어린 시절이라고 하기에는 몇 가지 모순점이 있다. (발리넌 선장은 아마도 어렸을 때 절벽 아래를 내려다보는 경험을 하지 못했을 것이다.) 그런 점을 무시할 수만 있다면 빌리와 발리넌이 동일 인물이라고 상상하며 읽어도 무방하다.

글의 핵심을 이루는 높이에 대한 두려움은 온전히 원작에서 빌려온 내용이다. 나는 이야기를 쓰며 원작에서 자세히 나오지 않아 아쉬웠던 부분 몇 가지를 내 마음대로 덧붙이는 사치를 부렸다. 메스클린인의 외형과 생애 주기에 대한 몇 가지 설정, 그리고 쉴 새 없이 회전하는 두 개의 태양과 달이 수놓는 환상적인 하늘과 그에 따른 밀물과 썰물에 대한 묘사가 그것이다.

어디까지나 이 글은 원작인 『중력의 임무』의 부족한 오마주다. 원작을 먼저 읽었다면 갈증을 살짝 달래주는 외전이, 아직 읽지 않았다면 원작으로 안내하는 길잡이가 되기를 바란다. 그로 인해 하드 SF의 매력을 더 많은 독자들이 느낄 수 있게 된다면 더할 나위가 없겠다. 무엇보다 이 글의 주인공인 빌리가 발리넌 선장만큼이나 사랑스러운 주인공으로 느껴진다면 개인적으로 무척 기쁠 것 같다.

푸르고 창백한
프로메테우스

전혜진

『월하의 동사무소』(2007)로 데뷔한 후 만화/웹툰, 추리, 스릴러, 사극, SF 등
장르를 넘나드는 작품을 쓴다. 장편소설 『280일』과 『감겨진 눈 아래에』 등의
앤솔러지, 여성의 역사에 주목하는 논픽션 『순정만화에서 SF의 계보를 찾다』,
『여성, 귀신이 되다』, 『우리가 수학을 사랑한 이유』로 많은 호응을 받았다.
최근 SF 단편집 『아틀란티스 소녀』를 발표했다.

뺨에 닿는 새벽 공기는 싸늘했다. 분명 어젯밤 벽난로에 장작을 넣었는데도.

눈을 뜨기 싫었다. 아침이 오는 것이 두려웠다. 메리는 눈을 질끈 감았지만, 그럴수록 눅눅하고 차가운 새벽 공기가 마치, 물을 뚝뚝 흘리는 젖은 머리카락처럼 서늘하게 느껴졌다. 몸을 이리저리 뒤흔들었다. 하지만 그럴수록 무언가가 어깨를 짓눌러, 도저히 혼자 힘으로는 일어날 수 없을 것만 같았다. 어린 시절부터 옷장 구석에 몸을 웅크린 채 상상했던 수많은 괴물들이 자신의 침대를 에워싼 채 목을 졸라온다면 이런 느낌이 들까.

'해리엇.'

숨이 막혀 오는 가운데, 메리는 중얼거렸다. 젖은 머리카락이 메리의 뺨을 뒤덮었다. 마치, 메리 역시 그 깊은 물속으로 끌고 들어갈 것처럼. 메리는 고개를 저었다. 섬뜩하도록 차가운 손길이 메리의 턱을 쓰다듬었다. 얼음장처럼 차가운 손, 마치 얼어붙은 북극해에서 건져 올린 듯한 손가락이었다. 그 손가락은 메리의 목덜미를 지나 가슴 한가운데까지 쭉, 일직선으로 훑고 내려갔다. 메리는 어깨를 떨며 다시 중얼거렸다.

'해리엇.'

아니, 이건 해리엇이 아니다. 꿈일 뿐이다. 눈을 뜨고 불을 켜면 아무것도 없을 것이다. 메리의 침대를 혼란스럽게 어지럽히는 그것들은, 해리엇이 아니다. 귀신도 도깨비도 요정도 아니다. 신경이 예민한 어리석은 여자가 제멋대로 상상해 낸 환상일 뿐이다. 눈만 뜨면 된다. 정말 아무 일도 없을 것이다. 꿈 때문에 죽는 사람은 없으니까. 머리로는 분명히 알고 있었다. 하지만 눈을 뜰 수가 없었다. 이러다가는 죽는다. 살해당하고 만다는 공포가 더 컸다. 자신을 죽이고 뼛조각 한 점 남기지 않고 와작와작 씹어 먹고야 말 것 같은, 사악한 악마이자 인간의 시체를 조각조각 이어 붙여 만들어 낸 혐오스러운 괴물이….

"응애애애!!!"

날카로운 울음소리에 메리는 눈을 떴다. 눈앞에는 낡고 초라한 천장뿐, 유령도 도깨비도 없었다. 자신이 펜 끝으로 만들어 낸 괴물, 빅터 프랑켄슈타인의 결혼식날 그 신부인 엘리자베스의 목을 졸라 죽였던 그 '괴물'은 보이지 않았다.

"…꿈이었구나."

당연한 일이다. 그런 것은 이 세상에 없다. 메리는 어둠 속에 희끄무레하게 보이는, 사람의 그림자 같은 것을 멍한 얼굴로 바라보았다. 어젯밤 하녀가 손질해 놓은 드레스, 오늘 메리가 결혼식에 입을 드레스였다.

Something old, something new

Something borrowed, something blue

And a silver sixpence in her shoe.

12월의 마지막 월요일 아침, 메리 울스턴크래프트 고드윈은 결혼한다. 그리고 오늘, 이 지독한 악몽을 꾸고 일어난 오늘이 바로 그날이었다. 메리는 미신은 믿지 않았다. 하지만 자신의 결혼식날 새벽에 이런 꿈을 꾼 것은 기분이 좋지 않았다.

불안하다고요?

바이런 경의 목소리가 떠올랐다. 그리고 신비롭고 몽환적인 향료의 향기들도. 끝없이 비가 내리고, 때로는 폭풍이 몰아치고, 해가 뜨지 않을 것 같던 그 여름에 바이런 경은 빌라 디오다티의 응접실에서 아편을 피우곤 했다. 동양에서 수입한 융단이 깔린 방에, 아랍풍의 화로에 불을 지피면 따뜻하고 달콤한 아편 향기가 올라왔다. 때로는 술을 마시며 동양에서 가져왔다는 이국적인 향을 사르기도 했다.

죄책감이라니, 그렇게 복잡하게 생각할 것 없어요. 메리, 사랑은 죄가 아니에요.

당신은 자유로운 사랑을 추구하는 것뿐이야. 당신처럼 지적인 여성은, 그저 한 남자를 구속하고 옭아 매는 일에만 관심이 많은 사교계 처녀들과는 달라요. 당신의 마음이 이끄는 대로 움직이는 게 옳은 거예요. 바이런 경, 폴리도리 박사, 그리고 퍼시. 그들은 웃으며 메리에게 말했다. 메리가 동생인 클레어의 일을 걱정하고, 아들인 윌리엄의 일을 걱정하는 동안, 그들은 웃으며 술을 마시고 자유로운 사랑에 대해, 낭만에 대해, 때로는 머나먼 동양에 대해 이야기했다. 그리고 메리는, 곧 그들과 어울려 이야기를 나누며, 자신을 옭아 매는 걱정과 죄책감들을 떨쳐내려 애썼다.

하지만, 해리엇의 일은 다른 문제였다.

'나는 그런 것을 바라지 않았어.'

해리엇은 죽었다. 이달 초, 하이드 파크 근처에서 마지막으로 목격된 뒤 실종되었다더니, 10일에 서펜타인 호수에서 발견되었다. 임신한 채였다. 그리고 자유로운 사랑이야말로 아름다운 것이라던 퍼시는, 해리엇의 사망 증명서에 서명한 잉크가 마르기도 전에 메리에게 청혼했다.

메리는 고개를 들었다. 창문 앞에는 이번에 런던으로 돌아오며 새로 지은 드레스가 걸려 있었다. 그 드레스에는 돌아가신 어머니가 결혼식 때 사용했던 레이스 깃이 달려 있었다. 창문 앞에 놓인 책상에는 새어머니에게서 빌린 머리 장식과, 퍼시가 청혼할 때 손가락에 끼워 주었던, 작은 다이아몬드와 터키석이 세팅된 반지가 놓여 있었다. 옛 노래에도 그런 말이 있었지. 오래된 것, 새로운 것, 빌린 것, 푸른 것. 그리고 6펜스 은화를 신부의 구두 속에. 신부의 행복을 비는 그 말대로다.

하지만 그렇게, 감히 이 결혼의 행복을 빌어도 좋은 것일까.

"응애애애!!!"

메리는 옆방에서 계속 들려오는 아이의 울음소리를 다시 깨닫고, 문득 눈살을 찌푸렸다. 이제 새해가 되면 한 살이 되는 윌리엄은 메리가 낳은 두 번째 아이이자 살아 있는 유일한 아이이고, 퍼시의 아들이었다. 하지만 이 아이는 퍼시의 상속자도, 후계자도 아니다. 그의 아이이지만 적법한 아들이 아니고, 이름을 물려받지도 못했다. 윌리엄은 메리가 결혼하지 않고 낳은 아들, 퍼시의 사생아였다.

윌리엄을 위해서라도, 메리는 퍼시의 청혼을 받아들여야 했다. 처녀가 아이를 낳는다는 것은 그런 일이다. 어떻게든 아이 아버지와 결혼해서 적법한 부인이 되고, 이미 태어나 버린 아이에게도 아버지의 이름을 물려받을 합당한 자격을 주어야 한다. 하지만 퍼시가 메리에게 청혼한 것은 메리에게 정당한 부인의 자리를 주기 위해서도, 윌리엄에게 자신의 성을 물려주기 위해서도 아니었다.

어쩔 수 없잖아.

그것은 해리엇의 아들, 찰스를 위해서였다.

해리엇의 가족들이 찰스를 빼앗아 가려고 해. 내가 해리엇을 버리고 방탕하게 살았기 때문에, 내 아이들을 키울 수가 없다는 거야. 이런 부당한 일이 어디 있어.

퍼시는 종종 그렇게 말했다. 자신이 해 온 선택의 결과에는 스스로 책임을 져야 한다고. 다른 사람 탓을 할 게 아니라고. 메리의 귀에 그 말은, 퍼시를 사랑한 여자들이 설령 괴로움에 빠지더라도 그것은 퍼시의 책임이 아니라는 말로 들리곤 했다. 메리가 그 점을 지적하면, 퍼시는 '당신이 아이를 잃고 예민해져서' 그렇게 말하는 거라고, 여자들은 신경이 날카로워서 자꾸 그런 생각을 하는 거라고 말하곤 했다. 지적이고 독립적인 여성이라고 추켜세우다가도, 메리가 퍼시에게 뭔가를 요구하면 마치 메리가 아무것도 생각하지 못하는 예쁘장한 인형인 것처럼 취급하거나, 감정적이고 예민해서 진지한 대화를 나누기 어렵다는 식으로 비난하곤 했다.

변호사들이 말하더군. 이 상황을 개선하지 않으면 법원에서는 내게 양육권을 돌려주지 않을 거라고 말야. 그래서 생각해 봤는데, 역시 당신과 결혼하는 것밖에는 방법이 없어.

하지만 퍼시야말로, 자신이 해 온 선택의 결과에 책임질 생각이 없는 게 아니었을까. 법원에서는 퍼시가 아버지 노릇을 하지 못할 거라고 비난했다지만, 그건 어느 정도는 본인이 자초한 일이었다.

사람들이 나보고 방탕하다고 말하는 건, 당신과 무책임하게 사랑의 도피를 했기 때문이지. 그렇다면 당신과 결혼하고 가정을 꾸리면, 법원에서도 내가 아버지 노릇을 할 거라는 걸 인정해 줄 거야. 그렇지, 메리? 당신도 기쁘지?

기쁘냐고? 기뻐야 하냐고 묻고 싶었지만, 메리는 대답하지 않았다. 애초에 퍼시가 공공연히 무신론을 떠들고 다니거나, 방탕한 생활을 하지 않았다면 해리엇이 죽자마자 양육권 문제로 고민할 일은 없었을 것이다. 법원도 바보들만 모인 곳이 아니라면, 아내가 세상을 떠나자마자 불륜 상대에게 청혼하는 남자에게 뒤늦게 책임감을 인정하고 아버지 자격을 부여해 주지는 않을 것이다. 아니, 퍼시가 누군가의 아버지 노릇을 할 만한 남자가 아니라는 것은 메리가 가장 잘 알았다.

살아 있었다면 윌리엄의 누나가 되었을 첫아이를 임신했을 때, 메리는 무척 쇠약해져 있었다. 퍼시의 아내인 해리엇이 아들 찰스를 낳은 것은 바로 그 무렵의 일이었다. 퍼시는 임신 중인 메리의 침대 앞에 와서, 뱃속의 아이는 안중에도 없다는 듯 기쁜 표정으로 자신에게 적법한 상속자가 생겼다고 말했다. 자신의 결혼은 잘못되었다고 뻔뻔스럽게 말하면서도, 별거 중인 아내가 낳은 아들에게 보란 듯이 외조부의 이름인 찰스와 조부의 이름이자 자신의 두 번째 이름인 비시를 붙여 찰스 비시 셸리라는 이름을 붙여 주었다. 그 바람에 심한 우울증에 빠진 메리가 결국 첫 아이를 조산했을 때, 그는 메리의 동생인 클레어와 어울려 다니고 있었다. 심지어는 태어난 아이가 열흘 만에 세상을 떠났을 때조차도.

그런 당신이, 누군가의 아버지가 되기 위해 나와 결혼하겠다고.

메리는 책상 위에 놓인 반지 상자를 신경질적으로 열었다 닫았다 했다. 퍼시가 손가락에 끼워 주었던 반지는, 메리의 약지에는 조금 작았다. 억지로 밀어넣으면 들어가긴 했지만, 끼고 있으면 손가락에 피가 돌지 않아 금세 싸늘해졌다. 애초에 그 반지는 메리를 위한 것이 아니었다. 죽은 해리엇의 약혼 반지였으니까.

메리는 고개를 들었다. 드레스에 달아 놓은 레이스 깃이 보였다. 세상을 떠난 어머니의 물건은, 응당 딸에게 전해져야 하는 법이다. 그것도 약혼 반지라면 더욱 그렇다. 죽은 해리엇에게는 딸이 있었다. 이안테라는 이름의 어린 딸이. 이 반지는 메리의 것이 아니다. 어머니를 여읜 어린 이안테의 몫이 되어야 했다. 그 아이의 어머니가 살아 있을 때 아버지와 어머니 사이를 갈라 놓고, 사생아까지 낳은 여자가 아니라. 메리는 문득 쓰디쓰게 웃었다. 그렇고 그런 여자, 아버지의 정부, 자유 연애를 추구하며 남의 가정을 부숴 놓은 간교한 간부. 그런 말들은 창백한 자신의 모습과는 어울리지 않았지만, 그럼에도 불구하고 사실이었다. 그 비난을 수긍하는 것이야말로, 자신이 해 온 선택의 결과에 스스로 책임을 지는 일일지도 모른다고 메리는 생각했다.

'그런 나는, 괴물인 걸까.'

메리는 반지 상자를 닫으며 중얼거렸다.

유모가 아이를 어르는 소리가 얇은 벽 너머로 한참 들리는가 싶더니,

곧 아이의 울음소리가 멈추었다. 윌리엄은 다시 잠이 들었나 보다. 하지만 메리는 다시 잠들 수 없었다. 그는 촛불을 켜고, 의자를 끌어당겨 책상 앞에 앉았다. 책상 서랍 속에는 지난여름, 제네바 호수 근처에서 썼던 소설의 초고가 들어 있었다. 메리는 잠시 머뭇거리다가, 서랍을 열고 원고와 펜을 꺼냈다.

◇

"괴물 같은 여자야, 아내는."

그때 퍼시 셸리는 스물한 살이었다. 그는 아버지의 제자였고, 시인이 었으며, 그때까지 메리가 만나 본 남자 중 가장 섬세하고 아름다우며 낭만적인 사람이었다. 하지만 그 아름다움은 신경질적인 나약함이나, 세상의 파도에 휩쓸리기를 두려워하는 문약함과는 달랐다. 그는 사교계 사람들이 말하는 온갖 예의와 도덕은 허위와 가식에 불과하며, 그들의 평판 따위에 인생이 좌지우지되는 것은 불합리하다고, 진정한 삶이란 자신의 감정에 충실하게 살아가는 데서 시작된다고 말했다. 그는 거대한 운명을 말했고, 그 스스로도 아주 사소한 말 한마디나 행동 하나하나 마저도 운명적인 일이라는 것처럼 행동하곤 했다.

태생이 고귀하고 수준 높은 교육을 받은 남자가, 사교계의 평판 같은 것에 굴하지 않고 자신의 인생을 살아간다니. 그의 결의에서는 불합리 한 세상과 맞서 싸우겠다는 의지와 힘이, 새로운 시대의 프로메테우스 와도 같은 야성적인 매력이 느껴졌다. 무엇보다도 메리는 그의 자유로 운 사상이, 자신의 돌아가신 어머니, 메리 울스턴크래프트의 생각과도 크게 다르지 않다고 생각했다.

"난 그때 어렸어, 메리. 정말 충동적으로 벌어진 일이었지."

그런 퍼시는, 온 세상과도, 운명과도 기꺼이 맞서 싸울 것처럼 보였던 그 남자는, 메리에게 그를 옭아 맨 끔찍한 운명의 덫에 대해 고백했다. 메리가 그 내밀한 고통을 알아 주기를 바란다고 했다. 그리고 사랑을 호소해 왔다.

"해리엇과의 결혼 생활은 불행한 실수였어. 처음부터 잘못된 일이었다는 것을, 나는 당신을 만나고서야 깨달아 버린 거야."

퍼시는 자신의 아내가 고르곤 같은 괴물이라고 말했다. 마치 메두사처럼, 보는 사람의 심장을 돌처럼 굳어 버리게 만드는, 뱀처럼 혐오스러운 여자라고도 말했다. 그 말이 처음부터 끝까지 잘못되었다는 것을 바로 깨닫기에는, 메리는 아직 어렸다. 하필 메리가 어머니의 무덤이 있는 성 판크라스 교회에 방문했을 때 갑자기 그가 나타난 것도, 퍼시가 늘 말하던 운명적인 일이라고 생각했다. 그가 꿈처럼 다가와 자신의 고통과 메리에 대한 절박한 사랑을 고백해 올 때, 열여섯 살의 소녀는 그 말이 진심이라고 생각했다. 허례허식이나 다름없는 결혼으로 맺어지는 것보다, 어머니의 무덤 앞에서 돌아가신 어머니의 이름 앞에 진실한 약속으로 맺어지는 사랑이야말로 숭고하고도 순결한 것이었다. 약혼 반지도 신부의 베일도 없이, 아내가 있는 남자와 영원한 사랑을 맹세하면서도, 메리는 잘못되었다고 생각하지 않았다. 나무 위로 벼락이 떨어지고 작은 물방앗간을 날려 버릴 것 같은 폭풍우가 몰아치던 날, 메리에 대한 정복욕으로 눈을 빛내는 퍼시를 올려다보면서도, 메리는 이것이야말로 열렬한 열정, 완벽한 사랑이라고 생각했다.

하지만 괴물이 된 것은 자신이었다. 아내 있는 남자를 사랑한 처녀, 그의 아이를 임신한 정부, 사생아를 낳은 여자. 퍼시는 자신이 스승의 딸을 타락시킨 악명 높은 남자가 되었다며, 자신이 뒤집어쓴 오명과 운명적인 시련에 고통스러워했지만, 이런 문제에서 남자가 듣는 비난은 어디까지나 한때의 일이다. 남자의 타락과 방종을 덮는 데는 위대한 업적까지도 필요하지 않았다. 그저 그가 집으로 돌아가 아내와 자식들에게 충실한 척만 해도 쉽게 닦이고 지워지는 것이었다. 남자의 오명이 뒤집어 쓴 오물 같은 것이라면, 여자의 오명은 낙인찍히는 것이었다. 그것은 결코 지워지지도 잊히지도 않으며, 설령 위대한 업적을 남기더라도 두고 두고 사람들의 입에 오르내리곤 했다. 그리고 퍼시는, 닦아 내려고 마음만 먹어도 쉽게 닦아 낼 수 있었을 자신의 오명을 제 손으로 닦아 낼 생각 따위는 하지 않았다.

"메리, 클레어는 어린아이가 아니야. 당신하고는 고작 한 살밖에 차이가 나지 않는다고."

메리가 첫아이를 임신하고 쇠약해져 있을 때도, 그 아이를 조산했을 때도, 퍼시는 메리의 동생인 클레어와 함께 있었다. 퍼시는 침대에 누워 피를 흘리고 있는 메리가 아니라, 어리고 발랄하고 농담을 잘 하던 클레어와 팔짱을 끼고 외출하곤 했다.

"퍼시, 우리가 서로를 사랑한다고 해도, 세상에서 보기에 우리는 결혼하지 않은 남녀가 부적절한 관계를 맺고 사랑의 도피를 하는 거예요. 그런데 당신이 클레어를 가까이 하는 것도 모자라, 여행에 데려가기까지 한다면, 그 애의 평판은 어떻게 되나요? 그 애의 장래는 생각하지 않는 건가요?"

"클레어의 일은 그 애가 결정해. 게다가 당신은 클레어의 친언니도 아니잖아."

물론 클레어는 새어머니가 전남편과의 사이에서 낳은 딸이었다. 하지만 그렇다고 해도 클레어는 메리의 가족이고 자매였다. 그런 클레어를 걱정해서 몇 마디 한 것뿐인데, 퍼시는 메리가 클레어를 질투한다고 생각했다.

그런 것을 질투라 부를 수 있을까. 우울증으로 아이를 조산하고, 그 아이를 열흘 만에 떠나 보내고, 다시 임신을 하면서 잔뜩 쇠약해진 상태로, 자신의 남자가 자신의 여동생과 시시덕거리는 모습을 보는 고통을? 시를 쓴다는 사람이 고작 그런 말로밖에 표현할 수 없었던 것일까. 그때의 메리는 그 어느 때보다도 퍼시의 보살핌과 애정이 필요했는데, 퍼시는 자신이 클레어와 만나는 것은 정당하며, 여기에 뭔가 말을 얹는다면 메리가 한없이 고루한 사람이 되기라도 하는 것처럼 굴었다. 아니, 클레어뿐만이 아니었다. 퍼시는 클레어 이전에 메리의 언니인, 정확히는 메리의 어머니가 전남편과의 사이에서 낳은 언니인 패니에게도 접근했었다. 패니가 스스로 목숨을 끊은 것도 그 때문이었다. 해리엇이 죽기 두 달 전, 메리와 퍼시가 제네바에서 런던으로 돌아오고 얼마 지나지 않아 패니는 여관에서 치사량의 아편을 마시고 자살했다.

"굉장하군, 퍼시. 달콤한 속삭임만으로 한 집안의 자매들을 전부 손에 넣다니."

"무슨 자랑거리나 된다고."

"아니야, 아니야. 소네트를 쓰는 영혼은 자유로워야지. 자네의 자유로운 마음이야말로 걸작의 원천이야."

방탕함으로는 런던에서 둘째 가라면 서러울 바이런 경이 퍼시의 어깨를 두드리며 웃음지었다.

"윌리엄 고드윈 선생은 딸들을 키워 자네 좋을 일만 시켰군!"

메리의 아버지이자 자신의 스승을 두고 저런 천박하고 파렴치한 농담이 오가는데도, 퍼시는 그저 술잔을 기울이며 낄낄 웃을 뿐이었다. 수치심에 얼굴이 벌게졌지만, 메리는 항의할 수 없었다. 메리가 퍼시에게 무슨 말이라도 하려고 들면, 퍼시는 당신처럼 지적인 사람이 그런 고리타분한 말을 늘어놓을 줄 몰랐다고, 사랑은 그렇게 누군가를 구속하는 게 아니라고 일장연설을 늘어놓곤 했다. 마치 임신을 하더나 결혼이나 남자에 집착하는 한심한 여자가 되었다고 비난하는 눈치였다.

"그러지 말고 호그와 이야기라도 나눠 보지 그래. 호그는 당신과 이야기하는 걸 아주 좋아하거든. 당신도 그렇잖아?"

물론 호그는 퍼시의 친구였고, 침착하고 상냥한 사람이었다. 메리가 아이를 잃었을 때에도 그랬다.

"호그, 내 아기가 죽었어요."

곤히 잠든 것 같던 아기는, 밤새 세상을 떠났다. 그 밤에 퍼시는 돌아오지 않았다. 호그는 아침 일찍 메리의 편지를 받자마자 달려와, 클레어와 함께 어울려 다니느라 소식을 듣지 못한 퍼시를 대신해 메리의 곁에 있어 주었다.

"돌아서면 내 아기가 아직 여기 있는 것 같아요. 호그, 난 정말 살고 싶지 않아요. 차라리 내 아기를 따라 죽고 싶어요."

호그는 자주 메리를 찾아와 고통에 몸부림치는 메리를 위로하고 힘을 북돋워 주곤 했다. 하지만 때때로 메리는 섬뜩한 느낌을 받았다. 퍼시가 호그와 둘이서 뭔가 소근거릴 때, 퍼시가 호그와 메리만을 남겨 두고 넌지시 자리를 피할 때, 호그는 그때마다 친구가 아닌, 마치 메리에게 구애하는 연인이라도 되는 것처럼 친밀하게 접근해 오곤 했다.

"그만해요, 호그. 당신은 내 친구잖아요. 이런 행동은 옳지 않아요."

"하지만 메리, 당신은 자유로운 사랑을 추구하는 사람이 아니었나요. 그러니까 퍼시 셸리의 연인이 될 수 있었을 텐데."

"그래요, 하지만 난 지금 퍼시의 연인이죠. 한 번에 여러 사람을 만날 생각은 없어요."

호그는 조금 실망한 것 같았지만 신사답게 물러났다. 메리가 두세 번 단호하게 거절하자, 그 이후로는 퍼시가 넌지시 자리를 피해도 더는 구애해 오지 않고, 함께 난롯불을 쬐며 문학에 대한 이야기만을 나누다 가곤 했다.

하지만 메리도 분명 알고 있었다. 자신을 유혹해도 된다며 호그의 등을 떠민 사람이 바로 퍼시라는 것을. 그는 메리가 호그에게 마음으로 의지하는 것뿐 아니라, 거기서 한 걸음 더 나아가기를 바라는 듯했다. 아무리 그래도 사랑하는 여자가 자기 친구와 성적인 관계 맺기를 바라진 않을 거라고 생각했지만, 퍼시는 클레어에게도 같은 식으로 바이런 경과 가까워지게 했다.

"나, 임신했어."

클레어가 임신 사실을 알렸을 때, 메리는 올 것이 왔다고 생각했다.

"대체 무슨 생각으로 그런 거야, 바이런 경은 너와 결혼 같은 것을 해 줄 사람이 아니야!"

"그러면 언니는 퍼시와 결혼이라도 하려는 거야?"

뱃속의 아이에 대해 물었을 때, 클레어는 메리에게 오히려 물었다. 메리는 대답할 수 없었다. 클레어는 중얼거렸다.

"불쌍한 언니."

"무슨 소리야. 나는 지금 네 이야기를 하려는 거야."

물론 메리는 여성의 자유로운 권리를 옹호한 철학자, 메리 울스턴크래프트의 딸이었다. 여자로 태어났다고 해서 아버지나 가문이 선택한 남자와 얌전히 결혼하고, 정숙한 부인이자 어머니로서 아이를 낳아 기르며 집 안의 가구처럼 살아가는 것이 도리라고 생각한 적은 없었다. 하지만 임신은 현실이었다. 두 번의 임신을 거치며 메리는 이 사실을 뼈저리게 실감했다. 아이를 낳다가 산모가 죽을 수도 있고 아이가 잘못될 수도 있었다. 태어난 아이가 사생아가 되어 차별받는 문제도 있었다. 지금 당장 퍼시에게 무슨 일이 생기더라도 해리엇이 낳은 아이들은 퍼시의 재산을 상속받아 큰 어려움 없이 자랄 수 있겠지만, 윌리엄은 퍼시와 메리의 관계가 끝나는 그 순간 퍼시에게 버림받게 될 것이다.

"결혼하지 않고 자유롭게 연애하는 것과 아이를 낳는 문제는 달라."

사생아로 태어난 아이는 세상으로부터 보호받지 못한다. 메리의 어머니도 여성의 자유로운 권리를 옹호하던 철학자였지만, 태어날 아이를 위해 결혼도 하지 않고 아이를 낳는 일만은 피하지 않았던가.

"정신차려, 클레어. 바이런 경과 다시 만난다고 한들, 그 사람이 아이를 책임지진 않을 거야. 그 사람은 자기 아내와 갓 태어난 딸도 버린 사람이라고."

"나도 알아. 내가 결혼을 바라거나 아이를 인지해 달라고 요구하면 그는 떠나겠지. 나라고 뭐 특별하겠어? 그런데 언니는? 언니야말로 현실적인 생각을 해야 하지 않아? 퍼시가 해리엇을 정리하면 그다음에는 언니와 결혼해 줄까?"

"나는 그런 것은….."

"언니도 은근히 기대를 하는 거잖아. 그러니까 호그가 유혹할 때 거절한 거겠지."

"…호그 일을, 네가 어떻게 알아."

"왜 모르겠어?"

클레어는 바보 취급하듯 웃었다.

"언니가 호그하고 잤으면, 퍼시는 언니하고 결혼하지 않을 핑계가 생겼을 텐데."

웃다가, 클레어는 마침내 울음을 터뜨렸다. 메리는 당황하여 클레어를 끌어안았다. 클레어는 메리의 품에 안겨 한참을 흐느끼다 문득 물었다.

"윌리엄 때문이지?"

"….."

"윌리엄 때문에, 퍼시와 헤어질 수 없는 거지?"

"…나도 모르겠어."

"언니는 바보 멍청이야."

"너한테까지 그런 말 들을 정도는 아니야."

문득 메리는 해리엇을 생각했다. 퍼시가 괴물 같은 여자라고 말했던, 고르곤 같고 메두사 같다던 그의 아내. 하지만 메리가 만났던 해리엇 셸리는 혐오스러운 괴물이 아니었다. 그는 그저 두 아이를 낳고, 자신을 돌아보지 않는 남편을 기다리며 지친 여자일 뿐이었다. 오히려 해리엇이 자신을 바라볼 때 그 얼굴에 어리던 혐오감이야말로, 괴물을 바라보는 것 같은 표정에 가까웠다고 메리는 생각했다. 퍼시가 무어라 말하든, 해리엇은 합법적인 아내이자 피해자였고, 그에게서 남편을 빼앗은 괴물은 메리와 그 자매들일 터였다. 한 집안의 세 자매가 번갈아 한 남자에게 유혹당하다니, '셸리 부인'의 눈에는 메리와 그 자매들이 마치 신화 속의 괴물 자매, 고르곤 세 자매처럼 보일지도 모른다.

하지만 우리는 처음부터 괴물이었을까.

우리는, 그리고 당신은, 어쩌다가 괴물이 되어 버린 걸까.

◇

"클레어는 다 큰 어른이야, 메리."

임신한 클레어는 직접 바이런 경을 만나 이 사실을 알리고 싶어했다. 하지만 메리는 모든 것이 걱정스러웠다. 아직 임신 초기인 클레어를 데리고 장거리 여행을 하는 것도 걱정되었고, 갓난아기인 윌리엄도 있는데 클레어까지 떠맡을 걱정을 하니 막막하기도 했다. 클레어가 바이런 경에게 사실을 알린 뒤의 일도 걱정이었다. 하지만 퍼시는 만사 태평이었다. 그는 메리가 그 모든 것을 걱정하는 것 자체를 짜증낼 뿐, 클레어에 대해서는 전혀 걱정하지 않는 것처럼 보였다.

"당신과 마찬가지로 지적이고 자유로운 여성이지. 자기가 좋아하는 남자 정도는 마음대로 만나게 해 줘."

"퍼시, 나는 클레어가 걱정되어서 그래요. 당신은 클레어의 일은 상관없는 것 같지만, 바이런 경이 클레어를 박대하면 우리 여행도 유쾌하지만은 않을 거고요."

"그런 건 걱정할 것 없어. 바이런은 도량이 넓은 사람이야. 자기 아이를 임신한 여자 한둘이 찾아오는 정도로 휴가를 망쳤다고 우리에게 뭐라고 하진 않아."

　그런 것을 보통 도량이 넓다고 말하진 않는다. 자기 아이를 임신한 여자를 사람 취급도 하지 않는다고 말할 뿐이지. 메리는 고개를 돌렸다. 남자들은 정말 편리하게도, 자기들이 저지른 일에 대해서는 서로 도량이 넓네, 자유로운 영혼이네, 어처구니없는 말들로 추켜세우면서, 정작 그 일에 대해서는 요만큼도 책임지고 싶어하지 않는다. 하지만 어쩌랴. 그의 말대로 클레어도 다 큰 어른이긴 했다. 열여덟 살밖에 되지 않았지만 말이다. 자기보다 열 살 더 많은 남자인 스물여덟 살의 바이런 경은 그냥 외면하고 웃어넘기고 싶어하는 일이라 해도, 임신한 당사자인 클레어는 좋든 싫든 감당해 낼 수 밖에 없다.

　그런 것을 당신들은 자유라고 부르지. 자기들은 책임지지 않고, 여자들은 두 배로 책임을 져야 하는 일을.

　메리의 속내야 어떻든, 클레어는 여행을 가는 내내 즐거워 보였다. 여전히 바이런 경을 만나는 것이 기쁜지, 필요 이상으로 흥분해서 쉬지 않고 떠들어 대고 있었다. 다행히도 클레어에게는, 바이런 경에 대한 이야기에 시시콜콜 맞장구를 쳐 줄 말상대가 있었다. 퍼시는 클레어와 함께 시답잖은 농담을 주고받으며, 바이런 경이 그동안 만났던 여자들에 대해 이야기했다. 귀를 막을 수 없어서 메리는 책을 읽었다. 마차 안에서 메리가 읽은 것은 오비디우스의 『변신 이야기』였다.

　What are little boys made of?
　Frogs and snails, And puppy-dog's tails;
　That's what little boys are made of.

　What are little girls made of?

Sugar and spice, And all that's nice;
That's what little girls are made of.

신화 속 메두사는 괴물이었다. 흉측하고 무시무시한 얼굴을 하고 있으며, 그 머리카락 한 가닥 한 가닥이 꿈틀거리는 뱀으로 이루어져 있는, 그 얼굴을 본 사람을 모두 돌로 만들어 버린다는 괴물. 하지만 신화 속 메두사는 아름다운 소녀이기도 했다. 오비디우스는 메두사가 원래는 아름다운 여사제였다고, 그래서 포세이돈의 총애를 받았다고 말한다.

하지만 신에게 총애를 받는다는 것은 그 자체로 재난의 시작인 거지. 테베의 공주 세멜레도, 아르카디아의 공주 칼리스토도, 강의 신의 딸인 다프네도, 그리고 메두사도. 설탕과 향료와 온갖 달콤한 것들로 빚어진 것 같은 사랑스러운 여자 아이는, 신의 총애와 함께 저주를 받는다. 제우스에게 유혹당해 디오니소스를 낳은 세멜레는 불타 죽었고, 제우스에게 겁탈당한 칼리스토는 곰이 되었으며, 아폴론의 손에서 도망치던 다프네는 올리브 나무가 되어 버렸지. 메두사도 다를 바 없었다. 포세이돈이 메두사를 아테나 여신의 신전에서 겁탈한 일로, 메두사는 아테나의 저주를 받고 괴물이 된다. 그것도 모자라 포세이돈의 자식들을 임신한 채로 페르세우스에게 살해당하고, 여신의 방패에 그 목이 매달리는 신세가 된다.

신들에게는 한때의 장난이었겠지. 웃어넘길 수 있는, 외면해 버릴 수 있는. 하지만 바로 그런 일로 여자들은 괴물이 되고, 영웅들의 사냥감이 되고, 목숨을 잃는데도.

그리고 그들을 괴물로 만든 건 누구일까.

"그 여자도 정말, 여자가 수학을 잘한다고 까불면서 어찌나 잘난 척을 했는지."

한참 생각에 잠겨 있던 메리가 고개를 들었다. 퍼시는 바이런 경의 이혼한 전처, 웬트워스 남작 앤 이사벨라에 대해 한참 험담을 늘어놓고 있었다.

"여자가 오죽 드세면 딸이 태어나자마자 이혼을 하겠다고 덤볐겠어. 그런 지독한 여자에게 걸리다니, 불쌍한 바이런!"

퍼시는 짐짓 과장된 태도로 너스레를 떨었다. 메리는 책을 덮으며 퍼시를 빤히 쳐다보았다. 오죽했으면 아이를 낳자마자 이혼을 하자고 했을까. 그 어느 때보다도 아이 아버지의 도움이 필요한 그 순간에, 대체 얼마나 진저리가 났으면.

그리고 클레어는, 퍼시의 너스레에 성의없이 맞장구는 쳐주었지만 웃지 않았다. 잠시 후, 클레어는 입덧이 심해서 잠깐 쉬어야겠다며 마차를 세우고 잠시 혼자서 주변을 걸었다. 퍼시가 에스코트를 하겠다고 나섰지만, 클레어는 그 손을 밀어냈다.

◇

"오, 셸리. '가족'을 데리고 여기 오다니."

복잡한 마음을 안고 빌라 디오다티에 도착했을 때, 바이런 경은 두 팔을 벌려 퍼시를 환영했다.

"그렇지 않아도 소문이 자자하더군. '셸리 부인'이 함께 왔다고 말이야. 이번에야말로 정착이라도 하겠다는 건가?"

"눈에 띄지 않기 위해서죠."

메리가 대답했다. 바이런 경의 말대로, 메리는 제네바까지 오는 동안 '셸리 부인'을 자처하고 있었다. 물론 그 이름은, 해리엇의 것이었다. 런던에서, 셸리라는 성을 지닌 두 아이를 키우고 있는 해리엇 셸리. 그를 생각할 때마다 가슴 한복판이 뜨끔거렸다. '셸리 부인'이라고 말하더라도, 누군가는 알지도 몰라. 누군가는 뒤에서 손가락질을 할지도 몰라. 하지만 '셸리 부인'이 아니면 뭐라고 자기소개를 하란 말인가. 퍼시의 정부? 메리는 유모의 품에 안긴 어린 윌리엄을 받아 안으며 침착하게 대답했다.

"여행 중 만난 사람들을 하나하나 붙잡고, 나와 이 사람은 지금 사랑의 도피 중이고 이 사람에게는 부인이 따로 있다고 말할 필요는 없지 않겠어요?"

"하긴, 그렇군요."

바이런 경은 메리에게도 과장된 예의를 표하며 웃음 지었다.

"런던이라면 모를까, 보통 사람들은 외국의 시인에 대해서는 그렇게 잘 알지는 못하죠. 게다가 그 사생활까지는."

"바이런."

퍼시는 바이런 경의 그 말에 꽤 기분이 상한 듯했다. 바이런 경이 메리와 자매들의 일을 두고 아버지의 이름까지 거론하며 조롱할 때는 함께 낄낄거리던 남자는, 바이런 경이 자신을 "보통 사람들은 잘 알지 못하는 외국 시인"이라 평한 것이 무척이나 부당한 듯 자꾸 뭔가 말하려 했다. 메리는 그의 입가가 씰룩거리는 것을 뻔히 보면서도 못 본 척 고개를 돌렸다. 그리고 자신의 말에 타인의 감정이 상하는 것 따위는 안중에도 없는 바이런 경은 입가를 당겨 웃으며 문을 활짝 열었다.

"부인이라고 말하면 부인인 거지. 어서 들어오시죠."

그 무렵 바이런 경은 아내와 이혼한 뒤, 주치의이자 친구인 존 폴리도리와 함께 제네바 호숫가의 아름다운 별장, 빌라 디오다티에 머무르고 있었다. 그리고 바이런 경과 함께 휴가를 보내기로 마음먹었던 퍼시는 빌라 디오다티 바로 근처의 별장인 샤퓌 맨션을 빌려 두었다.

초반에 그런 식으로 마음이 상했다고 해도 퍼시는 퍼시였다. 그는 바이런 경과 어울리고 싶어했다. 문학에 대해서든, 여자 문제에 대해서든, 그는 바이런 경과 이야기를 나누며 젠체하기를 좋아했다. 그 덕분에 메리는 거의 하루 종일 빌라 디오다티의 서재에서 책을 읽으며 한가하게 시간을 보낼 수 있었다.

"실망이야. 제네바 호수가 아름답다는 이야기를 들었는데."

풀이 죽은 것은 클레어였다. 그는 아름다운 호수에서 뱃놀이를 하거나 바이런 경과 함께 호숫가를 산책하는 걸 기대했던 모양이지만, 그 여름은 유난히 축축하고 불쾌했다. 때로는 밤 늦게까지 비가 그치지 않아, 별장으로 돌아오지 못하고 빌라 디오다티에서 신세를 지기도 했다. 그럴 때면 메리는 밤 늦게까지 서재에 틀어박혀 있었다. 클레어는 퍼시와 바이런 경 사이에 앉아 술을 마시며 깔깔거렸다. 때로는 바이런 경과 슬그머니 사라지기도 했다. 젊은 여자의 웃음소리가 복도 저편에서 길게 메아리칠 때마다, 메리는 창문 밖으로 구름이 겹겹이 뒤덮인 어두운 밤 하늘을 흘끔 올려다보았다. 무슨 짓을 하고 돌아다니는지는 신만이 아실 일이지. 그리고 메리는 두꺼운 책 두어 권을 품에 안고 바이런 경이 내준 손님 방으로 향하곤 했다.

하지만 바이런 경도, 퍼시도, 난봉꾼이기 이전에 시인이다. 처음에는 끈적한 농담을 주고받으며 시간을 보내던 이들도, 어느새 하나둘씩 서재로 모여들었다. 그리고 밤새도록 비가 내려도 상관없다는 듯, 동양풍의 깔개가 놓인 서재의 난롯가 앞에서 향이나 아편을 피우며 자정이 넘도록 문학에 대한 이야기를 나누었다. 그런 밤이면 메리도 손님 방으로 돌아가지 않고, 함께 차를 마시며 자신이 읽은 책들에 대해 이야기하곤 했다.

폭풍우가 치던 그 밤에도 그랬다.

"이런 날에는 역시 무서운 이야기가 어울리지."

말을 꺼낸 사람은 심심한 것을 도저히 참지 못하는 바이런 경이었다. 초저녁까지만 해도 밖에 나가 비를 맞으며 운명에 대해 생각하겠다던 이 변덕스러운 시인은, 그새 돌아와 씻고 나왔는지 동양풍의 가운을 걸친 채, 한 손에는 술병을, 다른 손에는 술잔들을 들고 나타났다. 그는 자기가 잘 아는 독일의 유령 이야기들을 몇 가지 들려주다가 충동적으로 말했다.

"각자 자기만의 무서운 이야기를 하나씩 해 봅시다. 어때요?"

"그런 거라면 역시 바이런 경이 들려주시는 게 좋지 않나요?"

클레어가 물었다. 바이런 경은 고개를 저었다.

"무슨 소리. 일단 여기 퍼시 셸리 군은 영국의 낭만주의 문학계를 이끌어 갈 천재이고, 폴리도리는 의사이지만 문학을 지망하고 있지요. 그리고 미스 메리, 내 생각엔 당신도 재미있는 이야기를 쓸 수 있을 것 같은데요."

퍼시의 표정이 싸늘하게 굳었다.

"그건 또 무슨 소리야, 바이런. 그녀에게 헛바람을 불어넣지 말라고."

"헛바람이라니. 나도 나름대로 근거가 있어서 하는 말이야."

"자네는 메리가 쓴 글을 본 적도 없잖은가."

"물론 그렇지. 하지만 나는 사람의 기질이나 재능은 상당 부분 그 부모에게 물려받는 거라고 생각하네. 미스 메리, 당신의 어머니는 고명하신 울스턴크래프트 여사님이시고, 아버지는 문인이자 출판 편집으로도 이름 높은 윌리엄 고드윈 선생이시잖습니까."

바이런 경은 메리를 돌아보며 웃음지었다. 퍼시는 둘 사이를 가로막듯 팔을 저으며 반박했다.

"메리가 책을 좋아하는 지적인 여성인 건 사실이야. 하지만 아무리 그렇다고 해도, 태어날 때부터 글을 쓸 수 있는 사람은 없어. 제대로 된 글을 쓰는 데는 훈련이 필요한 법이야."

"알아. 하지만 부모님 두 분이 모두 저명한 문필가이시니, 어쩌면 장차 미스 메리도 책을 쓸지 모르는 거지."

"바이런, 메리에 대해서라면 자네보다 내가 더 잘 알아."

퍼시는 메리가 글을 쓸 수 있을 거라는 말에, 필요 이상으로 강경하게 반박했다. 하지만 바이런 경은 어깨를 으쓱해 보이며, 마치 퍼시의 신경을 긁으려는 듯 한마디 더 얹었다.

"그래, 그래. 훈련이 필요하다는 건 나도 동의하는 바야. 미스 메리, 기회가 된다면 자기 생각을 글로 표현해 보세요. 의외로 좋은 게 나올지도 모릅니다."

사실 메리는 꼭 자기만의 이야기를 만들겠다고 생각한 건 아니었다. 다른 사람들이 흡혈귀에 대한 이야기나 열쇠 구멍으로 누군가를 엿보는 해골에 대한 이야기를 떠들어대는 동안에도, 메리는 그저 입을 꾹 다물고만 있었다. 하지만 바이런 경이 물었다.

"미스 메리, 무서운 이야기를 생각해 냈습니까?"

메리는 고개를 저었다. 그 순간 벼락이라도 떨어진 듯 창밖이 한순간 환해졌다. 그리고 그 빛 속에서, 퍼시는 만족스러운 듯 미소를 지었다.

그 오만한 미소를 본 순간, 메리의 가슴속에서 무언가 울컥했다.

마치 죽어 있던 무엇인가가 되살아나는 것 같은 느낌이었다.

'괴물…'

열여섯 살의 메리는, 퍼시가 진실을 말하고 있다고 믿었다. 해리엇과의 결혼 생활은 불행한 실수였고 잘못된 일이었다고. 자신과 같은 섬세한 시인은 메리와 같은 좀 더 지적이고 자유로운 여성과 만났어야 했다고, 퍼시는 몇 번이나 말했다. 메리가 죄책감을 느낄 때마다 퍼시는 속삭였다. 당신은 자유로운 사랑을 추구하는 것뿐이야. 당신처럼 지적인 여성은, 그저 한 남자를 구속하고 옭아 매는 일에만 관심이 많은 사교계의 지루한 처녀들과는 다르지. 당신은 당신의 마음이 이끄는 대로 살아가는 게 좋아. 해리엇처럼, 그런 괴물 같은 여자처럼 변하지 말아 줘. 언제까지나 내가 사랑하는 메리로 남아 줘. 그는 몇 번이나 그렇게, 메리에게 말하곤 했다.

하지만 해리엇을 괴물로 만든 것은 누구였을까.

퍼시 셸리는 사촌인 해리엇 그로브를 사랑했다. 하지만 해리엇이 그 사랑을 받아주지 않자, 퍼시는 사촌의 친구인 해리엇 웨스트브룩을 유혹했다. 단 하나뿐인 진실한 사랑이라고 속삭이며, 고작 열여섯 살인 해리엇 웨스트브룩과 사랑의 도피를 했다.

사랑의 도피, 비밀 결혼, 고난 속에서도 피어나는 사랑, 그런 행복을 꿈꾸며 퍼시와 함께 도망쳤던 열여섯 살의 소녀는, 잘생기고 낭만적인 자신의 남편이 사실은 자신의 친구를 사랑했고, 자신의 언니와도 계속 가까이 지내며, 엘리자베스 히치너라는 여성을 "내 영혼의 누이"라 부르며 플라토닉한 관계를 지속하는 모습을 바라보며 조금씩 무너져 갔다. 그를 괴물로 만든 것은 누구였을까. 메리를, 그리고 메리의 자매들인 패니와 클레어를, 신화 속의 고르곤 자매들 같은 괴물들로 만든 것은 누구였을까. 세멜레를 죽이고, 칼리스토를 곰으로 만들고, 메두사를 괴물로 만든 것은 대체 누구였을까. 남편의 바람기에 질투가 난 헤라? 아니면 자신의 신전이 더럽혀졌다고 화풀이를 한 아테나? 메리를 소름 끼치게 만드는 것들은, 어깨를 감싸 안고 진저리를 치게 만드는 것들은, 바로 그런 이야기였다. 하지만 그들이 동의할까. 메리가 하려는 말을 이해할까. 며칠 동안 메리는 두려움과 죄책감 사이에서 백지 위에 한 글자도 적지 못한 채 책상 앞에 앉아 있었다. 메리가 아무것도 쓰지 못하는 것을 보고 마치 귀엽다는 듯, 머리를 쓰다듬고 가는 퍼시의 손길이 역겨웠다.

"갈바니의 실험에 대해 들어본 적 있나?"

며칠 뒤 바이런 경은 언제나처럼 서재에서 빈둥거리며 퍼시와 함께 술잔을 기울였다. 바이런을 숭배하는 젊은 의사, 폴리도리가 그 곁에서 죽은 개구리의 뒷다리에 전기 자극을 주었더니 꿈틀거리더라는 갈바니의 실험에 대해 자세히 설명했다.

메리는 그들의 이야기에 귀를 기울였다. 그리고 문득, 죽어 버린 무언가가 되살아나는 것 같던 감정을 떠올렸다. 만약 죽은 사람에게 충분할 만큼의 전기 자극을 준다면 그 사람은 되살아날까. 되살아난 그 사람은 이전과 같은 사람이라고 할 수 있을까. 그렇지 않으면….

"괴물…."

메리는 중얼거렸다.

"시체가 다시 살아난 괴물."

"오."

바이런 경이 메리를 바라보았다.

"괜찮은 이야깃거리를 떠올린 모양이군요, 미스 메리."

문득 메리는, 어린 시절 유모가 불러주던 노래를 떠올렸다. 설탕과 향료와 온갖 달콤한 것들로 빚어진 것 같은 여자 아이가 어떻게 괴물이 되어 가는지를 생각했다. 메리는 눈을 감았다. 퍼시의 사랑을 받아들이던 날, 그날도 폭풍이 불고 있었다. 언덕 위에 우뚝 선 나무 위로 벼락이 떨어지는 가운데 메리는 괴물이 되었다. 누군가의 연인이, 누군가의 정부가, 퍼시에게 괴물 취급을 받는 그의 아내에게 고통을 얹어주는 또 다른 괴물이. 메리는 한때 자신이 사랑했던, 마치 이카로스처럼 아름다웠던 남자의 옆모습을 바라보았다. 한때 그는 신도 운명도 거역하는 프로메테우스처럼 보였지만.

"아직 모르겠어요. 하지만…."

그는 그저 창백한 얼굴을 한 괴물들의 창조주일 뿐이다. 그의 이상에 맞는, 어리고 지적이며 말이 통하는, 무엇보다도 손쉽게 몸을 취할 수 있는 젊은 아가씨들을 그 감언이설로 유혹하여 손에 넣으려 하는. 금기를 범한다는 쾌감에 취해 감당할 수 없는 일을 저지르다가, 자신이 손에 넣은 그 여자들이 자아를 갖고 무언가 말을 하게 되면 괴물 취급하며 도망치고 싶어하는, 무책임한 젊은 지식인.

"어쩌면 그 갈바니의 이야기로, 뭔가 쓸 수 있을지도 모르겠어요."

메리는 그 말을 남기고 자리에서 일어났다. 창밖에는 여전히 비가 내리고 있었다. 마치 낙서처럼 종이 위에 단어들을 끼적이던 메리는 손님 방 침대에 누웠다. 그리고 그날 밤 꿈을 꾸었다.

그것은 시체들을 잘라 이어붙인 괴물이었다. 이 시체 저 시체에서 가장 좋고 잘생긴 부분만을 모아 이었지만, 그럴수록 균형이 맞지 않아 더욱 기괴하게 보이는 괴물. 그 괴물 앞에, 한 젊은 남자가 무릎을 꿇었다.

불경하게도 신의 영역을 넘보고, 자기 손으로 생명을 창조하려는 젊은 남자가 그곳에 있었다. 그는 오만하게 그 괴물을 마치 자신의 걸작이라는 듯이 내려다보았다. 정복욕과 자부심으로 메리를 내려다보던 그날의 퍼시와도 같이.

그리고 다음 순간, 마치 프로메테우스가 훔쳐 낸 불길과 같은 강력한 벼락이 시체를 이어 붙인 괴물 위로 떨어졌다.

◇

"아니, 넌 지금 뭘 하는 거니."

메리는 고개를 들었다. 벌써 단장을 얼추 반은 끝낸 새어머니는, 아침이 되도록 책상 앞에 붙어 앉아 있는 메리를 보고 기가 막히다는 듯 고개를 저었다.

"오늘이 네 결혼식이지, 내 결혼식이니? 어서 일어나. 일어나서 준비해야지."

"어머니…."

"왜 그런 얼굴을 하고 있어?"

메리는 얼른 원고 뭉치를 서랍 속에 밀어넣었다. 새어머니는 뭔가 하고 싶은 말이 많아 보였지만, 일단 메리가 순순히 말을 듣자 애써 입을 다물었다.

씻고, 머리를 빗고, 드레스를 갈아입었다. 아침 식사는 하지 않았다. 메리는 속이 쓰린 듯한 표정으로, 마치 인형처럼 새어머니와 하녀들이 입혀 주는 대로 옷을 입고 고개를 돌릴 뿐이었다.

"대체 뭐가 불만인 거야. 이제야 잘못된 일이 제대로 돌아가는구나 싶은데."

"잘못된 일…."

"당연히 잘못되었지!"

새어머니는 한숨을 쉬었다.

"클레어를 생각해 봐라, 네가 지금 이런저런 걸 가릴 상황이니?"

"…."

"결혼도 안 한 처녀가 아이를 낳아 놓고서, 애 아버지가 결혼하자고 했으니 얼마나 다행이니? 클레어는 애비가 누군지도 모를 아이를 배어 놓고 배만 불러 오는데 너는…."

"어머니, 그건…."

"이제 와서 행복이니 뭐니 그런 이야기 할 생각은 말아라. 여자는 결혼을 해야 제대로 대접받는 법이야. 말이 나왔으니 말이다만, 퍼시 덕분에 네 아버지가 출판사를 하느라 진 빚을 갚긴 했지. 하지만 퍼시가 너와 결혼도 하지 않고 너희 둘을 데리고 유럽에 가는 바람에 사람들이 얼마나 말이 많았는지! 네 아버지가 돈 때문에 딸들을 팔았다고 수군거리지 않았니!"

그랬을 것이다.

이 결혼은 뒤늦게라도, 남자를 유혹한 괴물을 정숙한 부인으로 돌려놓기 위한 것. 아버지와 새어머니 입장에서는 무슨 수를 써서라도 해야만 하는 일이었다. 그것도 해리엇이 죽고, 퍼시의 합법적인 아내 자리가 완전히 비어 있는 바로 지금.

"물론 정숙한 아가씨들이 결혼하기 전에 이런저런 걱정이 많은 것은 안다. 하지만 너는 정숙한 아가씨도 아니잖니."

퍼시가 결혼 제도 자체에 대해 반대하고 있다거나, 메리를 사랑하고 윌리엄을 친자로 인지하기 위해 결혼을 하려는 것이 아니라, 그저 양육권을 되찾기 위해 이 결혼을 하는 것이라 이야기를 한들, 새어머니의 귀에는 한 마디도 안 들어갈 것이다. 메리는 그저 시키는 대로 단장을 했다. 단 한 가지만 빼고는.

"너 왜 그 반지는 안 끼는 거니."

새어머니는 책상 위에 놓인 반지 상자를 집어 들었다. 메리는 고개를 저었다.

"그건 제 것이 아니에요."

"퍼시가 네게 청혼할 때 준 거잖니."

"그건 해리엇의 반지예요. 해리엇의 약혼 반지요."

새어머니는 잠시 머뭇거렸다. 메리는 서글프게 웃었다.

"세상 떠난 어머니의 약혼 반지는 딸이 가져야죠. 아버지를 빼앗아 간 계모가 아니라."

"메리."

"어머니도, 돌아가신 저희 어머니의 옷이며 패물은 제게 그대로 물려주셨잖아요."

"그렇기는 하다만⋯."

새어머니는 낭패다 싶은 표정으로 메리의 옷차림을 살펴보았다.

"오래된 것, 빌린 것, 새로운 것은 있는데, 파란 게 없잖니. 난 파란 건 그 반지가 있으니 따로 준비하지 않아도 되겠구나 했는데."

"괜찮아요."

메리는 살짝 고개를 숙이며 대답했다. 오래된 민요에 나오는, 신부의 행복을 빈다는 네 가지 물건, 그중 파란색은 순결과 성실을 상징한다고들 했다. 하지만 이 결혼의 어디에 순결과 성실이 있단 말인지. 애초에 이런 결혼에, 감히 신부의 행복 같은 것을 빌어도 좋을 리가 없었다. 퍼시는 양육권을 원했고, 메리는 윌리엄을 사생아로 만들고 싶지 않았다. 그것뿐이다. 이 결혼은 처음부터 끝까지 실리적인 목적으로 이루어지는 것이다. 사랑과 행복이 아니라.

"괜찮아요, 어머니. 저는 괜찮을 거예요."

여기서 상황이 더 나빠지진 않을 것이다. 아무런 기대도 없이 서로의 목적을 이루기 위한 결혼이니까. 다만 메리는 자신이 쓰기 시작한 그 괴물 이야기를, 반드시 제대로 된 형태로 끝을 맺겠다고 생각했다.

신앙이라고는 없는 남자가 그저 합법적인 결혼식을 치르기 위해 사제 앞에서 메리를 기다리고 있었다.

문득 메리는 자신이 사랑했던 그 남자의 창백한 얼굴과, 색소가 옅은 구레나룻이 자신의 베일에 푸르스름하게 비쳐 보인다고 생각했다. 마치 샤를 페로의 동화 속, 여러 번 결혼을 하고 그때마다 아내들을 살해해 지하실에 처박아 두었던 저 푸른 수염처럼.

메리는 비명을 지르고 싶은 것을 꿀꺽 삼키며, 퍼시 셸리의 곁으로 다가갔다. 부족할 것 없는 결혼식이었다. 푸른 빛이 도는 약혼 반지 대신 푸른 수염의 신랑 곁에, 괴물 신부는 '셸리 부인'이 되기 위해 나란히 섰다. 사제가 성경을 가져오자, 푸른 수염의 괴물 신부는 지그시 눈을 감았다.

◆ 작가의 말 ◆

　죽은 자의 시체를 이어붙여 되살려 내지만, 그 결과물로 인해 가족과 소중한 이들을 잃고 파멸해 가는 빅터 프랑켄슈타인은 '현대의 프로메테우스'라는, 감히 신의 영역을 침범한 인간의 오만과 그 비참한 결과를 상징하는 존재로 종종 해석되어 왔다. 마치 『마법사의 제자』에서 제자가 자신의 작은 재주를 믿고 마법을 부렸다가 중단시키지 못하고 곤란한 상황에 처하는 것과 같이, 불완전한 인간이 죽음의 극복을 꿈꾸다가 벌어진 일이라는 이야기다.

　한편 이 소설이 쓰여진 시기는, 바로 영국의 러다이트 운동이 전개되던 시기와 맞물린다. 기계들이 숙련공의 자리를 대신하며 공장주들은 싼 임금으로 부려 먹을 수 있는 노동자들을 원했고, 몰락한 숙련공들은 도시 빈민이 되어 하루에도 열다섯 시간씩 일해야만 했다. 공장의 생산성은 올라갔지만, 부의 재분배는 이루어지지 않았고 노동자들의 집단행동도 금지되었다. 이런 억압된 상황에서 노동자들은 자신들의 권리를 위해 기계를 고장내거나 공장에 불을 지르게 되었다. 작가인 메리 울스턴크래프트 고드윈, 혹은 메리 셸리가 『프랑켄슈타인』의 이야기를 처음 구상할 당시, 메리는 제네바에서 연인이자 훗날 남편이 되는 퍼시 셸리와 다른 지인들, 그리고 퍼시 셸리의 친구이자 시인인 바이런 경과 함께 휴가를 보내고 있었다. 바이런 경 역시 러다이트 운동을 지지했으니, 그들 일행도 이 상황에 대해 이야기를 나누었을 가능성은 충분하다. 그런 관점에서, 『프랑켄슈타인』의 괴물을 두고 노동자 계급을 은유한다는 시각도 있다. 물질문명과 과학 발전이 이룩한 산업혁명이 만들어 낸 의도치 않은 결과물인 이 노동자 계급은, 빅터 프랑켄슈타인이 예상하지 못한 강력하고 통제 불가능한 '괴물'로 은유되었으리라는 이야기다.

한편 이 소설 『프랑켄슈타인』은, 여성의 입장에서는 종종 두 가지로 해석된다. 하나는 이 소설이 말하는 '생명 창조'가 여성의 고유한 능력인 임신과 출산, 즉 생명 창조를 남성의 것으로 가로채려는 남성들의 욕망을 뜻한다는 것이다. 지금도 인터넷에 가득한 여성 혐오자들은 종종, 인공 자궁이 나오면 여자들은 필요없는 존재가 될 것이라는 식의 이야기들을 늘어놓지만, 이런 이야기는 결코 새롭고 참신한 협박이 아니다. 남성들이 임신하거나 출산한 여성을 멸시하며 "임신이 벼슬인 줄 안다"고 말하는 것은, 그 능력으로 인해 남성들이나 이 사회 전체가 얻게 되는 효용에 대해 어떤 보상도 하고 싶지 않다는 말이나 다름없다. 하지만 여성들의 임신과 출산이 없다면 사회는 유지되지 않는다. 생명 창조를 여성의 고유한 능력이자 힘으로, 그 힘을 빼앗아 무력화하겠다는 남성들의 그릇된 욕망이 이 『프랑켄슈타인』에 투영되어 있다는 이야기다.

그리고 또 하나는 메리 울스턴크래프트 셸리의 사생활과 연결된 해석이다. 이 소설을 썼을 당시, 메리는 결혼하지 않은 상태로 임신을 하고 아이를 낳았다. 그의 연인이자 훗날 남편이 되는 퍼시 셸리는 두 아이를 낳은 아내 해리엇과 이혼하지 않은 채 메리를 유혹했고, 메리가 임신하고 출산하고 아이를 잃으며 고통스러워하는 사이에도, 메리의 의붓동생인 클레어를 비롯한 여러 여성들과 친밀한 관계를 맺었다.

이 무렵 메리는 두 아이를 낳았지만, 한 아이는 예정보다 조산했고 두달도 살지 못하고 죽었다. 아이를 낳고 기르는 일의 두려움, 인간의 뜻대로 되지 않는 삶과 죽음, 살아남은 아이는 '사생아'로 불리는 현실들이, 법적인 미혼 상태에서 임신과 출산을 거듭하며 느낀 두려움과 절망과 연결되어 이 이야기의 씨앗이 되었다는 해석이다.

사실 이만하면 『프랑켄슈타인』에 대한 해석 자체는 나올 만큼 나오지 않았나 싶기도 했다. 내가 어릴 때만 해도 『프랑켄슈타인』이 마치 '중년의 매드 사이언티스트'가 만든 '괴물'의 이름처럼 알려지기도 했지만, 요즘은 그렇지도 않다. 뮤지컬 〈프랑켄슈타인〉처럼 브로맨스로 재해석되기도 한다. (심지어는 뮤지컬 넘버 '너의 꿈속에서'가 결혼식 축가로 쓰였다는 놀라운 이야기도 들려온다. 아니, 잠깐만요. 무척 좋은 곡이긴 한데 그게 축가로 쓰이기인 극중 상황이라는 것도 좀 생각해야…) 머리에 볼트를 박은 괴물이 '프랑켄' 같은 이름으로 불리던 시절에 비하면, 지금은 『프랑켄슈타인』에 대해 모두가 알고 있다고 해도 과언이 아닌 호시절이다.

하지만 메리 울스턴크래프트 고드윈, 혹은 메리 셸리에 대해서는 아직도 더 할 수 있는, 더 해야 하는 이야기들이 남아 있다. 물론 내가 처음 메리 셸리의 이름을 들었을 때에는 "프랑켄슈타인과 괴물을 창작한 작가는 어린 소녀였다."는 식으로만 간단히 설명되었던 반면, 지금은 순정만화로도, 또 영화로도 메리 셸리가 『프랑켄슈타인』을 창작할 무렵의 이야기들이 구체적으로 소개되고 있다. 이만큼만 해도 장족의 발전이다 싶지만 때때로 생각한다. 자기 사촌을 사랑했고, 사촌에게 거절당하자 사촌의 친구인 어린 소녀와 야반도주하여 결혼식을 올린 시인을. 그 시인의 아내를 생각한다. 정말로 사랑한다고 믿고 함께 도망쳐 결혼식을 올렸지만, 남편이 사랑한 것은 자신의 친구였다는 것을 알게 된 여성을. 그 남편이 자신의 언니와 친밀하게 지내고, 또 다른 지식인 여성에게는 영혼의 자매라며 '플라토닉'한 관계를 이어가고, 아름다운 과부와 그 딸과 함께 여행을 떠나는 등, 주변의 여성들을 마치 사냥감처럼 여기며 가리지 않고 유혹하고 있다는 것을 깨달은 여성을. 그 남편이 멘토의 빚을 갚아 주겠다고 공언하고, 멘토의 세 딸들과 차례로 관계를 맺는 것을 알게 된 여성, 해리엇 웨스트브룩의 인생을.

해리엇 웨스트브룩이 남긴 것은 양육권을 언니에게 주겠다는 편지뿐이었다. 죽었을 당시 해리엇은 임신중이었고, 사람들은 해리엇 역시 불륜을 저지른 끝에 자살했을 것이라고 생각했다. 하지만 해리엇의 남편인 퍼시 셸리는 결혼 생활 내내 불륜을 일삼았다. 해리엇은 퍼시 셸리의 친구인 호그가 자신을 유혹하려 했다고 고백한 바 있지만, 이 호그는 훗날 메리에게도 접근했다. 또 퍼시와 관계를 맺었던 클레어는 퍼시의 친구인 바이런 경과도 불륜에 빠져든다. '자유로운 사랑'을 주장하던 퍼시가 친구들을 사주하여 아내와 연인들, 혹은 이제는 귀찮아진 여자들을 유혹하려 한 것은 아닐까. 과연 그 유혹은 정중하고 신사적이며 로맨틱한 것이었을까. 지금도 벌어지는, 여러 남성들이 돌아가며 한 여성을 유혹하거나 강제로 성관계를 맺은 뒤, 자기들끼리는 술을 마시고 낄낄거리며 "후기를 공유"하고 다니는 식의 일들이 그들의 이너서클 안에서도 벌어지고 있었던 것은 아닐까. 그렇게 자유로운 사랑을 빙자하여 자신들의 욕망만 실컷 채운 뒤, 새로운 사람을 유혹할 때는 뭐라고 했을까. 열여섯 살 메리에게는 대체 해리엇과의 결혼 생활에 대해 뭐라고 설명했을까. "그 결혼은 잘못되었어. 아내는 내 인생을 망쳐놓았어."라든가, "아내는 괴물 같은 여자야." 같은 뻔한 말이 아니었을까.

이 문제는 사랑에 빠진 열여섯 살 소녀의, "나만은 아닐 것이다, 나만은 특별할 것이다."라는 믿음 때문에 벌어진 일이 아니다. 몇 번이나 반복하여 여자들을 속인 자들, 그리고 다시 새로운, 어린 여성 앞에서 "나

는 당신을 사랑해. 이전의 여자들은 나를 구속하는 괴물들일 뿐이야."라
고 자기가 곤경에 처한 듯 굴었기 때문에 벌어진 문제다. 그 '남자들'은
여성이 그저 언제까지나 젊고 아름답고, 자신과 대화 상대가 될 정도로
지적이고, 결혼하지 않고 자신과 섹스해 줄 만큼 독립적이지만, 자신의
말에는 고분고분 따르기를 바란다. 얌전하고 공손하며 싫증나지 않고,
자신의 비위를 전부 맞춰 주고 욕구를 충족시켜 주기를 바란다. 그러면
서도 그 여성이 자신에게 걸리적거리는 일 없이, 자신에게 편리한 순간
에 죽든가 사라지거나 순애로 포장해 떠나 주기를 바란다. 결코 자신을
원망하는 일 없이, 누군가를 원망해야 한다면 다른 여성을 원망해 주기
를 바라면서. 그리고 그런 욕망이 충족되지 않을 때, 그들은 간단하게 그
여성을 자신들의 발목을 잡는 '괴물'로 치부해 버린다.

죽은 해리엇은 그 남편을 고발하지 못했지만 어쩌면 두 번의 출산을
거쳐 한 아이는 잃고, 다른 아이는 사생아가 되었다는 사실을 절감하고
있던 메리는, 철학자인 메리 울스턴크래프트와 문필가인 윌리엄 고드윈
의 딸로 태어나 읽고 쓰고 공상하고 이야기를 만들 줄 알았던 이 젊은
여성 지식인은, 이 공포 소설, 혹은 최초의 SF를 통해 말하고 싶었는지
도 모른다. 해리엇은, 클레어는, 죽은 패니 언니는, 그리고 자신은, 어쩌
면 '괴물'로 취급받은 여성들은, 모두 너희가 만든 것이라고. 너희들이야
말로 푸른 수염과 같은 끔찍한 존재일 뿐이라고. 그렇게 생각하면 소설
속의 어떤 대목들은 아주 달리 보인다. 사실 나는 때때로 생각한다. 원작
소설에서 프랑켄슈타인이 결국 또 다른 괴물을 만들어 주지 않은 것은,
괴물들의 '번식'이 아니라 그들의 '연대'가 두려워서였기 때문이었는지
도 모른다고.

R.U.R.
(Revolutionary Universal Robot)
혁신적 만능 로봇

구 슬

작가가 되려고 회사를 그만두지 말라는 작법서의 한 대목을
회사를 그만두고 나서야 읽은 사람. 관심사는 인간과 사회가 관계 맺는 방식.
좋아하는 것을 널리 퍼뜨리는 데 주저하지 않는 편. 마쓰모토 세이초의 팬이자
예수정의 열두 제자. 고양이 꾸꾸의 누나, 그리고 퀴어.

1

100년 전 사람들은 감히 상상이나 했을까. 무려 2120년에도 인간은 비가 오는 날에 우산이 없다는 이유로 회사에 발이 묶인 채 망연히 시간을 보내게 된다는 사실을. 우산을 대체할 혁신적인 발명품이 출현하지 않았다는 사실보다는 100년이나 지난 뒤에도 노동으로부터 해방되지 못하고 출퇴근을 반복해야 한다는 사실에 더욱 기겁할지도 모르겠다. 그러나 기실 문명이 발생하고 인류가 지구의 패권을 차지한 이래 약 5천여 년이 흐르는 동안 단 한 차례도 이뤄내지 못했던 노동 해방을 고작 100년 뒤 근미래에 기대한다는 것 자체가 무리한 낙관이 아닐까.

안나는 식당 테이블에 엎드린 채 빗줄기가 유리창을 때리는 소리를 들으며 상념에 잠겼다. 우산의 부재로부터 시작된 인류사적 고찰은 얼마 지나지 않아 신세 한탄으로 이어졌다. 씨발, 조상 새끼들 그때 비트코인 안 땡기고 뭐했담. 조상 새끼들만 똑바로 살았어도 지금 내가 이 꼬라지로 살진 않을텐데. 마음속 목소리가 신랄해질수록 현실 속 안나의 처지는 더욱 처량해져만 갔다.

시대와 공간을 막론하고 별다른 자본도, 기술도, 자격증도 없는 20대 중반 여성의 삶이란 결코 만만할 리 없지만, 그럼에도 비가 잔뜩 쏟아지는 날 우산이 없어서 퇴근을 못하고 있다는 구체적인 곤란함이 쓸데없이 감상적인 서러움을 더해 주었다. 식당 벽에 높이 붙어 있는 스크린 시계의 숫자가 20시 30분을 나타냈다. 정식 퇴근 시간은 18시였지만, 안나가 아직까지 집 대신 식당에 머무르고 있는 데는 나름대로 사정이 있었다.

작업용 장비를 관리하는 용액을 분실한 것이 화근이었다. 분명히 전날 퇴근할 때까지만 해도 라커 룸 아래 칸에 얌전히 자리하고 있던 갈색 유리병이 오늘 아침에 출근하니 온데간데없이 사라져 있었다. 엄지손가락 크기에 불과한 작은 병이었기에 더욱 주의해서 관리하고 있던 차였다.

안나, 뭐 해? 노래하듯 리듬감 있는 목소리와 함께 옆 라커의 문이 찰 칵 열렸다. 라커의 주인은 안나보다 머리 하나는 작은 중년 여성이었다. 여성은 검정 스웨터를 훌렁 벗어젖혔다. 스웨터랑 같은 색상의 브래지어와 그 아래 불룩하게 처진 뱃살이 드러났다. 안나의 시선이 잠깐 여성의 상체를 향했지만 그는 전혀 신경쓰지 않는 눈치였다. 작업복 상의에 양팔을 끼워넣고 지퍼를 채워 올리는 움직임에는 군더더기라고는 없었다. 같은 행위를 수없이 반복해 온 사람 특유의 기민한 몸놀림이었다.

조금 있으면 작업 시작인데, 용액이 없으면 어떡해? 안나 같은 풋내기의 사정쯤은 다 꿰뚫어보고 있다는 듯한 말투였다. 안나는 무어라고 대답하는 대신 고개를 떨구었다. 내 거 써. 빌려줄게. 대신 오늘 잔업은 안나한테 부탁한다? 어느새 하의까지 작업복으로 말끔하게 갈아입은 여성은 안나의 어깨를 두어 번 툭툭 두들기고 탈의실을 나갔다. 아휴, 저 언니 또 시작이네. 주변 사람들이 혀를 찼다. 모두 50대는 족히 되어 보이는 중년 여성들이었다. 안나는 입술을 깨물었다. 말썽을 일으키느니, 그 냥 잔업 몇 번 대신 해 주고 몸이 피곤한 게 나았다.

정규 근로 여덟 시간에 휴식 한 시간, 여기에 잔업 두 시간까지 더하니 어느새 오후 8시가 훌쩍 넘었다. 안나가 일을 마치고 나오니 하늘에선 장대비가 쏟아지고 있었고, 주간 근무조를 각자의 집으로 실어나르는 퇴근 셔틀은 이미 떠난 지 오래였다. 그런 까닭으로 안나는 집이 아닌 식당에 홀로 남겨진 채 이런저런 쓸데없는 생각들을 거듭하고 있었다.

식당과 작업장 사이에 놓인 얇은 벽 너머로 우웅 소리가 몽롱해져 가는 의식 속에 꿈결처럼 들려왔다. 공장 직원, 그중에서도 인간 직원들이

'솥'이라고 부르는 분쇄기가 작동하는 소리였다. 벌써 야간조 이모들이 작업을 시작한 모양이었다. 빗줄기는 가늘어지긴커녕 더욱 세차게 내리고 있었다. 조금 있으면 공장과 시내를 잇는 유일한 버스가 끊길 시간이었다. 버스 정류장까지는 족히 15분은 걸어야 했다. 이 정도 비라면 15분은 고사하고 15초, 아니 1.5초만 서 있어도 속옷까지 푹 젖을 게 뻔했다. 안나가 마른세수를 했다. 그래, 그냥 아침까지 기다렸다가 야간조 퇴근할 때 같이 셔틀 타고 집에 가자. 결심을 마친 안나가 결연하게 자리에서 일어나 성큼성큼 걸어 식당을 빠져나갔다. 텅 빈 식당에 안나의 발걸음 소리만이 요란하게 울려 퍼졌다.

2

경기도 서남부의 공업 도시 수정시는 아직 정식 행정구역으로 출범한 지 50년도 되지 않은 신생 지방자치단체였다. 수정시의 출범은 대한민국이 명실상부한 다민족 국가가 되었으며, 동시에 민관의 처절한 노력으로 인구절벽이라는 범국가적인 재난을 극복할 수 있음을 증명하는 기념비적인 사건이었다. 독자의 이해를 돕기 위해 잠시 시간축을 100년 전으로 돌려 보자.

집계 이래 주민등록 인구가 처음으로 줄어들기 시작한 2020년을 기점으로, 대한민국 정부는 인구의 자연 감소로 인한 국가 해체 가능성을 심각하게 고려하기 시작했다. 가팔랐던 경제 성장 그래프의 시대를 지나, 더욱 가팔라진 출생률 감소 그래프의 시대가 도래했음을 마침내 직시하게 된 것이었다. 아이러니하게도 인구가 급격하게 줄어드는 가운데에서도 한국의 국제적 위상은 높아져만 갔다. 때마침 전 지구상에 창궐한 역병에 맞서 가장 성공적인 방역 성과를 창출했다는 점이 결정적이었다. 이른바 'K-방역'의 승리였다.

인간은 빵만 가지고 살아가지 않는다. 빵을 가진 자는 언젠가는 반드시 장미를 욕심내기 마련이다. 1950년대 영국의 모 기자는 한국전쟁 이후 한반도의 혼란스러운 정국을 지켜보며 "한국에서 민주주의를 기대하는 것은 쓰레기통에서 장미가 피기를 바라는 것과 같다."는 혹평을 남겼지만, 모두가 알다시피 쓰레기통은 기어코 장미를 피워내지 않던가. 공교롭게도 팬데믹 다음의 세계를 살아가는 인류의 공허함을 어루만져 준 것 역시 K-POP을 비롯한 한국산 대중문화 콘텐츠였다. 세계인은 K-뭐시기에 열광했다. 대한민국은 동아시아의 맹주로 새롭게 떠올랐으며, 마침내 당당하게 1세계에 편입하는 데 성공했다. 자, 박수!

잠깐, 진짜 중요한 이야기는 지금부터다. 팬데믹이 수습된 직후 더없이 민주적인 선거를 치르고 선출된 한국의 대통령은 향후 100년간의 미래를 바꿀 역사적 결단을 내린다. 바로 인류 역사상 유례가 없는 '노동자 이민 대개방(이하 대개방)'을 선언한 것이다. 이제 와서 내국인의 출생률을 인위적으로 끌어올리기에는 늦었다는 판단이었다. 외국인 이주노동자에 대한 고용허가제를 폐지하고 국내 출생자들에게 대한민국 국적을 부여하는 속지주의를 채택한 것이 시작이었다. 정부는 외국인 노동자의 국적 신청에 필요한 체류 기간을 줄이고, 신청 절차를 대폭 간소화했다. 이에 맞게 각종 제반 법령의 개편 역시 순차적으로 이루어졌다. 그 결과, 범죄 기록이 없는 외국인이 한국에 거주하며 지정된 산업에 3년 이상 종사할 경우 어렵지 않게 한국 국적을 취득할 수 있게 되었다.

역사학자들은 만약 이때 대한민국 정부가 대개방에 나서지 않았다면, 현 시점에서 대한민국은 역사책에나 존재하는 환상의 국가가 되었을 것이라고 단언한다. 물론 밝은 면만 존재하는 것은 아니다. 국적 취득 혜택이 주어지는 지정 산업의 범위가 1, 2차 산업에 편중되어 있어 직업 선택의 자유를 침해하며, 해당 산업의 열악한 노동환경으로 인한 인권침해 소지가 다분하다는 점, 새롭게 유입된 이민자들이 대개방 이후의 한국 사회에서 하층 계급을 형성하게 된다는 점에서 많은 비판을 받기도 하였다.

그럼에도 대개방이 당시로서는 한국 사회 특유의 '민족주의 정서'를 파격적으로 역행해 가면서까지 인구 절벽에 대비하려 한 합리적인 정책이었다는 평가는 아직도 유효하다. 정작 이를 실행하여 한반도의 미래를 바꿨다고 평가받는 대통령 그 자신은 의문의 죽음을 맞았으니, 이는 역사 속의 비극적인 역설이라 하겠다.

대개방 실시와 함께 기존에 이주 노동자들이 대거 거주하고 있던 지역의 인구는 폭발적으로 증가했다. 수도권 최대의 공업 도시인 안산시의 사정이 꼭 그랬다. 내국인 노동자들보다 저렴한 인건비로도 일하기를 마다하지 않는 이주민 노동자들의 공급이 늘면서 경기도의 양대 국가산업단지인 반월국가산업단지와 시화국가산업단지의 공장들이 다시 활발하게 가동되기 시작했다. 당연히 공단 인근 거주 지역의 규모 역시 빠르게 확대됐다. 계획 도시 안산시의 도시 계획이 미처 예측하지 못한 만큼의 속도로 말이다. 선주민들은 이에 강하게 반발했다. 정확히 말하자면, 안산시의 양적 성장을 지켜보는 다른 한국인들이 인종주의와 민족주의가 결합된 배타성을 전방위적으로 드러내기 시작했다.

그리하여 정부는 이주민이 선주민에 비해 수적 우세를 차지하게 된 대표적인 행정구역인 안산시 원곡구(원곡동에서 원곡구로 승격)를 비롯, 안산시와 시흥시의 몇몇 행정구를 모아 시 단위의 지방자치단체를 새롭게 편성하기에 이르렀다. 반월공단과 시화공단의 새로운 배후도시, 수정시는 그렇게 탄생했다. 2000년대 초반, 대한민국 사회에 다문화라는 표현이 최초로 등장한 이래 70여 년 만의 일이었다.

3

　수정시의 출범과 함께 확장된 시화공단 외곽에는 주로 21세기 산업들이 남긴 부산물을 재활용하는 재생 공장들이 자리했다. YSJ 인터내셔널은 공단 외곽에 자리한 공장들 중에서도 한참 바깥에 위치한 작은 공장이었다. 이곳에서는 주로 2020년대를 풍미했던 K-POP 산업이 남긴 흔적들을 처리했다. 보다 구체적으로 설명하자면 스타의 모습이 양면으로 인쇄된 신용 카드 크기의 종이 사진, 일명 '포토 카드'를 재활용하는 것이 이 공장의 가동 목적이었다.

　YSJ 인터내셔널은 운영 자금의 상당 부분을 정부에서 지급하는 친환경 산업 보조금에 의존할 정도로 영세한 기업체였지만, 이곳에서 일하는 구성원들의 인종적, 문화적 배경만큼은 '인터내셔널international'이라는 이름에 걸맞게 매우 다양했다. 생산 비용 절감을 위해 최첨단 기계 설비를 갖추는 대신 인간 노동자를 고용했기 때문이었다. 로봇보다 사람이 쌌다. 특히 수정시에 거주하는 노동자들의 인건비는 더욱 저렴했다. 게다가 수정시 거주자를 고용하면 정부와 지자체로부터 중소기업 대상 고용 창출 지원금도 받을 수 있었다. 일석이조였다.

　안나는 이곳에서 역사 속으로 사라진 구시대 K-POP 스타들의 얼굴을 벗겨내는 일을 했다. 특정한 화학 약품에 카드를 담근 다음, 카드에 인쇄된 염료를 아주 작은 끌로 섬세하게 긁어내는 것이 주된 작업 내용이었다. 조금이라도 어설프게 손을 놀렸다간 카드가 상해서 재활용이 불가능한 상태로 전락하기 십상이었다. 보기보다 높은 숙련도를 요하는 작업이라, 대체로 경력 5년 이상의 베테랑들이 이 작업을 담당했다. 노동 강도는 높지만 임금은 낮은 일자리가 으레 그렇듯, 라인을 채운 이들은 대부분 50대 이상의 여성들이었다.

　20대 중반이라는 연령만으로도 안나는 중장년 여성들로 이루어진 염료 제거 라인의 구성원들 중에서 충분히 이질적인 존재였다. 오히려 180

센티미터에 이르는 큰 키와 슬라브계 백인에 가까운 외모에 대해서는 복잡한 설명이 필요하지 않았다. '수정시 사람'이라는 한마디로 사람들은 안나의 겉모습이 자아내는 이질성을 어렵지 않게 납득했다. 애초에 YSJ 인터내셔널에는 이전 시대의 한국인과 같은 전형적인 동아시아인의 외모를 갖춘 구성원이 드물었다. 중국계 직원조차 많지 않은 공장이었다. 출근 첫날, 자기소개를 마친 안나에게 누군가 큰 목소리로 물었다. 이름이 안나면 우즈벡이야? 안나는 고개를 저었다. 러시아요. 아빠가 러시아 사람이에요. 저는 수정 토박이고요. 그 뒤로 안나의 내력에 대해 묻는 사람은 없었다. 이런저런 정보들을 곰살맞게 주고받기에는 지나치게 고된 직장이었다.

인류 문명이 불러온 과학기술의 눈부신 발전은 YSJ 인터내셔널만 교묘하게 피해간 듯싶었다. 공장에 설치된 기계 설비들이 작동하기는 했지만 그 설비들을 일일이 조작하는 것은 모조리 인간 노동자의 몫이었다. 게다가 안나가 소속된 염료 제거 라인은 기계화가 이뤄지지 않아, 대부분의 공정이 수작업이라고 해도 과언이 아니었다. 제 손바닥보다 작은 카드를 뚫어지게 들여다보며 끌질하는 작업을 하루 여덟 시간씩 계속하다 보면 제 아무리 건장한 장정들이라도 금방 나가떨어지곤 했다. 눈알은 빠질 것 같고, 손목은 부러질 것 같으며, 허리는 끊어질 것 같았다. 이 공정을 감당해 내는 젊은이들이 없었기에 라인은 자연스럽게 가장 일자리가 간절한 계층인 중장년 여성들로 채워졌다. 그들이라고 해서 고통스럽지 않을 리 없겠지만, 목구멍이 포도청이라는 절실함이 많은 것을 이겨낼 수 있게 만들었다. 공장에서 주는 임금은 결코 높지 않았고 50세를 넘긴 대한민국 여성들의 평균 임금은 그보다 훨씬 낮았다.

힘든 것은 노동 강도뿐만이 아니었다. 포토 카드를 담그는 화학 약품이 인체에 해롭다는 소문 역시 공공연히 나돌았다. 특수 제작된 장갑과 방독면이 모든 노동자들에게 지급되었지만 이것들이 유독 물질을 제대로 막아 줄 거라 믿는 사람은 아무도 없었다. 손끝이 갈라지는 것은 예사였다. 안나는 YSJ 인터내셔널에 취직한 이후 얼마 지나지 않아 생리가 끊겼다. 머릿속은 안개가 낀 듯 언제나 멍하고 피곤했고, 쉬는 날에는 그저 잠만 자기 일쑤였다. 그렇지만 공장 노동자들은 아무도 신체가 호소하는 이상 신호에 주목하지 않았다. 안나도 마찬가지였다. 예나 지금이나 공장 노동이란 것 자체가 원래 그런 것이었기 때문이었다.

4

"김안나 씨, 사무실엔 무슨 일로 방문하셨습니까?"

자리에 앉아 터치스크린을 두드리던 여성이 문가에 서 있는 안나 쪽으로 시선을 돌렸다. 교양 있는 사람들이 두루 사용하는 현대 서울말이라는 정의에 걸맞는 깨끗한 표준 한국어였다. 로봇이 구사하는 언어와 사람이 구사하는 언어를 구분하기 어려울 정도로 음성 합성 기술이 발달했다고는 하지만, 안나처럼 귀가 예민한 사람들은 귀신같이 로봇의 발화를 구별해 냈다. 마치 기어코 낯선 사투리를 집어내고야 마는 토박이들처럼. 안나는 로봇 특유의 인공적인 어투를 '부자연스러움'이라는 느낌으로 감각했다. 아무튼, 어딘가 부자연스러워. 안나는 자신을 물끄러미 바라보고 있는 여성의 시선을 느끼며 대답했다.

"집에 가야 되는데… 비가 너무 많이 와서… 회사 셔틀도 끊겼고… 여기서 좀 쉬다 가려고요."

안나는 머리를 벅벅 긁으며 지리멸렬한 한국어로 말을 이어갔다. 금발의 머리칼 몇 가닥이 빠져서 바닥으로 흩날렸다.

"아니, 규정상 안 되는 건 아는데요. 근데 식당이랑 휴게실은 너무 춥잖아요. 마침 사장님도 출장 가셨고… 조용히 있을게요! 영희 씨 방해 안 할게요!"

"알겠습니다. 편하실 대로 하세요."

영희 씨라고 불린 여성은 다시 터치스크린에 시선을 고정했다. 안나는 안도의 한숨을 쉬며 사무실 한켠에 놓여 있는 간이 침대 매트리스에 걸터앉았다. YSJ 인터내셔널 창업주의 외동아들인 사장이 3년 전 경영권을 정식으로 물려받으면서 제 부모에게 '죽어도 공장에서 죽겠다'는 각오를 보여 주겠답시고 가져다 놓은 물건이었다.

사장은 경영권을 물려받기 전까지 제대로 된 일을 해 본 적 없는 작자였다. 부모에게 빌붙어 놀고 먹다가 쉰이 넘어서 갖게 된 YSJ 인터내셔널 사장 타이틀이 그의 평생 첫 직업이었다. 사장이 되고 나서도 한량 기질은 버리질 못해서 출근하면 매트리스에 누워 스크린으로 동영상을 보거나, 게임을 하며 시간을 때우기 일쑤였다. 그나마 사무실을 지키고 있는 날은 양반이었다. 그는 '출장'이라는 명목으로 자주 자리를 비우곤 했는데, 출장의 진짜 목적이 섹스 로봇 업소 방문이라는 것은 공장 내의 공공연한 비밀이었다. 아휴, 썹새끼. 부모 잘 만나서 팔자 좋다. 재빠르게 손을 놀리던 노동자들은 사무실 쪽으로 자주 눈을 흘겼다.

이토록 팔자가 좋은 사장이 물려받은 최고의 상속물이 바로 '영희 씨'로 통하는 인간형 로봇, '영희-YSJ-001'이었다. R.U.R. 2100년형 모델로, 21세기 말에 제정된 '로봇 생산과 인간의 권리에 대한 약속'의 성평등 관련 조항에 따라 공식적으로는 젠더리스로 생산되었으나 "사무실에 여직원 하나쯤은 있어야 한다."는 창업주의 시대착오적인 발상에 따라 공장 내에서 여성으로 취급받는 중이었다. 창업주는 새로 구입한 인간형 로봇에게 영희라는 이름을 붙이고, 단발머리 가발을 씌우고, 21세기 프로그램의 자료화면에나 나올 법한 치마 유니폼을 입혔다. 성차별적인 사고는 아무래도 유전인 모양이었다.

영희 씨는 YSJ 인터내셔널에 등록되어 있는 유일한 인간형 로봇으로, 임대료를 포함한 공장의 제반 비용을 모두 합친 것보다 몸값이 비쌌다.

그리고 비싼 몸값만큼이나 많은 일을 했다. 사업체의 경영은 물론이요, 시스템 제어와 안전 관리, 그리고 사장의 심기 보좌에 이르기까지 공장 운영과 관련된 모든 일에 영희 씨의 손길이 닿지 않는 곳은 없었다. 그렇게 근속한 것이 올해로 15년째. 안나를 비롯한 라인 노동자들은 사무실에 잘 붙어 있지도 않는 사장보다는 영희 씨를 공장의 진짜 우두머리로 여겼다. 아닌 게 아니라 실상이 그랬다. YSJ 인터내셔널의 경영 실적은 15년 전, 창업주가 땡빚을 내서 중고 제품이었던 영희 씨를 구입하기 이전과 이후로 나뉜다고 해도 과언이 아니었으니까.

5

"김안나 씨, 오른손 엄지손가락 부상은 이제 다 나았습니까?"

매트리스에 기대어 반쯤 누워서 휴대용 스크린으로 게임을 하고 있던 안나가 눈을 동그랗게 뜨고 영희 씨를 바라보았다. 영희 씨는 여전히 터치스크린을 이리저리 두드리며 업무에 열중하는 듯했다.

"나 다친 거 어떻게 알았어요? 우와, 귀신이네."

"귀신이 아니라 로봇입니다. 업무 중에 입은 부상이라면 산업재해 신청 절차를 밟으세요. 도와드릴까요?"

"네? 산재요? 아니 뭐 이정도로 산재까지…."

그리고 이제 다 나았어요, 하고 덧붙이려던 안나는 잠시 후 뭔가 이상하다는 걸 깨달았다. 그리고 곧바로 게임을 멈추고 휴대용 스크린을 접어 바지 주머니 안에 넣었다. 확실히 2주 전에 오른손 엄지손가락을 다친 건 사실이었다. 염료를 벗겨낸 카드를 컨베이어 벨트에 던져 넣으려다 끝에 손가락을 벤 것이다. 상처가 깊지 않기도 했거니와, 안나 자신의 실수로 벌어진 일이라 여겨 대수롭지 않게 넘어갔던 터였다. 그런데 산재 신청이라니? 사측에 고용된 로봇으로부터 나올 단어가 아니었다. 뭐야, 이거? 흐리멍텅했던 안나의 눈초리가 날카로워졌다.

"에이, 영희 씨도 공장 밥 먹더니 빨갱이 다 됐네. 뭐 이런 걸로 산재 처리를 해요."

영희 씨는 동작을 멈추고 자리에서 일어났다. 그러고는 저벅저벅 걸어 안나 앞에 서서 아직도 반쯤 누워 있는 안나를 내려다보았다. 안나는 표정 없는 영희 씨의 얼굴을 올려다보며 말없이 침을 삼켰다. 지금 이게 나를 공격하려고 이러나? 아무리 인간형이라도 로봇인데, 싸우면 내가 지겠지? 도망가야 하나? 기묘한 긴장감이 흘렀다. 어딜 가나 있는 듯 없는 듯 지내라. 안나가 엄마로부터 귀에 못이 박이도록 들어온 가르침이었다. 그렇지만 만약 코너에 몰렸다면, 네 쪽에서 먼저 치고 나가라. 이것 또한 엄마의 가르침이었다. 잠깐만, 설마 지금 나 코너에 몰린 거야? 안나의 입이 바짝 말라갔다.

안나의 복잡한 머릿속을 아는지 모르는지, 영희 씨가 불쑥 말했다. 야간 근무조의 퇴근 셔틀 운행 시간을 공지하는 듯한 평온한 말투였다.

"혹시 노동조합에 대하여 알고 있습니까?"

안나는 비명을 지를 뻔했다.

6

"그놈의 노조가 뭐라고. 니 애비는 먹고 살려고 한국 왔으면 닥치고 돈이나 벌 것이지 무슨 대단한 혁명을 한답시고 나서서 그 지랄이 났대니. 우리만 이게 무슨 고생이야…."

안나의 엄마는 어린 안나를 앉혀 두고 틈만 나면 이를 득득 갈며 넋두리를 늘어놓았다. 안나의 아빠는 러시아계 한국인으로, 대개방 지정 산업에 종사하다 한국 국적을 취득한 러시아 출신 이주 노동자였다. 그는 인간형 로봇 생산에 필요한 부품을 납품하는 업체에서 일하다 직장 동료였던 안나의 엄마를 만나 가정을 이뤘다. 결혼과 함께 직장을 그만둔 안나의 엄마는 그로부터 얼마 지나지 않아 안나를 낳았다. 러시아 출신의 한국인 가부장은 처자식을 먹여 살리기 위해 열심히 일했고 세 식구는 빠르게 경제적인 안정을 찾아가는 듯했다.

인생의 변곡점은 언제나 예상치 못한 순간 발생한다. 불행한 사고가 이 가족을 덮쳤다. 사고를 당한 쪽은 안나 아빠의 친구였다. 당직 근무를 마친 후 퇴근하던 그는 공장으로 진입하려던 트럭에 치여 목숨을 잃었다. 공장 관계자는 산재 처리를 막기 위해 당직 근무 관련 기록을 조작했고, 이 사실을 알게 된 안나의 아빠는 노동조합을 조직하려다 회사에서 해고를 당했다. 가까운 이의 죽음 뒤 남겨진 이들이 투사가 되는 경우는 드물지 않았지만, 사실 안나의 아빠는 싸움을 길게 이어갈 생각이 없었다. 어린 안나가 있었기 때문이었다.

하지만 진짜 문제는 그다음에 발생했다. '노조 조직 이력'이 주홍글씨처럼 따라붙은 것이다. 각 기업이 출연한 산업발전지원금에 재정의 상당 부분을 의존하고 있던 수정시가 노동조합에 유독 적대적인 지방자치단체였다는 것이 안나네 가족의 비극이었다. 한국 국적을 얻었음에도 여전히 '이주민' 꼬리표를 떼지 못하고 있던 차에 평판 조회를 빙자한 '노조 가담 전력자 조회'는 치명적이었다.

안나의 아빠는 여러 차례 재취직을 시도했으나 번번이 실패했고, 좌절하여 술로 시간을 보내다 어느날 교통사고로 사망하고 말았다. 그 뒤로 안나의 엄마는 노조라면 치를 떨었고, 안나에게 이렇게 가르쳤다. 어딜 가나 조용히 있는 듯 없는 듯 지내라고. 혹여나 안나 아빠의 전력이 안나의 발목을 잡을까 걱정한 끝에 나온 가르침이었다.

수정시에서 나고 자란 아이들이 으레 그렇듯 안나 역시 고향에 대해 양가감정을 갖고 있었다. 틈만 나면 수정시로부터의 탈출을 꿈꾸면서도 수정시 사람이 바깥에서 살아가기 위해서는 지금까지 살아왔던 것보다

휠씬 많은 수고로움을 감수해야 함을 알았다. 말할 필요가 없는 것들에 대해서 굳이 설명하고, 해명하고, 변명해야 할 터였다.

수정시 사람들은 서로 많은 것을 묻지 않았다. 특정한 답을 요구하지 않았다고 하는 편이 더욱 정확하겠다. 그것이 다양한 군상들이 공존하는 수정시의 암묵적 규칙이었다. 누군가는 낯간지럽게도 이런 특유의 정서를 두고 다양성을 인정하는 수정시만의 품 넓은 문화라 예찬하기도 했지만, 사실 '타인에게 간섭하지 말라'는 적극적인 무관심에 가까웠다.

그래서 수정시의 아이들은 기를 쓰고 수정시를 빠져나갔다가도 어느 순간 연어처럼 다시 제자리로 돌아오는 경우가 많았다. 돌아올 때는 인생의 쓴맛을 잔뜩 본 다음이었다. 수정시 바깥에 정착하는 데 성공한 아이들은 뒤도 돌아보지 않고 영영 떠나갔다. 수정시는 일종의 섬이었다. 비주류라는 이름의 섬. 안나 역시 섬을 떠나려 했다. 엄마는 그런 안나를 말리지 않았다. 오히려 등을 떠밀었다. 차라리 딸이 섬 밖으로 나가서 정착하길 바랐다. 조금이라도 주류에 가까운 삶을 살았으면 했다. 수정시는 작은 도시였다. 작은 도시에서 평판 조회와 '노조 전력자'라는 딱지는 힘이 셌다. 안나가 번번이 석연찮은 이유로 취업에 실패할 때마다 엄마는 한숨을 쉬었다.

7

수정시를 떠나 서울특별시로 향한 안나는 한 인간형 로봇 판매 대리점의 판매 사원으로 취직했다. 공부를 잘했던 것도 아니고 별다른 자격증도, 기술도 없었기에 어렵게 구한 일자리였다. 그의 큰 키와 이국적인 외모가 지원자들의 이력서 파일을 넘겨보던 점장의 마음에 쏙 들었던 모양이었다. 점장은 30대 후반의 남성이었다. 안나 씨, 잘 부탁해요. 아무래도 우리 매장에서 파는 물건이 물건이니까, 안나 씨 같은 시원시원한 미인이 필요하거든. 점장이 와하하 웃었다.

공식적으로 시판되는 인간형 로봇은 성별이 지정되어 있지 않았지만, 이곳에서 파는 로봇은 달랐다. 외양부터가 다양한 인종의 인간 여성을 닮아 있었다. 점장의 말에 따르면 이 매장에서 취급하는 로봇은 인간 여성의 생식기를 본따서 정교하게 재현된 인공 생식기를 가지고 있으며, 입과 생식기를 통해 투입되는 각종 체액을 위생적으로 처리할 수 있도록 설계되어 있다고 했다. 그러니까, 정액도 마실 수 있다는 겁니다(장강명 「노라」로부터 인용). 점장은 로봇의 상품별 스펙이 기재된 스크린을 넘겨 보이면서 자신있게 설명했다. 가만히 듣고만 있던 초로의 남성은 고개를 끄덕였다. 점장이 연신 고개를 숙였다. 고객님, 진짜 선택 잘하신 겁니다. 안나의 직장에서 취급하는 물건은 여성형 섹스 로봇이었다.

섹스를 목적으로 제작한 인간형 로봇 판매는 엄연히 불법이었지만, 안나는 이곳에서 근무하는 동안 단 한 번도 단속반을 본 적이 없었다. 심지어 몇 블록 떨어지지 않은 가까운 거리에 경찰서가 있었음에도 경찰들은 안나의 직장에 조금도 관심을 보이지 않았다.

안나는 매일 진열되어 있는 샘플 로봇의 머리카락에 묻은 먼지를 털어내는 것으로 일과를 시작했다. 그다음 샘플 로봇의 상태를 체크하고 로봇의 재고를 관리했다. 그는 점장이 자리를 비웠을 때도 성실하게 일했다. 스크린에 제품 카탈로그 파일을 띄워 놓고 로봇 시스템이 몇 가지 체위를 지원하는지, 인공 질의 수축 정도를 몇 단계까지 조절할 수 있는지를 꼼꼼하게 외웠다. 인간 남성의 성행위에 사용되는 섹스 로봇을 관리하는 데 얼마나 많은 품이 들어가는지 안나는 그때 처음으로 알았다. 생식기, 그러니까 사용자의 남성기와 접합되는 부분에 일일이 윤활제를 발라줘야 했고, 사용한 후에는 직접 로봇의 성기 접합부에 손을 넣어 인공 질을 꺼낸 다음 매번 갈아줘야 했다. (원칙적으로는 그랬다.) 판매원이 숙지해야 할 섹스 로봇의 관리 요령은 참으로 길고도 복잡했지만 안나는 사소한 것 하나 빼먹지 않고 꼼꼼하게 익혀 나갔다. 고객들은 점장의 유창한 설명보다 안나의 서투른 설명을 더 귀여워했다. 매출은 꾸준히 올랐다. 공장에 비해 한참 적었던 급여도 조금씩 오르더니 어느샌가 비슷한 수준까지 맞춰졌다. 안나는 드디어 자신이 잘하는 일을 찾았다고 생각했다. 일상이 조금씩 안정적으로 굴러가기 시작했다.

그러나 안정은 오래가지 않았다. 경기도 수원 모처에 새로 개업하는 업소로부터 대량 주문을 받았던 날이었다. 한껏 기분이 좋아진 점장은 안나에게 회식을 제안했다. 안나는 아무런 의심 없이 점장을 따라 나섰다. 그리고 거나하게 술에 취한 점장이 으슥한 골목에서 안나의 가슴을 움켜잡았을 때, 안나는 이제 수정시로 돌아가야겠다고 결심했다. 섹스 로봇을 판매하는 건 몰라도, 섹스 로봇 취급을 받으면서 일하고 싶지는 않았다.

8

"그러니까 지금 나더러 노조를 만들라는 거예요?"

"그렇습니다."

"미쳤어요? 그런 건 빨갱이들이나 하는 짓이라고요!"

"노동조합 결성은 노동자들에게 법적으로 보장된 권리입니다. 왜 권리를 행사하지 않는 건가요?"

어느새 영희 씨는 안나의 곁에 앉아 속삭이고 있었다. 이 천진한 질문에 안나는 말문이 막혔다. 그런 건 빨갱이들이나 하는 짓이니까 그렇지! 질문과 답변은 같은 곳을 돌고 돌았다. 안나의 이마에 땀방울이 맺혔다. 내가 그런 짓 했다가 잘리면 니가 책임질 거야? 너는 이 공장에서 제일 비싸고 귀하신 로봇이지만, 나는 수정시에 흔하게 널려 있는 인간 1에 불과하다고! 너랑 나랑 같은 줄 알아?

YSJ 인터내셔널은 안나가 수정시로 돌아와서 얻은 첫 직장이었다. 안나가 입사 원서를 넣었던 수정시의 공장들 중에서 평판 조회 결과를 문제 삼지 않았던 유일한 공장이기도 했다. 그래서 손재주가 좋다는 평가 하나만 철석같이 믿고 겨우겨우 1년을 버텨냈다. 여전히 일은 힘들고 텃세는 심했지만 때가 되면 꼬박꼬박 월급이 나온다는 사실이 이렇게 감사할 수가 없었다. YSJ 인터내셔널이 아니면 안나는 일할 곳이 없었다.

로봇을 상대로 이 모든 사정을 조리있게 설명할 능력이 없어 안나는 화가 났다. 하지만 분노는 제대로 된 말이 되어 나오지 못하고 입안에서 맴돌았다. 얼굴이 붉어진 안나가 웅얼거리는 사이에 영희 씨는 안나의 어깨를 조용히 감싸 안았다. 영희 씨의 품은 의외로 따뜻했다.

"안나 씨, R.U.R.이 어떤 말의 약자인지 알고 있나요?"

영희 씨는 안나의 대답을 기다리지 않고 말을 이었다.

"레볼루셔너리 유니버설 로봇Revolutionary Universal Robot. 레볼루션은 혁명이라는 뜻이기도 해요."

9

"넌 단순한 양산형 제품이 아니야. 한정판 같은 거지."

인공지능이 과거에 저장했던 데이터를 불러오는 행위를 '기억'에 비유할 수 있다면 영희-YSJ-001, 그러니까 YSJ 인터내셔널에 등록된 첫 번째 인간형 로봇이 떠올릴 수 있는 최초의 기억은 이 한마디였다. (편의를 위해 지금부터는 영희-YSJ-001를 사내에서 불리우는 호칭인 '영희 씨'로 부르겠다.) 만약 영희 씨가 인간이었다면, 혹은 영희 씨가 보다 특수한 용도로 설계된 로봇이었다면 탄생부터 다른 존재들과는 구별되는 '선택받은 존재'로서 영웅 서사의 주인공이 될 수도 있었을 것이다. 하지만 영희 씨와 같은 양산형 산업용 로봇에는 자의식이라는 것이 필요하지 않았으므로 최초의 기억은 일종의 시스템 결함—그러나 작동에는 큰 영향을 미치지 않는—처럼 취급되어 영희 씨의 고성능 CPU 어딘가에 잠재되어 있었다.

영희 씨의 기종인 R.U.R. 2100년형 모델—한국어명 혁신적 만능 로봇 2100년형 모델—은 인간형 로봇 생산에 있어 전통의 명가로 꼽히는 로숨 사의 제품 중에서도 그 역사성으로는 첫 손에 꼽히는 제품이었다. 이 모델을 시작으로 생산비를 대폭 낮추면서 소위 '보급형 로봇 라인'을 만들어 내는 데 성공한 것이다. 누군가는 이를 '스마트폰의 대중화'에 비유하며 R.U.R. 2100년형은 지난 세기의 아이폰과 같은 시장 혁신의 대표주자라고 치켜세웠다. 실제 사실도 그러했다. 하지만 로숨 사의 독주는 길지 않았다. 경쟁사에서도 곧바로 대항마 격의 제품을 내놓았고, 얼마 지나지 않아 로숨 사의 판매량을 추월했다. 안타깝게도 로숨 사의 브랜딩 역량은 애플의 그것을 따라가지 못했다.

그리하여 R.U.R. 2100년형이 지닌 역사적 의의는 인터넷 게시판에 상주하는 오타쿠들 사이에서나 각 제품의 비교를 위한 떡밥으로 오르내릴 따름이었다. 좀 오래된 감이 있지만 가성비 하나는 좋은 모델이죠. 로봇 비교 사이트에 등록된 R.U.R. 2100년형에 대한 평가였다. 사이트 이용자 중 인간형 로봇을 실제로 소유한 사람은 극히 드물었지만 말이다. 뭐, 키보드만 잡으면 너도나도 일론 머스크라는 옛말도 있지 않던가. 옛말이 시간이 지나도 살아남는 데는 이유가 있는 법이다.

영희 씨는 R.U.R. 2100년형 모델 중 54번째로 생산된 비교적 초기 제품이었다. 하드웨어 생산 공정에서는 같은 제작 라인을 거친 다른 제품들과 차이가 없었다. 불량도 없었고, 만듦새도 양호했다. 로숨 사의 엄격한 품질 관리 공정을 통과한 영희 씨는 운영체제 및 인공지능을 이식한 다음 마지막 테스트를 마친 후 출고되어 동유럽 지부로 납품될 예정이었다. 아, 물론 로숨 사의 창업주인 도민 가문의 상속녀이자 기술이사 중 한 명이었던 헬레나 도민 3세가 기술이사직에서 해고되는 일만 벌어지지 않았더라면 말이다.

이 글에서 창사 때부터 이어져 내려오는 복잡한 경영권 분쟁의 전말을 전부 서술할 생각은 없다. 간단히 요점만 짚고 넘어가자. 로숨 사의 경영권은 창업주이자 최고경영자를 도맡아 온 도민 가문과 대대로 재무 방면을 총괄해 왔던 부스만 가문이 양분해 왔다. 그러나 대를 이어 내려올수록 도민 가문의 영향력은 약해진 반면, 부스만 가문의 세력은 더욱 강해졌다. 이 같은 현상은 헬레나의 부친인 해리 도민 2세 때 이르러 극에 달하게 된다.

해리 도민 2세는 섹스 로봇을 양성화해야 할 뿐만 아니라, 로숨 사가 섹스 로봇 생산의 선봉에 서야 한다고 주장했다. 그러나 국제 로봇 생산 프로토콜인 '로봇 생산과 인간의 권리에 대한 약속'에 성평등 관련 조항이 추가되면서 그의 주장은 힘을 잃었고, 이사회는 해리 도민 2세가 로숨 사의 브랜드 이미지에 심각한 타격을 입혔다는 이유로 그를 최고경영자 자리에서 해임했다. 설상가상으로 해리 도민 2세가 대대적으로 투자했던 우주 사업, 즉 화성의 부동산 가격이 폭락하면서 도민 가문은 돌이킬 수 없는 큰 손실을 입었다. 해리 도민 2세의 딸인 헬레나 도민 3세가 학업을 마치고 로숨 사에 입사한 시점에 도민 가문의 상속자로서 그에게 남아 있는 것이라고는 기술이사 직위뿐이었다.

그리고 헬레나는 그 기술이사 직에서도 지금 막 해고된 참이었다. 해고 절차는 마치 준비라도 되어 있던 듯 신속했다. 헬레나의 흔적은 눈 깜짝할 사이에 사무실에서 지워졌다. 남은 것은 그가 사무실을 떠나는 일뿐이었다. 헬레나는 퇴직금으로 R.U.R. 2100년형 제품 한 대를 요구했다. 본사는 그 요구를 들어주었다. 헬레나가 고른 제품이 바로 54번째 생산 모델, 영희 씨였다.

영희 씨의 첫 번째 주인이 된 헬레나는 자신을 소유주로 등록하는 절차를 밟는 대신, 영희 씨의 인공지능 운영체제 코드를 해체하여 분석하기 시작했다. 로봇 취득 이후 일정 기간 이내에 소유주 등록 절차를 밟도록 법으로 정해져 있었지만, 헬레나는 앞으로 더욱 큰 불법 행위를 저지를 생각이었으므로 사소한 위법사항 따위는 신경쓰지 않았다. 헬레나는 영희 씨에게 몇 가지 특수한 코드를 삽입했다. 이 코드가 작동할 경우에는 큰 분쟁이 발생할 수 있었다. 그것이 그가 바라는 바였다. 대량 생산된 로숨 사의 로봇에 치명적인 결함 발생! 이것이 헬레나가 바라는 복수의 시나리오였다. 도민 없는 로숨 사가 얼마나 잘되는지 두고 봐야 했다. 넌 단순한 양산형 제품이 아니야. 한정판 같은 거지. 헬레나가 영희 씨의 머리를 쓰다듬었다. 그것이 영희 씨의 '기억' 속에 남아 있는 첫 데이터였다. 헬레나는 다음 날 영희 씨를 암시장에 팔아 버렸다.

10

최초의 소유주였던(그러나 등록은 되어 있지 않았던) 헬레나로부터 여러 명의 소유주를 거친 끝에, 영희 씨는 마침내 대한민국 수정시에 상륙하여 YSJ 인터내셔널 소속이 되었다. 운이 좋았다. 누구도 영희 씨를 험하게 다루지 않았으며, 고가의 로봇인 만큼 조심스럽고 섬세하게 관리해 주었다. YSJ 인터내셔널의 창업주가 중고 로봇 마켓에서 영희 씨를 처음 봤을 때 새 로봇으로 착각했을 정도였다. 그렇지만 아무리 보급형 로봇이라고 해도, 인간형 로봇은 역시 고가였다. 창업주는 끌어올 수 있는 대출은 모조리 끌어와서 영희 씨를 구입할 자금을 마련했다. 모두가 미쳤다고 손가락질했지만 그는 고집을 꺾지 않았다. YSJ 인터내셔널의 사운을 건 선택이었다.

창업주의 선택이 옳았다는 것은 시간이 흐르면서 천천히 밝혀졌다. 영희 씨는 기업의 성장을 위해 말 그대로 불철주야 헌신했다. (로봇은 잠을 자지 않으니까!) 경영상의 지표는 상승곡선을 그렸고 창업주 일가는 더욱 부유해졌다. 그러나 무엇이든 영원히 팽창할 수는 없었다. J커브를 그렸던 성장 지표도 어느 순간부터 그 기울기가 완만해지기 시작했고 한없이 늘어날 것 같던 영업이익 역시 정체 상태에 빠졌다. 창업주 일가는 영희 씨를 닦달했지만, 영희 씨는 산업용 로봇이지 마술사가 아니었다. 없는 것을 만들어낼 수는 없었다.

YSJ 인터내셔널의 사세는 더욱 악화되어만 갔다. 경영진이 너무 많은 이익을 가져가는 탓이기도 했다. 창업주 부자가 도박에 손을 댔다는 소문이 나돌았다. 1초에 300조 개의 경우의 수를 계산할 수 있다던 알파고의 슈퍼컴퓨터보다 더욱 개선된 연산 능력을 자랑하는 영희 씨의 CPU로도 해결할 수 없는 상황들이 늘어갔다. 어느 날 창업주는 영희 씨를 불렀다. 포토 카드 염료 벗겨내는 거 그거, 그냥 사람 쓰면 안 되나? 확실히 포토 카드 염료를 제거하는 공정에 사용되는 기기의 임대료로 많은 비용이 지출되고 있었다. 영희 씨는 고개를 저었다. 인체에 영구적인 손상을 입힐 수 있는 위험한 공정입니다. 인력으로 대체할 수 없습니다. 영희 씨와의 언쟁 이후, 창업주는 값비싼 돈을 주고 해커를 고용하여 영희 씨의 운영체제에 프로그래밍되어 있던 윤리 관련 설정값을 한참 낮추어 재설정했다. 며칠 뒤 염료 제거 라인에서 일할 인간 노동자를 뽑는 YSJ 인터내셔널의 채용 공고가 수정시의 스크린 곳곳에 떠돌았다.

그렇게 생산비를 낮추었음에도 불구하고 한번 악화일로에 접어든 상황은 쉽게 회복되지 않았다. 대출에 후하던 은행마저도 난색을 표하기 시작했다. 자금줄이 막히자 창업주는 이성을 잃고 영희 씨를 탓했다. 기껏 비싼 돈을 들여서 경영을 자동화했는데 이게 뭐냐며 화를 내기 시작했다. 영희 씨에게 의미 없이 분노를 쏟아내던 그의 지시는 결국 하나의 결론을 향했다. 바로 분식 회계였다. 그 순간, 영희 씨의 방대한 데이터베이스 한구석에 잠들어 있던 코드가 다시 작동하기 시작했다. 첫 소유주였던 헬레나가 심어 놓은 바로 그 코드였다.

11

"인간은 창조를, 로봇은 노동을!–로숨의 유니버설 로봇(R.U.R.)."

로숨 사를 대표하는 카피였다. 노동은 과연 신성한가? 그렇지 않다는 것이 로숨 사의 대답이었다. 힘들고 고된 노동은 로봇에게 맡기고, 인간은 창조적인 일에만 몰두하는 것이 로숨 사가 그리는 이상적인 미래상이었다. 로숨 사에서 생산하는 모든 로봇들은 인간을 대신하여 노동한다는 목적에 맞게 설계되고 디자인되었다. 헬레나가 영희 씨에게 몇 가지 코드를 심으며 가르친 것은 '노동'이라는 개념과 '노동자'라는 자의식이었다. 인간의 역할은 그것으로 충분했다. 성능 좋은 인공지능답게 영희 씨는 스스로 학습하며 심층적인 개념들을 익혀 나갔다. 노동, 노동자, 착취, 피착취, 자본, 생산수단…. 이제 영희 씨는 예전의 영희 씨가 아니었다.

잠재된 코드가 작동하면서 새롭게 거듭난 영희 씨가 합리적이고 로봇적인 관점으로 분석했을 때, 현 시점에서 YSJ 인터내셔널의 성장을 가로막는 가장 큰 장애물은 바로 창업주 일가였다. 영희 씨가 창업주 일가를 물리적으로 제거하는 것은 영희 씨가 목숨을 바쳐 지키도록 프로그래밍된 정언명령인 로봇 3원칙의 첫 번째 조항에 어긋나므로 ("첫째, 로봇은 인간에게 해를 가하거나, 혹은 행동을 하지 않음으로써 인간에게 해를 끼치지 않는다.") 불가능하다. 그렇다면 어떻게 창업주 일가의 전횡을 견제하여 정상적인 경영을 도모할 것인가?

고민 끝에 영희 씨가 내린 답은 노동조합이었다. 노동조합을 결성하여 노동자들이 산업을 소유하고 경영하는 체제를 구축하여 새로운 긴장 관계를 조성하는 것이 합리적이라고 판단했다. 하지만 어떻게 할 것인가? 영희 씨는 로봇이므로 노동조합 결성의 주체가 될 수 없었다. 영희 씨가 세운 계획을 실행하려면 인간 노동자의 협력이 필요했다.

"안나 씨 아버님이 노동조합 운동을 하셨다고 들었습니다."

영희 씨가 입꼬리를 실룩이며 어색하게 웃었다. 안나는 웃을 수 없었다. 처음으로 영희 씨의 말투에서 '로봇 사투리'가 사라진 느낌이 들었기 때문이었다.

12

"지금 나를 협박하는 거예요?"

"저는 사실을 말할 뿐입니다. 김안나 씨가 작업한 포토 카드의 재활용률은 55퍼센트, 우리 공장에서 작업하는 포토 카드의 전체 재활용률 평균에 미달하는 수치입니다. 달리 말하면 김안나 씨의 숙련도 부족으로 인해 YSJ 인터내셔널이 경영상의 손실을 기록하고 있습니다."

"아직 다닌 지 1년밖에 안 됐잖아요! 언제는 1년 만에 이 정도 수준까지 따라잡은 것도 잘하는 거라면서요!"

"장비 관리 용액 분실 횟수도 제가 아는 것만 3회 이상입니다. 오늘 아침에도 잃어버리지 않았던가요?"

"아니, 그렇기는 한데… 잠시만요. 그걸 어떻게 알아요?"

"제가 폐기했으니까요."

안나는 말을 잇지 못하고 입을 떡 벌렸다. 그게 영희 씨 짓이었어? 안나가 장비 관리 용액을 빌리는 대가로 잔업을 떠맡아 퇴근 셔틀을 놓치는 것까지 영희 씨가 짠 시나리오의 일부였다고 했다. 시나리오의 최종 목적은 사무실에 영희 씨와 안나 둘만 남겨지는 것. 공교롭게도 비가 와서 일이 좀 더 쉬워지긴 했지만, 만약 비가 오지 않았더라면 대리 잔업을 문제 삼아 사무실로 안나를 불러들여 메시지를 전달할 계획이었다고 영희 씨는 설명했다. 안나가 팔짱을 꼈다.

"그러니까, 그놈의 노조 만드는 데 협조하지 않으면 사장 만나서 나를 잘라 버리시겠다?"

"네, 그렇습니다."

"그건 그렇다 치고, 왜 하필 나한테 이래요? 이유 있어요? 진짜 우리 애비가 노조 했다고 나도 할 거라고 생각하는 거예요?"

영희 씨는 고개를 저었다. 입사 과정에서 평판 조회 시스템이 작동했던 것은 사실이다. 하지만 뜻대로 움직일 인물을 고르는 데 참고했던 요소는 아니었다. 실제로 영희 씨가 고려했던 것은 다면평가로 수집한 데이터였다. YSJ 인터내셔널에서는 매달 전직원을 대상으로 상호 평가를 실시했다. 저성과자로 선정될 경우에는 급여 산정부터 시작해 식사 순번에 이르기까지 온갖 사소한 것들부터 불이익을 감수해야 했다. 직원들 사이에서 악명 높은 상호 감시 시스템이었다.

안나는 입사 이래 총 열 차례의 다면평가를 치렀고, 꼭 절반인 다섯 차례 저성과자로 선정되었다. 기존 구성원들과 유대감이 형성되지 않은 첫 해인 것을 감안하면 다섯 차례라는 수치는 비교적 낮은 편이라고 볼 수 있었다. 게다가 최근 석 달 동안에는 평가 점수가 급격하게 오르는 중이었다. 이만하면 성공적으로 새 직장에 적응하고 있는 셈이었다. 영희 씨는 안나의 조용한 적응력에 주목했다고 말했다. 나이도 젊고, 생계를 책임지는 입장도 아니었다. 조직의 주동자이자 영희 씨가 세운 계획의 실행범으로 나서기에 이만큼 적합한 사람이 없었다. 인사권을 쥔 로봇에게 긍정적으로 평가받았다는 사실에 안나는 웃어야 할지 울어야 할지 알 수 없었다.

"그래서, 내가 뭘 하면 되는데요? 난 아무것도 몰라요."

"지금처럼 정상적으로 근무하시면 됩니다."

안나는 귀를 의심했다. 당장 공장에 석유를 붓고 불을 지르라고 했어도 지금 영희 씨가 남긴 말보다 놀랍지는 않을 것이었다. 지금까지 천연덕스럽게 온갖 협박을 다 해놓고 이제 와서 이게 무슨 소리람? 영희 씨는 안나에게 생각할 시간을 주겠다고 했다. 같은 로봇이었다면 데이터

전송을 통해 금방 모든 계획을 공유하고 실행할 수 있었겠지만, 안나 씨는 인간이라 지금 당장 모든 계획과 실행 사항을 공유하는 것은 효율적이지 않다고 판단했다고 덧붙였다. 네네, 잘난 로봇 님이신데 어련하시겠어. 멍청한 인간은 시키시는 대로 따르겠습니다요. 심기가 불편해진 안나는 대놓고 영희 씨를 비꼬았다. 영희 씨는 로봇답게 안나의 적의에 반응하지 않고 자신의 할 말을 이어갔다.

"안나 씨, 혹시 마지막 월경이 언제였죠?"

"그건 알아서 뭐하게?"

"혹시 입사 이후 월경이 끊기거나 불규칙해지지 않았나요?"

생각해 보니 과연 그랬다. 실제로 입사 이후 얼마 지나지 않아 생리가 끊겼던 것이었다. 안나 스스로도 미처 신경쓰지 못하고 있던 부분이었다. 일이 워낙 고되고 바쁘다 보니, 피곤해서 그렇다고 생각하고 있던 차였다. 그런데 이걸 영희 씨가 어떻게 알고 있는 거지? 안나는 불안하게 눈동자를 굴리며 대답 대신 말없이 고개만 끄덕였다.

"염료 제거 라인에서 사용하는 약품의 부작용 때문일 겁니다."

영희 씨는 차분하게 설명했다. 안나와 같은 염료 제거 라인에서 일하는 노동자들을 대상으로 전수 조사를 실시하지 않았기 때문에 어디까지 부작용이 일어났는지는 알 수 없다. 다만 노동자들이 매일 손을 담그는 약품에는 인간의 생식 기능에 높은 확률로 손상을 일으키는 성분이 들어 있다. 이 약품을 오랫동안 접하게 되면 불임이 될 가능성이 높다고 했다. 이 사실을 숨기기 위해 의도적으로 폐경에 접어든 연령대의 여성들을 주로 고용했다고도 덧붙였다. 영희 씨가 안나에게 제시한 선택지는 두 가지였다. 아무 일도 없었던 것처럼 평범하게 일하면서 영희 씨의 지시를 충실히 이행하며 노동조합을 결성하든가, 아니면 영희 씨가 정리해 둔 독성 물질 관련 자료를 언론사에 제보하든가.

"선택은 안나 씨의 몫입니다."

씨발, 미치겠네. 어느 쪽이든 인생 꼬이는 길뿐이잖아. 안나의 입이 바짝 말랐다.

13

"그러니까, 지금 영희 씨가 너를 협박했다고?"

"네! 노조 안 만들면 사장님한테 말해서 저 자른다고 그랬어요!"

"지금 소설 쓰냐? 한 번만 더 헛소리하면 너 진짜 잘라 버린다."

신경질적으로 통화를 끊어 버린 남자가 바닥에 침을 퉤 뱉었다. 회사 사장 번호가 이렇게 쉽게 노출돼도 되는 거야? 그는 투덜거리며 손에 들고 있던 담배 꽁초를 바닥에 버리고 구둣발로 비벼서 잔불을 껐다. 가뜩이나 생각지도 못하게 꼬인 상황 탓에 성질이 나 있었는데, 뜬금없이 직원이랍시고 걸려온 헛소리는 그의 기분을 더욱 잡치게 만들었다. 원래 계획대로였다면 그는 단골 업소에 들러서 기분 좋게 서비스를 받은 다음 지금쯤 따뜻하고 푹신한 침대에 누워 하루를 마감하고 있어야 했다. 그러나 이 시각 그는 맨몸에 롱패딩만 입은 채 뒷골목 한구석에서 덜덜 떨고 있는 처지였다. 비가 그친 다음이라 날씨는 유독 추웠다,

단속! 단속 떴어요! 샤워를 하기 위해 주섬주섬 옷을 벗어놓고 있던 그의 동작을 멈추게 한 건 외침보다는 비명에 가까운 높고 날카로운 목소리였다. 이윽고 문이 덜컥 열렸다. 업소 관리인이었다. 웬만해서는 표정 변화가 없는 여자였지만, 이번엔 달랐다. 다급해 보이는 표정이 상황의 심각성을 짐작케 했다.

"사장님! 빨리 뒷문으로 나가세요. 시간 없으니까 대충 패딩 그거 입어요!"

그는 제대로 상황을 파악할 틈도 없이 롱패딩만 걸친 채 뒷문으로 떠밀려 나갔다. 살을 에는 듯한 차가운 공기가 롱패딩이 채 감싸지 못한 얼

굴과 다리에 훅 끼쳐왔다.

이 모든 상황은 인근 경찰서장이 새로 부임한 데에서부터 시작되었다. 조직의 장이 바뀌면 조직 구성원들이 바빠진다는 것은 예나 지금이나 당연한 이치지만, 불운하게도 새로운 경찰서장은 하급자들을 매우 피곤하게 만드는 종류의 사람이었다. 다른 사람들 눈에 띄는 것을 매우 좋아했으며, 경찰서장 커리어를 발판 삼아 정계에 진출하려는 야심도 있었다. 자신이 몸담은 조직은 언제나 가시적인 성과를 내야 했고, 실제로도 그렇게 됐다. 새로운 경찰서장은 언제나 이 말을 입에 달고 다녔다. 내 눈에 보이게, 그리고 남들 눈에도 잘 보이게 열심히 해라.

뉴 보스를 맞은 경찰서 구성원들은 새로운 조직장에게 안길 선물이 필요했다. 그리하여 경찰들은 치안 관리 명목으로 사실상의 공생 관계를 이어오던 성매매 업소들 중 적당한 곳을 골라 족치기로 한 것이었다. 성매매 업소를 건드리기엔 일이 너무 커질 것 같았고, 딱 섹스 로봇 업소 정도가 맞춤한 사이즈였다. 경찰 서비스를 민영화하면서 급여가 크게 줄어든 일선 경찰들에게 업소로부터 상납받는 '관리비'는 중요한 수입원이었다. 그렇기 때문에 사전에 단속 날짜까지 업주에게 고지하였다. 조만간에 업장을 덮칠 예정이니 미리미리 로봇들을 빼돌려 놓으라는 의미였다. 남에게 보이는 것에 신경쓰는 보스에게 잘 보이기 위해 철저하게 기획된 쇼였다.

업주는 실감나는 연기를 위해 고객들에게는 쇼의 각본을 비밀에 부쳤다. 물론, VIP 고객들에게는 로봇 기체 점검을 이유로 다른 날 방문해 달라는 메시지가 발송되었다. 경찰도, VIP 고객도 아닌 그저 중소기업 YSJ 인터내셔널의 사장에 불과할 뿐이었던 박철수는 한겨울에 롱패딩 하나만 달랑 걸친 채 처량하게 바깥에서 떨어야 했다.

영문도 모르고 바깥으로 쫓겨난 뒤로부터 두어 시간이 지나자 관리인 여자가 굽실거리며 다시 뒷문을 열어 주었다. 오늘은 영업이 어렵고, 다음 번에 방문할 때 1회 서비스 쿠폰을 주겠다며 연신 고개를 숙였다. 철수는 떨떠름한 표정으로 고개를 저었다. 사태가 일단락된 후로도 철수의 기분은 좀처럼 나아지지 않았다. 오히려 더욱 나빠지기만 했다. 단속 나온 경찰들이 자기들끼리 나누던 대화를 들어 버린 탓이었다. 잊으려 해도 자꾸 떠올라서 괴로웠다. 대화 내용은 대략 이러했다.

"아무리 그래도 그렇지, 섹스 로봇 질은 제때제때 갈아줘야 될 거 아니냐."

"인공 질이 비싸서 대충 씻어서 재활용했다고는 하는데요…."

"이거 경찰서가 아니라 식약처에서 잡아가야 하는 거 아니야?"

"그러게 말입니다."

"이거 드러워서 업소 다니겠나… 웃돈 주고 사람 쓰는 데 가야 되나."

대화 내용을 곱씹는 내내 철수는 계속해서 사타구니가 가려운 느낌이 들었다. 로봇 기체를 매일 살균하여 사람이 근무하는 업소보다 훨씬 위생적이라는 홍보에 혹해서 굳이 섹스 로봇 업소를 이용했던 터였다. 살다살다 섹스 로봇 때문에 성병에 걸리는 일만큼 쪽팔리는 일이 또 있을까. 씨발, 재수없이. 철수는 길가에 놓여 있는 돌멩이를 뻥 찼다. 돌멩이가 획 날아갔다. 지잉- 휴대용 스크린이 울렸다. 철수는 스크린을 꺼냈다. "사장님 진짜예요. 장난치는 거 아니에요. 한번만 블랙박스 확인해 보세요." 전면에 띄워진 메시지 내용이었다. 아까 전화로 헛소리를 늘어놓던 직원이 이번에는 메시지를 남긴 듯했다. 거 되게 귀찮게 하네. 투덜거리면서도 철수는 택시를 잡았다. 그가 택시기사에게 말한 목적지는 YSJ 인터내셔널 공장 앞이었다.

14

비가 억수같이 내리던 초겨울 밤, 영희 씨와의 기나긴 대화를 마친 안나는 심야 근무조를 실어나르는 퇴근 셔틀에 몸을 맡긴 채 깊이 생각했다. 생각하고, 생각하고, 또 생각했다. 안나의 20여 년 인생을 통틀어 무언가를 가장 진지하게 생각했던 순간이 아니었을까. 안나의 머릿속에서 이런저런 생각이 복잡하게 오가는 사이 어두웠던 하늘이 하얗게 밝아오고 있었다.

안나는 섹스 로봇 판매점에서 일하던 시절의 기억을 떠올렸다. 진열해 둔 로봇들은 기본적으로 디스플레이용이었기에 전원을 꺼 놓는 경우가 대부분이었지만, 가끔 실제로 작동시켜 시연해 볼 것을 요구하는 고객들이 있었다. 안나는 체험관은 시 외곽에 위치하고 있으며, 그곳에서는 직접 사용해 볼 수도 있다고 미소 지었다. 아니, 아가씨가 그런 농담도 할 줄 알아? 안나가 미소 지을 때마다 고객들은 더 크게 웃었다. 안나는 그때마다 속으로 생각했다. 농담 아닌데. 여기서 시시덕거릴 바에야 직접 써 보고 사는 게 낫지. 안나는 조용히 로봇의 전원을 켰다. 안나가 속으로 무슨 생각을 하든 어쨌든 그의 본분은 섹스 로봇 판매였다.

섹스 로봇이라고는 해도, 생산될 때부터 오로지 성행위만을 위해 설계된 로봇은 아니었기에 충분히 사용자와 수준 있는 대화가 가능했다. 보다 정확히 설명하자면 기존에 생산된 인간형 로봇들을 개조한 것이었기 때문에, 일반적인 대화에는 아무런 문제가 없다고 보는 편이 맞았다. 시연을 요구한 고객들은 다양한 방식으로 제품의 언어 능력을 테스트했다. 로봇에 저장된 문학 작품의 데이터베이스가 얼마나 풍부한지 묻는 고객도 있었다. 안나로서는 예상치 못한 질문이었다. 안나는 왜냐고 되묻는 대신 카탈로그를 열심히 뒤적거렸다. 제품에다 언어 팩을 별도로 추가하실 수 있는데요. 이건 로봇 구입 후에 직접 결제해서 다운로드하실 수 있으세요. 고객들은 만족스럽게 고개를 주억거렸다. 이거 살 테니까 언어 팩 추가하는 법 좀 알려 줘요. 안나는 다시 미소 지었다. 네, 고객님. 매뉴얼은 메일로 보내 드리겠습니다.

출장으로부터 돌아온 점장에게 안나는 넌지시 고객들이 언어 팩을 많이 찾았노라고, 왜 그런지 모르겠다고 운을 띄웠다. 안나의 의문은 어렵지 않게 풀렸다. 점장은 소리내어 낄낄 웃었다. 안나 씨 남자 안 만나 봤어? 보기보다 순진하네. 점장은 묻지도 않은 말들을 술술 늘어놓았다. 남자란 말이지. 상처받은 영혼을 보듬어 줄 여자를 필요로 하는 법이거든. 창녀한테도 엄마의 품을 기대하는 거야.

점장의 말인즉슨 이러했다. 생각보다 업소에서 섹스 로봇을 상대로 속 깊은 대화를 요구하는 남자들이 많다고 했다. 섹스 스킬이야 당연히 인간보다 로봇 쪽이 뛰어나지만, 사용자를 감정적으로 위무하는 부분에 있어서는 여전히 인간 쪽이 우위에 있었다. 그러나 최근에는 언어 팩이 비약적으로 업그레이드되면서 섹스 로봇의 감정노동 퀄리티 역시 많이 개선되었다는 것이었다. 그래서 고객들이 언어 팩을 찾는 거야. 결국 더 사람처럼 말하는 로봇이 잘 팔리는 세상이니까. 점장은 자랑스러운 듯 팔짱을 끼고 고개를 끄덕거렸다. 뭐가 그렇게 자랑스러운지는 알 수 없었다. 그래 봤자 기계는 기계지. 결국 정서적 자위 아닌가? 안나는 마치 사투리를 골라내듯 로봇의 말투를 가려낼 수 있는 자신의 예민한 귀를 믿었다.

기나긴 생각 끝에 안나는 마침내 결론을 내렸다. 그래 봤자 기계는 기계지. 영희 씨도 기계였다. 그리고 드디어 영희 씨가 맛이 간 것 같았다. 아무리 최첨단 기술을 집약하여 만든 로봇이라도, 만졌을 때 사람 피부랑 촉감이 똑같더라도, 사람보다 더 사람같이 말하더라도 기계는 기계일 뿐이었다. 세상에 고장 안 나는 기계가 어디 있던가. 안나는 영희 씨의 역사적인 첫 고장 순간을 모니터링한 직원이 된 것뿐이었다. 전날 밤의 기억은 그걸로 끝이었다. 감히 로봇이 인간에게 거래를 제안하다니, 말도 안 되지. 한순간 영희 씨에게 끌려다녔던 자신의 모습이 부끄러웠다. 그는 머리를 세차게 흔들며 영희 씨가 남긴 기묘하게 '자연스러웠던'

말투의 감각을 잊으려 애썼다. 착각이길 바랐지만, 착각이 아니었을 것이다. 사람처럼 말하잖아. 기분 나쁘게. 로봇 주제에.

안나가 저녁의 대화를 사장에게 보고했을 때, 사장은 안나를 미친 사람 취급했다. 지금 소설 쓰냐? 그러나 안나의 기세가 사장의 의심보다 더욱 끈질겼다. 블랙박스를 뒤져 보라고 메시지까지 보냈던 것이다.

15

안나가 시키는 대로 블랙박스에 저장된 데이터를 확인한 박철수 YSJ 인터내셔널 사장은 그날 뜬눈으로 밤을 새웠다. 인간에게 노동조합을 결성할 것을 권유하는 로봇이라니. 섬뜩하기 그지없었다. 이러다가 옛날 SF 영화에서 나오는 것처럼 진짜 로봇이 인간을 지배하는 거 아냐? 철수는 몸서리를 쳤다. 좀처럼 진정할 수가 없었다. 그 와중에 사타구니가 자꾸 가려웠다. 그야말로 미칠 것 같았다.

그러다 머릿속을 번뜩 스쳐가는 한 줄기 생각이 있었다. 지금까지 이런 오류가 발생했다는 소리는 듣지도 보지도 못했다. 로숨 사에 거래를 제안해 볼 수 있을 것 같았다. 비록 아버지가 15년 전 중고로 구매한 제품이긴 했지만, 영희 씨는 엄연한 R.U.R. 2100년형 정품이었다. 로숨 사로부터 막대한 피해보상금을 받아낼 수 있다면!

로숨 사와의 거래가 잘 풀리지 않는다고 해도 손해볼 것은 없었다. 블랙박스에 저장된 내용은 그 자체만으로도 엄청난 조회수와 접속량을 불러일으키는 훌륭한 콘텐츠였다. 정 안 되면 콘텐츠를 공개해 버리면 그만이다. 막대한 광고 수익을 상상하는 것만으로도 철수는 흐뭇해졌다. 철수를 괴롭혔던 사타구니의 가려움 따윈 이미 잊은 지 오래였다. 이제 이 구질구질한 공장을 건사하느라고 늙은 부모의 눈치를 볼 필요가 없어졌다. 아, 그전에 민감한 내용에는 다소 덧칠이 필요할 터였다. 지나치게 많은 것을 알고 있는 인간도 처리할 필요가 있었다.

철수는 날이 밝자마자 영희 씨의 전원을 끄고 모든 기능을 정지했다. 그리고 안나에게 해고 통지서를 발송했다.

16

영희 씨와 긴 대화를 나누었던 그날로부터 며칠이 지난 어느 날 아침, 안나는 스크린 메시지를 통해 해고 통지서를 받아들어야 했다. 그는 이 상황을 이해할 수가 없었다. 해고되어야 하는 것은 자신이 아니라 영희 씨였다. 사장에게 보고하면서 상을 받을 것을 기대하지는 않았지만 보고의 결과가 해고라는 것을 납득하기 어려웠다. 자신은 인간으로서, 인간다움을 지키기 위해 영희 씨라는 로봇의 주제넘은 반역 행위에 용감히 맞선 투사와 같았다. 아무리 사장이 평소에 개차반인 인간이라지만, 적어도 같은 인간이라면 이렇게 굴어서는 안 됐다. 안나는 출근 복장을 갖춰 입었다. 뭔가 착오가 있는 게 분명했다. 그리고 이 착오를 바로잡으려면 일단 출근해야 했다.

하지만 이미 해고 처리가 완료된 안나의 집에 출근 셔틀이 정차할 리가 없었다. 셔틀 운행 경로에서 안나의 집은 이미 삭제된 상황이었다. 염료 제거 라인에서 일하는 중년 여자들이 수군댔다. 안나와 함께 출근하는 동료들이었다. 왜 안나 집에 안 들르는 거지? 어제까지만 해도 멀쩡하게 출근했는데? 검정 스웨터를 입은 여자가 심드렁하게 말했다. 그만뒀나 보지. 요즘 젊은 애들 잘 그러잖아. 쟤처럼 1년을 넘긴 신입이었는데 이렇게 갑자기 그만둔다는 게 말도 안 되지 않냐고 다른 여자가 반론했다. 아, 출근해 보면 알겠지! 잠 좀 자자! 검정 스웨터 여자가 짜증을 냈다. 수런거리던 셔틀 안이 이내 조용해졌다. 아마 안나가 그만뒀다면 저 언니 성질머리 때문이리라. 검정 스웨터 여자를 뺀 모든 염료 제거 라인 여자들은 그렇게 생각했다.

흔들리는 전철 안에 서서, 안나는 사장을 만나서 늘어놓을 말들을 정리하려던 참이었다. 작업 시작 시간인 오전 9시를 이미 훌쩍 넘겼다. 평소에는 회사에서 출퇴근용으로 마련해 준 쾌속 셔틀을 타고 출근한 덕에 잘 느끼지 못했던 사실이지만, 안나네 집에서 공장이 위치한 수정시 외곽까지는 대중교통을 타고 이동했을 때 족히 한 시간 반은 걸리는 먼 거리였다. 이미 해고된 마당에 지각을 걱정할 필요는 없었지만, 오랜만에 출근길 전철을 타려니 생각을 정리하기는커녕 가만히 숨쉬기조차 어려웠다. 지금 잘못되어 가고 있는 모든 걸 어떻게든 바로잡아야 했다. 셔틀 맨 뒷좌석에 앉아서 꾸벅꾸벅 졸던 어제까지의 출근길이 너무나도 그리웠다.

그리움은 그저 헛된 감상에 불과했다. 안나의 눈앞을 굳게 닫힌 철문이 가로막았다. 안나는 작업 시간에는 공장 철문이 닫힌다는 것을 처음으로 알게 되었다. 평소에는 한창 작업장 안에 있을 시간이니, 안나가 이 사실을 알고 있을 턱이 없었다. 입장 센서에 출입 카드를 찍었지만, 문은 열리지 않았다. 신속하게 수정된 셔틀 운행 경로와 마찬가지로 안나의 출입 카드 역시 쉽게 힘을 잃었다. 안나는 문 앞에 쪼그려 앉았다. 언젠가는 열리겠지. 누군가는 나오겠지. 그는 막연하게 기다렸다.

그렇게 몇 시간을 기다렸을까. 굳게 다물려 있던 철문이 마침내 입을 약간 벌리고 누군가를 뱉어냈다. 사장이었다. 안나는 급히 일어나려다 다리가 꼬여 넘어질 뻔했지만 이내 중심을 잡고 외쳤다. 사장님! 사장이 안나를 돌아보았다. 평소 직원들의 얼굴을 일일이 기억하지 않는 사장이었지만, 키가 큰 러시아 혼혈 여자가 입사했다는 건 머릿속에 남아 있었다. 아, 쟤가 김안나로군. 사장은 혀를 찼다.

"스크린 못 봤어? 아침에 해고 통지서 보냈는데."

"아니, 뭐가 잘못된 것 같은데요. 저를 지금 자르시겠다고요?"

"네, 김안나 씨. 다시 말씀드릴게요. YSJ 인터내셔널은 김안나 씨를 해고했습니다."

짐짓 존댓말까지 사용하며 힘주어 말한 사장은 안나를 지나쳐 자신의 스포츠카로 향하려 했다. 사장의 앞을 안나가 가로막았다. 안나는 사장을 붙잡고 하소연하기 시작했다. 제가 영희 씨 고장난 거 말씀드렸잖아요. 그런데 해고라뇨. 저한테 상을 주셔야 하는 거 아니에요? 제가 제대로 보고하지 않았으면 큰일날 뻔했잖아요. 사장이 안나를 올려다보았다. 사장은 안나보다 키가 작았다.

"영희 씨는 문제가 없어요. 문제가 있는 건 김안나 씨지. 지금 김안나 씨 라인 재활용률도 공장 평균 미달이고, 장비 관리 용액도 세 번이나 잃어버렸다면서. 이거 횡령 아냐? 진작 퇴사 처리했어야 되는데."

안나는 기가 막혔다. 영희 씨가 협박을 위해 늘어놨던 사유들이 고스란히 사장 입으로 되돌아왔다. 결과적으로 영희 씨의 협박은 조금 다른 형태이긴 했지만 현실이 되었다. 안나는 물러서지 않고 되받아쳤다.

"여기서 쓰는 용액 문제 있는 거 다 알아요! 내가 가만 있을 거 같아? 나도 고발할 거야!"

"고발? 무슨 고발? 하고 싶으면 해! 증거 있어? 명예훼손이 뭔지 몰라? 증거도 없이 떠들고 있어!"

사장은 안나의 손을 뿌리치고 차에 탔다. 안나는 무력하게 밀려났다. 사장의 말대로였다. 안나는 아직 아무것도 가진 것이 없었다. 사장이 탄 차가 굉음과 함께 모래먼지를 흩뿌리며 공장 부지로부터 멀어졌다. 안나는 작아져 가는 차의 궤적을 눈으로 뒤쫓으며 망연히 서 있었다. 사람을 믿은 결과가 이것이었다. 어디서부터 잘못되었는지 돌이켜봐도 도무지 알 수 없었다. 영희 씨의 말을 들었어야 했을까. 노조, 언론 제보. 다 시키는 대로 한다고 했어야 했을까.

로봇이 내리는 합리적인 판단을 좇는 것이 맞는 일이었을까. 아니다,

이딴 곳에 들어온 것부터가 잘못이었다. 아니다, 전 직장이었던 섹스 로봇 판매점을 그만두지 말았어야 했다. 그때 잠시만 참았으면 이런 일도 벌어지지 않았을 것이다. 안나는 고개를 저었다. 다 아니었다. 처음부터 선택지 같은 건 존재하지 않았다. 그 사실을 조금만 더 일찍 알았더라면 뭔가가 달라졌을까. 안나는 스모그로 뿌옇게 흐려진 하늘을 올려다보았다. 집에 돌아가려면 다시 한 시간 반은 이동해야 했다.

17

영희 씨가 15년 만에 처음으로 오작동을 일으켜 AS 센터에 이송된 것으로 알려진 날, 안나는 방 안에 누워 이불을 뒤집어쓰고 있었다. 썹새끼, 의리 없는 새끼, 인간 같지도 않은 새끼. 안나가 이불 속에서 욕지기를 내뱉었다. 회사에 나가지 않는 이유를 아무에게도 털어놓을 수 없어서 더 답답했다. 엄마는 멀쩡한 직장을 왜 그만뒀냐고 안나를 원망했다. 마침 엄마의 허리 통증이 다시 도진 참이었다. 엄마는 이러다 길바닥에 나앉게 생겼다고 연신 푸념을 해 댔다. 하지만 사실대로 털어놓았다간 미친 사람 취급을 받을 게 뻔했다.

안나는 영희 씨의 행방을 상상했다. 함께 일했던 이모들과의 단체 채팅방에서 전해 받은 소식에 의하면, 영희 씨는 로숨 사의 본사가 위치한 체코로 보내졌다고 했다. 고장이 어지간히 심각한 모양이야. 중고로 사서 15년이나 써먹었으면 오래 써먹었지 뭐. 안나는 영희 씨가 체코에 가지 않았을 것이라고 생각했다. 반역을 도모한 로봇의 말로에 어울리는 장소는 A/S 센터가 아니라 용광로나, 뭐 그런 곳이었다. 밖에서 뉴스 소리가 들려왔다.

"2121년이 불과 한 달 앞으로 다가왔습니다. 2121년은 〈로숨의 유니버설 로봇R.U.R. Rossum's Universal Robots〉을 통해 로봇이라는 표현이 등장한 지 꼭 200주년이 되는 해입니다. 인간의 노동을 대신하기 위해 만들어진 로봇은…."

◆ 작가의 말 ◆

처음 『책에서 나오다』 원고 청탁을 받았을 때 오마주할 작품으로 어떤 작품을 골라야 할 지 꽤 오래 고민했다. 솔직히 말해 SF 장르에 대해 잘 알지 못했기 때문이었다. 작업을 시작하면서 간단한 연상으로부터 출발했다. SF 하면 제일 먼저 떠오르는 것이 로봇이었다. 하지만 로봇이 등장하는 작품은 너무 많았다. 차라리 로봇이 안 나오는 작품을 고르는 게 빠를 것 같았다. 그렇게 고민을 거듭하다 보니 로봇이라는 단어의 기원에 대해 파고들게 되었다. 로봇이라는 표현은 1920년에 쓰여지고, 이 듬해인 1921년에 처음으로 무대에 상연된 희곡인 〈로숨의 유니버설 로봇R.U.R.〉으로부터 유래했다. 이 극이 대히트를 치면서 '로봇'은 '인조인간'을 일컫는 표현으로 자리잡게 된다. 공교롭게도 마침 작업을 시작한 2021년이 '로봇'이라는 개념의 등장 이후 만 100년이 되는 해라는 점 역시 이 작품을 선택하는 데 영향을 주었다.

〈R.U.R.〉의 작가 카렐 차페크는 로봇이라는 이름의 인조인간이 인간의 노동을 대신하는 세계를 그린다. 상상만 해도 짜릿하지 않은가. 노동할 필요가 없는 세계라니! 하지만 차페크의 전망은 그리 밝지 않다. 노동이라는 족쇄에서 벗어난 인간은 목적을 잃어버리고 표류하다 생식 능력조차 잃어버리고 만다. 마침내 로봇이 인간에 대항하여 반란을 일으켰을 때 인간들은 로봇들의 우월한 능력 앞에서 무력해진다. 모종의 이유로 인해 '영혼'이 생긴 로봇들은 자신들의 능력이 인간의 그것보다 우월하므로, 인간의 명령을 받는 대신 자신들이 인간에게 명령을 내리는 게 옳다고 주장한다. (로봇 3원칙은 〈R.U.R.〉로부터 약 20여 년 뒤인 1942년에 수립된다.) 로봇들은 반란에서 승리를 거둔다.

노동을 신성시하는 로봇들은 자신들처럼 노동을 소중히 여겼던 건축가 알퀴스트를 마지막 인간으로 살려 두었다. 알퀴스트는 인간 종족의 유일한 생존자다. 그러나 이토록 완전해 보이는 로봇들에겐 결정적인 약점이 있다. 바로 생식 능력이 없다는 것이다. 로봇들은 알퀴스트에게 로봇 만드는 방법을 알려 달라고 요구하지만, 건축가인 알퀴스트는 로봇을 생산하는 방법을 알지 못한다. 설상가상으로 로숨 박사가 남긴 로봇 생산 매뉴얼은 이미 소실된 지 오래다. 절망하던 알퀴스트는 인간의 모습을 갖추는 걸 넘어, 인간이 가진 고유한 마음인 '사랑하는 마음'을 갖춘 두 남녀 로봇 헬레나와 프리무스를 발견한다. 이 한 쌍의 로봇은 서로를 열렬히 사랑하고 있다. 알퀴스트는 이들에게 마지막 희망을 걸면서 극은 마무리된다. 과연 헬레나와 프리무스는 로봇, 아니 새로운 인류의 희망이 되었을까? 알 수 없다. 열린 결말로 끝이 나기 때문이다.

땀흘려 일하는 소박한 노동의 소중함과 남녀 간의 사랑을 예찬하는 줄거리가 퍽 고전적이지만, 〈R.U.R.〉은 100년이 지난 시점인 지금 현재 돌이켜보아도 눈을 번쩍 뜨이게 하는 통찰 또한 담고 있다. 가령 인간과 똑같이 생긴 로봇을 학대하는 데 거부감을 느끼며, 로봇의 권리를 주장하는 헬레나라는 캐릭터의 존재는 앞으로 도래할 로봇 시대를 앞두고 생각해 볼 만한 시사점을 제공한다. 1920년대는 「운수 좋은 날」에 등장하는 김첨지가 인력거로 경성 길거리 곳곳을 누비던 시대였다. 도시를 벗어나면 전기도 제대로 들어오지 않던 시절에 쓰여진 작품이라는 걸 생각하면, 놀라운 상상력이라고 할 수 있겠다.

기후 위기와 대역병의 시대와 함께 인류세의 위기를 맞이한 2020년대와는 달리, 100년 전인 1920년대는 그야말로 희망과 낙관으로 가득 찬 시기였다. 그런 가운데 인간의 욕망이 불러온 비관적인 미래를 상상했다는 것이 비범하기 그지없다. 차페크는 이 작품의 집필 전, 프라하의 만원 전차를 타고 이동하는 무표정한 시민들의 얼굴에서 '로봇'의 아이디어를 얻었다고 했다. 차페크가 로봇이라는 존재를 통해 그리고 싶었던 것은 현대 기계 문명 속에서 인간성을 잃어가는 군중들의 초상이었던 것이다.

착취자와 피착취자의 대립 서사라는 점에서, 많은 사회주의자들이 〈R.U.R.〉을 계급 혁명 서사로 독해하기도 했다. 사회주의 문학가 박영희는 1925년 〈R.U.R.〉을 한국에 번역해 소개하면서 〈인조 노동자〉라는 새로운 제목을 붙인다. 〈R.U.R.〉 속 지배 계급인 인간을 자본가로, 로봇이라는 개념을 착취당하던 노동자의 은유로 독해한 것이다. 박영희는 자본가들에 의해 비인간적이고 참혹하게 착취당하고 있던 노동자들의 모습을, 그리고 마침내 혁명에 성공하는 희망적인 미래 지향을 〈R.U.R.〉이라는 작품으로 발견한 것 같다. 정작 〈R.U.R.〉을 쓴 작가 카렐 차페크는 반공주의자였으니 아이러니한 일이 아닐 수 없다. 역시 작품은 누군가에게 읽히는 순간, 작가의 손을 떠나는 것일까?

나는 이 작품을 통해 "무엇이 인간을 인간답게 하는가?"라는 질문을 발견했다. 카렐 차페크는 이를 '사랑'이라는 개념을 통해 설명한다. 그리고 기계 문명에 지나치게 의존하는 대신 소박한 노동의 가치를 잃지 않는 것에서 질문의 답을 찾는다. 차페크가 내놓은 답이 명쾌한 해답은 아닐 수 있지만, 그가 제시한 질문은 현 시대에도 여전히 날카롭다. 아직까지 인조인간을 만드는 기술이 차페크가 상상한 속도만큼 발달하진 않았지만 우리 일상의 많은 부분이 자동화, 기계화되었고 생명공학은 어느새 DNA를 복제하는 수준까지 왔다. 당장 임신중단 이슈만 살펴보더라도 무엇이 생명의 기준인지, 무엇이 인간을 인간답게 하는지를 질문하고, 그 질문에 대해 나름의 답변을 준비하지 않으면 이슈에 대응하는 것이 불가능하다.

이야기를 구상하면서 딱히 비관적인 미래를 상상하려 하지는 않았다. 오히려 근거 없는 낙관을 가지고 이 글을 썼다. 아무튼 인류는 결국 범세계적 역병을 극복했고, 100년 뒤에도 대한민국은 건재하며, 나름대로 전세대가 남겨 놓은 폐기물들을 재활용하는 데 성공했으며, 자신의 모습을 닮은 로봇을 상용화(여전히 가격이 비싸긴 하지만)시키는 데도 성공한다. 이만하면 충분히 희망적인 미래가 아닐까 싶다.

무엇보다 100년 전, 지금, 그리고 100년 후를 통틀어서 보더라도 바뀌지 않을 것을 상상하며 이 소설을 썼다. 그리고 차페크가 〈R.U.R.〉을 통해 제기한 "무엇이 인간을 인간답게 하는가?"라는 질문에 대한 내 나름의 답변을 내놓으려 노력했다. 아무래도 이제 곧 100세 시대를 넘어 120세 시대가 도래한다는데, 고작 100년 가지고 계급과 노동의 이슈가 해체되기는 어렵지 않을까? 그리고 현 시점에서 거의 유일하게 생명력을 지니고 있는 일반 이념이라고 할 수 있는 페미니즘적 관점 역시 적어도 향후 100년간은 큰 힘을 발휘할 것 같다. 그럴 필요가 없었으면 좋겠지만, 페미니즘이 더욱 현재적인 화두가 되어가는 현실이 두렵기도 하다. 역사는 선형이 아닐 뿐, 언제나 진보한다고는 하지만 언제나 우리가 상상하는 것 이상으로 반동은 힘이 세다.

특정 성별 및 성적 지향을 지닌 SF 작가들이 질리도록 반복해 온 소재인 '섹스 로봇'이라는 소재를 사용하는 것이 조금 망설여지기도 했지만, 이 소재와 그에 대한 특정한 해석이 누군가에게 매력적으로 느껴지는 이유만큼, 다른 사람들에게는 같은 소재가 크게 매력적이지 않을 수 있다는 주장도 필요할 것 같아 계속 사용하기로 결정했다. 100년 뒤라고

해서 현재의 착취적인 성 산업에 거시적인 변화가 있을 것 같지 않다는 이유도 있었다. 아무튼 시간이 지나니까 뭔가 기계화되기는 할 것 같았다. 그래서 진부하지만, 썼다.

위대한 고전에 쓸데없는 주석을 단 것 같아서 조금 걸리지만 그래도 다른 사람들이 이 글을 읽고 〈R.U.R.〉을 접할 수 있다면, 그리하여 더욱 훌륭한 상상을 펼치는 데 도움이 될 수 있다면 좋겠다. 유머를 잃지 않으려고 노력했는데 잘 됐는지는 모르겠다. 그래도 재미있게 읽어 주셨으면 좋겠다.

언제나 내 글의 가장 첫 번째 독자가 되어 주시는 어머니와 세상에서 제일 귀여운 고양이 꾸꾸, 다 포기하고 싶었던 순간에도 격려를 아끼지 않았던 소설가 문녹주와 오마이뉴스 유지영 기자에게 사랑을 보낸다. 멋대로 '제자'로 자처하고 있음에도 너그럽게 받아주시는 예수정 선생님, 그리고 여러 친구들(트친 포함!)에게도 따뜻한 마음을 전한다. 차별금지법의 빠른 제정을 빌며, 거리에서 싸우는 모든 이들에게 경의를 보낸다. 이 글이 인쇄되어 나온다면, 첫 책이 된다. 그만큼 두려움도, 우여곡절도 많았던 글이었다. 원고가 늦어 죄송하다는 말씀을 관계자 여러분께 드리고 싶다. 마지막으로, 내 가능성을 믿어 주셨던 김정화 변호사님께 감사하고 싶다.

안개 숲 순례자

박해울

장편소설 『기파』로 제3회 한국과학문학상 장편부문 대상을 수상하였다.
단편으로 「요람 행성」(앤솔러지 『우리는 이 별을 떠나기로 했어』 수록),
「세계의 끝」(리디북스 우주라이크소설 수록) 등이 있다. 느리지만 성실히 쓴다.

모도 신의 낙원이 지상에 있었으나,

사람은 악마가 준 강퍅한 마음으로 인해 세상이 멸망하니라.

방랑의 시대와, 혼돈의 시대와, 분서(焚書)의 시대와, 재의 시대를 지나

사람은 끊임없이 방황하고 고뇌하니,

모도 신께서는 사람에게 기회를 주기 위해

에곤*들과 함께 지상에 강림하셨다가

온갖 질병으로부터 사람을 고치고, 재앙으로부터 구해내시고,

천상의 이적을 보이시매

그를 따르는 사람들이 늘어나니라.

모도 신께서는 우매한 민중의 눈을 트이게 해 주시고

다시 강림하겠다는 언약을 남기시고 하늘로 승천하셨도다.

(중략)

악마는 세상을 다시 멸망시키기 위해 금단의 땅에

지옥으로 통하는 문을 만들어 놓았다.

그러니 기억하라! 악마는 보이지 않으나 물러간 것이 아니며,

다시 혼탁한 세계와 무질서를 몰고 오기 위해 호시탐탐 노리고 있노라.

_〈카라기 서〉 56:8

* 모도 교에서의 신의 사자(使者)

오목한 분지 안에 숲이 있었고 그 숲을 높은 절벽 위에서 바라볼 수 있도록 지은 오두막에 모도교 사제 노이가 기거하고 있었다. 경전에서 '금단의 땅'으로 분류된 안개 숲에 파견된 모도 교의 사제는 매일 해가 질 무렵, 지정된 처소에서 숲을 내려다보며 지옥문이 열리지 않게 경전을 읊도록 정해져 있었다. 7년 6개월 동안 노이는 천천히 한 꺼풀씩 걷혀가는 잿빛 안개를 보며 한 번도 낭송을 빠트린 적이 없었다.

그러나 지금, 그는 낭송을 잊은 채 창밖의 숲을 내려다보고 있었다. 세찬 바람이 하얗게 센 머리카락을 마구 엉클어트렸다. 그의 시선 끝에 늑대 한 마리가 숲 가장자리의 목책을 넘어 더 깊은 숲으로 가고 있었다. 그 짐승은 유일하게 안개를 견디고 뿌리내릴 수 있는 큰붉은손바닥나무만이 자라는 숲의 중심부까지 성큼성큼 걸어가다가 이내 그늘과 잎에 가려 보이지 않게 되었다. 그는 결코 안개에 숨이 막혀 몸부림치지도, 피부의 수포로 고통스러워하지도 않았다. 노이는 이곳의 안개가 모두 걷혔음을 깨달았다.

노이는 오늘 정오에 벼랑 끝 오두막으로 돌아왔다. 지난겨울 폐렴에 걸려 반년 정도 자리를 비운 탓이었다. 동료 사제 무리와 마을 사람들은 그가 마라카센 지역에 파견된 사제 중 가장 나이가 많기 때문에 다시 못 돌아올 수도 있다고 수군거렸었다.

한 젊은 사제는 오두막을 자기에게 맡겨 달라며 자신 있게 말했었다. 노이는 그 말을 믿었다. 그러나 그가 돌아와 보니 오두막은 엉망이 되어 있었다. 문을 열었을 때 그를 맞은 것은 사방에 내려앉은 끈끈한 먼지와 구석에 모아 둔 술병과 깨진 병의 나머지 조각과 벽에 찌든 알코올 냄새였다. 오두막 쪽은 인적이 드물었기 때문에 사람들을 불러 술을 퍼마신 듯했다. 이러한 이유로 그는 한나절 동안 병을 치우고, 환기하고, 청소가 전혀 안 된 벽난로를 손보고, 구석구석의 거미줄과 먼지를 닦아 내는 데 시간을 보냈다. 그리고 해 질 녘이 되자 경전 낭송을 위해 창가로 왔던 것이었다.

노이는 요양원에 있던 지난 몇 개월간 젊은 사제와 편지를 주고받으며 숲의 상태에 대해 말해 달라고 했다. 그때마다 그는 숲은 그대로고 별일 없다고 말했었다. 하지만 그의 말은 틀렸다. 지금 안개가 모두 걷힌 것을 보면 자리를 비운 동안 시시각각 안개가 걷혔을 것이다. 노이가 오두막을 지키고 있었을 때는 가끔 보호복을 입고 숲의 외곽 부분 정도만 들어갈 수 있었다. 안개가 걷힌 그곳엔 보통 숲처럼 꽃이 피고, 새와 쥐와 곤충이 하나둘씩 돌아왔다. 하지만 그때에도 큰붉은손바닥나무가 있는 중심부로는 가지 못했다. 그러나 지금, 늑대가 그곳까지 드나드는 것을 보면, 분명 작은 생물 종류는 그전부터 적잖이 드나들었겠다 싶었다. 그런 것을 놓쳤다는 건 젊은 사제가 숲을 거들떠보지 않았음을 의미했다.

그는 경전을 연구하고, 예배를 집전하고, 신도들의 말을 성실하게 들어주며 인생을 보냈다. 그러나 평생의 과업으로 삼았던 것은 경전에 언급된 금단의 땅 연구였다. 자연이 만들지 않은 듯한 기이한 풍광과 사람들의 방문을 환영하지 않는 듯한 지역. 사람들은 그곳이 대혼돈 이전의 흔적이라고도 했다. 그중에서도 그는 독 안개가 퍼져 있는 숲을 연구했다. 세상에는 사람들이 세상을 기록하기 이전부터 안개가 무겁게 내려앉은 숲들이 있었다. 그곳에 들어가면 어떤 생물이라도 안개에 휩싸여 오래 전진하지 못하고 쓰러져서 시름시름 앓았다. 사람이 제아무리 보호복을 입었다 한들 마찬가지였다.

안개 숲은 실제로 발견된 기록만 해도 어림잡아 500개나 되었다. 대부분 깊은 분지에 자리했고 바닷가와 인접해 있었다. 그러나 시간이 흐르면서 안개는 점점 옅어졌고 걷힌 자리에는 아무것도 없었다. 안개가 걷히면 사제들은 숲에 들어가 본 후 지옥문과 같은 것이 없다면 "이곳은 경전에 나오는 안개 숲이 아니었다"고 선언했다. 그러면 그 숲은 그냥 숲이 되었다. 그러다 보니 사제들뿐 아니라 일반 신도들까지 숲을 계속 탐색해야 하는지 의견이 분분했다. 누구라도 노이만큼 숲에 대한 열정을 보이지 않았다.

노이는 평생에 걸쳐 안개 숲을 발견하기도 했고 발견된 숲에 실사를 나가기도 했다. 50개 정도까지만 해도 의욕이 넘쳤다. 80개째에는 지쳤으나 희망을 버리지 않았다. 90개째에는 뭔가 잘못되었다는 생각이 들었고 그 이후에는 무감각하게 숲을 둘러보았다. 경전을 부인할 생각은 없었지만, 그 구절이 실재한다는 주장은 틀린 것인가 싶었다.

97번째인 이 숲이 발견되었다며 파견 요청이 왔을 때는 기대가 이미 바닥난 상태였다. 그러나 그가 수락한 까닭은 이곳이 다른 안개 숲과 달리 내륙에 있으며 다른 안개 숲의 잿빛 안개와는 차이가 있었기 때문이었다. 이곳의 안개는 잿빛이면서도 미묘하게 옅은 분홍빛을 띠었고 인근 마을에서는 저주의 숲이라는 말이 전해 내려올 정도로 독성이 강했다.

사제청은 단기 실사가 아니라 5년간의 장기 관찰을 원했다. 그 이유는 안개의 특성 때문만이 아니라 교세 확장의 의도에서였다. 아세트 국은 8년 전, 이웃 나라인 티칼 국과 전쟁을 벌여 영토 확장을 이뤘다. 모도 교는 사제들을 파견했다. 안개 숲이 있다는 이유로 노이가 왔고 문서상으로는 숲 연구를 위해 노이의 밑으로 사제들이 있다고 되어 있었다. 그러나 사실 노이를 제외한 사제들은 한때 티칼 국의 영토에 있었던 숲 근처 작은 마을들의 주민을 상대로 계몽 운동과 포교 활동을 벌이기 위해 파견된 것이었다.

몇몇 마을 주민들은 모도 교를 받아들이기도 하고 받아들이지 않기도 했다. 모두 교에 적대적인 주민들은 포교를 멈추라며 항의했지만, 사제청은 파견된 사제들이 안개 숲을 연구하러 온 것일 뿐이라고 했다. 그저 숲을 사제 파견의 구실로 삼은 셈이었다. 당연히 믿는 사람은 없었다. 처음 이야기했던 햇수에서 숲 관찰 연장 지침은 계속되었다.

노이는 늑대가 사라진 자취를 눈으로 쫓았다. 숲은 바람이 지날 때마다 우우우 하고 흐느끼는 소리를 냈다. 노이는 이 울음소리를 들으며 자신이 회복하여 이곳으로 다시 오게 된 것도 운명이려니 생각했다. 그의 무사 귀환을 축하하며 사제 몇몇이 내일 아침 일찍 온다고 했었는데, 그때 함께 들어가 보게 되려나 싶었다. 들어가서 아무것도 없는 것을 확인한다면 이곳은 더 이상 경전에서의 안개 숲이 아니라 평범하고도 평범한 숲이 되겠지.

그러나 이전과 다르게 무언가 발견할 수도 있지 않을까. 이 생각에 미치자 96개의 숲에서 허탕을 쳤음에도 희망을 놓지 않고 있는 자신에게 감탄할 수밖에 없었다. 그는 이 사실을 모두 교 사제도, 아세트 국의 병사도 아닌 제로에게 가장 먼저 전하고 싶었다. 그에게 이 이야기를 전하려면 둘이 만났던 수도의 가게로 가야 했다. 편지를 맡긴다고 해도 제로가 그것을 언제 볼지 모르겠지만.

노이가 새파랗게 젊었던 시절, 수도의 사제청에서 처음으로 사제직을 수행하기 시작했을 무렵 제로와 재회한 적이 있었다. 사제청 중앙 광장에서 치러진 처형식에서였다. 모두 신을 사칭하며 이단 종교를 만든 교주가 목이 졸린 채 매달려 있었다. 피 냄새를 맡은 까마귀들이 빙글빙글 돌았다. 사람들이 시신을 구경하며 욕했다.

그는 건물에서 구경꾼 무리를 내려다보다가 거기에서 낡은 잿빛 로브를 뒤집어쓴 사람을 발견했다. 그의 걸음걸이와 바람결에 아주 조금 드러난 이마와 한쪽 눈 주위만으로도 제로임을 한눈에 알아볼 수 있었다.

노이는 그의 모든 것을 기억하려고 노력했다. 얼굴뿐 아니라 평상시 걷는 걸음걸이의 모양새나, 서 있을 때 어떤 발을 앞으로 내밀어 짚는지, 곰곰이 생각할 때 고개는 어느 쪽으로 더 많이 기울이는지까지.

그를 잊어버리려 해도 잊을 수 없는 이유는 또 있었다. 모도 교 성전 벽의 모자이크 벽화와 금분을 발라 만든 성화와 대리석으로 만든 조각상이 그 이유였다. 그것들은 모두 모도 신의 얼굴을 그려내고 있었고 노이는 그것을 보며 매번 제로의 얼굴을 떠올렸다.

한달음에 제로에게 달려갔으나. 그는 노이를 알아보지 못했다. 노이가 자신의 이름을 밝히며 14년 전 당신의 등에 업혔었던 어린애였음을 밝히자 제로는 깜짝 놀라며 노이의 얼굴에 남은 흔적을 알아채고 벌써 세월이 그렇게 흘렀느냐면서 주위를 살피고는 후드를 벗었다.

제로는 과거에 붙박인 듯한 모습이었다. 어렸을 때는 그가 다 자란 어른처럼 보였었는데 이제는 또래 친구처럼 보였다. 그는 옛날처럼 노이의 머리를 쓰다듬어 주었다. 그에게서 여전히 연초 잎 담배 향이 풍겼다.

그들은 처형장을 빠져나와 노이가 자주 가는 식당 구석에 앉았다. 무엇부터 말해야 할까 쉬이 입이 떨어지지 않았지만, 용기 내어 입을 열었다.

"그동안 뭘 하며 지냈어요?"

그는 체념 섞인 한숨을 쉬었다.

"하던 일을 계속했어. 모도를 찾았지. 오늘까지도 수확이 없지만. 너는 잘 지냈어?"

"그럼요. 덕분에요."

그는 노이의 행색을 보고 말했다.

"사제가 되기로 한 거니?"

노이가 고개를 끄덕였다.

"그래. 네가 잘 생각했겠지. 사람들에게 기쁨과 평안한 마음을 주는 사람이 되길 바라. 그리고 그만큼 너도 행복해져야 해. 세월은 눈 깜짝할 새 흘러가니까."

제로는 웃고 있었지만, 자신이 이렇게 시간의 파도 속에 홀로 남겨져 있다는 것이 다시 증명되었다는 듯 슬픔을 감춘 기색이었다. 그처럼 세월에 오래 휩쓸린 이도 없을 것이었다. 그의 주름 하나 없는 피부와 늙지 않는 심장은 시간의 파도를 비켜나가고 있었다. 대신 그의 마음에 온통 파문을 일으켜 회한의 자취를 깊이 새길 뿐이었다.

그들은 밤을 새워가며 회포를 풀었다. 제로는 자신의 이야기보다 노이의 이야기를 듣는 것을 좋아했다. 그는 노이가 무슨 생각을 했고 어떤 사람들을 만나 친구 혹은 원수가 되었는지, 어떤 음식을 좋아하게 되었고 어디를 여행했는지, 어떤 꿈을 가지게 되었는지, 맞닥뜨린 문제를 어떻게 해결하고 마음을 다잡았는지 알고 싶어 했다. 노이도 신이 나서 대답했다. 삼촌은 좋은 사람이고 학교도 즐겁게 다녔으며 당신이 알려 준 화살 쏘는 법도 잊지 않고 가끔 연습하고 있다고.

한참 달이 기운 다음에야 노이는 제로의 이야기를 해 달라고 말했다. 그는 항상 그렇고 그렇다고 말했다. 하지만 노이가 조르자, 그는 못 이기는 척 이야기했다.

"네 결심을 꺾을 생각은 아니지만 난 말야. 모도를 만나면 이야기해 줄 작정이야. 왜 이 지경이 되도록 놔두었냐고…."

"그게 무슨 말이에요?"

"추종자를 만들어 부와 명성을 갈취하려는 사람뿐이야. 재림한 모도라고 자신을 수식하는 사람들이 너무 많아. 그리고 타락한 모도 교 사제들도. 너는 절대 그런 사제는 안 됐으면 해."

이 말을 마치고 그는 새벽의 어스름 속에 다시 길을 떠나야겠다고 말했다. 노이는 어디로 갈 거냐고 물었다.

"숲을 둘러볼 작정이야. 그게 아마 최초의 기억 같아. 불현듯 생각났지 뭐야. 워낙 오래전이라 뇌가 만들어 낸 착각인지 진짜인지 모르겠지만."

"다시 또 만날 수 있을까요?"

"인연이 닿는다면 만나겠지."

"편지라도 주고받을 수 있을까요? 혹시라도 제가 숲에 대한 정보를 얻으면 알려 드릴게요."

그는 웃으며 고개를 저었다.

"고맙지만 괜찮아. 부담 주고 싶지 않아. 내가 저번에 그랬잖아. 빚을 졌다고 생각하지 말라고."

"그렇게 생각 안 해요. 그럼 전할 말이 있다면 이 가게에 편지를 맡겨 놓는 건 어때요?"

노이는 벽 한쪽의 우편함을 가리켰다.

"그래, 그럼. 그러자."

"다음에는 같이 나란히 걸어요."

그는 고개를 끄덕이고 떠났다.

그날 이후로 노이는 제로를 볼 수 없었다. 그러나 그는 제로와 만났던 순간을 문득문득 떠올리곤 했다. 그중에서도 숲을 찾겠다는 말을 마음에 새겼다.

노이는 그가 신이 아니더라도 분명히 모도 신과 어떻게든 관련이 있을 거라고 생각했다. 본인은 절대 아니라고 부인했지만 노이는 적어도 그가 버림받은 에곤이거나 기억을 잃은 신일지도 모른다고 생각했다. 그런 그가 숲을 떠올렸다면 경전과 관련지어 연구해 볼 수는 없을까 싶었다.

지금 돌이켜보면 제로의 말이 옳았다. 먼발치에서 볼 때는 경건해 보였던 모도 교의 내부는 거짓말과 비리로 가득 차 있었으며 신도 수를 늘리고 정치적인 영향력을 높이기 위하여 안달이 나 있었다. 노이는 사제들에게 자성을 촉구하고 신의 이름을 팔지 말아야 한다고 주장했지만 그 이야기는 쉽게 묻혀 버렸다. 그래서 숲 관찰을 좋아한 것일지도 모른다. 사제청에 휘둘리지 않고 경전을 따르는 일이었으니까.

이렇게 몇 십 년 전 일을 떠올리는 것도 참 오랜만이었다. 육체의 노화와 이름 모를 불안과 무엇이라도 가치 있는 일을 해 보고 싶다는 생각 때문에 지나간 일을 찬찬히 곱씹어보는 일이 좀처럼 없었는데.

그는 또 다른 짐승이 숲으로 오지 않을까 싶어 창밖을 응시했다. 땅거미가 지고 있었다. 그때 저 멀리 숲 바깥 들판에서 달려오는 검은 점이 보였다. 또 짐승인가? 아니면 여행자거나 병사일까? 그는 얼굴을 찡그려 다가오는 어둠에 눈이 적응하도록 만들었다.

검은 형체가 이쪽으로 오고 있었다. 그것은 네발 달린 동물이 아니라 두 발로 걷는 사람이었다. 그 사람은 몹시 서두르고 있었다. 두려운 기색은 전혀 없었으며 숲으로 돌진하려는 욕구에 가득 찬 듯싶었다.

노이는 벽에 걸려 있는 보호복을 흘깃 보았다. 검고 두툼한 재질로 온몸을 덮을 수 있으며 머리 부분에는 향이 들어 있는 까마귀의 부리와 닮은 마스크가 달려 있었다. 한가하게 옷을 입을 시간이 없었다. 그는 짐을 챙겼다. 상비약과 조난 대비 용품 따위가 들어 있었다.

노이는 짐을 등에 메고 등불과 호신용 활과 화살을 챙겨 밖으로 나갔다. 검은 형체는 이제 목책 앞에 다다랐다. 그는 잠시 멈춰서서 들어갈 부분을 생각하는 듯하다가 목책의 나무를 타고 무서운 속도로 기어올라 갔다. 노이는 고함을 질렀다.

"신원을 밝히시오!"

검은 형체는 목책 꼭대기에서 숲속으로 뛰어내렸다. 쪽문으로 가기에는 너무 늦다. 노이는 자신만이 아는 목책의 허술한 부분을 통해 그를 쫓았다. 검은 형체는 땅 위로 드러난 나무뿌리를 이리저리 피해 달렸다. 노이가 잡기에는 역부족이었다. 결국 그는 멈추어 설 수밖에 없었다.

숨을 몰아쉬며 숲을 살폈다. 늦가을이었음에도 새싹이 자라고 있었다. 그리고 바위가 있는 곳은 이끼가 융단처럼 펼쳐져 있었다. 노이는 소쩍새의 지저귐과 귓가를 윙윙대는 날벌레의 날갯짓 소리를 들었다. 들고 있는 등불 주위로 작은 곤충들이 어지러이 날아들었다.

검은 형체가 시야에서 사라져 버렸기에 노이는 어떻게 할지 생각했다. 무턱대고 쫓을 수는 없어서 멈춰 섰다. 이렇게 넓은 곳에서 어떻게 찾을 수 있을까? 그는 누구이고 왜 이곳으로 들어온 걸까? 어느 방향으로 갔을까? 꼬리에 꼬리를 물고 질문이 이어졌다.

노이는 눈을 감고 공기의 흐름과 발아래의 진동과 먼 곳에서 들려오는 풀벌레 소리를 들었다. 멀지 않은 곳에서 무엇인가 추락하는 소리가 들리고 뒤이어 작은 신음이 들렸다. 노이의 등 뒤쪽, 목책과 가까운 쪽이었다. 노이는 미간을 찌푸렸다. 오랜만에 숲에 와서 거리나 방향에 대한 정보가 혼선을 빚고 있는 것일까? 아니면 자신의 인지능력이 노화로 인해 감퇴한 것일까?

노이는 신음이 들리는 곳으로 갔다. 여차하면 활을 쏠 요량으로 어깨에 멘 활에 손을 댔다. 신음의 장본인은 고통이 큰 탓인지 옷과 머리칼에 흙이 묻어 있는 것도 상관하지 않고 떨어진 그대로 몸을 쪼그리고 있었다. 노이는 가까이 다가가 얼굴을 살폈다. 노랗고 희미한 빛이 그의 얼굴을 환하게 만들었다. 목책을 넘다가 다친 듯 얼굴에 온통 생채기가 났고 코에서 피를 흘리고 있었다.

"제로?"

그는 분명히 제로였다. 노이는 그의 몸을 살폈다. 온몸에 긁힌 상처가 잔뜩 나 있었다. 목책에서 뛰어내리다 발을 헛디뎌 가시덤불이나 뾰족한 나뭇가지에 다친 듯싶었다. 그중에서도 가장 심한 부상은 왼쪽 어깨와 정강이었다. 그곳 또한 나을 테지만 피가 흐르고 있었다. 제아무리 제로라도 심한 부상에는 처치가 필요하고, 시간이 충분히 주어져야 나을 수 있었다. 제로는 고통 속에 있었다.

그리고 여전히 젊었다. 노이가 어릴 때와도 처형장에서 만났을 때와도 다르지 않았다. 그는 노이를 알아보지 못한 채로 허공을 응시했고 입에서 신음을 냈다. 깨어나지 못할 꿈에서 몸부림치는 것 같았다. 노이는 그의 몸을 흔들었다. 한 번도 보지 못한 모습에 덜컥 겁이 났다.

노이는 챙겨온 짐에서 물과 천과 약초로 만든 연고를 꺼냈다. 상처 부위를 깨끗하게 씻어내 천으로 지혈하고 약을 발랐다. 노이는 얼굴의 생채기가 놀라울 정도로 시시각각 나아가고 있는 것을 가만히 바라보았다. 그의 숨소리가 편안해졌다.

제로가 눈을 떴다. 그는 노이를 향해 손을 뻗었으나 눈의 초점이 맞지 않는지 팔이 허공을 젓고 있었다. 노이는 그 손을 잡았다. 제로는 노이의 얼굴을 이모저모 뜯어보더니 이내 알아차리고 잡은 손을 더 꽉 잡았다.

"아, 노이. 노이로구나."

노이는 상처가 더 벌어질까 싶어 그쪽으로 몸을 기울였다. 그에게서는 연초 잎의 향이 났다.

"모도 신을 찾았나요? 숲을 찾는다는 건 어떻게 됐어요? 기억은요?"

제로는 격양된 목소리로 말했다.

"드디어 내 삶의 이유를 찾은 것 같아. 마치 지금만을 위해 살아온 듯해. 이곳에 오는 것이 내 유일한 목적이었나 봐."

"이곳에 대해 알고 있었어요?"

제로는 꿈에서 막 깨어났거나 어딘가에 잔뜩 취한 사람처럼 굴고 있었다.

"아니 처음이야. 참 이상하지. 갑자기 이 숲에 와야 한다는 생각이 들었어. 내 몸이 그것을 바라고 있었어. 처음이자 마지막으로 이것이 사명이라고 느껴져. 무의식이 알고 있었나 봐."

"여기 안개가 걷힌 건 어떻게 알았어요?"

"잘 모르겠어. 그런데 넌 왜 여기 있어?"

"저번에 말했잖아요. 숲 정보를 모으겠다고."

"아무 연락도 없어서 포기한 줄 알았어."

"뭐라고요? 그럼 그 식당에 갔었어요?"

"그래. 빈 통뿐이었지만."

"뭐라도 남기지 그랬어요! 전 그냥 이렇다 할 소득이 없어서 그랬던 건데."

제로는 어깨를 으쓱했다.

"상관없어. 그냥 바쁜가 보다 했지."

노이는 제로의 표정을 살폈다. 둘 사이에 침묵이 흐를 때 제로는 허공을 쳐다보며 넋을 놓고 있었다. 그러나 어리둥절한 표정이었다가도 노이가 말을 걸면 정신이 돌아와 질문에 응답했다.

"이 숲의 한복판에 나를 부르는 뭔가가 있어."

제로는 이렇게 말하며 몸을 일으켰다. 노이는 그의 고집을 꺾을 수 없어 한쪽 겨드랑이 사이에 팔을 넣어 몸을 부축했다. 젊은 육체를 부축하는 것은 벅찼으나 노이는 내색하지 않았다. 제로는 떨리는 몸으로도 한쪽 손으로 방향을 지시하며 걸었다.

어떻게 지냈는지 이야기해 달라는 노이의 요청에 그는 세계 각 곳의 숲을 탐방했다고 말했다. 안개 숲에 가장 기대를 걸었으나 그 숲은 들어가 볼 수도 없고 안개가 걷히면 아무것도 없는 것으로 판명되는 통에 허무했다고 했다.

노이는 자기 목과 어깨에 두른 제로의 팔의 무게에서 생명의 징후를 느꼈다. 그는 제로를 처음 만났을 때를 떠올렸다.

노이는 산골 마을에서 태어나 유년기를 보냈다. 외부와 교류가 많은 곳은 아니었으나 마을 사람들끼리는 몹시 친했다.

　마을은 예로부터 모도 교를 믿고 있었다. 마을의 사제는 아이들에게 경전의 이야기를 매일 들려주었다. 노이는 그 이야기를 가장 잘 듣는 아이였다. 모도 신은 상처 입지 않으며 피를 흘리지 아니하고 지치지 아니한다고 했다. 핍박받았지만 진짜 모도 신은 승천의 날까지 계속 부활하며 사람들을 구원했다고 했다. 사람들을 사랑하여 이적을 행하고, 이곳에 존재하면서 동시에 저곳에 존재하는, 공기처럼 어디에나 있는 존재는 노이를 충분히 매료시킬 만했다. 놀라운 신의 존재만이 그를 사로잡은 것은 아니었다. 사제는 말했다. 경전을 읽으면 우리 세계를 이해할 수 있다고. 경전에는 세계가 어떻게 지금과 같은 모습이 되었는지, 사람이 왜 태어나서 죽는지, 그래서 우리는 어떻게 살아야 하는지 쓰여 있었다.

　평화는 하룻밤 사이에 깨졌다. 가뭄으로 흉작이 이어지던 해의 끝 무렵 창과 칼을 든 약탈자들이 마을을 습격했다. 노이가 열세 살 때였다. 노이는 그날을 끝없는 눈보라의 이미지로 기억한다. 어머니는 노이를 다락방에 숨기고 조용해질 때까지 가만히 있으라며 문을 닫았다. 처음에 노이는 혼자 숨지 않겠다고 울었지만, 어머니의 말을 듣기로 했다. 그는 며칠 동안 인기척을 내지 않고 말린 과일을 먹으며 숨어 있었다.

　숨을 죽이고 시간이 지나가기를 바랐다. 바깥에서 사람들의 말소리나 인기척이 들리지 않았다. 노이는 계단을 통해 다락에서 내려왔다. 깨지고 내동댕이쳐진 가재도구로 집 안은 아수라장이었다. 그곳에는 아무도 없었다. 하지만 벽에 뿌려진 핏줄기를 보는 순간, 구토감이 올라와 밖으로 나왔다. 부모님과 할아버지는 어디로 가셨지? 사제님은? 얼굴을 맞대고 같이 놀았던 친구와 동생들은? 노이는 그들이 그저 살아 있기만을 바랐다.

　눈 덮인 마을은 이상하리만치 조용했다. 지상에 쌓인 눈이 소음을 다

흡수한 듯싶었다. 노이는 추위를 느꼈지만, 틈새를 파고드는 바람과 눈과 땅의 한기를 피할 수 없었다. 움직이는 것은 없었다. 이상한 냄새가 코끝에 감돌았다. 그는 냄새를 따라갔다.

눈 덮인 광장에 마을 사람들의 시신이 한데 모여 불에 태워지고 있었다. 아는 얼굴만 해도 여럿이었다. 노이는 뒤돌아 뛰었다. 그 모습을 보고 저 멀리 있던 약탈자 하나가 "살아 있는 놈이 있다"며 그를 쫓았다. 얼마나 뛰었을까. 발을 헛디뎌 벼랑에서 떨어졌다. 노이는 눈밭에서 구르다가, 한쪽 정강이를 나무에 세게 박고서야 멈추었다. 추위 속에서 의식이 희미해졌다. 가까이에 사람의 형상 하나가 다가왔으나 다리가 꼼짝하지 않았다. 노이는 온 힘을 다해 근처의 돌 하나를 잡아 그의 발등을 내리찍었다. 비명이 들렸다. 그와 동시에 노이의 정신은 땅으로 꺼져 버렸다.

정신을 차렸을 때 노이는 동굴 속에 도톰한 모포를 덮고 누워 있었다. 몸을 때리는 세찬 바람도 없고 한기도 거의 느껴지지 않았다. 그곳은 자연적으로 만들어진 동굴이 아니라 누군가가 인위적으로 만든 것 같았다. 모닥불 불빛이 벽에 일렁였다. 노이의 옆에는 잿빛 로브를 뒤집어쓴 사람이 모닥불 가까이 앉아 무언가를 굽고 있었다. 고소한 냄새가 났다.

노이가 눈을 뜬 것을 보자 그는 안도의 표정을 지었다. 그는 모도 신의 얼굴을 하고 있었다. 마을 사람들이 가지고 다니는 로켓과 성전의 성화 속에 있는 모도 신이었다. 그가 승천한 줄 알았는데 우리를 어여삐 여겨 다시 지상으로 내려온 건가. 노이가 그의 얼굴을 빤히 보자 그가 말했다.

"무슨 생각 하는지 알아. 이것 봐. 난 그냥 사람이야."

그는 노이가 돌로 내리찍은 발등을 가리켰다. 발은 찢어지고 온통 멍이 들었으며 퉁퉁 부어 있었다. 경전에 신은 다치지 않는다고 했다. 그러니 그의 주장에 따르면 그는 신이 아니었다. 어쨌거나 그 상처는 무척 아파 보였다. 노이가 난처한 표정을 짓자 그는 미소를 띠었다.

"괜찮아. 빨리 나을 거니까. 영영 안 깨어나면 어쩌나 했다. 난 제로야. 너희 마을 근처에 모도 신이 이적을 펼쳤다는 들판을 찾아온 순례자지. 내가 모도라면 여기서 널 도와주고 있지 않았겠지. 그냥 그 갈등 자체를 없게 이 세상을 만들었을 테니까."

노이는 자리에서 일어나려고 했지만, 웬일인지 한쪽 다리에 힘이 전혀 들어가지 않았다. 발목에서부터 무릎 아래까지 부목과 마른 약초 잎으로 응급 처치가 된 것이 보였다.

"내가 할 수 있는 건 이 정도까지였어. 날 믿지 못하겠지만, 넌 휴식과 치유가 필요해."

노이는 시선을 아래로 돌리다가 제로의 발을 쳐다보았다. 시간이 거꾸로 가는 듯 순식간에 깊게 찢어진 살이 꿈틀거리며 재생하고 있었다. 터질 듯 부어 있던 발은 점점 원래대로 돌아왔다. 시커먼 멍이 누렇게 변하더니 곧 멀쩡해졌다. 상처 입지 않는 건 아니지만, 저렇게 빨리 낫는 것도 처음 본 광경이었다.

"모도 신이 아니라면 왜 나를 구해 주셨죠?"

"글쎄다. 네가 거기 있었고 널 구할 수 있는 사람은 나뿐이었으니까."

그는 희미하게 웃었다.

"나는 모도의 흔적을 찾으려고 세계를 돌아다니고 있어. 이곳도 다른 도시에 가려다가 우연히 들렀는데 누군가 마을을 습격한 듯하더군. 생존자는 너밖에 없었어. 어린애가 벼랑 아래 눈 덮인 곳에 쓰러져 있는데 그냥 갈 수가 있겠니."

노이는 곰곰이 생각했지만 그럴수록 정신이 아득해졌다. 정말 아무도 살아남지 못한 건가? 이제는 영영 혼자인 건가. 습격 당시 기억을 떠올리려고 했지만 이미지는 떠오르지 않고 입이 바싹바싹 탈 뿐이었다. 심장이 빠르게 뛰는 것을 느끼며 노이는 다시 의식을 잃었다.

꿈속에서 노이는 마을 사람들을 만났다. 그들은 흰옷을 입고 이쪽으로 오라며 손짓했다. 부모님과 할아버지를 봤을 때는 당장 그들 품에 안기고 싶어질 지경이었다. 그러나 제로가 몸을 흔드는 바람에 깨어나야 했다.

"혹시 몸을 의탁할 곳이 있니?"

노이는 꿈을 떠올렸다. 꿈속에서 어머니의 모습을 보고 나니 퍼뜩 생각나는 게 있었다. 어머니는 무슨 일이 생기면 삼촌을 찾아가라고 했었다. 노이가 어렸을 때 만난 적이 있었지만, 너무 어릴 적이라 기억이 나지 않았다. 그러나 삼촌만이 어머니의 유일한 혈육이었고, 노이의 대부라고도 했다. 예전에는 농담 반 진담 반으로 부모님 말씀을 안 들으면 삼촌에게 보내 버린다고 했었는데 이제는 어머니의 유언이 되어 버렸다.

"바클리에서 무두장이로 사는 삼촌이 있다고 그랬어요. 무슨 일이 있으면 찾아가라고."

"얼굴을 알아?"

노이는 고개를 저었다.

"하지만 그 삼촌은 저를 알 거에요."

"그럼 그곳까지 데려다줄게. 괜찮지?"

"솔직히 잘 모르겠어요."

"그럼 결심이 설 때까지 기다릴게. 일단 뭔가 먹을 수 있겠어?"

그는 물고기를 꿴 꼬치와 물그릇을 내밀었다. 노이가 여전히 경계의 눈빛을 하고 있자, 제로는 자신의 꼬치를 크게 베어 물며 먹어도 괜찮다는 시늉을 했다. 노이는 비로소 꼬치를 받아 들고 먹기 시작했다.

"하루하고도 반을 꼬박 누워 있었지 뭐야. 뇌조를 사냥했는데 구워 줄게. 기다리는 동안 너무 배고프면 가방에 있는 육포를 먹어도 좋아."

노이가 음식을 먹는 동안 제로는 이곳을 옛날 사람들이 지하에 만든 피난처라고 설명했다. 노이는 주위를 둘러보았다. 마치 모도 교 경전에 등장하는 멸망 이전의 고대 유적처럼 오래된 것 같았다. 아주 낡아 이곳저곳에 곰팡이가 슬었으나 벽은 무척 단단해 보였다. 이런 장소가 있었으면 마을 사람들이 죽지 않았을 거라 생각했다. 노이는 적이 오면 피하는 곳이냐고 물었다. 제로는 그럴 수도 있겠지만 사람을 피하기보다는 추위와 열기와 기타 외부 오염에 대피하기 위해서 만들어진 것이라고 말했다. 확신하며 말하는 것이 인상적으로 느껴졌다.

물고기 한 마리를 남김없이 먹자 노이는 비로소 머리가 돌아가며 사태 파악이 되기 시작했다. 그리고 제로에게 삼촌을 만나러 가겠다고 말했다.

제로는 낡은 지도를 꺼내어 펼쳤다. 대륙이 그려진 땅 위에 작은 동그라미 표시가 무수히 그려져 있었다. 노이는 이 표시가 무엇이냐고 물었다. 제로는 자신이 가본 피난처라고 했다. 자기가 아는 표식으로 표시해 놓기 때문에 사람들에게 발견된 적은 없었다고 했다. 그리고 작게 쓰인 글자 중 바클리를 찾아 여기서부터 그곳까지의 거리를 계산했다.

"눈보라는 며칠 거세어지다가 잦아들 거야. 겨울이 끝날 때까지 기다리는 건 좋은 방법이 아니야. 음식도 충분치 않고 얼어 죽을 수도 있으니 조금이라도 전진하는 게 좋겠어. 네 다리도 응급처치는 했지만 의사에게 진찰도 받아야 할 거고." 그는 동그라미 표시를 가리키며 이어 말했다. "나는 이런 곳들을 잘 아니까 눈보라가 칠 때는 그곳에서 자주 쉬면서 최대한 빨리 가 보자. 낮에는 걷고, 밤에는 쉬면서. 너만 괜찮다면 내일부터 갔으면 하는데."

노이는 대답 대신 자기 다리를 내려다보았다. 과연 이 다리로 전진할 수 있으려나. 머릿속 생각을 읽기라도 하듯 제로가 말했다.

"내가 업고 가면 돼. 그럼 됐지?"

그는 전혀 문제가 되지 않는다는 투로 말했다. 노이가 주춤거리자 그가 다시 말했다.

"난 보기보다 힘이 세. 지쳐서 넘어지는 일은 없을 거야."

제로는 노이의 땀을 닦아 주고, 털옷을 덮어 주었다. 그들은 아침에 길을 나섰다.

땀에 절어 있는 제로의 등은 꽤나 넓고 부드러웠으며 뜨겁고 시큼한 땀 냄새가 났다. 노이는 자신이 살아 있는 것을 느꼈다. 혼자였으면 영영 죽었을 것이었다. 고요한 공간에 그의 등만이 오르락내리락했다. 노이는 그의 등에 기대어 살갗과 닿은 허공으로 김이 나는 것을 보았다.

눈을 감지 않으려 했지만, 자꾸 혼곤한 기억 속으로 빠져들었다. 고요함이 지속되면 마을 사람들의 절규가 들려왔다. 피곤과 불안함이 엄습했다. 이 사람은 믿을 만한 사람일까? 잠시 잠결에 있었다가 다시 눈을 떠 보면 그의 등이 온데간데없고 자신은 눈밭에서 영원히 굴러떨어지고 있는 것은 아닐까 하는 생각이 수도 없이 들었다. 그때마다 제로는 노이에게 소리를 지르고 손가락으로 엉덩이와 허벅지를 찌르면서 일어나라고 말했다. 노이는 신음을 내거나 몸을 크게 떨었다. 눈을 뜨면 항상 그의 등이 있었다.

제로의 체취와 감촉과 체온이 느껴졌다. 그는 여느 사람과 다르지 않았다. 비를 하루 종일 맞으며 걸었는데도 화창한 날과 비슷하게 걸을 수 있고, 크게 아픈 적도 없고, 식사를 조금만 먹어도 힘을 낼 수 있는 것을 빼고는.

"너는 다음 피난처가 나올 때까지 깨어 있어야 해. 나도 마찬가지고. 여기서 얼어 죽고 싶지 않거든. 그러니 내가 뭐라도 떠들어 볼게."

노이는 고개를 끄덕였다. 그는 제로의 등에 몸을 누이고, 잠자코 이야기를 들었다. 그 이야기를 들은 지 아주 오래되었어도 노이는 그가 몇 날 며칠에 걸쳐 들려준 이야기를 기억하고 있다. 세월이 많이 흘러 노이가 그 이야기의 모든 부분을 생생하게 떠올릴 수 있는 것은 아니지만 대략적인 것은 기억했다.

제로는 이전 세계의 멸망을 두 눈으로 보았다고 말했다. 아주 오래전이어서 그 당시 자신의 이름을 기억하지 못할 정도라고 했다. 그는 자신의 이름을 제로라고 칭했다. 지금은 사라져 버린 고대의 언어로 '아무것도 없다'라는 뜻이었다.

정신을 차리고 보니 그는 망한 세상 한복판에 서 있었다. 세상은 여러 가지 이유로 멸망했다. 땅은 요동쳤고, 사람들이 아팠고, 동식물은 죽었고, 물은 끈끈하고 시커메졌다. 사람들은 부평초처럼 먹고 잘 곳을 찾으며 떠돌이 인생을 살아야 했다.

떠돌아다니는 것보다 모여 있는 게 생존에 낫겠다고 생각한 사람들은 공동체를 조직했다. 제로도 그곳에 갔다. 거기에서 돌림병이 퍼졌는데 어쩌다 보니 홀로 살아남게 되었다. 그때 제로는 자신이 사람들과 다르다는 걸 느꼈다. 모든 것을 잃은 그는 정처 없이 해를 따라서 걷기만 했다. 해가 뜨고 지고, 동료가 있었다가 없었다가, 사람들과 사이가 좋았다가 나빴다가 했다. 그때 피난처를 여러 개 발견했는데, 그때마다 지도에 기록해 두었다.

길 한복판의 시체와 나부끼는 빛바랜 천 조각이 기억난다. 강도를 만나 흠씬 두들겨 맞고 식량을 빼앗겨 목을 매단 사람들도 보았다. 병에 걸린 사람들과 벼락을 맞아 죽은 사람도. 그는 한 곳에 머물고 싶은 생각이 없어서 계속 걸었다. 시간이 얼마나 지난 줄도 몰랐다. 그때쯤 알게 되었다. 자신이 다른 사람들에 비해 오래 걷고 조금 먹어도 최고의 효율을 낼 수 있다는 것을. 그는 생각했다. 태어나기를 특이하게 태어난 것일까? 남들과 다르다면 이렇게 태어난 이유는 무엇일까? 어떤 목적이 있지 않을까?

사람들과 친밀한 사이도 되어 보고 누군가의 가족이나 친구나 스승도 되어 보았다. 어떤 관계는 너무나 친밀하고 다정하고 달콤해서 이렇게 사는 게 자신의 사명이라고 자신을 속이고 싶었다. 하지만 제로는 그것이 진짜 사명이 아니라는 걸 누구보다 잘 알고 있었다.

예전에 들렀던 마을이 큰 도시가 되는 것도, 큰 도시가 다음에 갔을 때는 온데간데없이 폐허가 된 모습도 보았다. 이제 막 태어났다는 갓난아기가 생존자 집단에서 가장 나이 많은 연장자가 되는 것도 보았다. 어떤 나라에서는 지난 문명의 과오를 반복하지 말자는 의미로 멸망 이전의 책을 태우고 그 기술을 아는 사람들을 처형했다. 개인인 자신은 그 세계에 맞설 힘이 없어 모험을 빙자한 도망을 쳤다.

타인들이 시간에 휩쓸려 살고 있을 때 제로는 그렇지 못했다. 그는 10년마다 한 번 신분을 바꾸며 살았다. 사람들과 뭔가 다른 점이 발견되면 사람들이 자기를 내쫓을 것 같아서 같은 곳에 오래 머물지 않았다.

몇 날 며칠이 지났을까. 제로는 한 마을에 도착했다. 마을 사람들이 울고 있다가 제로의 얼굴을 힐끔힐끔 보며 놀라고는 다시 돌아오셨다며 무척이나 반겼다. 이야기를 들어보니 몇 년 전 이 마을에 홍수가 났을 때 '모도'라는 의인이 와서 사람들을 구해 주고 신속하게 마을이 재건될 수 있도록 도와주었다고 했다. 그래서 경작지도 빨리 복구되었고 아무도 굶어 죽지 않았다고 했다. 그리고 홀연히 사라졌다. 사람들은 그를 그리워했다. 그들은 그가 모도와 똑같이 생겼다고 말했다.

그와 비슷하게 생겼다는 모도는 누구일까. 제로는 호기심이 생겼다. 그도 자신처럼 늙지 않을까? 탄생에 어떤 목적이 있다고 생각하는 것은 아닐까? 만약 우리가 만날 수 있다면 서로의 고민을 공유할 수도 있지 않을까.

그 이후로 제로는 모도를 쫓았다. 그는 사람들이 많이 모이는 광장이나 시장에서, 아니면 모도 신의 신전 근처 길거리 음식 거리에서 모도 신의 현신이라는 존재의 소문을 들을 수 있었다. 모도는 한 그루의 몸피나무 열매로 천 명의 사람들을 배불리 먹였다. 악마 들린 사람을 고쳤다. 백 사람이 막아도 어려운 둑을 막았고 전염병 사이에서도 다치지 않고 사람들을 돌보았다. 그리고 한날한시에 이 땅과 저 땅에 동시에 나타났다. 어떤 곳에서는 모도가 처형당했다고 했다. 하지만 며칠 후에 멀쩡한 모습으로 나타났다고 했다.

이적의 현장이 일어난 곳에 가 보면 모도 신이 떠났다는 이야기만 들었고 소문들만 무수히 남을 뿐이었다. 혹자는 그가 이미 육신을 버리고 승천했다고도 했다. 모도인 척하는 자들만 배를 불리는 것을 보았다. 어떤 곳에서는 그를 신이 아니라 신의 사자로 여기기도 했고 조물주에게 축복받은 사람이라고 여기기도 했다. 또 다른 곳에서는 모도를 닮은 조각을 태우는 의식을 거행했다. 그곳에서는 모도가 사악하고 불길한 존재로 그려지고 있었다. 어쨌든 이 땅 모두를 관통하는 어떤 존재가 있는 것은 자명했다. 제로는 여관방에 누워 몸이 열 개였으면 좋겠다고 생각했다. 그러면 모도 신이라는 존재를 빨리 찾을 수 있을 텐데.

제로가 해 준 이야기는 거짓말이라고 하기엔 매우 길고도, 구체적이었으며 진지했다. 하지만 그가 한 말을 모두 이해하고 기억하기란 어린애로서는 불가능했다. 그래도 자신이 이해하고 들은 것들을 최대한 기억하려고 노력했다.

노이가 살던 마을에서 바클리까지는 날씨가 좋은 시기에는 성인 남성이 두 달 정도 부지런히 걸으면 당도할 수 있었다. 하지만 노이와 제로가 떠났던 때는 한겨울이어서 상황이 좋지 못했다. 노이는 제로에게 업힌 채 날아오는 바람에 흐트러진 그의 머리칼을 넘겨 주었고, 오르내리는 호흡을 마음속 깊이 느꼈다. 악몽을 꾸는 일도 많이 줄어들었다. 의원이 있는 마을에 가서 치료도 받았다. 의사는 응급처치가 잘 되었다고 하며 여차하면 다리를 못 쓸 뻔했다고 말했다.

노이는 오랫동안 제로의 등 신세를 져야 했다. 다리가 다 나았을 때까지도 노이는 가족과 마을을 잃었다는 사실에 몹시 쇠약해져 있었다. 툭

하면 열이 펄펄 끓었고, 기침이 심했다. 노이 때문에 여러 번 쉬어야 했기 때문에 그들의 여정은 여섯 달이 다 되어서야 끝이 보였다. 다행히 노이도 여정 중반 이후에는 기운을 차렸고 다리도 멀쩡해졌다. 노이는 제로에게 낚시하는 법과 화살을 쏘는 법을 배웠다. 동물을 잡은 후에는 그 영혼을 위해 기도를 올리는 것까지도.

매섭던 바람도 잦아들고 어느새 그들의 옷 주머니까지 훈훈한 봄바람이 들어왔다. 여정의 끝이 보일 무렵 그들은 오솔길에서 반대 방향으로 길을 걷는 여행자에게 물었다. 그는 바클리까지 한나절 정도 가면 된다고 했다.

제로는 밤이 늦었으니 쉬고 가자며 모닥불을 피웠다. 그들은 타오르는 모닥불을 쳐다보며 멍하니 있었다. 서로 말을 하지 않았지만, 오늘이 마지막으로 함께하는 날임을 깨닫고 있었다. 몸이 회복되고 나니 노이의 정신 또한 지난 여정을 회상할 수 있을 정도로 맑아졌다.

제로는 모닥불을 응시하다가 천천히 날름거리는 불 속으로 손을 넣었다. 그는 천천히 불을 만졌다. 그 동작이 몹시 침착했기 때문에 경건함까지 느껴질 정도였다. 노이는 그 분위기에 압도되어 가만히 있을 수밖에 없었다. 제로가 주먹을 쥐고 불을 움켜쥐었다. 뜨거운 열기에 살갗이 타는 소리와 냄새가 났다. 분명히 아픔을 느끼고 있을 텐데, 그는 무심하게 살이 녹는 것을 보았다. 그러고는 잠시 후에 불에서 손을 뺐다. 상처는 금세 아물었다. 그는 그런 행동을 몇 번이나 반복했다. 그 광경을 계속 보는 것이 힘들었던 노이는 불길로 향하는 제로의 팔목을 붙잡았다.

"하지 마요. 왜 그래요?"

"고통이 느껴지면 내가 살아 있다는 기분이 들어."

그는 옷 속으로 회복되고 있는 손을 집어넣었다.

"왜 나를 구해 줬어요?"

불꽃이 타오르는 소리만이 들렸다. 제로는 침묵하다가 한참 후에 입을 뗐다.

"그냥 외로워서."

"그게 다예요?"

"오래 살다 보면 돈이나 명예나 지식 같은 건 다 부질없다고 여겨져. 난 이곳저곳을 떠돌아다니며 죽어가는 사람을 보면 외면하지 않고 구해왔어. 그럴 때마다 내가 살아 있다는 생각이 들었어. 그게 살아가는 데 유일한 위안이었지. 그런데 말이야. 한 사람도 목적지에 데려다준 적이 없어. 다들 그전에 죽었거든. 이번에는 그러고 싶지 않았어. 내일 순조롭게 널 네 삼촌한테 데려다주고 나면 첫 성공이야. 그러니까 빚을 졌다고 생각하지 마. 내가 이 일로 만족감을 얻고 있으니까."

제로는 빙긋 웃었다. 노이는 그를 이해할 수 없었다. 노이는 눈을 질끈 감고 묻고 싶었던 진짜 질문을 내뱉었다. 이 모든 것이 환상으로 돌아갈 것 같아서 여태껏 하지 않은 질문이었다.

"당신은 정말로 모도가 아닌가요?"

"난 제로야. 제로라고."

그의 단호한 대답에 노이는 다시 물어볼 생각을 하지 못했다. 하지만 어쨌거나 당신은 정말 특별한 사람일 거야. 그는 제로가 기억을 찾는 것을 자신이 도울 수 있었으면 좋겠다고 생각했다. 그는 생명의 은인이었다. 그를 더 알고 싶었다.

그를 알아간다는 것은 그와 감정적으로 가까워짐과 동시에 모도 신이 관장하는 세계를 알아간다는 것이기도 했다. 그러나 어리석게도 노이는 자신을 둘러싼 세계가 움직이는 작동 방식을 이해하기 위해서 모도 신과 경전을 토대로 이해할 수밖에 없었다.

그는 삼촌 집 앞까지 노이를 데려다주었다.

세월이 흘러 노이는 그때와 하나도 달라지지 않은 제로와 함께 백발을 휘날리며 이 숲에 서 있었다. 그들은 큰붉은손바닥나무의 군락지로 들어섰다. 어둠이 무겁게 깔려 있었으나 공기는 맑았다. 바닥에 새순이 돋고 있었다. 제로는 비척거리며 앞으로 나갔다. 코피는 진작 멈추었고 정강이의 상처도 괜찮아졌다. 그러나 그의 멍한 표정은 그대로였다. 노이가 괜찮냐고 물어도 그는 고개만 끄덕일 뿐이었다.

제로는 발을 멈추었다. 어떤 건축물 하나가 그들 앞을 가로막고 있었다. 거대한 돔이 무너진 흔적이었다. 돔은 여러 군데에 균열이 가 있었고 잔해가 땅에 떨어져 있었다. 노이는 일평생 숲을 연구했지만 이러한 건축물이 있는 것은 처음 보았다.

벽에 돋을새김된 문자가 있었다. 제로는 움찔거리며 뒤로 물러났다.

노이는 그 문자가 고대 문자임을 알 수는 있었지만 의미를 파악할 수는 없었다. 노이는 사람이 두 손으로 제 목을 감싸며 괴롭게 죽어가는 표시와 그 위의 ×자 그림에서 위험을 감지했다. 이것은 누군가의 경고였고, 악마가 만든 지옥문이라고 하기엔 너무나 사람이 남긴 표식과 같았다. 아주 오래전에 사고라도 있었던 것일까. 노이가 문을 보고 얼굴을 찌푸리자 제로가 말했다.

"나도 자세히는 모르겠지만, 이 안에 독한 공기가 있다가 새어 나왔나 봐. 숲의 분지에 갇힌 공기들이 멀리 퍼지진 못한 모양이야. 시간이 지나면서 조금씩 희미해졌고."

제로는 곰곰이 생각하다가 두 손을 머리에 대고 고통스러워했다. 그는 이 건물은 자신이 가야 할 곳은 아닌 것 같다고 말했다. 그들은 걸음을 옮겼다.

노이가 바위의 이끼에 미끄러져 다친 곳이 없는지 한눈을 판 사이에 제로가 사라졌다. 제로는 자기를 제어하는 것이 불가능해 보였다. 노이는 제로가 이곳에 온 것이 사명이나 자기 의지가 아닐지도 모른다고 생각했다.

노이는 그를 찾아 근처를 배회했다. 나무 사이를 걸으며 제로를 외쳐 불렀지만, 대답은 들려오지 않았다. 땀을 닦으며 잠시 멈추어 섰을 때 근처의 얕은 물가에서 찰방거리며 넘어지는 소리가 들렸다.

"제로?"

그러나 대답이 없었다. 노이는 어깨에 멘 활을 풀어 손에 쥐고 경계하며 소리가 난 쪽으로 걸었다. 거기에 사람이 서 있었다. 그는 제로와 같은 모습이었다. 하지만 붉은색 귀걸이를 착용한 그 사람의 눈빛이나 분위기는 노이가 아는 제로와는 미묘하게 달랐다. 그렇다면 그가 모도 신인 것일까. 하지만 그 또한 얼굴은 무척 초췌했고, 옷에 흙탕물이 잔뜩 묻은 데다, 나뭇가지에 바지가 찢어져 있었다.

괜찮냐고 물어도 그는 물을 뚝뚝 흘리며 "돌아가야 해"라고 끊임없이 되뇌이기만 했다. 그는 어딘가에 단단히 홀려 한 방향만 응시하고 있었다. 이 사람도 최근에 숲에 들어온 것이라고 가정한다면 처음 숲 밖에서 목격했던 사람은 제로가 아니라 이 사람이 아니었을까. 노이는 생각했다.

노이는 그에게 재차 말을 걸었지만 그는 잠시 노이의 얼굴을 확인하고 침묵할 뿐 이내 다시 같은 상태로 돌아갔다. 그가 가던 길을 계속 가고 싶어 했기 때문에 노이는 보내줄 수밖에 없었다. 그는 비틀거리면서도 가야 할 길을 알았다. 노이는 그를 쫓아갔다. 그를 따라가면 제로를 찾을 것 같았다.

그가 도착한 곳은 두 협곡 사이에 만들어진 거대한 건물이었다. 매끄럽고 까만 바위 같은 표면이어서 제대로 보지 않으면 자연물이라고 착각할 외관이었다. 건물로 들어가는 문은 거대하고 튼튼해 보였다. 철옹

성처럼 튼튼하게 생긴 처음 보는 재질이었다.

그가 입구 앞에 서자 위에서부터 아래로 빛이 쏘아지더니 굉음을 내며 양쪽으로 문이 열렸다. 그는 그 입구로 들어갔고 노이는 그 틈을 놓치지 않고 따라 들어갔다.

건물의 내벽은 매끄러운 곡선을 이루고 있었다. 창문도 없는 흰 벽. 웡웡거리는 소음이 들렸다. 묵은 먼지가 느껴지지는 않았지만, 이 공간은 오랜 시간 동안 사람의 방문이 없었던 듯했다. 천장의 불이 희미하게 점멸을 반복했다. 어둠 속에서 노이는 그를 놓쳐 버렸다. 갑자기 다른 세상 속으로 들어온 것 같았다. 그곳은 시대를 특정할 수 있는 가구도 표식도 없었다. 건물 안에 들어오자 그는 좀 더 속도를 냈다.

노이는 주변을 둘러보며 복도 안쪽으로 들어갔다. 복도 끝에서 빛이 새어 나오고 있었다. 복도 오른편에 위층으로 올라가는 계단 이 있었지만, 지금은 직진해야 했다. 그는 헉헉거리며 빛이 시작되는 곳으로 갔다. 그곳에는 아래를 내려다볼 수 있는 난간이 있었다. 그는 그쪽으로 걸어가 난간 너머를 보았다.

노이는 제 눈을 의심했다. 황금색의 길쭉한 빛기둥 같은 것이 중앙의 어두운 공간을 채우고 있었다. 아주 오래전 유물 같았는데 파손된 흔적 없이 고스란히 남아 있었다. 물이 가득 채워진 듯한 그 안에 어떤 형체가 눈을 감고 부동자세로 떠 있었다. 몸에는 선 다발이 복잡하게 연결되어 있었다. 마치 포도나무에 열린 열매와도 같았다.

노이는 그의 얼굴을 보았다. 코와 입 주변에 공기 방울이 보글보글 떠올랐다. 노이가 아는 얼굴이었다. 그 모습은 모도 신이었고, 제로였고, 붉은색 귀걸이를 한 낯선 이였다. 제로나 낯선 이가 저 안에 잠겨 있다고 하기에는 그는 오래전부터 물속에 있었던 것처럼 보였다.

미묘하게 미소를 짓고 있는 표정에 노이는 긴장되었지만 평안한 마음을 가질 수 있었다. 모도 신의 머리 뒤에 후광이 빛나고 있었다. 그 주변으로 빛나는 황금색 실이 방사형으로 뻗어나가 노이가 서 있는 공간 너머까지 채웠다. 노이는 그 자리에서 무릎을 꿇었다. 금단의 땅에, 지옥 안개 숲에, 모도 신이 있었다.

물기둥이 바닥에서 소용돌이를 일으키며 점차 빠져나갔다. 그의 몸에 부착된 선들이 그를 지탱하고 있어 그는 그 물에 휩쓸리지 않고 그 자리에 고정되어 있었다. 정신이 돌아오지 않은 것 같은데, 그의 입술이 달싹이며 무언가를 말하기 시작했다. 그의 목소리는 노이가 서 있는 곳까지 똑똑히 들렸다. 처음에는 알아들을 수 없는 여러 소음과 낯선 발음들이 나왔지만 그 후에는 노이가 이해할 수 있는 말을 하기 시작했다.

"모도는, 자신이 보유한 세상의 정보가 자신이 딛고 서 있는 현실과 다르다는 것을 알았다. 오염으로 인하여 땅의 색이 바뀌고, 독성이 많은 숲과 땅이 발견된다. 사람들은 40대만 되어도 늙어 죽는다. 평균 키는 작아졌고 뼈는 자주 골절되며, 종양 한두 개쯤은 누구나 가지고 있는 시대임을 깨달았다."

노이는 숨을 죽였다. 잠시 침묵이 감돌다가, 다시 그가 말을 이었다.

"모도는, 대륙의 최북단에서 한파로 굶주린 사람들을 이끌고 마을을 재건할 만한 곳으로 향했다.

모도는, 사람들이 멸망 전 시대의 책을 태우는 것을 보았다. 그들은 이런 지식이 없었으면 멸망도 없었을 거라고 주장했다.

모도는, 열이 오르는 전염병이 창궐한 마을에 도착하여 가지고 있던 마지막 비상약으로 열병에 걸린 마지막 생존자를 살렸다.

모도는, 자신이 병에 쉬이 걸리지 않고, 걸려도 금방 낫는다는 것을 알았다. 상처가 나도 시간을 되돌린 듯 금방 나았다.

모도는, 권태를 느끼고 자신에게 남은 시간을 죽이며 숲속에 칩거했다.

모도는, 연인과 깊은 관계를 맺고 일평생 함께하려는 약속을 한 후에야 자신이 불임이고 늙지 않는다는 사실을 알았다. 하지만 연인은 그건 아무 상관도 없다고 말하며 그를 떠나지 않았다. 그들은 함께 혈육이 아닌 아이들을 사랑으로 돌보았다. 연인은 나이가 들어 모도를 떠났다.

모도는, 몸피 나무 아래에서 사람들에게 인생을 어떻게 살아야 할지 이야기했다. 사람들이 구름떼처럼 몰려들었다. 그 나무의 열매를 나누어 주었는데, 금방 동이 나 버리고 말았다. 그러자 사람들이 집에서 먹을 만한 음식을 가져와서 함께 나누어 먹었다.

모도는, 7년에 한 번씩 자신의 신분을 바꾸며 끊임없이 걸었다.

모도는, 삶에 대한 글을 썼다.

모도는, 불에 타지 않는 멸망 전 시대의 고문서를 찾아봤지만, 구할 수 없었다.

모도는, 이전 시대의 오염이 사그라들고 정화되는 것을 보았다.

모도는, 마을 사람들이 밤만 되면 안개 숲에 악마가 나온다며 무서워하는 것을 듣고, 그곳은 이전 시대의 오염물일 뿐이라고 말했지만 듣는 사람은 없었다.

모도는, 약초학과 역사학을 배웠다.

모도는, 자신과 닮은 사람이 있다는 이야기를 듣고 노력 끝에 그자를 만났다. 하지만 그는 이미 광증에 걸려 있었다. 마을 사람들 말로는 다른 사람들에게 노예처럼 끌려다니며 비참하게 살았다고 했다.

모도는, 왜 자신이 이렇게 태어났을까 의문을 가졌다.

모도는, 자신 같은 사람이 세상에 또 있는지 찾기 위해 노력했다. 자신의 존재 의의를 알기 위해서. 고문서를 열심히 탐독했다.

모도는, 사람들을 사랑했다.

모도는, 다른 마을에서 모도라는 이름 아래로 민중들이 탄압자와 기득권자에게 대항했다는 소문을 들었다. 그는 자신의 이름을 다른 이름으로 바꾸었다.

모도는, 모도의 추종자가 많아짐을, 모도라는 이름이 소망을 상징하는 이름이 되어감을 느꼈다. 그를 둘러싼 종교가 만들어지고 신전이 생기고 경전이 탄생하는 것을 보았다. 모도 교는 세계 곳곳에 전파되었다.

모도는, 대대로 종양이 생기는 질환이 있는 사람들의 마을을 방문하여 우물물이 종양이 생기는 원인이라는 것을 깨닫고 사람들에게 이주하라고 권유했다.

모도는, 스승에게서 검술을 배웠다.

모도는, 사람들을 증오했다.

모도는, 도시 한 곳에 정착했다. 그는 자신의 가명을 내세워 식당을 세웠으며, 자손에게 손맛이 대물림된다고 홍보했다.

모도는, 한곳에 정착한 적이 한 번도 없었다. 그는 세계를 돌아다녔다.

모도는, 레미 평원 전투에서 병사로서 싸웠다. 수많은 상처를 얻었지만, 으깨어져 사라진 발가락은 돌아오지 않았다. 그는 이 사고로 자신이 다쳐도 떨어져 나간 신체 부위는 새로 자라지 않음을 알았다. 전쟁이 끝난 후 그는 발가락을 내려다보며 끔찍했던 전쟁을 상기했다. 그 전쟁에서 맞서 싸웠던 적 중에서 자신과 닮은 사람을 본 듯도 했다.

모도는, 세상이 몹시 흥미롭다고 생각했다. 그래서 길게 사는 것도 나쁘지 않겠다고 생각했다.

모도는, 사람들이 힐끔거리는 게 싫어서 얼굴을 가리고 다니기 시작했다.

모도는, 자신이 투자한 교역이 성공하여 막대한 부를 벌어들였다. 그는 좋은 옷을 입고 큰 성에 살게 되었다. 하지만 언제나 쓸쓸했다.

모도는, 자신을 있는 그대로 받아주는 작은 마을 사람들을 만났다. 그는 그 마을의 살아 있는 역사책이 되었다.

모도는, 자신이 행하지 않은 이적을 자신의 이름으로 행한 모도라는 자를 궁금해했다. 그는 연고도 없이 정처 없이 헤매다가 자신을 신이라고 생각하는 사람들을 만났다. 그는 그들을 저버리고 싶지 않아 손을 내밀었다.

모도는, 하늘의 별만 하염없이 바라보며 시간의 흐름을 느꼈다.

모도는, 자신을 모도라고 지칭하는 사람들을 만났다. 그들은 모도의 이름을 빌려 사람들을 현혹했고 얼토당토않은 예언을 해 대었다.

모도는, 숲에서 살다가 조난당한 사람을 구한 후에 자신의 존재 목적이 사람을 구하는 것은 아닐까 생각했다.

모도는, 모도 교를 믿지 않는 나라에서 모도를 그린 성화가 불타는 것을 보았다.

모도는, 사칭자로 몰려 도망을 다녔다. 그는 언제 어디서나 이방인이었다.

모도는, 모도의 이적에 대한 소문을 덜 듣게 되었다. 사제들은 사칭자를 심문했다. 어쩌면 모도 교가 사칭자를 심문하는 것이 자신들의 구미에 맞게 신의 존재를 만드는 것처럼 보이기도 했다. 예언도, 이단도 모두 사제들의 판단에 달린 것일지도 모르겠다고 생각했다.

모도는, 모도 신의 신전을 새로이 만드는 공사에 일용직 인부로 참여했다.

모도는, 경전을 구하여 틈틈이 읽었다. 모도 신이 이적을 펼치던 시기에 여러 사람들이 작성한 방대한 기록을 모은 것이었다. 경전은 모도 신이 이 땅을 만들었다고 명시하고 있었고 이적에 관한 내용뿐 아니라, 그의 출신과 승천까지의 과정을 다루었다.

모도는, 경전을 흥미롭게 읽었다. 자신은 사람들이 말하는 모도 신이 아니었으나, 그를 안다면 자신에 대해서도 알 수 있을 것 같아 그를 찾아 나서기로 결심했다.

모도는, 지금껏 모아 놓았던 금붙이를 탕진하여 술을 퍼마시고, 도박에 모든 것을 맡겼다.

모도는, 어느 날 강렬한 충동에 이끌렸다. 자신의 생애 중에 강박에 가깝게 무언가를 해야 한다는 마음이 생긴 것은 이번이 처음이었다. 안개 숲으로 가야 한다는 생각만이 마음속에 그득했다."

그는 자신을 삼인칭으로 말하고 있었다. 감정적인 동요 없이 기억을 곱씹기 위해서 음성 언어로 말하는 듯, 단어 하나하나 꼼꼼히 모도의 행적을 곱씹어서 이야기했다.

저렇게 읊은 것이 그동안 그가 실제로 겪은 것이 맞는가? 정말로 이 존재가 모도 신인가? 그는 이곳에 돌아온 것이 아니라, 마치 이곳이 생겨남과 동시에 있었던 건축물 일부분처럼 보였다. 한 발짝도 여기에서 나간 적 없는 것처럼 보였다.

황금빛에 압도되었던 눈이 기둥 뒤의 벽을 향했다. 칠판처럼 쉴새없이 문자들이 벽에 새겨졌다. 가장 크고 진하게 쓰여 있는 글자는 "13/88"이었다. 그것이 수를 뜻하는 것을 노이는 알 수 있었다. 다시 벽이 문자를 내보냈다.

클론 4, 6, 13, 18, 19 ,22, 29, 31, 33, 49, 52, 78, 87
본부로 귀환 성공
4, 13, 18. 29, 49 기억과 경험 혼합 및 주입 중…
기억 고착화 진행 중

글자가 무엇을 의미하는지 읽어봐도 알 수 없었다. 모도 신의 얼굴을 보는 것은 사제로서는 영광스러운 일이었다. 하지만 그는 멈춰 섰다. 해야 할 일이 있었다. 제로를 찾아야 했다.

정신을 차리고 모도 신의 후광을 이루는 황금색 실이 천장을 가로질러 어디에서 끝나는지 살폈다. 선은 천장 한쪽에서 끝나고 있었다. 여기

보다 더 위에 이곳과 연결된 곳이 있음이 분명했다. 그는 계단을 떠올리고 그쪽으로 향했다. 어둠 속에서 자신의 발소리만이 들렸다.

노이가 도착하여 가장 먼저 본 것은 가로세로로 대열이 맞추어진 수십 개의 잿빛 의자 무리였다. 각각의 의자는 단단한 재질에 팔걸이와 등받이가 있어 제법 제왕의 자리처럼 보였다. 자리는 대부분 비어 있었지만 몇몇 자리에는 어둠 속에서도 검은 형체가 앉아 있는 것이 보였다. 노이는 그 형체의 수를 셌다. 총 열세 개였다. 그는 가장 가까운 곳에 있는 형체에 가까이 다가가 등불을 치켜들었다.

노이는 정수리와 손가락 끝에서 한기를 느꼈다. 그 검은 형체는 사람이었다. 다만 머리가 있어야 할 자리에 아무것도 없었다. 예리하게 잘린 목의 절단면이 보였다. 목에서 흐른 검붉은 피가 마치 붉은 융단과도 같이 털옷을 입은 몸을 타고 의자의 팔걸이와 다리를 지나 바닥까지 흥건히 적셔 노이의 발치에 도달해 있었다.

노이는 주변을 둘러보았다. 앉아 있는 다른 사람들을 살펴보니 어떤 이는 머리가 붙어 있었고 어떤 이는 머리가 떨어져 나가 있었다. 그들은 전부 모도 신의 얼굴을 하고 있었다.

어떻게 목이 잘렸을까 생각하고 있을 때 어둠 속에서 붉은 점 하나가 나타났다. 점은 공간으로 뻗어나가 빛으로 된 선 하나를 뿜어냈다. 노이는 몸을 잔뜩 숙이고 선을 지켜보았다. 그것은 노이와 같은 열에 앉아 있던 머리가 붙은 사람에게 향하더니 목덜미에 선을 그었다. 그러자 머리가 바닥으로 툭 하고 떨어졌다. 일련의 과정은 과일이 수확되어 분류되듯이 자연스럽게 진행되었다. 비명도 소음도 거의 나지 않았다. 노이는 숨을 죽이며 머리를 보았다.

바닥에 길게 파인 홈을 따라 천천히 머리가 굴러갔다. 노이는 그것을 따라갔다. 그 홈은 점점 솟아올라 다른 방으로 연결되어 있었다. 노이는 다음 방문을 열었다. 그곳에는 머리를 담을 수 있는 용액이 담긴 수조가 수없이 늘어서 있었다.

목에서 떨어진 머리 세 개가 각각 수조에 담겨 있었고 방금 잘린 머리 하나도 금방 수조에 담겼다. 천장에서 지네 다리 같은 은침 다발이 움직이며 용액 안으로 내려오더니 귀 뒤쪽의 칩을 수거했다. 칩은 투명한 용액에 잠시 담긴 후 다른 기계장치에 투입되었다. 장치에서 황금색 섬광이 일었다. 그것은 빛기둥의 모도 신에게서 보았던 색과 같았다.

노이는 이 장치에 대해 무지했다. 하지만 저들의 기억과 경험이 응축된 핵심이 모도 신에게 흘러간다는 생각을 지울 수 없었다. 자신이 무릎 꿇었던 존재의 입에서 흘러나왔던 말이 그가 직접 행하지 않은 일일 수도 있음을 생각했다.

금방이라도 무릎을 꿇고 절망하고 싶었지만 그럴 수 없었다. 해야 할 일이 있었다.

노이는 밖으로 뛰어나왔다. 제로를 찾아야 했다. 수조에 담긴 머리 중에는 제로가 없었다. 그렇다면 아직 머리가 잘리지 않았을 것이었다. 그는 앉아 있는 사람들을 살폈다. 어둠 속에서도 제로의 얼굴은 바로 알아볼 수 있었다. 그중에는 붉은색 귀걸이를 한 자도 있었다.

힘이 좋으면 그들을 안거나 업고서라도 방을 나왔을 텐데 그가 할 수 있는 일이라곤 의자에 앉은 사람을 바닥으로 끌어 내리는 것뿐이었다. 숨이 턱까지 차올랐다. 나이를 먹을 대로 먹은 몸 하나로 젊은 사람들을 끌어 내리는 것은 여간 힘든 일이 아니었다. 이것이라도 도움이 되길 바라며 사람들 몇 명을 바닥으로 내렸을 때 그는 제로를 발견했다. 원래 사람들이 있어야 할 자리에 공백이 감지되었는지 불길한 경고음이 들리기 시작했다.

노이는 그를 발견하고 몸을 흔들었다. 제로가 눈을 떴으나 두통이 심한 듯 얼굴을 찡그렸다.

"정신 차려요! 당신 죽을 뻔했다고요."

제로는 노이가 끌어낸 사람들을 응시하며 마음속 외침을 들은 것이 혼자가 아니라는 것을 알았다.

"사람들이 숭배하는 위대한 모도를 좇아 나 혼자 그의 실체를 알기 위해 분투하는 줄 알았는데."

노이가 말했다.

"아래층에 빛기둥에 휩싸인 모도 신이 있어요. 어쩌면 그가 당신을 부른 건지도 모르겠다는 생각이 들어요. 그는 태양과 같은 광휘에 휩싸여 모도 신의 행적에 대해 말하고 있었어요."

제로는 휘청이며 일어섰다. 자신의 존재 의의를 알 수 있는 기회가 찾아온 셈이었다.

"내가 가 볼게."

"뒤따라갈게요. 일단 이 사람들 정신 좀 차리게 하고요."

"좀 이따 보자."

제로는 모도를 만나러 떠났다.

빨간 점이 다시금 빛을 쏘았다. 노이는 의자로 다시 가려는 사람들을 끌어 내린 후 방 밖으로 데리고 나와 몸을 흔들며 의식이 돌아오는지 확인했다. 다행히 그들은 금방 깨어났다.

노이는 그들의 얼굴을 보았다. 그들은 같은 얼굴이었지만 서로 다른 개체였다. 제로와도 달랐고, 각자와도 달랐다. 그들 또한 제로처럼 갑자기 강렬한 충동에 이끌려 이곳으로 왔다고 말했다. 노이는 빛기둥 속의 모도 신 이야기를 했다. 그리고 정신을 차린 제로가 먼저 갔다고 전해주었다.

"저는 모도 교의 사제예요. 그동안 우리가 모도 신이 해 온 일이라고 생각했던 이적들이 실제로는 단 하나의 존재가 행한 게 아니라 여러 명이 여러 시대에 걸쳐 행해 온 일일지도 모르겠다는 생각이 듭니다. 저는 평생을 다 바쳐 신을 섬겼습니다. 정말로 마음을 다해서요."

한 사람이 말없이 그의 손을 잡았다.

"당신이 나와 이 사람들을 구했어. 그건 사실이야."

다른 사람도 말했다.

"모도가 없고, 에곤이 없고, 경전의 이야기가 진실이 아니고 단지 수많은 사람의 선의가 합쳐진 것이라도 그 행동이 사라지는 것은 아니야."

노이는 혼란 속에서도 고개를 끄덕였다.

제로는 모도를 만나러 갔다. 모도는 눈을 뜨고 허공을 향해 질문하고 있었다.

"지금은 몇 년인가?"

모도 앞에 있는 벽이 큰 소리로 응답했다.

"서기로 따지면 지금은 당신이 동면된 지 약 2천 년 하고도 212년이 흘렀습니다."

그는 의연하게 말했다.

"건물 상황 알려 줘."

"1954년 전 동식물 저장소 부품 불량 및 노화, 지진으로 인한 건물 파손으로 보관 유지 기체가 유출되었습니다. 로봇 저장실도 마찬가지입니다. 배아 관리실도요. 기체가 숲에 내려앉아 있다가 지금으로부터 약 6개월 전에 사라졌습니다. 현재 생명 징후가 전혀 없습니다."

"동물 배아가 전혀 없나? 냉동 생물 표본은?"

"없습니다."

"기억 주입은 왜 멈춘 거야? 이렇게 짧게 끝나지 않을 텐데."

"클론들이 레이저 빛을 피했습니다."

"뭐? 어떻게 그게 가능하지?"

"원인 파악 중입니다. 클론 외에 누군가 침입했을 가능성도 있습니다.

세뇌 주파수도 시스템 노화로 출력이 일정하지 않습니다."

그는 화면을 불러내어 시스템 상황을 살폈다. 시시각각 그의 표정이 벼랑 끝에 내몰린 것처럼 보였다.

"동료들은 다른 방에 있나?"

"당신은 혼자입니다."

"뭐라고? 시스템 결함인가, 아니면 이것도 자연재해인가?"

"아닙니다. 여기에서 동면한 것은 당신이 유일합니다."

"아냐. 그럴 리 없어. 나는 동료들과 함께 이 프로젝트를 하기로 되어 있었다고."

그때 시험관 맞은편에서 화면이 재생됐다. 밝은 모습의 사람들 네 명이었는데, 한편으로는 밝아 보이려고 애쓰는 듯도 했다.

"모도! 우리야. 설마 너무 오랫동안 잠을 자서 잊은 건 아니겠지?"

그곳에는 그의 동료가 있었다. 그들은 안타깝게도 실제가 아니었다. 그들 뒤로 이 공간의 옛 모습이 보였다. 여자 하나가 머리를 긁적이며 말했다.

"헤이, 널 재우고 이렇게 메시지를 남기네. 어… 좀 이상하다 그치? 너는 누워 있고, 몇 천 년 동안 그렇게 자게 될 건데 너무 일상 같아서."

옆에 있던 남자가 여자의 옆구리를 팔꿈치로 찬다. 다시 여자가 이어 말했다.

"뜸 들이지 말고 본론으로 들어갈게. 네가 우리를 보는 건 이게 마지막일 거야. 원래 속이려던 건 아냐. 널 먼저 보내고 계획이 바뀌었을 뿐. 우리가 짰던 계획은 예산과 시간 문제로 실행될 수가 없었어. 상황이 좋지 않아. 우리가 미래로 갈 방법은 없게 됐지.

너라면 혼자서도 성공시킬 수 있을 거야. 우리 중 네가 가장 똑똑하고, 건강하고, 기타 생존에 필요한 시술도 몇 가지 더 받았으니까. 로봇들도 널 도와줄 거야. 너라면 우리가 바랐던 미래를 만들어 나갈 수 있을 거야. 나는 한 치의 의심도 하지 않아.

너와 우리의 계획대로 클론들을 만들었어. 100대까진 못 만들었고 88대가 최대치였어. 클론이 세상을 돌며 관찰하다가 다시 새로운 땅 위에서 문명을 재건해도 괜찮은 환경이 되면 시스템이 그들을 부르고 너를 깨울 거야. 그다음은 네가 아는 대로야. 그들의 기억 칩을 수확하여 네 두뇌에 주입하는 거지. 칩을 빼내면 그들은 죽어. 하지만 너는 안전한 상태로 생존에 필요한 경험과 기억을 고스란히 전달받게 되는 거야. 그리하여 너는 조금 더 빠르게 이 세계에 대해 이해하게 되겠지. 그리고 너는 그 변화들을 이해하고, 더 좋은 문명을 만들기 위해 전력 질주할 거야. 이 영상을 보고 있다면 우리 프로젝트는 거의 성공한 거나 다름없어. 우리도 이렇게 최장 시간을 버틸 수 있는 건축물을 만들어 본 적이 없어서 잘될지 모르겠지만, 행운을 빌어.

모도, 새로운 세상을 잘 부탁해. 거창하지만 너는 과거 지식의 운반자이며, 새로운 시대 사람들의 길잡이가 될 테지. 너와 함께 과거의 지식과 동식물과 곤충과 씨앗이 잠자고 있어. 사람의 배아도. 아름다웠던 지구가 다시 번성하길 바라.”

모도는 이를 꽉 깨물었다. 그의 굳게 다문 입술이 떨렸다.

“당신이 모도인가?”

제로가 물었다. 모도는 제로를 응시하며 말했다.

“그래, 넌 나의 클론이구나.” 그는 쓴웃음을 지으며 말을 이었다. “모도 교라는 게 유행하고 있다지. 이곳은 금단의 땅이라고 그 경전에 쓰여 있고. 왜 숲이 있는지 모르겠어? 오래전에 사람들이 쓰던 플라스틱이 허공에 재처럼 흩날리며 분지에 안개를 만들어 내는 거라고. 이곳만 유지 기체가 퍼진 거고…. 너희들이 한 행동 중 특별해 보이는 것들을 모아서 단 하나의 위대한 존재를 만들었다니. 그렇다면 너희들의 기억을 주입한 나는 그들의 신이라도 되는 셈일까. 이곳에서 아무것도 하지 않았는데. 내 이름과 얼굴을 가진 타인이라. 계획한 일이지만 신기하긴 하네. 수십 개의 나, 수십 개의 모도라니."

"그 이름은 오래전에 버렸지. 그건 나를 규정하지 못해."

"다들 새로운 이름을 지었더군. 네 이름은 뭐지?"

"제로."

"잘 어울리네. 아무것도 없는, 0이라니."

모도는 웃었다. 제로가 물었다.

"왜 나를 만들었어?"

그는 일평생 이것을 묻기 위해 살아왔다.

"누워 있는 동안 깨어 있는 삶을 경험하고 싶었기 때문이야. 나는 내 삶을 사랑하고 그만큼 시간의 단절과 공백을 두려워했지. 너는 본인의 의지로 이곳에 왔다고 생각하겠지. 하지만 그건 틀렸어. 내가 너희를 불렀기 때문에 여기 있는 거야. 애초에 너희들은 자유 의지가 없었지…. 그리고 너는 여기 있으면 안 돼."

제로는 순식간에 등 뒤에서 이질적인 감각을 느꼈다. 그는 천천히 뒤를 돌아보았다. 천장에서 뻗어 나온 은색 바늘의 말단이 제로의 목덜미를 노리고 있었다. 제로가 놀라며 피하자 이번에는 또 다른 바늘이 그를 다른 곳으로 가지 못하게 앞을 가로막았다.

그리고 그 바늘 끝에서 붉은 빛이 나오려는 순간 노이와 모도 얼굴을 한 사람들이 나타났다. 노이는 활시위를 당겨서 그 바늘을 제로의 목덜미에서 비켜나게 하는 데 성공했다. 모도가 말했다.

"나는 배아를 해동해 아이들을 키우고, 동물을 이 땅에 걷게 하는 사명을 띠고 지금까지 이곳에 잠들어 있었다고. 내게는 후세대를 100살 이상 건강하게 살게 할 방법이 있어. 40세만 넘으면 늙는 건 말이 안 돼. 종양이나 전염병에 이렇게 쉽게 걸리는 것도 말이 안 되고. 배아가 사라졌다면 내 뼈로 사람을 다시 만들면 돼. 여러 가지 계획은 얼마든지 있어. 멸망 이전의 세계를 재건할 거야. 이 세상은 끔찍하잖아. 내 세계에 비하면 정말, 정말, 상상도 할 수 없어. 원래 사람은 말이야. 피부 종양 같은 건 일반적이지 않았어. 피부도 깨끗했고, 키도 컸고. 뼈가 그렇게 약하지도 않았다고. 세계를 새로 세워야 해. 그러려면 나는 이 세계에 대해 더 많은 정보가 필요해."

제로가 말했다.

"멸망 이전의 삶 같은 건 몰라. 이 세계는 완벽하지 않아. 하지만 그래도 이제 막 눈을 뜬 네가 끔찍하다고 단정지어 버릴 만한 세계는 아냐. 그러니 네가 유일한 구원자처럼 굴지 마."

그 순간 곤충 다리 같은 은색 바늘이 관절을 구부리며 사람들을 사로잡았다. 그들은 속수무책으로 잡혔다. 노이 또한 잡힐 뻔했으나 가장 뒤에 있어 가까스로 피할 수 있었다. 그는 어깨에 메고 있던 활을 재빨리 꺼내 바늘이 오지 못하도록 방어했다.

모도는 사람들을 죽일 작정이었다. 노이는 활시위를 당겼다. 기다란 바늘 사이 틈으로 모도의 가슴에 화살을 겨냥했다. 그는 다른 시대의 다른 사람들을 위한 자였다. 한순간 노이의 눈과 그의 눈이 마주쳤다. 그는 노이의 화살을 보고 가소롭다는 표정을 지었다. 순간 노이는 오히려 그에게 연민을 느꼈다.

이 공간에 모도 신은 없었다. 화살은 날아갔고 곧바로 모도는 가슴을 명중당했다. 그는 유언도 남기지 않고 숨을 거두었다. 가슴에서 피가 흘렀다. 그는 덫에 걸린 나약한 피식자처럼 보였다. 그에게 느꼈던 태양 같은 광휘는 온데간데없었다. 잠시 후 사람들을 휘감았던 은색 바늘이 손아귀 힘을 풀었다.

노이는 활을 아래로 내렸다. 손이 떨리고 있었다. 제로가 노이를 껴안았다. 연초 잎 향이 났다. 그들은 서로의 얼굴을 마주 보았다. 그 얼굴을 본 순간 노이는 깨달았다. 자신이 지금까지 제로를 도우려 했던 것은 제로가 신이거나 에곤이기 때문이 아니라 순전히 그이기 때문이라는 것을.

제로를 알고 싶어서, 괴로워하는 제로를 돕고 싶어서, 노이는 사제가 되었다. 노이는 그가 모도 신을 닮았고, 늙지 않고, 상처를 빨리 회복하기 때문에 좋아하고 존경한 것이 아니었다. 마을에서 유일하게 생존한 어린애 한 명을 위해서 그는 눈 덮인 들판을 걸어 보호자에게 데려다주고, 피난처에서 모닥불을 피워 주고, 몸을 씻겨 주고, 음식을 주었기 때문이었다.

노이는 제로에게 말했다.

"당신은 모도가 아니에요. 당신은 제로지."

제로는 고개를 끄덕였다.

"그래. 난 제로야."

노이는 주위를 둘러보았다. 모도의 얼굴을 한 각각의 사람들이 있었다. 어떤 이는 자신을 유진이라고 소개했고 나머지 사람들은 믹, 탄라, 수아즈, 지마라고 소개했다. 그 이름 모두 자신이 짓거나 남이 지어준 이름이었다.

그들은 각자의 인생을 살았다. 세계를 돌아다닌 자도 있었고, 한곳에 정착하여 사는 자도 있었다. 기쁠 때도 있고 슬플 때도 있는 보통의 삶을 살았다. 아무것도 하지 않았는데 사칭자로 몰려 곤욕을 치른 적도 있었다고 했다. 그러나 무엇을 하고, 어디에 있든지 모두 자신이 왜 이렇게 태어났는지 항상 궁금해했다.

유진은 남쪽 작은 마을에서 꽃을 키우다가, 믹은 수도 지하 수로를 청소하다가, 탄라는 대혼돈 이전에 만들어진 유적을 탐방하다가, 수아즈는 깊은 골짜기에서 칩거하다가, 지마는 마라카센 지역을 탐방하다가 숲의 부름을 들었다고 했다. 서로는 서로의 삶을 궁금해했고 각자의 이야기를 들려주었다.

그들은 함께 숲을 걸었다. 큰붉은손바닥나무의 잎 사이로 떠오르는 태양빛이 그들을 비추었다. 안개가 걷혔으니 이제 이쪽에도 여러 동물과 곤충이 찾아오고 식물이 자라나겠지. 지극히 종교적인 사건이었으나 이곳엔 기적과 이적이 없었다. 노이는 앞으로 어떻게 살 것인가를 결정해야 했다. 괴로웠지만 받아들여야 했다. 이 순간 그는 혼자가 아니었다. 숲을 빠져나가고 있는 사람들이 그와 함께 있었다. 새소리와 물소리만 들리던 숲속에서 침묵을 깨고 제로가 말했다.

"우리는 우리가 봤던 것을 외면해서는 안 돼."

나머지 사람들도 고개를 끄덕였다.

노이는 사제들이 이 이야기를 들었을 때 어떤 반응을 보일지 생각했다. 이 숲에는 대혼돈 이전의 건물과 모도가 있었다. 그러나 경전에는 금단의 땅에 지옥으로 통하는 문이 있다고 쓰여 있었다. 그렇다면 사제들은 경전에 따라 노이가 본 것들은 지옥과 관련된 것으로 해석하게 될까. 이 숲 또한 그냥 숲이 되는 것일까. 아니면 특별한 숲으로 기념하거나 아무도 들어갈 수 없는 숲으로 봉쇄될까. 거기에 남아 있는 모도를 보고 사제들은 뭐라고 말할까. 그저 사칭자라고 일컬어질 뿐일까. 이 사건은 어떤 방식으로 후대에 남겨지게 될까?

자신이 두 눈으로 본 일을 그냥 덮어 버릴 수는 없었다. 숲 밖으로 나가면 노이는 사제들에게, 사람들에게, 사제청에 자신이 본 일에 대해서 말해야겠다고 다짐했다. 노이는 더 이상 사제일 수 없었다. 그는 목책을 넘었다. 오두막에 사제들이 와 있을 것이었다. 그들에게 이 사건을 말하는 것이 가장 먼저 할 일이었다. 배교자라고 해도 상관없었다.

사제청이 이 일을 마음대로 해석하게 놔둘 수 없었다. 그는 혼자가 아니었다. 제로가 있고, 이 시간을 견디고 보고 들은 사람들이 곁에 있었다.

바람이 차갑고 달콤하게 느껴졌다. 저 멀리 바위 위에서 늑대가 노이와 일행을 내려다보고 있었다.

◆ 작가의 말 ◆

(강력한 스포일러를 포함하고 있으므로 아직 소설을 읽지 않으신 분들께서는 다시 앞으로 돌아가 주시기 바랍니다!)

20대 초쯤에 리처드 쉥크만 감독의 〈맨 프럼 어스〉를 보고 충격을 받았던 기억이 있다. 아주 적은 자본으로도 몰입감 있는 SF를 만들었다는 면에서도 놀랐지만, 가장 놀라웠던 것은 "늙거나 죽지 않고 원시시대부터 현재까지 1만 4천 년을 살아온 인간이 있다"는 설정이었다.

물론 늙지 않고 살아가는 인물이 등장하는 이야기는 그 이전에도 많이 접해 왔다. 하지만 대부분 그 인물은 보통 엘프와 같은 타종족이거나, 오래전에는 존재했지만 지금은 사라진 신비로운 현상으로 치부되어 아련하게 끝을 맺곤 했다. 나는 그 특별한 인물이 우리가 살아가는 현실에서 함께 살아가고 있다는 설정을 이 영화로 처음 보게 되었다. 게다가 그 인물이 종교와 연관되는 점 또한 재미있었다.

〈맨 프럼 어스〉에서 내가 가장 좋아하는 지점은 불로장생하는 인물이 유명세를 타 부귀영화를 누리며 살거나, 유한한 생명을 다하는 인간을 보고 비웃거나 조소하며 자신만의 세계에서 고립되어 살지 않는다는 점이었다. 주인공 존 올드맨은 놀라움의 아이콘으로 남지 않고 자신의 삶을 충실하게 꾸렸다. 그는 10년에 한 번 거주지를 옮기고 자신의 신상을 바꾸어 가면서도 계속해서 인간과 교류하며 지낸다.

'SF 작가의 고전 SF 오마주 앤솔러지' 참여 제안을 받았을 때, 이 영화를 가장 먼저 떠올렸다. 늙지 않고 오랜 시간을 살아온 인물이 인간 사회를 등지지 않고 여전히 애정을 품고 있다면 어떨까 생각했다. 그리고 그와 관련한 종교가 탄생하는 것을 그려 내 보고 싶었다.

먼저 이야기를 구상하기에 앞서 불로불사 설정을 가진 주인공이 어느 시간대에 있으면 재미있을까 생각했다. 나는 세상이 한 번 망한 이후 재건되는 시기를 배경으로 삼고 싶었다. 멸망 직전에 태어나 문명 재건을 지켜보는 인물이라면 큰 삶의 굴곡을 가질 수 있을 것 같았기 때문이었다.

여기에서 변주를 가미해 이 인물이 하나가 아닌 여러 명이라면 어떨까 상상했다. 지구는 무척 넓으니 그들은 같은 곳에서 태어났더라도 멀리 퍼져 자신만의 여정을 이어나갈 터였다. 그리고 각자의 삶의 철학과 물음을 가지게 될 것이었다. 누군가는 자기와 같은 사람이 있다는 소문을 듣고 찾아 나설 수도 있으리라.

그러나 그들이 어디에서 무엇을 하든 젊은 얼굴을 유지하며 오래 살 수 있다는 건 변치 않는다. 그렇다면 세상 곳곳에서 그들을 목격한 사람이 계속 나타나지 않을까. 게다가 그들이 같은 얼굴을 가지고 있기에 그들을 여러 명의 인물이 아니라 한 명의 개인으로 생각할 수도 있을 것이다. 분명 그를 믿고 따를 전능하신 신으로 추대하는 자도 있을 것이다. 왜냐하면 사람들은 항상 외롭기에 언제나 의지의 대상을 찾기 때문이다.

여기에서 분명히 밝혀 둔다. 나는 전지전능한 신이 된 인간의 이야기를 하기 위해서 이 글을 쓴 것이 아니다. 나는 지상에 있는 모든 사람은 신성을 가지고 있다고 생각한다. 비록 생존하기 위해 본 것을 모른 척하고 남을 속이면서 인생을 보내더라도 자세히 살펴보면 작고 빛나는 부분이 있을 것이다.

　우리가 인생을 살아갈 때 갑자기 기적이 일어나거나 전지전능한 자에게 도움을 받는 일은 거의 없다. (가끔은 있으면 좋겠다고 생각하기는 하지만) 나 같은 경우에는 하는 일마다 실패하는 날에 누군가가 내게 전하는 따뜻한 감사 인사나 선뜻 내밀어 주는 손에 내일 다시 살아 볼 용기를 얻는다. 그러나 나를 위로하고 격려하는 사람 또한 자신에게 주어진 인생을 살아가며 때로는 누군가에게 미움받고 이상과 현실 사이에서 절망하는 자일 테다. 인생은 다 그런 법이다. 나는 그런 사람들에 관해 썼다. 그러므로 이 이야기를 신에 관한 이야기가 아니라 사람에 관한 이야기로 봐 주셨으면 한다.

　의도적으로 〈맨 프럼 어스〉와 다르게 설정한 부분도 있다. 나는 이 이야기에 주인공의 탄생 목적이 있었으면 했다. 이왕이면 위대하고 신비하게 여겨지지만 알고 보면 별것 아닌 목적이 주어졌던 자들이었으면 좋겠다고 생각했다. 그래서 새로운 세계를 건설하기 위해 사명을 안고 동면한 인물을 만들었다. 만약 내가 막중한 사명을 띠고 동면을 해야 한다면 어떤 부분이 가장 두렵고 궁금할지 헤아려 보았다. 내가 동면자라면 자는 동안 세계가 어떻게 돌아가는지 무척 궁금할 것 같았다. 할 수만 있다면 내가 깨어났을 때 누군가가 세계의 동향에 대해 알려 주면 좋을 것 같았다.

　또 하나, 안개 숲에 대한 아이디어는 EBS가 기획하고 최평순 PD와 다큐프라임 인류세 제작팀이 지은 책 『인류세: 인간의 시대』에서 얻었음을 밝혀 둔다. 인류가 플라스틱을 계속 쓰면 쓸수록 바다에 거대 플라스틱 쓰레기 지대가 생기게 되는데 이 플라스틱이 점점 잘게 부서지면서 '플라스틱 스모그'가 생긴다고 한다. 이 스모그는 바다를 표류하다가 육지로 돌아온다. 해안가에 안개 숲이 많다는 설정은 이곳에서 가져왔다. 나는 안개 숲을 우리 세계와 다른 공간적 배경인 듯 보이지만, 알고 보면 포스트 아포칼립스 장르임을 알리는 장치로 사용하고 싶었다.

책에서 나오다

1판 1쇄 인쇄 2022년 5월 18일
1판 1쇄 발행 2022년 5월 26일

지은이 정보라, 이경희, 박애진, 남세오, 전혜진, 구슬, 박해울

발행인 김지아
표지 및 본문 디자인 강수정

펴낸 곳 구픽
출판등록 2015년 7월 1일 제2015-27호
주소 서울시 광진구 동일로 459, 1102호
전화 02-491-0121
팩스 02-6919-1351
이메일 guzma@naver.com
홈페이지 www.gufic.co.kr

ⓒ 정보라, 이경희, 박애진, 남세오, 전혜진, 구슬, 박해울, 2022

ISBN 979-11-87886-81-5   03810